La mujer que arañaba las paredes

Los casos del
DEPARTAMENTO
Q

Jussi Adler-Olsen estudió medicina, sociología, historia políti-ca y comunicación audiovisual. Trabajó como editor de revistas y cómics, y fue coordinador del Movimiento por la Paz de Di-namarca. Gracias a sus novelas protagonizadas por Carl Mørck, es el autor danés de novela negra más vendido de todos los tiempos.

La serie Los casos del Departamento Q se ha convertido en un imparable bestseller no solo en Dinamarca, sino también en Ale-mania, Francia y ahora Estados Unidos, y está publicada en cua-renta países. También ha obtenido varios premios literarios, como los prestigiosos De Gyldne Laurbær y Glass Key.

Únete al CLUB DE LOS INCONDICIONALES DE JUSSI, #incondicionalesdejussi.

Si tienes un club de lectura o quieres organizar uno, en nuestra web encontrarás guías de lectura de algunos de nuestros libros. **www.maeva.es/guias-lectura**

EMBOLSILLO desea contribuir al esfuerzo colectivo y permanente de proteger y preservar el medio ambiente con el compromiso de producir nuestros libros con materiales responsables.

JUSSI ADLER-OLSEN

La mujer que arañaba las paredes

**El primer caso de Carl Mørck
y su departamento especial Q**

Traducción:
JUAN MARI MENDIZABAL

EM BOLSILLO

Título original:
KVINDEN I BURET

© JP/ Politikens Forlagshus, Copenhague, 2007
© de la traducción: JUAN MARI MENDIZABAL, 2010
© de esta edición: EMBOLSILLO, 2011
Benito Castro, 6
28028 MADRID
www.maeva.es

La traducción de esta obra ha recibido una ayuda del Kunstrådet, Danish Arts
Council's Commitee for Literature.

1.ª edición: mayo de 2011   7.ª edición: julio de 2016
2.ª edición: mayo de 2012   8.ª edición: agosto de 2018
3.ª edición: septiembre de 2013   9.ª edición: marzo de 2022
4.ª edición: julio de 2014   10.ª edición: febrero de 2025
5.ª edición: marzo de 2015   11.ª edición: mayo de 2025
6.ª edición: noviembre de 2015

ISBN: 978-84-18185-92-2
Depósito legal: M-10489-2025

Diseño e imagen de cubierta: © Netflix, 2025 (Utilizado con autorización).
Fotografía del autor: TINE HARDEN
Preimpresión: Gráficas 4, S. A.
Impreso y encuadernado por Blackprint BCN
Impreso en España / *Printed in Spain*

Dedicado a Hanne Adler-Olsen.
Sin ella se habría secado la fuente.

Prólogo

La mujer arañó las paredes lisas hasta hacerse sangre en las yemas de los dedos y golpeó los gruesos cristales con los puños cerrados hasta que las manos se le quedaron insensibles. Había avanzado a tientas hasta la puerta de acero por lo menos diez veces para meter las uñas en el resquicio y tirar, pero la puerta no se movía un ápice y el borde estaba afilado.

Finalmente, cuando las uñas se despegaron de la carne, se dejó caer al suelo helado, jadeando. Se quedó un momento mirando fijamente la impenetrable oscuridad con los ojos muy abiertos y el corazón desbocado, y entonces gritó. Gritó hasta que le zumbaron los oídos y su voz flaqueó.

Después echó la cabeza atrás y volvió a sentir el aire fresco que bajaba del techo. Tal vez pudiera saltar hasta allí si tomaba carrerilla y lograba agarrarse a algo. Tal vez así ocurriera algo.

Sí, tal vez así los cabrones de fuera tendrían que entrar donde estaba ella.

Y si apuntaba a sus ojos con los dedos rígidos tal vez podría cegarlos. Si actuaba con rapidez y sin vacilar tal vez lo conseguiría. Y entonces tal vez podría escapar.

Estuvo un rato lamiéndose los dedos ensangrentados; después los apoyó en el suelo, hizo fuerza y se puso en pie.

En medio de la oscuridad, miró hacia el techo. Quizá estuviera demasiado alto para saltar. Quizá no hubiera nada a lo que agarrarse. Pero había que probar. No le quedaba otro remedio.

Se quitó el plumífero y lo depositó con cuidado en un rincón para no caer encima. Después dio un brinco y extendió cuanto pudo los brazos en el aire, pero no encontró nada. Lo hizo un par de veces más antes de volver a la pared del fondo, donde se quedó un rato recuperándose. Después tomó carrerilla y saltó con todas sus fuerzas hacia arriba en la oscuridad, moviendo los brazos en todas direcciones en busca de la esperanza. Cuando se derrumbó, un pie resbaló en el suelo liso y el cuerpo cayó a un lado. Soltó un gemido de dolor cuando su hombro dio contra el cemento, y gritó cuando su cabeza golpeó la pared y vio las estrellas.

Se quedó un buen rato totalmente quieta y le entraron ganas de llorar, pero no lo hizo. En caso de que la oyeran, sus carceleros lo interpretarían mal. Pensarían que estaba a punto de rendirse, pero no lo estaba. Al contrario.

Quería cuidarse. Para ellos sólo era la mujer enjaulada, pero era ella quien decidía la distancia entre los barrotes. Quería concentrarse en ideas que se abrieran al mundo y mantuvieran a raya la locura. Jamás conseguirían que agachara la cerviz. Fue lo que decidió, tumbada en el suelo, con el hombro palpitante y dolorido, y un ojo cerrado por la hinchazón.

Un día de aquellos iba a escapar, estaba segura.

1

2007

Carl dio un paso hacia el espejo y se pasó un dedo por la sien, donde la bala lo había rozado. La herida estaba curada, pero la cicatriz destacaba claramente bajo el pelo si alguien se tomaba la molestia de mirar.

¿A quién coño iba a interesarle?, pensó mientras examinaba su rostro.

Se había transformado a ojos vistas. Las arrugas en torno a su boca eran más acentuadas, las ojeras más oscuras y su mirada expresaba una profunda indiferencia. Carl Mørck ya no era el experimentado agente de la Policía Criminal que sólo vivía para su trabajo. Ya no era el alto y elegante hombre de Jutlandia ante quien la gente arqueaba las cejas y se quedaba boquiabierta. Claro que, ¿de qué coño le valía eso?

Se abotonó la camisa, se puso la chaqueta, bebió de un trago el último sorbo de café y al salir cerró la puerta con fuerza, para que el resto de los habitantes de la casa se enterase de que ya era hora de dejar las sábanas. Su mirada se posó en el letrero de la puerta. También iba siendo hora de cambiarlo. Hacía siglos que Vigga se había marchado. Y aunque todavía no se habían divorciado, lo suyo había terminado.

Giró en redondo y se encaminó hacia la estación. Si tomaba el tren que llegaba dentro de veinte minutos, podría estar media hora con Hardy en el hospital antes de ir a Jefatura.

Vio la iglesia de ladrillo que se alzaba tras los árboles desnudos y trató de tener presente lo afortunado que había sido, después de todo. Un par de centímetros a la derecha, y Anker estaría aún vivo. Un solo centímetro a la izquierda, y él estaría muerto. Centímetros caprichosos que lo apartaron del paseo por campos verdes y las frías tumbas que había a unos cientos de metros.

Carl intentó comprenderlo, pero era difícil. No sabía gran cosa acerca de la muerte. Sólo que podía ser imprevisible como el rayo e increíblemente silenciosa.

Pero lo sabía todo acerca de lo absurdo y violento que podía ser morir. De eso sí que sabía.

Tan sólo un par de semanas después de salir de la Academia de Policía, la visión de la primera víctima de asesinato se quedó grabada en la retina de Carl. Una mujer delgada y menuda estrangulada por su marido yacía con la mirada apagada y una expresión en el rostro que hizo que Carl se sintiera miserable durante semanas. Después siguieron montones de casos. Cada mañana se preparaba para ver de todo. Ropa ensangrentada, rostros céreos, fotos desagradables. Todos los días escuchaba mentiras y excusas de la gente. Cada día traía su crimen en una nueva versión, cada vez sentía mayor indiferencia. Veinticinco años en la policía y diez en la Brigada de Homicidios endurecían.

Y así iban las cosas hasta el día en que se presentó un caso que atravesó su coraza.

Lo habían enviado con Anker y Hardy a un barracón putrefacto de Amager, junto a un polvoriento camino de gravilla, donde un cadáver los esperaba para contar su historia particular.

Como tantas otras veces, fue la fetidez lo que hizo que un vecino reaccionara. Cualquiera lo tomaría por un tipo raro que se había tumbado pacíficamente sobre su propia porquería para exhalar sus últimos vapores alcohólicos, hasta que reparaba en el clavo de una pistola clavadora incrustado hasta la mitad en el cráneo. El clavo fue el motivo por el que la Brigada de Homicidios de la policía de Copenhague se hizo cargo del caso.

Aquel día estaba de guardia el grupo de Carl, y ni él ni sus dos asistentes pusieron objeciones, aunque Carl se quejó como de costumbre por la excesiva carga de trabajo y la lentitud de los demás grupos. Claro que ¿quién podía saber lo fatal que iba a resultar aquel caso? ¿Que apenas cinco minutos después de penetrar en aquel hedor cadavérico Anker yacería en el suelo en un charco de sangre, Hardy daría sus últimos pasos y Carl perdería el entusiasmo que era absolutamente necesario para trabajar en la Brigada de Homicidios de la policía de Copenhague?

2

2002

A la prensa sensacionalista le encantaba la vicepresidenta de los Demócratas, Merete Lynggaard, por todo lo que representaba. Por sus aceradas respuestas desde el atril del Parlamento y su irreverencia para con el primer ministro y sus títeres. Por sus atributos femeninos, mirada burlona y hoyuelos seductores. Le encantaba por su juventud y su éxito, pero por encima de todo le encantaba porque alimentaba todo tipo de especulaciones acerca de por qué una joven tan lista y guapa nunca se mostraba en público con un hombre.

Merete Lynggaard vendía montones de periódicos. Lesbiana o no, era buen material.

Todo eso lo sabía perfectamente Merete.

–¿Por qué no sales con Tage Baggesen? –le insistió su secretaria mientras caminaban a pasos cortos hacia su pequeño Audi azul evitando los charcos, camino de los aparcamientos del Parlamento de Christiansborg–. Ya sé que hay muchos que quieren salir contigo, pero ése está chiflado por ti. ¿Cuántas veces ha intentado invitarte a cenar? ¿Tienes la menor idea de la cantidad de notas que ha dejado encima de tu mesa? Mira, hoy mismo ha dejado otra. Dale una oportunidad, mujer.

–¿Por qué no te lo ligas tú? –dijo Merete mientras descargaba un montón de carpetas en el asiento trasero–. ¿Para qué quiero yo al portavoz de Tráfico de los Radicales de

Centro? ¿Puedes decírmelo, Marianne? ¿Soy acaso una rotonda?

Merete alzó la mirada hacia el Museo de Armas, donde un hombre vestido con gabardina blanca sacaba fotografías del edificio. ¿Habría hecho alguna de ella también? Sacudió la cabeza. Aquella sensación de sentirse observada empezaba a irritarla. Se estaba volviendo paranoica. Tenía que relajarse.

—Tage Baggesen tiene treinta y cinco años y está para comérselo, bueno, no le vendría mal adelgazar un par de kilos, pero por otra parte tiene una finca de recreo en Vejby. Bueno, y creo que también otro par de casas en Jutlandia. ¿Qué más quieres?

Merete se quedó mirándola. Sacudió la cabeza con escepticismo.

—Sí, tiene treinta y cinco años y vive con su mamá. Mira, Marianne, lígatelo tú. Estás loca por él. Pues lígatelo. ¡Es tuyo!

Cogió un montón de carpetas de los brazos de su secretaria y las puso en el asiento junto a las otras. El reloj del salpicadero señalaba las 17.30. Iba retrasada ya.

—Esta tarde va a echarse de menos tu voz en el hemiciclo, Merete.

—No creo —dijo ésta, encogiéndose de hombros. Desde que se metió en la política había habido entre ella y el presidente del grupo de los Demócratas un convenio según el cual a partir de las seis de la tarde recuperaba su tiempo libre, a menos que se tratara de trabajos de comisión o votaciones absolutamente necesarias. «No hay problema», le dijo él, conocedor de la cantidad de votos que conseguía Merete. O sea que tampoco ahora habría ningún problema.

—Venga, Merete, ¿por qué tanta prisa? —insistió su secretaria ladeando la cabeza—. ¿Cómo se llama él?

Merete le dirigió una leve sonrisa y cerró la puerta del coche. Había llegado la hora de cambiar de secretaria.

3

2007

Marcus Jacobsen, el jefe de Homicidios, era una persona desordenada, cosa que no lo molestaba. Y es que el desorden era un fenómeno sólo aparente. En su interior se sentía de lo más estructurado. En su avispado cerebro las cosas estaban pulcramente ordenadas. Los detalles nunca se le escapaban. Aun pasados diez años los seguía recordando con precisión.

Tan sólo en situaciones como la recién vivida –con la estancia llena a rebosar de compañeros sumamente observadores que tenían que esquivar las mesas gastadas y los montones de material de diversos casos– observaba el desorden de su oficina con cierto cabreo.

Marcus Jacobsen alzó su taza mellada de Sherlock Holmes y tomó un sorbo largo de café frío mientras volvía a pensar, por enésima vez aquella mañana, en el medio paquete de cigarrillos del bolsillo de su chaqueta. Joder, uno ya no podía permitirse ni un descanso para fumar en el patio. Directivas de los huevos.

–Escúchame bien –dijo, mirando al subinspector Lars Bjørn, a quien había pedido que se quedara en la oficina después de la reunión informativa–. El caso del ciclista asesinado en el parque de Valby puede absorber toda nuestra energía si no andamos con cuidado.

Lars Bjørn asintió en silencio.

–Es una putada que Carl Mørck haya vuelto a su grupo en este momento y se lleve a cuatro de nuestros mejores hombres. La gente se queja de él, y ¿a quién acuden? –se

14

lamentó el subinspector apuntando a su pecho, como si fuera el único que tuviera que oír quejas de la gente. Después continuó–. Siempre llega tarde.Vuelve locos a sus chicos, revuelve en los casos, no responde las llamadas, su oficina es un caos y para colmo han llamado del Instituto Forense para quejarse por una conversación telefónica que han mantenido con él. Los muchachos del Instituto Forense, ¿lo captas? Esos no se cabrean por cualquier cosa. Independientemente de lo que ha tenido que aguantar Carl, tenemos que hacer algo al respecto, Marcus. De lo contrario, no sé cómo va a funcionar la brigada.

Marcus arqueó las cejas. Vio ante sí a Carl. La verdad es que le caía bien, pero aquella mirada siempre escéptica y sus mordaces observaciones eran capaces de mosquear a cualquiera, lo sabía perfectamente.

–Sí, tienes razón. Sólo Hardy y Anker soportaban trabajar con él. Claro que también ellos eran un tanto raros.

–Marcus: la gente no lo dice directamente, pero ese tipo es una auténtica plaga, y siempre lo ha sido. No sirve para trabajar aquí, dependemos demasiado unos de otros. Carl ha sido un desastre de compañero desde el primer día. ¿Por qué lo trajiste de la comisaría de Bellahøj?

El jefe de Homicidios clavó su mirada en los ojos de Bjørn.

–Porque era y es un policía fantástico, Lars. Por eso.

–Sí, claro. Ya sé que no podemos darle puerta así, sin más, y desde luego no en esta situación, pero entonces tendremos que encontrar alguna otra manera, Marcus.

–No lleva más de una semana desde que cogió el alta, hay que darle una oportunidad.Tal vez deberíamos mimarlo un poco.

–¿Estás seguro? Durante las últimas semanas nos han llegado bastantes más casos de los que podemos atender. Y además algunos de ellos son importantes, ya lo sabes. El incendio de Amerikavej ¿fue provocado o no? El robo de Tomsgårdsvej, donde murió un cliente del banco. La violación de Tårnby, en la que la chica falleció; la muerte a navajazos de un chaval de la banda del sur del puerto; el asesinato del ciclista en el parque de Valby. ¿Quieres más? Añade a eso todos los casos sin resolver. Algunos de ellos ni siquiera los hemos empezado a investigar. Y por otro lado tenemos a un jefe de grupo como Mørck. Perezoso, terco, malhumorado, cantamañanas, maleducado con sus compañeros, hasta el extremo de que el grupo está a punto de disolverse. No queremos verlo ni en pintura, Marcus. Manda a Carl a freír espárragos y que entre sangre joven. Ya sé que suena cruel, pero es lo que pienso.

El jefe de Homicidios asintió con la cabeza. Se había fijado en sus hombres durante la reunión informativa previa. Estaban callados, enfadados y cansados. Por supuesto que no querían que nadie les meara encima.

El subinspector se colocó junto a la ventana y miró hacia los edificios de enfrente.

—Creo que tengo una propuesta para solucionarlo. Puede que tengamos problemas con el sindicato, pero no creo.

—Lars, no me jodas. No quiero tener una enganchada con el sindicato. Si has pensado en empeorar su situación, van a saltar enseguida.

—¡Le daremos una patada hacia arriba!

—Ya.

Marcus tenía que andar con cuidado. El subinspector era un policía magnífico, con muchísima experiencia y montones de casos resueltos en su haber, pero como responsable del personal todavía le quedaba mucho por aprender. En aquella casa no se daban patadas a nadie sin más, ni hacia arriba ni hacia abajo.

—¿Propones que le demos una patada hacia arriba, dices? ¿Cómo? ¿Y quién has pensado que va a cederle el puesto?

—Ya sé que llevas casi toda la noche sin pegar ojo y que has estado toda la mañana atareado con el asesinato de Valby, o sea, que probablemente no te has enterado de las noticias. Pero ¿no has oído lo que ha pasado en Christiansborg esta mañana?

El jefe de Homicidios sacudió la cabeza. Era verdad, había estado demasiado ocupado desde que el caso del ciclista asesinado en el parque de Valby tomara un nuevo giro. Hasta la noche anterior habían tenido una buena testigo, una testigo fiable, y tenía sin duda más cosas que contar. Estaban seguros de estar muy cerca de resolver el caso. Pero de repente la testigo se cerró en banda. Saltaba a la vista que habían amenazado a alguien cercano a ella. Ellos la habían interrogado a fondo, estaba a punto de caramelo, habían hablado con sus hijas y con su madre, pero de pronto nadie tenía nada que decir. Sencillamente, tenían miedo. No, Marcus no había dormido gran cosa. O sea que, aparte de los titulares de los periódicos de la mañana, no sabía nada de nada.

—¿El Partido Danés otra vez?

—Exacto. Su portavoz de Justicia ha vuelto a presentar la proposición en relación con el convenio policial, y esta vez va a haber mayoría a favor. Van a aprobarla, Marcus. Piv Vestergård va a conseguir lo que quiere.

—¡No puede ser!

—Echó un sermón de veinte minutos desde la tribuna de oradores, y los partidos del Gobierno la apoyaron, por supuesto, aunque los de la Derecha probablemente lo hicieron a regañadientes.

—¿Y...?

—¿Tú qué crees? Puso cuatro ejemplos de casos feos archivados que en su opinión es una vergüenza para la opinión pública que estén sin resolver. Y tenía muchos más casos en la cartera, te lo aseguro.

—¡Cojones! ¿Qué se piensa ésa? ¿Que la policía archiva los casos por diversión?

—Dejó entrever que podría ser lo que ocurre con cierto tipo de casos.

—¡Qué disparate! ¿Por ejemplo...?

–Destacó, entre otros, casos en los que miembros del Partido Danés y los Liberales han sido víctimas de un crimen. Hablamos de casos de proyección nacional.

–¡Esa tía está mal del coco!

El subinspector sacudió la cabeza.

–Eso crees, ¿eh? Pero eso era sólo una parte. Después, claro, mencionó casos de desapariciones de niños, casos en los que organizaciones políticas habían sido víctimas de ataques casi terroristas, casos de naturaleza particularmente bestial.

–Está claro que va a la caza de votos.

–Ya lo creo, si no lo habría arreglado fuera del Parlamento. Pero todos van a la caza de votos, porque todos los partidos están negociando en el Ministerio de Justicia. Los documentos van a llegar volando a la Comisión de Finanzas. Antes de dos semanas se habrá tomado una decisión, estoy seguro.

–¿Y en qué va a consistir exactamente?

–En que hay que crear un nuevo departamento dentro de la Policía Criminal. Incluso propuso que se llamara Departamento Q, en referencia a la lista electoral del Partido Danés*. No sé si era broma, pero así va a ser –dijo, con una risa avinagrada.

–¿Y el objetivo? ¿Sigue siendo el mismo?

–Sí, el único objetivo es, resumiendo, ocuparse de lo que llaman «casos que requieren especial atención».

–Ocuparse de casos que requieren especial atención –repitió el jefe, moviendo la cabeza afirmativamente–. Sí, es una expresión muy bonita y clásica de Piv Vestergård que suena bien. Y ¿quién va a decidir qué casos merecen ese calificativo? ¿Lo dijo también?

El subinspector se alzó de hombros.

---

* En el sistema electoral danés cada partido viene identificado por una letra a efectos de propaganda y papeletas de voto. *(N. del T.)*

—Vale, o sea, que nos pide que hagamos lo que de todas formas ya estamos haciendo. ¿Y qué? ¿En qué nos concierne?

—El departamento corresponde al Cuerpo Nacional de Policía, pero al parecer dependerá administrativamente de la Brigada de Homicidios de la policía de Copenhague.

El jefe de Homicidios se quedó boquiabierto.

—¡No puede ser! ¿A qué te refieres con administrativamente?

—Nosotros haremos el presupuesto y rendiremos cuentas. Aportaremos el personal de oficina. Y los locales.

—No entiendo. ¿Ahora un departamento de Copenhague va a resolver casos enterrados del distrito policial de Hjørring? Los distritos policiales no lo aceptarán. Exigirán representantes en el departamento.

—No está previsto. Va a presentarse como una descarga de trabajo para los distritos policiales, no como una labor añadida.

—¿Quieres decir que bajo este techo va a haber también una Brigada Móvil para casos imposibles? ¿Con respaldo de mis hombres? No, ni por el forro, no puede ser.

—Marcus, escucha. Sólo va a tratarse de un par de horas sueltas para unos pocos compañeros. No es nada.

—Pues a mí no me parece que no sea nada.

—Vale, entonces voy a decirte cómo lo veo yo, ¿de acuerdo?

El jefe de Homicidios se frotó la frente. No le quedaba otra opción.

—Marcus, va a haber una partida de dinero.

Calló un momento y miró intensamente a su jefe.

—No es mucho, pero sí lo suficiente para tener a un hombre ocupado y al mismo tiempo arramblar con un par de millones para el departamento. Es una partida especial creada para la ocasión.

—¡Vale! ¿Un par de millones? —asintió con la cabeza, concentrado—. ¡Vale! ¡De acuerdo!

—Genial, ¿verdad? Vamos a montar el departamento en menos que canta un gallo, Marcus. Creen que vamos a resistirnos, pero no lo haremos. Les haremos una propuesta constructiva y un presupuesto en el que evitaremos asignar un destino concreto para las partidas. Después ponemos a Carl Mørck como jefe del nuevo departamento, aunque no va a ser jefe de nadie porque va a estar solo. Y va a estar a una distancia de seguridad de todos los demás, puedes estar seguro.

¡Carl Mørck de jefe del Departamento Q! El jefe de Homicidios se lo estaba imaginando. Una unidad así podía gestionarse fácilmente con un presupuesto de menos de un millón al año. Incluidos viajes, análisis de laboratorio y toda la pesca. Si el departamento pedía cinco millones al año por el servicio, a él le quedaría lo suficiente para un par de grupos de investigación más en la sección de Homicidios. Entonces podrían ir investigando poco a poco viejos casos. Puede que no casos del Departamento Q, pero algo parecido. Los contornos borrosos eran la clave de todo. Genial, sí señor. Ni más ni menos.

4

2007

Hardy Henningsen era el policía más alto que había trabajado en Jefatura. En sus papeles del servicio militar ponía que medía dos metros siete, pero se quedaron cortos. Cuando hacían alguna detención era siempre Hardy el que llevaba la voz cantante, y los detenidos tenían que alzar la cabeza mientras les leía sus derechos. Aquello solía causar una impresión duradera en la mayoría.

En aquel momento la altura no era ninguna ventaja para Hardy. Por lo que veía Carl, aquellas largas piernas paralizadas no podían estirarse. Carl propuso a la enfermera que desmontara el pie de la cama, pero por lo visto sus competencias no daban para tanto.

Hardy no decía nada. Su televisor estaba encendido a todas horas del día y de la noche, y la gente entraba y salía de la habitación, pero él no reaccionaba. Simplemente estaba allí, en Hornbæk, en la Clínica para Lesiones de Médula, tratando de sobrevivir. De masticar la comida, mover un poco el hombro, que era lo único que podía controlar de cuello para abajo, y por lo demás, dejar que las auxiliares manipularan su torpe cuerpo paralizado. Se limitaba a mirar al techo mientras le lavaban la entrepierna, le metían agujas hipodérmicas o vaciaban su bolsa de heces. Hardy ya no hablaba tanto, no.

—Ya he vuelto a Jefatura, Hardy —le contó Carl mientras le ajustaba el edredón—. Están trabajando a tope en el caso. Aunque todavía no han encontrado nada, seguro que echan mano a los que nos dispararon.

Los pesados párpados de Hardy no se movieron. No se dignó dirigir la mirada a Carl ni al exagerado y repetitivo reportaje sobre el desalojo de la Casa de la Juventud que estaban dando en las noticias de la segunda cadena de televisión. Era evidente que todo le daba igual. Hasta su rabia había desaparecido. Carl lo entendía mejor que nadie. Aunque no se lo mostraba a Hardy, también a él le importaba todo un huevo. Era absolutamente irrelevante saber quién les disparó. ¿De qué iba a valer saberlo? Si no habían sido unos, habrían sido otros. En el mundo había basura así de sobra.

Saludó ligeramente con la cabeza a la enfermera que entró con una bolsa de suero llena. La última vez que Carl había estado de visita, ella le pidió que esperase fuera mientras arreglaba al paciente. No le sirvió de nada, y saltaba a la vista que no lo había olvidado.

—Vaya, ¿todavía aquí? —le espetó a Carl con tono cortante, mirando al reloj.

—Me viene mejor antes de ir a trabajar. ¿Algún problema?

La enfermera volvió a mirar el reloj. Sí, entraba a trabajar más tarde que la mayoría.

La enfermera tomó el brazo de Hardy y observó la aguja del suero en el dorso de la mano. Después se abrió la puerta y entró la primera fisioterapeuta. Le esperaba un trabajo duro.

Carl dio una palmada sobre la sábana, donde se dibujaba el contorno del brazo derecho de Hardy.

—Estas tías te quieren en exclusiva, o sea que me largo, Hardy. Mañana volveré algo más temprano y ya hablaremos. Ánimo, hombre.

Arrastraba el tufo de medicinas cuando salió al pasillo y apoyó la espalda en la pared. Tenía la camisa pegada a la espalda, y las manchas bajo las axilas se extendían por el tejido. Desde el tiroteo le ocurría a la mínima.

Hardy, Carl y Anker, como de costumbre, habían llegado al lugar del crimen, en Amager, antes que nadie, y llevaban puestos ya los buzos blancos desechables, la mascarilla, los guantes y la redecilla para el pelo que prescribían las normas. Hacía sólo media hora que habían encontrado al anciano con el clavo en la cabeza. El trayecto desde Jefatura era cortísimo.

Aquel día disponían de mucho tiempo antes del levantamiento del cadáver. Al parecer, el jefe de Homicidios estaba reunido con el Director de la Policía por un asunto de reforma de estructuras, pero seguro que aparecería en cuanto pudiera, acompañado del forense. No había trámite burocrático que pudiera apartar a Marcus Jacobsen del lugar del crimen.

—En los alrededores no hay gran cosa para los peritos de la policía —dijo Anker pisoteando la tierra, que estaba blanda y resbaladiza por la lluvia caída durante la noche.

Carl miró alrededor. Aparte de los zuecos del vecino, no había muchas huellas de pies alrededor del barracón, que era de los que vendieron los militares en los años sesenta. En su época los barracones estarían bien, pero al menos aquella casa hacía tiempo que había dejado de estar presentable. Las vigas del techo estaban hundidas, el tejado de uralita, lleno de grietas, no había dos tablas sanas en la fachada y la humedad había dejado su huella. Incluso el letrero de la puerta, donde ponía Georg Madsen escrito en rotulador negro, estaba medio podrido. Y además, el muerto apestaba, el hedor se colaba por todas las grietas. En suma, una mierda de casa.

—Voy a hablar con el vecino —resolvió Anker, volviéndose hacia el hombre que llevaba media hora esperando. Había como mucho cinco metros hasta la terraza de su pequeña propiedad. Cuando derruyeran el barracón sus vistas mejorarían bastante, sin duda.

Hardy soportaba bien el hedor de los cadáveres. Tal vez porque era más alto y lo salvaba la distancia, tal vez porque su sentido del olfato estaba menos desarrollado que el de la mayoría. Aquella vez el hedor era especialmente fuerte.

—Cómo canta el jodido —gruñó Carl mientras se calzaban las zapatillas de plástico azul en el pasillo.

—Voy a abrir la ventana —propuso Hardy, entrando en la habitación que había junto al claustrofóbico recibidor.

Carl atravesó el umbral de la puerta de la pequeña sala. La persiana bajada no dejaba pasar mucha luz, pero sí la suficiente para ver la figura, que estaba sentada en un rincón, con la piel gris verdosa y surcos profundos en las ampollas que le cubrían la mayor parte del rostro. De la nariz rezumaba un líquido claro de color rojizo y los botones de la camisa estaban a punto de saltar por la presión del tronco hinchado. Sus ojos parecían de cera.

—El clavo de la cabeza se lo han metido con una pistola clavadora Paslode —dijo Hardy por detrás mientras se ponía los guantes de algodón—. Está en la mesa de la habitación de al lado. Hay también una atornilladora-taladradora de batería, y aún le queda carga. Recuerda que tenemos que averiguar cuánto tiempo pueden estar sin recargar.

Llevaban poco tiempo examinando la casa cuando volvió Anker.

—El vecino lleva viviendo en la casa desde el 16 de enero —contó—. O sea, diez días, y en ese tiempo no ha visto nunca al difunto salir de casa.

Señaló el cadáver y miró alrededor.

—Se había sentado en la terraza y estaba disfrutando del cambio climático, por eso ha reparado en el hedor. El pobre está bastante conmocionado. Igual deberíamos decirle al forense que le eche un vistazo después de examinar el cadáver.

Lo que sucedió a continuación Carl no pudo describirlo después más que de forma muy vaga, y se conformaron con eso. Según la opinión mayoritaria tampoco había estado consciente. Pero no era cierto. Lo recordaba todo demasiado bien. Lo que pasa es que no quería entrar en detalles.

Oyó que alguien entraba por la puerta de la cocina, pero no reaccionó. Puede que fuera el hedor, puede que creyera que habían llegado los peritos.

A los pocos segundos registró con el rabillo del ojo una figura con camisa roja a cuadros que irrumpía en la estancia. Pensó que tendría que sacar la pistola, pero no lo hizo. Le faltaron reflejos. Pero sí que notó la onda expansiva cuando la primera bala alcanzó a Hardy en la espalda e hizo que cayera, derribando a Carl y dejándolo aprisionado debajo. La enorme presión del cuerpo perforado de Hardy retorció violentamente la columna vertebral de Carl e hizo que su rodilla crujiera.

Después llegaron los disparos que alcanzaron a Anker en el pecho y a Carl en la sien. Recordaba con claridad meridiana que estaba tumbado, con un Hardy respirando febrilmente encima, y que la sangre de éste manaba de su mono y se mezclaba con la suya en el suelo. Y mientras las piernas de los autores pasaban a su lado, no dejaba de pensar que debía encontrar la pistola.

Tras él yacía Anker en el suelo, tratando de voltear el cuerpo mientras los asesinos charlaban en el pequeño cuarto junto al recibidor. A los pocos segundos entraron de nuevo en la sala. Carl oyó que Anker les daba el alto. Después se enteró de que Anker había sacado la pistola.

La respuesta a la orden de éste fue otro disparo, que hizo estremecerse el suelo y dio a Anker de lleno en el corazón.

Todo sucedió rápidamente. Los asesinos escaparon por la puerta de la cocina, y Carl no se movió. Estaba totalmente quieto. Ni cuando llegó el forense dio señales de vida. Después éste y también el jefe de Homicidios dijeron que al principio pensaron que Carl estaba muerto.

Carl estuvo un buen rato como desvanecido, con la cabeza llena de ideas angustiosas. Le tomaron el pulso y se llevaron a los tres. No abrió los ojos hasta llegar al hospital. Decían que tenía la mirada muerta.

Pensaban que era por la conmoción, pero era por vergüenza.

—¿Puedo ayudarlo en algo? —preguntó un hombre con bata que andaría por los treinta y tantos.

Carl se separó de la pared.

—Acabo de visitar a Hardy Henningsen.

—Hardy, sí. ¿Es usted familiar?

—No, soy su compañero. Era el jefe de grupo de Hardy en la Brigada de Homicidios.

—¡Vaya!

—¿Cuál es su pronóstico? ¿Volverá a andar?

El joven médico se retiró un poco. La respuesta era clara. No le incumbía a Carl cómo iba su paciente.

—Por desgracia, no puedo dar información a nadie que no sea pariente cercano. Estoy seguro de que lo entiende.

Carl agarró al médico por la manga.

—Estaba con él cuando ocurrió, ¿entiende? A mí también me pegaron un tiro. Uno de nuestros compañeros murió. Estábamos juntos en aquello, por eso quiero saberlo. ¿Volverá a andar? ¿Puede decirme eso?

—Lo siento —se excusó el médico, retirando la mano de Carl—. Seguro que por su trabajo puede conseguir información sobre la situación de Hardy Henningsen; yo, al menos, no puedo informarlo. Cada uno tenemos que atender a nuestro trabajo, como debe ser.

El estudiado deje de autoridad médica, la esmerada pronunciación y las cejas ligeramente arqueadas eran de esperar, pero tuvieron el efecto de la gasolina en el proceso de encendido automático de Carl. Podría haberle sacudido un sopapo, pero prefirió agarrarlo por las solapas y tirar de él hasta tenerlo pegado a la cara.

—Atender a nuestro trabajo —dijo entre dientes—. Más vale que cierres ese pico de niñato antes de que te hinches demasiado, ¿lo pillas?

Le apretó el cuello, y el médico empezó a ponerse nervioso.

—Cuando tu hija no llega a casa a las diez como debería, somos nosotros los que salimos a buscarla, y cuando violan a tu mujer o tu BMW de color beis ha desaparecido del aparcamiento también nos toca a nosotros. Siempre estamos a tu disposición, también cuando hay que consolarte, ¿lo pillas, comemierda? Voy a preguntártelo otra vez: ¿volverá a andar Hardy?

El médico respiraba entrecortadamente cuando Carl le soltó el cuello.

—Tengo un Mercedes y no estoy casado.

El hombre con bata resplandecía. Creía haber acertado con el registro en que se movía Carl. Probablemente algo que había aprendido en algún cursillo de psicología que se había colado entre las clases de anatomía. Por lo visto le habían enseñado que un toque de humor suele desarmar al contrario, pero aquello no funcionaba con Carl.

—Ve corriendo adonde la Ministra de Sanidad si quieres saber lo que es arrogancia, gilipollas —dijo Carl alejando al médico de un empujón—. Te queda mucho por aprender.

En su despacho lo esperaban el jefe de Homicidios y el pequeño Lars Bjørn. Aquello era una señal inquietante de que el grito de socorro del médico había traspasado los gruesos muros de la clínica. Los observó un momento. No, parecía más bien que alguna idea disparatada hubiera invadido sus cerebros de burócrata. Espió las miradas que se dirigían mutuamente. ¿Tendría que ver quizá con la ayuda personalizada? ¿Lo obligarían una vez más a ir a hablar con un psicólogo acerca de cómo deben entenderse y combatirse las situaciones postraumáticas? ¿Podría soportar una vez más a un hombre de mirada profunda que quería penetrar en sus oscuros recovecos para que revelara lo que decía y lo que callaba? Se lo podían ahorrar, porque Carl ya lo sabía. El problema que tenía no se resolvía con palabras. Llevaba mucho tiempo en un segundo plano, pero el incidente de Amager había hecho que se desbordara.

Podían irse todos al carajo.

—Bueno, Carl —comenzó el jefe de Homicidios señalándole su silla vacía—. Lars y yo hemos hablado de tu situación, y creemos que hay motivos para decir que nos pones ante un dilema.

Aquello sonaba a despido. Carl se puso a tamborilear con las uñas sobre el borde de la mesa y miró más allá de su jefe, ¿quería despedirlo? No se lo iba a poner fácil.

Alzó la vista y miró al parque Tívoli, donde las nubes se amontonaban amenazantes sobre la ciudad. Si lo despedían, quería salir de allí antes de que empezara a jarrear. Nada de perder el tiempo buscando al representante sindical. Iría directamente al sindicato, que estaba al lado, en el H. C. Andersens Boulevard. Despedir a un buen compañero a la semana de haber vuelto a trabajar tras la baja, y a los dos meses solamente de que lo tiroteasen y perdiese dos buenos compañeros de grupo, le parecía inaceptable. El sindicato de policía más antiguo del mundo tendría que demostrar que estaba a la altura de las circunstancias.

—Ya sé que te pilla algo desprevenido, Carl. Verás, hemos pensado que te conviene un cambio de aires, pero de manera que podamos aprovechar mejor tu excelente talento de policía. De hecho, vamos a ascenderte a jefe de un nuevo departamento, el Departamento Q. Su objetivo va a consistir en investigar casos archivados de interés especial para el bien público. Casos de especial importancia, podríamos decir.

Ahí va la virgen, pensó Carl, echándose hacia atrás en la silla.

—Llevarás el departamento tú solo, pero ¿quién mejor que tú para eso?

—¡Cualquiera! —contestó Carl, mirando la pared.

—Escucha, Carl: has pasado por un período duro, y este puesto te viene como anillo al dedo —insistió el subinspector.

¿Qué coño sabrá ése pardillo de eso?, se preguntó Carl.

—Vas a tener una autonomía total. Vamos a seleccionar unos cuantos casos tras consultar con los jefes de policía de los distritos, y después tú decidirás en qué orden y con qué metodología los investigas. Tienes una cuenta de gastos, nos basta con que hagas un informe mensual —añadió su jefe.

Carl arrugó el entrecejo.

—¿Los jefes de policía, dices?

—Sí, los casos abarcan todo el país. Por eso tampoco puedes seguir trabajando con tus antiguos compañeros. Hemos habilitado un nuevo departamento en Jefatura, pero separado de nosotros. En este momento están instalando tu despacho.

Buena jugada, así se libran de oír más quejas, pensó Carl.

—Bueno, y ¿se puede saber dónde está ese despacho? No será el tuyo, ¿verdad? —fue lo que dijo.

La sonrisa del jefe se hizo algo forzada.

—¿Que dónde está tu despacho? Pues de momento en el sótano, pero quizá podamos cambiarlo de sitio más adelante. Por el momento vamos a ver cómo funciona. Porque si el porcentaje de casos resueltos es mínimamente aceptable, la situación puede variar.

Carl volvió a mirar hacia las nubes. En el sótano, decían. O sea que el plan era machacarlo. Querían volverlo loco, recluirlo, aislarlo y hacer que se deprimiera. Como si hubiera alguna diferencia entre hacerlo aquí arriba o allí abajo. De todas formas, hacía lo que le daba la gana, que consistía en no hacer nada de nada, en la medida de lo posible.

—Por cierto, ¿qué tal Hardy? —preguntó su jefe después de una larga pausa.

Carl dirigió la mirada hacia su jefe. Era la primera vez que le preguntaba por Hardy en todo el tiempo transcurrido desde el tiroteo.

5

2002

Por la noche Merete Lynggaard recuperaba su vida privada. Por cada línea discontinua que desaparecía bajo el coche camino de casa, iba dejando atrás elementos de sí misma que no encajaban en la vida tras los tejos de Magleby. En el mismo instante en que doblaba hacia los grandes campos apacibles de Stevns y atravesaba el puente sobre el riachuelo Tryggevælde, se sentía transformada.

Uffe estaba como siempre sentado en el sofá con el té frío junto al borde de la mesa baja, bañado en la luz del televisor y con el volumen a tope. Cuando ella aparcaba el coche en el garaje y se encaminaba a la puerta trasera, lo solía ver con claridad desde el patio, detrás de los cristales. Siempre el mismo Uffe. Silencioso e inmóvil.

Se quitó los zapatos de tacón en la recocina, puso el maletín sobre la caldera de la calefacción, colgó el abrigo en el recibidor y dejó los papeles en su despacho. Después se despojó del traje de Filippa K, lo puso en la silla junto a la lavadora, asió de un tirón la bata y se calzó las zapatillas de casa. Así tenía que ser. No era de las que tenían que quitarse de encima la mugre del día bajo la ducha en cuanto entraban en casa.

Rebuscó en la bolsa de la compra y encontró los caramelos en el fondo. Hasta tener el caramelo en la lengua y notar que le subía el azúcar en la sangre no se sentía lista para dirigir la mirada hacia la sala.

Sólo entonces solía gritar: «¡Hola, Uffe, ya estoy en casa!». Siempre el mismo ritual. Sabía que Uffe había visto las luces del coche en el preciso instante en que coronaba la colina, pero ninguno de los dos necesitaba contacto hasta llegado el momento.

Se sentó ante él y trató de captar su mirada.

—Hola, campeón. ¿Qué...? ¿Viendo las noticias y comiéndote con los ojos a Trine Sick?

El rostro de Uffe se contrajo y sus patas de gallo se alargaron hasta las sienes, pero sus ojos no se desviaron de la pantalla.

—Menudo estás hecho —dijo su hermana, tomándolo de la mano, que estaba caliente y suave como siempre—. Pero te gusta más Lotte Mejlhede, ¿crees que no me he dado cuenta?

Entonces los labios de Uffe se abrieron poco a poco en una sonrisa. Se había establecido el contacto. Sí, Uffe seguía allí dentro. Y sabía perfectamente qué deseaba en la vida.

Merete se volvió hacia la pantalla y siguió los dos últimos reportajes del telediario. Uno de ellos trataba de la propuesta del Consejo de Nutrición de prohibir los ácidos grasos insaturados producidos industrialmente, y el otro era sobre una campaña de publicidad desastrosa que la Asociación Danesa de Mataderos de Aves había llevado a cabo con ayuda estatal. Conocía los casos de primera mano. Le habían supuesto dos noches de trabajo intensivo.

Se giró hacia Uffe y le revolvió el pelo, dejando al descubierto la larga cicatriz del cuero cabelludo.

—Venga, holgazán, vamos a comer algo.

Agarró un cojín del sofá con la mano libre y lo golpeó en la nuca, hasta que Uffe empezó a chillar de alegría y sacudir brazos y piernas. Entonces ella le soltó el pelo y brincó como una cabra montés por encima del sofá, atravesó la sala y se dirigió a las escaleras. Nunca fallaba. Dando voces y riendo, desbordando ganas de vivir y energía contenida, Uffe la siguió de cerca. Como un par de vagones de tren separados por amortiguadores, subieron a toda mecha hasta el primer piso, volvieron a bajar, salieron hasta el garaje, regresaron a la sala y finalmente a la cocina. Pronto comerían delante del televisor lo que les había preparado la asistenta. La noche anterior habían visto *Mr. Bean*. Anteayer, Charlot. Ahora iban a volver a ver *Mr. Bean*. La colección de vídeos de Uffe y Merete abarcaba solamente las cosas que le encantaba ver a Uffe. Normalmente aguantaba media hora antes de caer dormido. Entonces ella lo tapaba con una manta, dejándolo dormir en el sofá hasta que él, en algún momento de la noche, subía al dormitorio. Allí la tomaba de la mano y gruñía un poco antes de volver a dormirse junto a ella en la cama doble. Cuando por fin se quedaba profundamente dormido, emitiendo sonidos susurrantes, ella encendía la luz y preparaba el trabajo del día siguiente.

Así era como transcurría la noche. Porque así lo quería Uffe; el buenazo e inocente de su hermano pequeño. El buenazo de Uffe, tan callado él.

6

2007

La puerta, que llevaba un letrero de latón donde ponía Departamento Q, estaba desmontada y apoyada en los tubos de calefacción que se extendían por los largos pasillos del sótano. Diez cubos de pintura medio llenos seguían apestando en el suelo de lo que se suponía que iba a ser su despacho. Del techo colgaban cuatro tubos fluorescentes de los que al cabo de cierto tiempo te provocaban un dolor de cabeza impresionante. Pero las paredes estaban bien, aparte del color. Era difícil evitar la comparación con los hospitales de Europa del Este.

–Viva Marcus Jacobsen –gruñó Carl, tratando de hacerse una composición de lugar.

En los últimos cien metros del pasillo del sótano no había visto ni un alma. En su parte del sótano no había bicho viviente, luz solar, ni aire ni nada que evitara el parecido con el Archipiélago Gulag. Era de lo más lógico comparar aquel lugar con la cola de tercera división.

Observó sus dos ordenadores recién comprados y el montón de cables conectados. Aparentemente habían separado las vías de información, de modo que la intranet estaba conectada a uno de los ordenadores y el resto del mundo al otro. Dio unas palmadas al segundo ordenador. Allí iba a poder pasar las horas que quisiera navegando en la red. Nada de reglas irritantes sobre navegación segura y protección de los servidores centrales, algo es algo. Miró alrededor en busca de algo que le sirviera de cenicero y sacó un Cecil del paquete. «Fumar perjudica gravemente su salud y la de los que están a su alrededor», ponía en el paquete. Miró alrededor. Las pocas cochinillas de la humedad que medraban allí lo aguantarían. Lo encendió y le dio una buena calada. No estaba tan mal ser jefe de tu propio departamento.

«Te bajaremos el material», le había dicho Marcus Jacobsen, pero no había ni una cuartilla sobre la mesa o en las estanterías totalmente vacías. Debieron de pensar que antes tendría que acostumbrarse un poco al local. Pero a Carl le daba igual, no pensaba hacer nada en absoluto hasta que le llegara la inspiración.

Giró la silla con ruedas y plantó los pies sobre el borde de la mesa. Así fue como había pasado la mayor parte de la baja en casa. Las primeras semanas las pasó mirando fijamente ante sí. Fumaba sus cigarrillos e intentaba no pensar en la carga del cuerpo pesado y paralizado de Hardy y en los estertores de Anker en los segundos previos a su muerte. Después navegaba por Internet. Sin rumbo ni plan alguno, y anestesiado. Ésa era su intención también ahora. Miró el reloj. Le quedaban unas cinco horas de matar el tiempo antes de ir a casa.

Carl vivía en Allerød, y fue su esposa la que tomó la decisión. Se habían mudado allí un par de años antes de que ella se largara y se fuera a vivir a una cabaña con huerta, en Islev. Ella examinó un mapa de Selandia y calculó con rapidez que si lo querías todo tenías que tener la cartera llena o si no mudarte a Allerød. Un pueblecito excelente, con estación de tren, rodeado de campos, bosques supuestamente cercanos, muchas tiendas acogedoras, cine, teatro, vida asociativa, y encima la urbanización de Rønneholtparken. Su esposa estaba eufórica. Por un precio razonable podrían comprar una casa adosada de módulos de hormigón con mucho sitio para ellos y para su hijo, y además podrían utilizar las canchas de tenis, la piscina cubierta y la casa común, y estarían cerca de los campos de cereales y los pantanos y tendrían un montón de vecinos guays. Porque en Rønne-holtparken todos se relacionaban con todos, por lo que había leído. En aquel entonces eso no era ninguna ventaja añadida para Carl, porque ¿quién coño se cree esas patrañas publicitarias? Pero de hecho con el tiempo llegó a serlo. Sin los amigos de Rønneholtparken Carl se habría hundido. Tanto en sentido figurado como en el literal. Primero se largó su mujer. Después no quería divorciarse, pero se quedó en la cabaña. Después tuvo una serie de amantes mucho más jóvenes, de quienes tenía la mala costumbre de hablarle por teléfono. Luego su hijo se negó a seguir viviendo en la cabaña con ella y volvió a casa de Carl en el momento álgido de la pubertad. Y finalmente pasó lo del tiroteo de Amager, que puso fin a todo aquello a lo que se había aferrado Carl: una vida estable y un par de buenos compañeros a quienes les importaba un bledo con qué pie se había levantado de la cama. Desde luego, si no hubiera sido por Rønneholtparken y toda su gente, entonces sí que se habría desmoronado.

Cuando Carl llegó a casa, dejó la bici apoyada en el cobertizo junto a la cocina y observó que sus otros dos compañeros de piso también estaban en casa. Como de costumbre, su inquilino, Morten Holland, tenía la ópera a todo volumen en el sótano, mientras el rock incendiario bajado de la red por su hijo postizo rugía por la ventana del primer piso. Imposible encontrar un *collage* sonoro más horrible.

Penetró en aquel infierno, dio un par de pisotones en el suelo y el Rigoletto del sótano bajó el volumen inmediatamente. Lo del chaval de arriba era más difícil. Salvó la escalera en tres saltos y no se tomó la molestia de llamar antes.

—¡Jesper, me cago en...! Las ondas sonoras ya han destrozado dos ventanas en la calle de abajo. ¡Tendrás que pagarlas de tu bolsillo! —vociferó tan alto como pudo.

El chaval ya había oído antes aquello, y su espalda encorvada sobre el teclado no se enderezó ni un milímetro.

—¡Hola! —le gritó Carl directamente al oído—. Baja el volumen o corto el cable del ADSL.

Aquello funcionó.

En la cocina Morten Holland ya había puesto la mesa. Uno de los vecinos lo había apodado «el ama de casa suplente del número 73», pero se equivocaba. Morten no era suplente de nadie, era la mejor y más auténtica ama de casa que había conocido Carl. Hacía la compra, ponía la lavadora, cocinaba y limpiaba mientras de sus labios sensibles brotaban las arias de ópera. Y además pagaba el alquiler.

—¿Has estado en la uni hoy, Morten? —le preguntó, aunque sabía la respuesta. Había cumplido treinta y tres años, y durante los últimos trece había estudiado con gran aplicación todo tipo de temas excepto los que correspondían a las tres carreras en las que había estado matriculado. Y el resultado era un conocimiento apabullante sobre todo lo que no fuera el estudio para el que le dieron las becas, y que se suponía que iba a ser su futura fuente de ingresos.

Morten le volvió la espalda rolliza y miró fijamente la masa borboteante de la cazuela.

—He decidido estudiar en la Escuela de Administración Pública.

Ya lo había mencionado antes, sólo era cuestión de tiempo.

—Joder, Morten, ¿no deberías terminar antes la carrera de políticas? —le preguntó Carl de todas formas.

Morten echó sal a la cazuela y removió.

—La mayoría de los de políticas votan a los partidos del Gobierno, y eso no es lo mío.

—¿Qué coño sabes de eso? Si nunca vas a clase, Morten.

—Fui ayer. Les conté a los compañeros de clase un chiste sobre Karina Jensen.

—Un chiste sobre una política que empieza en la extrema izquierda y termina con los Liberales. No debería ser muy difícil.

—«Un ejemplo más de que tras una fachada respetable se esconde una cabeza de chorlito», les dije. Y no se rieron.

Morten era especial. Sobrecrecido, eterno estudiante, andrógino y virgen, para él las relaciones sociales consistían sobre todo en comentarios que hacía a los ocasionales clientes del súper acerca de sus compras. Una pequeña conversación junto al arcón de los congelados acerca de si las espinacas había que hacerlas con o sin nata.

—No se rieron, Morten, pero para eso puede haber diversos motivos. Yo tampoco me he reído, y no voto a los partidos del Gobierno, para que te enteres.

Sacudió la cabeza. Era una batalla perdida. Mientras Morten siguiera cobrando bien en la tienda de alquiler de vídeos, a él le importaba un pimiento lo que estudiara o dejara de estudiar.

—En la Escuela de Administración Pública, dices. Suena aburridísimo.

Morten se encogió de hombros y añadió a la cazuela dos zanahorias cortadas. Estuvo callado un rato, cosa inusual en él. Carl ya sabía lo que venía.

—Ha llamado Vigga —dijo Morten finalmente con cierta inquietud en la voz, y se hizo a un lado. En tales situaciones solía continuar diciendo *Don't shoot me, I'm only the piano player.* Esta vez se abstuvo.

Carl no hizo ningún comentario. Si Vigga quería hablar con él, no tenía más que esperar a que llegara a casa.

—Me parece que está helada en la cabaña —osó añadir Morten mientras removía con la cuchara el contenido de la cazuela.

Carl se volvió hacia él. Aquella cazuela olía de maravilla. Hacía mucho que no sentía tanta hambre.

—¿Que está helada? Pues que meta en la estufa a un par de sus amantes macizos.

—¿De qué habláis? —se oyó desde la puerta. Tras Jesper, la cacofonía que volvía a rugir en su cuarto hacía estremecerse las paredes del pasillo.

Era un auténtico milagro que pudieran oírse entre ellos.

Cuando Carl llevaba tres días alternando entre mirar en Google y mirar la pared del sótano, y se sabía de memoria la distancia hasta el baño improvisado, además de sentirse descansado como nunca, dio los cuatrocientos cincuenta y dos pasos que había hasta la Brigada de Homicidios, en el segundo piso, donde se alojaban sus antiguos compañeros. Quería exigir que las obras del sótano terminaran de una vez y volvieran a montar la puerta, para que al menos pudiera dar algún portazo si le apetecía. También iba a recordarles discretamente que aún no le habían llegado los expedientes. No porque corriera prisa, pero tampoco quería quedarse sin puesto de trabajo antes de haber empezado a trabajar.

Tal vez esperaba que sus compañeros lo observaran con curiosidad cuando entrara en la Brigada de Homicidios. ¿Estaría a punto de tener un ataque de nervios? ¿Habría perdido color tras su estancia en la eterna oscuridad? Esperaba miradas de curiosidad, también burlonas, pero no que todos se encerraran en sus despachos cerrando la puerta de forma tan coordinada como había sucedido.

—¿Qué pasa aquí? —preguntó a un hombre a quien nunca había visto, que estaba abriendo las cajas de mudanzas en el primer despacho.

El hombre le tendió la mano.

—Soy Peter Vestervig, vengo de la comisaría del centro. Voy a entrar en el grupo de Viggo.

—¿En el grupo de Viggo? ¿De Viggo Brink? —se sorprendió. ¿Jefe de grupo? ¿Viggo? Pues debían de haberlo nombrado ayer.

—Sí. Y tú ¿quién eres? —dijo, dando la mano a Carl.

Carl la apretó brevemente y miró la estancia sin contestar. Había otras dos caras que no conocía.

—¿También del grupo de Viggo?

—El que está en la ventana, no.

—Muebles nuevos, por lo que veo.

—Sí, acaban de subirlos. ¿Tú no eres Carl Mørck?

—Una vez lo fui —confirmó, dando los últimos pasos hacia el despacho de Marcus Jacobsen.

La puerta estaba abierta, pero una puerta cerrada no le habría impedido entrar sin más.

—¿Tenéis sangre nueva en el departamento, Marcus? —preguntó directamente, interrumpiendo una reunión.

El jefe de Homicidios miró resignado a su subinspector y a una secretaria.

—Bueno, Carl Mørck ha subido de las catacumbas. Seguiremos dentro de media hora —dijo, haciendo un montón con los papeles.

Carl dirigió una mirada agria al subinspector cuando éste salió por la puerta, y la que recibió de él fue del mismo estilo. El subinspector de la Policía Criminal Lars Bjørn siempre había sabido mantener viva la llama de su frialdad.

—¿Qué tal ahí abajo, Carl? ¿Has empezado ya a ordenar los casos?

—Algo así. Al menos los que me han llegado hasta ahora.

Después señaló hacia atrás.

—¿Qué pasa ahí?

—Buena pregunta —convino el jefe levantando las cejas y enderezando la Torre Inclinada de Pisa, que es como solían llamar al montón de casos recién empezados de su escritorio—. La cantidad de casos nos ha obligado a montar dos grupos más de investigación.

—¿Para sustituir al mío? —preguntó Carl con una sonrisa irónica.

—Sí, y otros dos más.

Carl frunció el entrecejo.

—Tres grupos. ¿Cómo cojones habéis conseguido financiarlo?

—Una partida especial. Un pequeño ajuste relacionado con la reforma, ya sabes.

—¿Lo sé? No jodas...

—¿Querías algo en concreto, Carl?

—Sí, pero puede esperar, ahora que lo pienso. Antes tengo que mirar una cosa. Luego vuelvo.

Era del dominio público que en el Partido de la Derecha había mucha gente del mundo empresarial que se lo pasaba en grande y hacía lo que le pedían las organizaciones del sector. Pero el partido más impecable de Dinamarca también había atraído siempre a policías y personalidades militares, sabe Dios por qué. Sabía que en aquel momento había por lo menos dos de aquellos en la Derecha dentro del Parlamento de Christiansborg. Uno de ellos era un tipo sórdido que sólo había pasado por el organigrama de la policía para después salir de él a toda velocidad, pero el otro era un veterano subcomisario de la Policía Criminal, un tipo majo que Carl conocía de su época de Randers. No era de ideas especialmente conservadoras, pero el distrito electoral era su tierra natal, y seguro que el trabajo estaba bien pagado. De modo que Kurt Hansen de Randers se convirtió en parlamentario del Partido de la Derecha y en miembro de la Comisión de Justicia, y en la mejor fuente de información de tipo político para Carl. Kurt no lo contaba todo, pero era fácil de sonsacar si el caso le interesaba. Claro que Carl no sabía si éste le interesaba.

—El señor subcomisario Kurt Hansen, supongo —dijo cuando oyó la voz al otro lado de la línea.

Se oyó una risa suave y profunda.

—Vaya, cuánto tiempo sin saber de ti, Carl. Me alegro de oír tu voz. Dicen que te dieron un balazo.

—No fue para tanto. Ya estoy bien, Kurt.

—Peor les fue a tus dos compañeros. ¿Cómo va la investigación?

—Están en ello.

—Me alegro, de verdad. Estamos trabajando en una proposición de ley para aumentar en un cincuenta por ciento las penas por atentado contra la autoridad. Espero que funcione. Tenemos que ayudaros en las barricadas.

—Muy bien, Kurt. También habéis aprobado una partida especial para la Brigada de Homicidios de Copenhague, por lo que he oído.

—No, no me suena.

—Bueno, puede que no sea para la Brigada de Homicidios, sino para alguna otra cosa en Jefatura, no es ningún secreto, ¿verdad?

—¿Tenemos acaso secretos en cuestiones presupuestarias? —preguntó Kurt con una risa tan franca como sólo puede emitir alguien con una jubilación generosa.

—Entonces ¿a qué habéis destinado la partida, si puede saberse? ¿Es algo de la Policía Nacional?

—Sí, la sección pertenece en realidad al ámbito del Centro de Investigación Nacional, pero para que no sea la misma gente la que vuelve a investigar los casos, se ha decidido que haya un departamento independiente administrado por la Brigada de Homicidios. Se ocupará de casos de especial importancia, pero eso ya lo sabrás.

—¿Te refieres al Departamento Q?

—¿Lo llamáis así? Vaya, es un nombre estupendo.

—¿A cuánto asciende la partida?

—No sabría darte una cifra exacta, pero andará entre seis y ocho millones anuales durante los próximos diez años.

Carl observó el cuarto del sótano, pintado de verde claro. Bueno, ahora ya entendía por qué Marcus Jacobsen y Bjørn insistían tanto en deportarlo a tierra de nadie. Entre seis y ocho millones, le había dicho. Directamente al bolsillo de la Brigada de Homicidios.

Aquello iba a salirles caro, por sus huevos.

El jefe de Homicidios volvió a mirarlo antes de quitarse las gafas de leer. Ésa era la expresión que solía tener cuando contemplaba un escenario del crimen donde las huellas no estaban claras.

—¿Que quieres un coche de uso exclusivo? ¿Tengo que recordarte acaso que nadie tiene un coche para uso personal en la policía de Copenhague? Cuando tengas que usar uno tendrás que ir al despacho de vehículos. Como los demás, Carl, es lo que hay.

—Yo no trabajo en la policía de Copenhague. Simplemente me administráis.

—Carl, sabes perfectamente que la gente va a quejarse por ese trato preferente, ¿verdad? Y dices que seis hombres para tu departamento. Oye, ¿te has vuelto loco?

—Sólo trato de estructurar el Departamento Q para que funcione como está previsto, ¿no es lo que tengo que hacer? Como tú comprenderás, tener a toda Dinamarca bajo mi responsabilidad es mucho territorio. O sea, ¿que no vas a darme seis hombres?

—Claro que no.

—¿Cuatro? ¿Tres?

El jefe de Homicidios sacudió la cabeza.

—O sea que tengo que hacerlo yo todo.

El otro asintió en silencio.

—Entonces ya ves que no puedo prescindir de un coche con disponibilidad total. ¿Qué hago si tengo que ir a Ålborg o Næstved? Y soy un hombre ocupado. Ni siquiera sé cuántos casos van a terminar en mi mesa, ¿no?

Se sentó frente a su jefe y se sirvió café en la taza que había dejado el subinspector.

—Pero de todas formas voy a necesitar algún asistente allí abajo. Uno que tenga carné y pueda ayudarme con mis cosas. Enviar faxes y cosas así. Hacer la limpieza. Tengo demasiado trabajo, Marcus. También queremos resultados, ¿no? El Parlamento querrá algo a cambio de su dinero, ¿no? ¿Cuánto era? ¿Ocho millones? Eso es mucho dinero.

7

2002

No había calendario lo bastante grande para la vicepresidenta del grupo parlamentario de los Demócratas. Entre las siete de la mañana y las cinco de la tarde, Merete Lynggaard tenía catorce reuniones con representantes de diversas organizaciones. Le presentarían por lo menos cuarenta caras nuevas en su calidad de portavoz de Sanidad, y la mayoría de ellos esperarían que conociera su historia y actividades, sus expectativas de futuro y los respaldos científicos con que contaban. Si hubiera contado aún con Marianne como apoyo, habría tenido alguna probabilidad, pero la nueva secretaria, Søs Norup, no era tan lista. Eso sí, era discreta. Durante el mes que llevaba en el despacho de Merete no había hecho ni una sola mención de carácter personal. Era un robot nato, aunque tenía problemas con la memoria RAM.

La organización reunida con Merete había estado de ronda. Primero con los partidos del Gobierno, y después llegó el turno del principal partido de la oposición, es decir, de Merete Lynggaard. Parecían bastante desesperados, y con razón, porque poca gente del gabinete se preocupaba por nada aparte del escándalo de Farum y los ataques del alcalde a varios ministros.

La delegación hizo lo posible para informarla debidamente de los posibles efectos negativos para la salud de las nanopartículas, el control magnético del transporte de partículas por el cuerpo, la defensa inmunitaria, las moléculas de reconocimiento y las investigaciones con placenta. Esto último era su tema estrella.

—Somos plenamente conscientes de las cuestiones éticas que pueden surgir —afirmó el portavoz—. Por eso sabemos también que los partidos del Gobierno representan a sectores de la población que se opondrán a una recogida generalizada de placentas, pero aun así debemos lograr que se aborde la cuestión.

El portavoz era un hombre elegante en la cuarentena que llevaba mucho tiempo ganando millones en el sector. Era fundador del famoso laboratorio médico BasicGen, que sobre todo ofrecía investigación básica a otras empresas farmacéuticas más grandes. Cada vez que se le ocurría una nueva idea se plantaba en los despachos de los portavoces de Sanidad de los diversos partidos. A los demás integrantes del grupo no los conocía, pero observó que detrás del portavoz había un joven mirándola fijamente. Ofrecía al portavoz del grupo unos pocos datos, tal vez estuviera allí sólo para observar.

—Éste es Daniel Hale, nuestro mejor colaborador en cuestiones de laboratorio. El apellido suena a inglés, pero Daniel es danés de pura cepa —dijo después el portavoz al presentarlo cuando ella los fue saludando uno a uno.

Merete estrechó su mano y sintió enseguida lo caliente que estaba.

—Daniel Hale, ¿verdad? —le preguntó.

Él sonrió. Por un instante la mirada de ella vaciló. Qué embarazoso.

Merete miró a su secretaria, uno de los puntos de apoyo neutrales del despacho. Si hubiera sido Marianne, habría escondido su sonrisa irónica tras los papeles que siempre llevaba en la mano. Esta secretaria no sonreía.

—¿Trabajas en un laboratorio? —quiso saber Merete.

En ese momento los interrumpió el portavoz. Tenía que apurar sus preciosos segundos. La siguiente organización esperaba ya a la puerta del despacho de Merete Lynggaard. Nadie sabía cuándo se presentaría la próxima oportunidad. Se trataba de dinero y tiempo costosamente invertido.

–Daniel tiene un pequeño laboratorio que es el mejor de Escandinavia. Bueno, ya no es tan pequeño después de la ampliación –contestó, vuelto hacia el joven, que sacudió la cabeza con una sonrisa. Una sonrisa atractiva. Después el delegado continuó–. Quisiéramos entregar este informe. Puede que la portavoz de Sanidad lo lea con detenimiento a su debido tiempo. Es sumamente importante para las futuras generaciones que esta problemática se tome muy en serio desde ya.

Merete no había contado con ver a Daniel Hale en el bar del Parlamento, y con que aparentemente la estuviera esperando. Los demás días de la semana solía comer en su despacho, pero llevaba un año sentándose a almorzar todos los viernes con las portavoces de Sanidad de los Socialistas y Radicales de Centro. Eran tres mujeres valientes capaces de sacar de quicio a la gente del Partido Danés. El mero hecho de que tomaran café juntas en público era para muchos una espina clavada.

Estaba solo, medio escondido tras una columna, sentado en una silla de Kasper Salto y con un café delante. Sus miradas se cruzaron en cuanto ella entró por la puerta de cristal, y Merete no pensó en otra cosa mientras estuvo allí.

Cuando las mujeres se levantaron después de la tertulia, él se acercó.

Merete percibió cuchicheos mientras se sentía atrapada por la mirada del joven.

8

2007

Carl estaba bastante satisfecho. Los obreros habían trabajado duro toda la mañana en el cuarto del sótano. Él se quedó en el pasillo haciendo café sobre una mesa con ruedas, mientras se sucedían los cigarrillos que salían de su paquete. El suelo del llamado despacho del Departamento Q estaba cubierto por una alfombra, los cubos de pintura y todo lo demás había desaparecido en unos enormes sacos de plástico, la puerta estaba en su sitio, habían instalado una pantalla plana de televisión, una pizarra blanca y un tablón de anuncios, y la estantería estaba ocupada por su viejo material de consulta legal, que algunos habían creído que podrían llevarse. En el bolsillo del pantalón tenía la llave de un Peugeot 607 azul marino que acababa de ser reemplazado por el Servicio de Información de la Policía, que no quería que los coches de los guardaespaldas que acompañaban a los vehículos de la Casa Real tuvieran la pintura rayada. Sólo había rodado cuarenta y cinco mil kilómetros y pertenecía exclusivamente al Departamento Q. Iba a ser sin duda el orgullo del aparcamiento de Magnolievangen. A sólo veinte metros de la ventana de su dormitorio.

Le habían prometido conseguirle un ayudante dentro de un par de días, y Carl hizo que vaciaran el cuartito que había frente al suyo en el pasillo del sótano. Un cuarto que se había utilizado para almacenar las viseras y los cascos desechados después de la batalla de la Casa de la Juventud, pero que ahora contaba con mesa, silla y armario para las escobas, así como con todos los tubos fluorescentes que Carl había hecho sacar de su despacho. Marcus Jacobsen cumplió la palabra dada a Carl y puso a su disposición a un asistente de limpieza y hombre para todo, pero a cambio exigió que se ocupara de la limpieza del resto de la sección de calderas. Más adelante Carl tendría ocasión de cambiar eso, y seguramente también Marcus Jacobsen contaba con ello. Todo aquello no era más que un juego para decidir y organizar qué había que hacer, y sobre todo cuándo. Al fin y al cabo era él quien estaba en la oscuridad del sótano, los demás estaban arriba, con vistas al Tívoli. Toma y daca, así se lograba el equilibrio.

Aquel día a la una de la tarde llegaron finalmente dos secretarias de la Administración con los expedientes. Dijeron que eran los documentos principales, y que si le hacía falta material más detallado tendría que solicitarlo por su mediación. Así que al menos tenía alguien con quien mantener el diálogo con su antiguo departamento. Al menos con una de ellas, Lis, una mujer rubia y cariñosa con atractivas paletas ligeramente cruzadas, intercambiaría con sumo gusto mucho más que ideas.

Les pidió que dejaran un montón a cada lado del escritorio.

—¿Veo en tu mirada un guiño coqueto casual, o siempre estás tan guapísima? —piropeó a la rubia.

La morena dirigió a su compañera una mirada capaz de hacer sentirse tonto al mismísimo Einstein. Probablemente hacía mucho tiempo que no oía un comentario así.

—Carl, amigo mío —replicó como siempre Lis, la rubia—. Mis guiños son para mi marido y mis hijos. ¿Cuándo vas a enterarte?

—Me enteraré el día en que se vaya la luz y las tinieblas eternas nos absorban a mí y a todo el mundo —respondió él. No se había quedado corto.

La morena ya había hecho una seña con la cabeza a su compañera y expresó entre dientes su indignación antes de volverse hacia la escalera.

Estuvo un par de horas sin mirar los casos. Pero se puso a contar las carpetas, que también era trabajo, a fin de cuentas. Había por lo menos cuarenta, pero no abrió ninguna. Queda tiempo suficiente, por lo menos veinte años hasta la jubilación, pensó, mientras jugaba unos solitarios. Cuando ganara el siguiente vería si echaba una ojeada al montón de la derecha.

Después de hacer por lo menos veinte solitarios sonó el móvil. Carl miró la pantalla y no reconoció el número. 3545 y algo más. Era un número de Copenhague.

—¿Sí...? —respondió, esperando oír la voz exaltada de Vigga. Siempre encontraba alguna alma caritativa que le prestaba el teléfono. «¡Cómprate un móvil, mamá!», le decía siempre Jesper. «Es una putada tener que llamar a tu vecino para hablar contigo».

—Buenos días —saludó una voz que no era la de Vigga en absoluto—. Le habla Birte Martinsen, soy la psicóloga de la Clínica para Lesiones de Médula. Esta mañana Hardy Henningsen ha intentado beber el vaso de agua que le había dado una enfermera con un tubo que llevaba directo a los pulmones. Está bien, pero muy deprimido, y ha preguntado por usted. ¿Podría acercarse un rato? Creo que le haría bien a Hardy.

Le permitieron estar a solas con Hardy, aunque era evidente que la psicóloga se habría quedado con gusto a escuchar.

—¿Te has cansado de todo, viejo? —le preguntó, tomando la mano de Hardy. Había algo de vida en ella. Ya lo había notado antes. Los extremos de sus dedos índice y anular se doblaron como queriendo tirar de Carl.

—¿Sí, Hardy...? —dijo, bajando la cabeza hasta la de su compañero.

—Mátame, Carl —susurró.

Carl levantó la cabeza y lo miró directamente a los ojos. Aquel gigante tenía los ojos más azules del mundo, y ahora estaban llenos de pena, duda y profunda súplica.

—Hostias, Hardy —murmuró—. No puedo. Vas a ponerte bien. Volverás a estar como antes. Tienes un chaval que quiere que su padre vuelva a casa, ¿no es así, Hardy?

—Tiene veinte años, ya se las arreglará —replicó Hardy. No había cambiado. Tenía la mente clara. Lo decía en serio.

—No puedo hacerlo, Hardy, tienes que aguantar. Te pondrás bien.

—Estoy paralítico y seguiré estándolo. Me han comunicado la sentencia hoy. No hay posibilidad de cura, maldita sea.

—Me imagino que Hardy Henningsen le ha pedido que lo ayudara a quitarse la vida —comenzó la psicóloga, invitándolo a la confidencia. Su mirada profesional no exigía respuesta. Estaba segura de ello, lo había vivido antes.

—¡No! No me lo ha pedido.

—¡Vaya! Habría jurado que sí.

—¿Hardy? Qué va, era otra cosa.

—Le agradecería que me contara qué le ha dicho.

—Podría hacerlo —Carl puso los labios en punta y miró hacia Havnevej. No se veía a nadie. Raro de cojones.

—Pero ¿no lo hará?

—Se ruborizaría si lo oyera. No puedo decir una cosa así a una señora.

—Podría intentarlo.

—No creo.

9

2002

Merete había oído hablar a menudo del pequeño restaurante con extraños animales disecados de Nansensgade, pero nunca había estado allí personalmente.

Entre el murmullo del Café Bankeråt fue recibida por una mirada cálida y una copa de vino blanco helado, y la velada prometía.

Acababa de contar que iba a ir a Berlín con su hermano el fin de semana siguiente. Que hacían ese viaje de fin de semana una vez al año y que iban a alojarse cerca del Parque Zoológico.

Entonces sonó su móvil. La asistenta le dijo que Uffe estaba mal.

Tuvo que estar un rato con los ojos cerrados para tragar la amarga píldora. Raras veces se tomaba la libertad de salir a cenar con alguien. ¿También iba a impedirle eso su hermano?

A pesar de la carretera resbaladiza, llegó a casa en menos de una hora.

Al anochecer Uffe había tenido convulsiones y no paraba de llorar. Solía ocurrir las raras veces que Merete no volvía a casa a la hora habitual. Uffe no se comunicaba con palabras, o sea, que podía ser difícil interpretarlo; a veces parecía que estuviera en otro mundo. Pero no era el caso. Uffe estaba de lo más presente.

Por desgracia, la asistenta se había asustado, era evidente, por lo que Merete no podría contar con ella para otra vez.

Uffe no dejó de llorar hasta que su hermana lo subió al dormitorio y le dio su adorada gorra de béisbol, pero la inquietud seguía allí. Su mirada parecía insegura. Merete trató de apaciguarlo describiéndole los numerosos comensales del restaurante y los extraños seres disecados. Resumió sus vivencias y pensamientos, y vio que sus palabras lo sosegaban. Es lo que venía haciendo en situaciones parecidas desde que él tenía diez u once años. Cuando Uffe lloraba, el llanto surgía de lo más profundo de su inconsciente. En aquellos momentos el pasado y el presente se conectaban en él. Como si recordara lo que ocurrió en su vida antes del accidente. Cuando era un chaval de lo más normal. No, eso no. Normal, no. Cuando era un muchacho con una mente lúcida llena de ideas fabulosas y un futuro prometedor. Era un chico fantástico, y entonces ocurrió el accidente.

Los días siguientes Merete estuvo atareadísima. Y aunque sus pensamientos tendían a seguir sus propios caminos, tampoco había otros que hicieran el trabajo por ella. En el despacho a las seis de la mañana y, después de un día duro, vuelta deprisa por la autopista para poder estar en casa a las seis de la tarde. No le quedaba mucho tiempo para hacer que todo encajara.

Por eso no la ayudó a concentrarse el gran ramo de flores que vio un día sobre su mesa.

La secretaria estaba visiblemente irritada. Había trabajado en la Asociación Danesa de Abogados y Economistas, y por lo visto allí se marcaba mejor la separación entre vida privada y vida laboral. Si hubiera sido Marianne se habría desmayado y se habría deshecho en halagos hacia las flores como si fueran las joyas de la corona.

Desde luego, no podía esperarse mucho apoyo de la nueva secretaria en cuestiones privadas, pero quizá fuera mejor así.

Tres días después recibió un telegrama de San Valentín de TelegramsOnline. Era la primera vez en su vida que recibía una tarjeta de San Valentín, aunque llegaba algo a destiempo, casi dos semanas después del 14 de febrero. En la portada había dos labios impresos y el texto «Love & Kisses for Merete», y su secretaria parecía indignada cuando se lo llevó.

En el telegrama ponía: «¡Tengo que hablar contigo!».

Merete estuvo un rato sacudiendo la cabeza mientras observaba los labios.

Después sus pensamientos volvieron a la noche del Bankeråt. Aunque aquello la hacía sentirse de maravilla, era un jaleo. Tendría que echar el freno antes de que fuera a más.

Formuló varias veces para sí lo que iba a decir, tecleó el número en su teléfono y esperó hasta que se activó el contestador automático.

—Hola, soy Merete —dijo con suavidad—. Le he dado muchas vueltas, pero es inútil. Mi trabajo y mi hermano me exigen demasiado. Seguramente será siempre así. Lo siento mucho, de verdad. ¡Perdona!

Después cogió la agenda del escritorio y tachó el número de teléfono de la lista.

En ese instante entró su secretaria y se paró en seco ante el escritorio.

Cuando Merete alzó la cabeza y la miró, sonreía de una manera que Merete no le había visto antes.

Él la esperaba en la escalera de entrada a Christiansborg, sin abrigo. Hacía un frío intenso y tenía mala cara. Pese al efecto invernadero, febrero no parecía ofrecer tregua. La miraba con expresión suplicante, sin hacer caso del fotógrafo de prensa que acababa de atravesar la verja de entrada.

Merete trató de llevarlo hacia la puerta de entrada, pero él pesaba mucho y estaba desesperado.

–Merete –imploró con voz queda, poniendo sus manos sobre los hombros de ella–. No me hagas esto. Estoy totalmente desesperado.

–Lo siento –se disculpó ella, sacudiendo la cabeza. Reparó en el cambio en la mirada de él. De repente volvió a aparecer en sus ojos aquella dimensión profunda, latente, que la inquietaba.

Detrás del hombre el fotógrafo apretaba la cámara contra la mejilla, mierda. Lo que menos deseaba Merete en aquel momento era que un fotógrafo de la prensa del corazón los fotografiara.

–Lo siento, ¡no puedo ayudarte! –gritó, y corrió hacia su coche–. No funcionaría.

Uffe la miró con extrañeza cuando Merete se echó a llorar mientras cenaban, pero aquello no pareció afectarlo. Levantaba la cuchara tan lentamente como siempre, sonreía, y cada vez que tomaba una cucharada enfocaba la vista en los labios de ella, estaba muy lejos.

–¡Mierda! –exclamó Merete entre sollozos, dio un puñetazo en la mesa y miró a Uffe, sintiendo amargura y frustración en lo más profundo de su alma. Desgraciadamente, cada vez le pasaba más a menudo.

Merete despertó con el sueño soldado a la conciencia. Un sueño tan vívido, tan valioso y tan terrible.

Aquella mañana había sido maravillosa. Algo de escarcha y un poquito de nieve, lo suficiente para contribuir al ambiente festivo. Todos rebosaban vida. Merete tenía dieciséis años, Uffe trece. Sus padres habían pasado una noche que los hizo sonreír soñadores desde el momento en que cargaron el coche de paquetes hasta que todo terminó. La mañana del día de Nochebuena, qué palabras tan maravillosas y alegres. Tan cargadas de promesas. Uffe había hablado de un reproductor de CD, y fue la última vez que consiguió expresar un deseo.

Después partieron. Estaban contentos, y Uffe y ella reían. Los esperaban en el lugar adonde se dirigían.

Uffe le dio un empujón en el asiento trasero. Pesaba veinte kilos menos que ella, pero se afanaba como un cachorro de perro abriéndose camino para mamar. Y Merete le devolvió el empellón, se quitó el gorro peruano y le dio en la cabeza con él. Aquello se estaba desmadrando.

En una curva mientras atravesaban el bosque Uffe volvió a golpearla, y Merete lo agarró y lo obligó a estar sentado. Él daba patadas y soltaba carcajadas, y Merete lo apretó más contra el asiento. En el momento en que su padre, riendo, echó el brazo hacia atrás, Merete y Uffe alzaron la vista. Estaban haciendo un adelantamiento. El Ford Sierra era rojo, y las puertas laterales estaban grises de sal. Delante iba una pareja de cuarentones, mirando fijamente al frente. Detrás iban un chico y una chica, igual que ellos, y Uffe y Merete les sonrieron. El chico sería un par de años más joven que Merete y llevaba el pelo corto. Captó la mirada traviesa de ella al golpear el brazo de su padre, y ella volvió a sonreírle al chico y no se dio cuenta de que su padre había perdido el control del coche hasta que la expresión del muchacho se transformó de pronto a la luz palpitante de los abetos. Durante un segundo sus ojos azules horrorizados se clavaron en los de ella, y después desaparecieron.

El sonido de metal retorciéndose contra metal coincidió exactamente con la rotura de las ventanillas laterales del otro coche. Los niños que iban en el asiento trasero del otro vehículo cayeron hacia un lado, y al mismo tiempo Uffe se le vino encima. Tras ella se rompían cristales, y delante el parabrisas se cubrió de bultos golpeándose entre ellos. No registró si era su automóvil o el de los otros el que hizo crujir los árboles del borde del camino, pero para entonces el cuerpo de Uffe estaba retorcido y a punto de asfixiarse con el cinturón de seguridad. Entonces se oyó un estruendo ensordecedor, primero del otro coche, y después del suyo. La sangre de la tapicería y del parabrisas se mezcló con la tierra y la nieve del suelo, y la primera rama atravesó la pantorrilla de Merete. Un tronco de árbol tronchado golpeó los bajos del coche y lo lanzó al aire. El estruendo cuando aterrizaron de morro en la calzada se mezcló con el chirrido del Ford Sierra al derribar un árbol. Después su automóvil volcó bruscamente y siguió resbalando sobre el lado de Uffe hasta llegar a la espesura del otro lado. Su hermano tenía un brazo extendido en el aire, y las piernas aprisionadas bajo el asiento de su madre, que estaba arrancado de cuajo. Merete no vio en ningún momento a su madre ni a su padre. Sólo veía a Uffe.

Cuando despertó, el corazón le latía con tal ímpetu que le dolía. Estaba helada y cubierta de sudor.

—Basta, Merete —se dijo en voz alta, y aspiró tan profundamente como pudo. Se llevó la mano al pecho y trató de borrar la visión. Sólo cuando soñaba veía los detalles con una claridad tan terrible. Cuando ocurrió no los captó, sólo la totalidad: luz, gritos, sangre y oscuridad, y después otra vez luz.

Aspiró profundamente una vez más y dirigió la vista hacia abajo. En la cama, a su lado, estaba Uffe, respirando con sonidos sibilantes. Su semblante estaba sereno, y afuera se oía el murmullo de la lluvia en los canalones.

Le acarició el pelo con suavidad y sus labios se curvaron hacia abajo mientras sentía la presión del llanto.

Menos mal que hacía años que no tenía aquel sueño.

10

2007

—Hola, me llamo Assad —se presentó, tendiendo una mano peluda que había hecho de todo en la vida.

Carl no se dio cuenta enseguida de dónde estaba y con quién hablaba. Tampoco había sido una mañana emocionante. De hecho se había quedado profundamente dormido con los pies encima de la mesa, con el cuaderno de Sudokus en la barriga y la barbilla hundida en la pechera de la camisa. La raya por lo general tan perfecta parecía un gráfico de ritmo cardíaco. Bajó de la mesa las piernas casi paralizadas y se quedó mirando al tipo bajo y moreno que tenía delante. Seguro que era mayor que Carl. Y seguro que no lo habían reclutado en el pueblecito del que procedía Carl.

—Assad, vale —respondió Carl, aturdido. ¿Qué le importaba a él?

—Eres Carl Mørck, por lo que pone en la puerta. Dicen que tengo que ayudarte. ¿Es verdad?

Carl entornó un poco los ojos y sopesó la frase. ¿Ayudarlo?

—Joder, espero que sí —dijo por fin.

Él se lo había buscado, y ahora estaba atrapado en sus irreflexivas exigencias. Por desgracia era así, la presencia de aquel pequeño ser frente a él en el despacho constituía una obligación, acababa de darse cuenta. Por una parte había que ocupar al hombre en algo, y por otra también él tendría que ocuparse de algo en la medida de lo razonable. No, no estaba bien pensado. Carl no iba a poder holgazanear todo el día, como solía hacer, mientras tuviera a aquel tipo mirándolo. Había creído que iba a ser de lo más fácil con un ayudante. Que el pavo tendría cosas que hacer mientras él estaba atareado contando las horas en la parte interior de sus párpados. Había que fregar el suelo, y había que hacer café y poner las cosas en su sitio y meterlas en carpetas. Habrá muchísimo que hacer, pensaba unas pocas horas antes. Pero a las dos horas el tío seguía allí mirándolo con los ojos bien abiertos, y todo estaba listo, bien dispuesto y ordenado. Hasta la estantería que había detrás de Carl estaba llena de literatura especializada ordenada alfabéticamente, y todas las carpetas llevaban su número y estaban listas para usarse. El hombre había hecho su trabajo en dos horas y media, no había que darle más vueltas.

Tal como lo veía Carl, el tío podría irse ya a casa.

−¿Tienes carné de conducir? −le preguntó, con la esperanza de que Marcus Jacobsen se hubiera olvidado de tomarlo en cuenta, para poder discutir de nuevo toda la cuestión del nombramiento.

−Sé conducir el taxi y el turismo, el camión y un tanque T-55 y un T-62, y vehículos acorazados y motos con carrocería o sin ella.

Fue entonces cuando Carl le propuso que se sentara tranquilamente en su silla un par de horas y leyera alguno de los libros de la estantería. Cogió el primer libro a su alcance, *Manual de la Policía Científica*, del inspector de policía A. Haslund. Sí, ¿por qué no?

−Fíjate bien en la estructura de las frases al leer, Assad. Ahí puede aprenderse mucho. ¿Has leído mucho en danés?

−He leído todos los periódicos, y también las constituciones y todo lo demás.

−¿Todo lo demás? −dijo Carl. Aquello no iba a resultar fácil.

—A lo mejor te gusta resolver Sudokus, ¿no? —aventuró, tendiéndole su cuaderno.

Por la tarde le empezó a doler la espalda de tanto estar sentado. El café de Assad fue una experiencia estremecedoramente fuerte, y la cafeína y la irritante sensación de la sangre corriendo por sus venas se apoderaron de él. Por eso empezó a hojear las carpetas.

Un par de casos los conocía de memoria, pero la mayoría procedían de otros distritos policiales, y unos pocos eran anteriores a su ingreso en la Policía Criminal. Tenían en común que exigían mucho personal, que habían sido objeto de gran atención en los medios de comunicación, que en varios de los casos estaban implicadas personalidades públicas y que habían llegado a un punto en el que todas las pistas eran callejones sin salida.

Si tuviera que clasificarlos someramente, los dividiría en tres categorías.

La primera y más numerosa la constituían todo tipo de asesinatos simples en los que podían apuntarse posibles motivos, pero no al autor.

La segunda categoría comprendía también asesinatos, pero de naturaleza más compleja. El motivo era a veces difícil de adivinar. Podía haber varias víctimas. Y condenas a colaboradores, pero no a los autores, y quizá existiera alguna casualidad vinculada al asesinato, y en ocasiones el motivo era posible buscarlo en un acto pasional. En este tipo de casos la investigación recibía muchas veces la inesperada ayuda de afortunadas coincidencias. Testigos que casualmente pasaban por allí, vehículos que se utilizaban en otro acto delictivo, delaciones debidas a circunstancias ajenas y cosas así. Casos que, de no mediar cierta suerte, plantearían dificultades a los investigadores.

Y después estaba la tercera categoría, que era una mezcla de casos de asesinato o supuestos casos de asesinato relacionados con secuestros, violaciones, incendios provocados, robos con violencia y resultado de muerte, elementos de delincuencia económica y muchos con connotaciones políticas. Había casos en que la policía había fracasado, y a veces también casos en los que el sentido de la justicia había sufrido un rudo golpe. Un niño que desapareció de su cochecito, un residente de un hogar de ancianos que apareció estrangulado en su habitación. El dueño de una fábrica al que encontraron asesinado en un cementerio de Karup, o el caso de la diplomática en el Parque Zoológico. Mal que le pesara a Carl reconocerlo, las exaltadas promesas electorales de Piv Vestergård tenían cierto sentido. Porque ninguno de aquellos casos podía dejar frío a un auténtico policía.

Cogió otro cigarrillo y miró a Assad, que estaba en el cuarto de enfrente. Un hombre tranquilo, pensó. Si era capaz de ocuparse de sus propios asuntos como hacía ahora, después de todo la cosa podría salir bien.

Colocó los tres montones en el escritorio frente a sí y miró el reloj. Media hora escasa de estar cruzado de brazos con los ojos cerrados. Después podrían marcharse.

—¿Qué son esos casos de ahí, entonces?

Carl vio las cejas oscuras de Assad a través de dos rendijas que se negaban a ensancharse. El hombre compacto estaba encorvado sobre el escritorio con el *Manual de la Policía Científica* en una mano. El dedo con que marcaba las páginas indicaba que había leído buena parte de él. Puede que mirara sólo las fotos, muchos lo hacían.

—Vaya, Assad, me has interrumpido una cadena de ideas —protestó, reprimiendo un bostezo—. Bueno, qué se le va a hacer. Son los casos en los que vamos a trabajar. Casos antiguos que otros han renunciado a seguir investigando, ¿entiendes?

Assad arqueó las cejas.

—Es muy interesante —convino, cogiendo la carpeta superior—. ¿Nadie sabe quién ha hecho qué, y cosas así?

Carl alargó el cuello y miró el reloj. Aún no eran ni las tres. Después cogió la carpeta y examinó su interior.

—No conozco este caso. Tiene que ver con las excavaciones de la isla de Sprogø, cuando construyeron el puente del Gran Belt. Encontraron un cadáver y no llegaron mucho más lejos. Fue la policía de Slagelse la que se encargó de aquel caso. Majaderos.

—¿Majaderos? —repitió Assad, asintiendo con la cabeza—. Y ese caso ¿es el primero para ti?

Carl lo miró sin comprender.

—¿Te refieres a si es el primer caso que vamos a investigar?

—Sí, ¿es así, entonces?

Carl frunció el ceño. Eran demasiadas preguntas a la vez.

—Antes tengo que estudiarlos a fondo, y luego decidiré.

—¿Es muy secreto, entonces? —insistió Assad, dejando con cuidado la carpeta en su montón.

—¿Estos expedientes? Sí, es posible que haya cosas que son de consumo interno.

El hombre moreno se quedó un rato callado como un chico al que le han negado un helado pero sabe bien que si espera lo suficiente tendrá otra oportunidad. Estuvieron mirándose lo suficiente para que Carl se quedara desconcertado.

—¿Sí...? —preguntó—. ¿Querías algo en especial?

—Si prometo callar como un muerto y no decir ni palabra de lo que he visto, ¿podré mirar las carpetas, entonces?

—Pero si no es tu trabajo, Assad.

—Ya, pero ¿cuál es mi trabajo en este momento? He llegado a la página cuarenta y cinco del libro, y ahora mi mente necesita otra cosa.

—Vaya.

Carl miró alrededor en busca de algún reto, si no para la mente de Assad, al menos para sus bien proporcionados brazos. Se daba cuenta de que no había gran cosa que pudiera hacer Assad.

—Bueno, si prometes por lo más sagrado no hablar con nadie aparte de mí de lo que lees, de acuerdo —dijo Carl, empujando hacia Assad el montón más alejado—. Hay tres montones, y no puedes revolverlos. Lo tengo todo perfectamente sistematizado, me ha llevado mucho tiempo. Y recuerda, Assad: no hables de los casos con nadie, aparte de mí.

Se volvió hacia su ordenador.

—Y otra cosa, Assad. Son mis casos y tengo trabajo, ya ves cuántos hay. O sea que no vayas a pensar que voy a discutir los casos contigo. Tú estás para limpiar, hacer café y conducir el coche. Si no tienes nada que hacer, me parece bien que leas. Pero no tiene nada que ver con tu trabajo. ¿De acuerdo?

—De acuerdo, sí —y se quedó un rato mirando el montón del medio—. Hay algunos casos especiales que están aparte, por lo que veo. Me llevo los tres primeros. No voy a revolverlos todos. Los llevaré a mi cuarto y los tendré guardados en sus carpetas. Cuando te hagan falta dame un grito y te los devolveré.

Carl lo siguió con la mirada. Con tres carpetas bajo el brazo y el *Manual de la Policía Científica* como reserva. Era de lo más preocupante.

Antes de transcurrir una hora Assad estaba de nuevo junto a él. Carl había estado pensando en Hardy. Pobre Hardy, que quería que Carl lo matara. ¿Cómo podía pensar tal cosa? No eran ideas muy constructivas, que se diga.

Assad puso una de las carpetas sobre la mesa frente a él.

—Éste es el único caso que recuerdo. Sucedió exactamente mientras iba a clases de danés, y entonces seguimos la noticia en los periódicos. En su momento me pareció muy interesante. Ahora también.

Tendió el documento a Carl, que lo estuvo mirando un rato.

—O sea que ¿llegaste a Dinamarca en 2002?

—No, en 1998. Pero fui a clases de danés en 2002. ¿Estabas en ese caso, o sea?

—No, fue un caso para la Brigada Móvil, antes de la reestructuración.

—Y la Brigada Móvil ¿se encargó porque sucedió en el agua?

—No, fue...

Contempló la cara atenta y las cejas bailarinas de Assad.

—Sí, así es —se corrigió después. Para qué acentuar más aún el absoluto desconocimiento que tenía Assad respecto a los procedimientos policiales.

—Era una chica guapa esa Merete Lynggaard, ¿verdad? —continuó Assad con una sonrisa torcida.

—¿Guapa? —replicó Carl, imaginándose a aquella hermosa mujer llena de vida—. Sí, desde luego que era guapa.

11

2002

Durante los días siguientes los mensajes fueron amontonándose. La secretaria de Merete trataba de ocultar la irritación que le provocaban y se mostraba amable. A veces se quedaba mirando a Merete cuando creía que no la observaba. Una única vez le preguntó si le apetecía jugar un partido de *squash* el fin de semana, pero Merete rechazó la invitación. No debía haber la menor camaradería entre ella y los empleados.

Entonces la secretaria volvió a su mutismo y reserva habituales.

El viernes Merete se llevó a casa los últimos mensajes que la secretaria había dejado sobre el escritorio, y tras leerlos varias veces los tiró a la papelera. Después cerró la bolsa y la vació fuera, en el contenedor de la basura. Había que terminar el trabajo.

Se sentía miserable y culpable.

La asistenta había dejado un gratinado encima de la mesa. Estaba templado aún cuando Uffe y ella terminaron sus carreras por la casa. Junto a la fuente del gratinado había una pequeña nota encima de un sobre.

Vaya, ahora va a despedirse, pensó Merete, y leyó la nota.

Ha venido un hombre a entregar este sobre. Debe de ser algo del ministerio.

Merete cogió el sobre y lo desgarró.

Sólo ponía: «Buen viaje a Berlín».

Junto a ella estaba Uffe con el plato vacío, sonriendo expectante mientras las ventanas de su nariz vibraban por el delicioso aroma. Merete apretó los labios y le sirvió, mientras trataba de contener las lágrimas.

El viento del oeste había arreciado y levantaba olas cuyas crestas espumosas golpeaban los costados del transbordador hasta media altura. A Uffe le encantaba estar en cubierta contemplando cómo se formaba la estela y mirando las gaviotas suspendidas sobre ellos. Y a Merete le encantaba ver feliz a Uffe. Estaba contenta. Menos mal que a pesar de todo habían partido. Berlín era una ciudad maravillosa.

Algo más allá una pareja mayor los observaba, y tras ellos se sentaba una familia en una de las mesas cercanas a la chimenea, con termos y bocadillos que habían llevado de casa. Los niños ya habían terminado, y Merete les sonrió. El padre miró el reloj y dijo algo a su mujer. Después empezaron a recoger las cosas.

Merete recordaba ese tipo de excursiones con sus padres. Hacía mucho tiempo de aquello. Se dio la vuelta. La gente había empezado a bajar a la cubierta de automóviles. Pronto llegarían al puerto de Puttgarden, sólo quedaban diez minutos, pero no todo el mundo tenía prisa. Junto a la ventana panorámica de proa había al menos dos hombres con las bufandas bien subidas hasta la barbilla, mirando tranquilamente al mar. Uno de ellos parecía muy flaco y agotado. Merete calculó que habría un par de metros entre ellos, o sea que no estarían juntos.

Un impulso repentino le hizo sacar la carta del bolsillo y volver a leer aquellas cuatro palabras. Después volvió a meter la hoja en el sobre y lo suspendió en el aire, dejó que ondeara un rato al viento y lo soltó. El sobre dio un salto hacia arriba y después cayó en picado hacia un entrante bajo la cubierta. Por un momento pensó que tendrían que bajar a recogerlo, pero de repente volvió a aparecer danzando, planeó sobre las olas, dio un par de giros y desapareció en la espuma blanca. Uffe rio. No había perdido de vista el sobre en ningún momento. Entonces dio un chillido, se quitó la gorra de béisbol y la lanzó tras la carta.

—¡No! —fue lo único que tuvo tiempo de gritar Merete antes de que la gorra se hundiera en el mar.

Era un regalo de Navidad y a Uffe le encantaba. Se arrepintió en el mismo instante en que desapareció. Era evidente que estaba pensando en lanzarse al agua para recuperarla.

—¡No, Uffe! —gritó Merete—. No hay nada que hacer, ¡ha desaparecido!

Pero Uffe tenía ya un pie sobre una barra metálica de la borda y vociferaba apoyado en la balaustrada, con el centro de gravedad demasiado alto.

—¡Déjalo, Uffe, no hay nada que hacer! —volvió a gritar Merete, pero Uffe era fuerte, mucho más fuerte que ella, y estaba a lo suyo. Su mente estaba en aquel momento en las olas, en una gorra de béisbol que le regalaron por navidades. Era una auténtica reliquia en su vida simple y descreída.

Entonces Merete arreó un buen sopapo a su hermano. Nunca lo había hecho, y enseguida retiró la mano, asustada. Uffe no entendía nada. Se olvidó de la gorra y se llevó la mano a la mejilla. Estaba conmocionado. Llevaba muchos años sin sentir un dolor así. No lo entendía. La miró y le devolvió el golpe. Le pegó como nunca antes.

12

2007

Tampoco aquella noche durmió gran cosa Marcus Jacobsen, el jefe de Homicidios.

La testigo del caso del ciclista asesinado en el parque de Valby había intentado tomar una sobredosis de somníferos. No entendía qué diablos pudo impulsarla a hacer algo así. Al fin y al cabo tenía hijos y una madre que la quería. ¿Quién podía amenazar a una mujer hasta ese extremo? Le habían ofrecido protección policial y lo que hiciera falta. La vigilaban día y noche. ¿De dónde había podido sacar las pastillas?

—Deberías irte a casa a dormir un poco —le sugirió el subinspector cuando Marcus volvió de la reunión que solía tener los viernes por la mañana con el inspector jefe en el despacho de la directora de la policía.

El jefe de Homicidios asintió en silencio.

—Sí, tal vez un par de horas. Entonces tendrás que ir tú con Bak al Hospital Central, a ver si puedes sonsacar a esa mujer. Y procura llevar a su madre y a sus hijos, para que los vea. Tenemos que intentar hacerla volver a la realidad.

—O alejarse de ella —dijo Lars Bjørn.

Había hecho desviar las llamadas, pero aun así sonó el teléfono. «Sólo puedes pasarme a la reina y al príncipe consorte», le había dicho a la secretaria, por lo que debía de ser su mujer.

—¿Sí...? —contestó, y se sintió aún más cansado cuando oyó la voz. Después tapó el auricular con la mano y susurró—: Es la directora de la policía.

Le pasó el receptor a Marcus y salió de la estancia sin hacer ruido.

–Hola, Marcus –sonó la voz inconfundible de la directora de la policía–. Te llamo para decirte que el ministro de Justicia y las comisiones han trabajado rápido. La partida extraordinaria ya está aprobada.

–Me alegro de oírlo –respondió Marcus, tratando de imaginar cómo podría distribuirse el presupuesto.

–Ya conoces el procedimiento. Hoy se han reunido en el Ministerio de Justicia Piv Vestergård y el portavoz de Justicia del Partido Danés, y ahora se pondrá en marcha la maquinaria. El jefe del Departamento de Policía me ha pedido que te pregunte si tenéis bajo control al nuevo departamento –dijo.

–Sí, estoy seguro de eso –asintió con el ceño fruncido, mientras imaginaba el rostro cansado de Carl.

–Bien, pasaré la información. Y ¿cuál va a ser el primer caso que investiguéis?

No era una pregunta como para subir la moral, precisamente.

Carl se disponía a marcharse a casa. El reloj de la pared marcaba las 16.36, pero su reloj interior marcaba varias horas más tarde. Por eso fue sin duda un contratiempo que Marcus Jacobsen lo llamara para decirle que iba a bajar a hacerle una visita.

–Tengo que informar sobre tus pesquisas.

Carl miró resignado al tablón de anuncios vacío y a la hilera de tazas de café sucias sobre la mesita baja.

–Dame veinte minutos, Marcus. Estamos ocupadísimos en este momento.

Colgó el receptor e hinchó los carrillos. Después expulsó el aire lentamente mientras se levantaba y cruzaba el pasillo. Assad estaba instalado en su cuarto.

Sobre su minúsculo escritorio había dos fotos enmarcadas en las que aparecía un montón de gente. Detrás, en la pared, colgaba un póster con caracteres árabes y una foto muy bonita de un edificio exótico que Carl no reconoció inmediatamente. Del colgador de la puerta pendía una bata marrón de las que habían desaparecido de las tiendas a la vez que los calentadores. Había alineado pulcramente sus herramientas a lo largo de la pared del fondo: cubo, fregona, aspiradora y un sinfín de frascos con eficaces detergentes. En las baldas de la estantería había unos guantes de goma, un pequeño transistor con casete que en un volumen bajísimo emitía sonidos que hacían pensar en un bazar tunecino, y justo al lado había un cuaderno, folios, un lápiz, el Corán y una pequeña selección de revistas árabes. Frente a la estantería había extendido una alfombra multicolor para orar que apenas podía albergar su cuerpo arrodillado. Era, en suma, bastante pintoresco.

—Assad —dijo—. Tenemos trabajo. El jefe de Homicidios va a bajar dentro de veinte minutos y tenemos que hacer unos preparativos. Cuando venga, te agradecería que te pusieras a fregar el suelo del otro extremo del pasillo. Será algo de trabajo extra, pero espero que no te importe.

—Vaya, vaya, Carl —aprobó Marcus Jacobsen, señalando el tablón de anuncios con mirada cansada—. Qué ordenado lo tienes todo. Parece que estás levantando cabeza.

—¿Levantando cabeza? Sí, bueno, hago lo que puedo. Pero todavía me queda mucho camino hasta ponerme en forma.

—No tienes más que decirlo si quieres volver a charlar con el psicólogo. No hay que subestimar los traumas que puede producir la experiencia por la que has pasado.

—No creo que sea necesario.

—De acuerdo, Carl, pero recuérdalo —insistió Marcus, volviéndose hacia la pared del fondo. Después se quedó mirando una imagen de las noticias de la segunda cadena en el televisor de cuarenta pulgadas y comentó—: Te han puesto pantalla plana.

—Sí, hay que estar al corriente de lo que pasa en el mundo —asintió, dando las gracias mentalmente a Assad. El tío había montado el tinglado en cinco minutos. O sea, que también sabía hacer eso—. Por cierto, acaban de decir que la testigo del caso del ciclista asesinado ha intentado suicidarse.

—¿Qué? Mierda, ¿ya lo han hecho público? —exclamó el jefe de Homicidios, con la fatiga pintada en el rostro.

Carl se encogió de hombros. Después de diez años como jefe de Homicidios ya debería haberse acostumbrado.

—He dividido los casos en tres categorías —prosiguió, señalando los montones—. Son casos importantes y complejos. He pasado días estudiándolos. Esto va a llevar mucho tiempo, Marcus.

El jefe de Homicidios apartó la mirada de la pantalla.

—Que lleve lo que haga falta, Carl. La cuestión es que logremos resultados de vez en cuando. Si quieres que los de arriba te echemos una mano, no tienes más que decirlo —se ofreció, tratando de sonreír, y continuó—: ¿Qué caso has pensado investigar en primer lugar?

—Bueno, he seleccionado varios. Pero el caso de Merete Lynggaard será probablemente el primero.

El jefe de Homicidios pareció resucitar.

—Sí, fue un caso extraño. Eso de desaparecer en cuestión de minutos en el transbordador Rødby-Puttgarden. Sin testigos.

—Hay muchas circunstancias extrañas en ese caso —convino Carl, intentando recordar al menos una.

—Recuerdo que acusaron a su hermano de haberla arrojado por la borda, pero después retiraron los cargos. ¿Vas a retomar esa pista?

–Tal vez. No sé dónde vive ahora, por lo que primero tengo que localizarlo. Pero hay otros indicios que saltan a la vista.

–Juraría que en el expediente pone que lo han ingresado en una institución del norte de Selandia –aseguró el jefe de Homicidios.

–Ah, bueno. Pero puede que ya no esté allí –dijo Carl, tratando de parecer pensativo. Sube a tu despacho, señor jefe de Homicidios, pensó. Cuántas preguntas, y sólo había tenido cinco minutos para leer el informe.

–Está en un sitio que se llama Egely. En la ciudad de Frederikssund.

La voz procedía del hueco de la puerta, donde estaba Assad apoyado en su escoba. Parecía un extraterrestre con su sonrisa de marfil, sus guantes de goma verdes y una bata marrón que le llegaba hasta los tobillos.

El jefe de Homicidios miró desconcertado a aquel ser exótico.

–Hafez el-Assad –se presentó la aparición, tendiendo un guante de goma.

–Marcus Jacobsen –dijo el jefe de Homicidios, estrechando su mano. Después se volvió inquisitivo hacia Carl.

–Es nuestro nuevo ayudante en el departamento. Assad me ha oído hablar del caso –explicó Carl, dirigiendo a Assad una mirada que lo dejó frío.

–Vaya –comentó el jefe de Homicidios.

–Sí, el subcomisario Mørck ha trabajado muy duro, entonces. Yo lo he ayudado un poco por aquí y por allá, en lo que he podido –admitió con una amplia sonrisa–. Lo que no entiendo, o sea, es que no encontraran a Merete Lynggaard en el agua. En Siria, de donde vengo, hay cantidad de tiburones en el agua que se comen los cadáveres muertos. Pero si no hay tantos tiburones en el mar de Dinamarca, tendría que terminar por aparecer alguna vez. Esos cadáveres se hinchan como globos y las entrañas se pudren.

El jefe de Homicidios trató de sonreír.

—Vaya. Pero los mares de Dinamarca son grandes y profundos. Es bastante habitual que no encontremos algún que otro ahogado. De hecho, ha sucedido varias veces que algún pasajero haya caído del transbordador al agua y no haya vuelto a aparecer.

—Assad —intervino Carl mirando el reloj—. Ya puedes irte. Nos veremos mañana.

El hombre hizo un gesto breve de asentimiento y levantó el cubo. Después de cierto estrépito al otro lado del pasillo, su rostro volvió a aparecer en el hueco de la puerta para despedirse.

—Menudo elemento, ese Hafez el-Assad —convino el jefe de Homicidios cuando el ruido de pisadas enmudeció.

13

2007

Tras el fin de semana, Carl encontró una nota del subinspector sobre el teclado del ordenador:

«He informado a Bak que has retomado el caso de Merete Lynggaard. Bak llevó el caso con la Brigada Móvil en la fase final de la investigación, así que ya sabe algo. En este momento está inmerso en el asesinato del ciclista, pero está dispuesto, tan pronto como pueda, a hablar contigo».

Firmado: Lars Bjørn.

Carl dio un bufido. «Tan pronto como pueda». ¿Quién se pensaba Bak que era, San Dios? Farisaico, presuntuoso, arrogante. Burócrata y alumno modelo a la vez. Seguro que su mujer tenía que rellenar impresos por triplicado antes de poder exigir alguna caricia exótica en los bajos.

O sea que Bak había investigado un caso que *no* se había resuelto. Fantástico. Casi le daban ganas de ponerse a trabajar.

Cogió el expediente de la mesa y pidió a Assad que le hiciera un café.

—No tan fuerte como el de ayer, Assad —le rogó, pensando en la distancia hasta el servicio.

El caso Lynggaard era sin duda el expediente más complejo y enrevesado que había visto Carl en su vida. Había copias de todo, desde informes sobre la situación de su hermano Uffe hasta transcripciones de interrogatorios, recortes de semanarios y revistas del corazón, un par de cintas de vídeo con entrevistas a Merete Lynggaard y transcripciones detalladas de testimonios de colegas y pasajeros del barco que habían visto a los dos hermanos en cubierta. Había fotos de dicha cubierta, de la borda y de la altura que había hasta el agua. Había análisis de huellas dactilares del lugar donde desapareció. Había direcciones de innumerables pasajeros que habían sacado fotografías a bordo del transbordador de la Scanlines; había incluso una copia del cuaderno de bitácora del barco, donde constaba cómo reaccionó el capitán ante la situación. Pero no había nada que hiciera avanzar a Carl.

Tengo que ver esas cintas de vídeo, pensó después de hojear el expediente, y miró resignado su reproductor de DVD.

—Assad, tengo un encargo para ti —dijo cuando su subalterno volvió con el café humeante—. Subes al Departamento de Homicidios, en el segundo piso, pasas las puertas verdes y sigues por los pasillos rojos hasta que llegas a un ensanchamiento donde...

Assad le tendió la taza de café, que incluso a distancia olía a serios problemas para el estómago.

—¿Ensanchamiento? —preguntó, frunciendo el ceño.

—Sí, hombre. El pasillo rojo se ensancha un poco. Allí dirígete a una mujer rubia. Se llama Lis. Es maja. Dile que tienes que llevar un magnetoscopio al sótano para Carl Mørck. Somos buenos amigos, ella y yo —aclaró Carl, guiñándole un ojo a Assad, que le devolvió el guiño.

—Pero si sólo está la morena, entonces vuelve a bajar.

Assad asintió con la cabeza.

—¡Y acuérdate de traer el euroconector! —gritó cuando Assad se alejó arrastrando los pies por el pasillo iluminado de neón.

—Estaba la morena —declaró Assad cuando volvió—. Me ha dado dos magnetoscopios y me ha dicho que ya no les hacían falta.

Lucía una amplia sonrisa.

—Era guapa también.

Carl sacudió la cabeza. Debía de haber habido cambios de personal.

El primer vídeo era de un telediario del 20 de diciembre de 2001, en el que Merete Lynggaard hablaba de un congreso informal sobre cuestiones sanitarias y climáticas celebrado en Londres en el que había participado. La entrevista se centraba en el debate que mantuvo con el senador Bruce Jansen acerca de la posición de Estados Unidos respecto a los trabajos de la OMS y el protocolo de Kioto, lo que en su opinión daba pie al optimismo de cara al futuro. ¿Sería fácil de embaucar?, pensó Carl. Pero aparte de aquella ingenuidad, debida sin duda a la edad, Merete Lynggaard actuaba por lo demás con sobriedad, objetividad y precisión, y eclipsaba totalmente a la recién nombrada ministra de Interior y Sanidad, que estaba junto a ella y parecía una parodia de una profesora de instituto de una película de los sesenta.

—Una señora muy guapa —comentó Assad desde la puerta.

El segundo vídeo era del 21 de enero de 2002, cuando Merete Lynggaard, en nombre del portavoz de Medio Ambiente de su partido, se pronunció sobre la denuncia del petulante ecoescéptico Bjarke Ørnfelt ante la Comisión de Falta de Honradez Científica.

Vaya nombre para una comisión, pensó Carl. Era increíble que pudiera haber en Dinamarca algo que sonara tan kafkiano.

Esta vez era una Merete Lynggaard totalmente distinta la que aparecía en pantalla. Más cercana, menos política.

—Aquí está verdaderamente preciosa —dijo Assad.

Carl lo miró. Era evidente que la importancia del aspecto físico de una mujer era un parámetro especialmente valioso en la vida del hombrecillo. Pero Carl pensó que Assad tenía razón. En aquella entrevista la rodeaba un aura muy especial. Poseía mucho de ese increíble atractivo que casi todas las mujeres son capaces de desplegar a su alrededor cuando están realmente a gusto. Muy revelador, pero también desconcertante.

—¿Estaba embarazada, entonces? —preguntó Assad. A juzgar por la cantidad de familiares de sus fotos, era un estado de la mujer al que estaba bastante acostumbrado.

Carl cogió un cigarrillo y volvió a hojear la carpeta. Por razones obvias, un informe de autopsia no podía ayudarlo a contestar la pregunta, ya que nunca se encontró el cuerpo. Y cuando repasaba los artículos de las revistas del corazón, se insinuaba con total claridad que no le iban los hombres, aunque naturalmente eso no era obstáculo para quedarse embarazada. De hecho, mirando más de cerca, nunca la habían visto en trato íntimo con nadie, tampoco con una mujer.

—Seguro que estaba enamorada —concluyó Assad mientras agitaba la mano para alejar el humo del cigarrillo, y estaba tan cerca que casi se había metido en la pantalla—. Esa mancha rojiza de la mejilla. ¡Mira!

Carl sacudió la cabeza.

—Juraría que aquel día estábamos a sólo dos grados. Las entrevistas al aire libre suelen mostrar a los políticos con aspecto más saludable, Assad, si no ¿de qué iban a aguantarlo?

Pero Assad tenía razón. Había una diferencia notable entre la entrevista anterior y aquélla. Algo había ocurrido entre una y otra. El caso de Bjarke Ørnfelt, un politicastro chiflado especializado en descomponer los hechos relacionados con catástrofes naturales hasta llegar a átomos irreconocibles, no podía provocarle un rubor tan encantador, carajo.

Se quedó un rato mirando al vacío. En una investigación siempre llegaba un momento en el cual deseabas de todo corazón haber conocido a la víctima en vida. Esta vez el momento llegaba más temprano que de costumbre.

—Assad: telefonea a esa institución, Egely, donde está ingresado el hermano de Merete Lynggaard y concierta una entrevista en nombre del subcomisario Mørck.

—¿El subcomisario Mørck? ¿Quién es ése?

Carl se llevó el índice a la sien. ¿Era tonto, o qué?

—¿Tú quién crees que es?

Assad sacudió la cabeza.

—Bueno, en mi cabeza pensaba que eras subcomisario de policía, entonces. ¿No se llama así después de la última reforma de la policía?

Carl inspiró profundamente. Puñetera reforma de la policía. A él se la traía floja.

El encargado de Egely volvió a llamar diez minutos después, y no trató de ocultar su asombro porque quisieran hablar con él. Por lo visto, Assad había improvisado un poco, pero ¿qué diablos cabía esperar de un ayudante doctorado en guantes de goma y cubos de plástico? Todos tenemos que aprender a gatear antes de caminar erguidos.

Miró a su ayudante y le dirigió una mirada alentadora cuando alzó la vista de su Sudoku.

En medio minuto Carl puso al encargado al corriente del caso, y la respuesta fue clara y concisa. Uffe Lynggaard no hablaba para nada, y por tanto el subcomisario tampoco tendría nada de qué hablar con él. Además, la cuestión era que, aunque Uffe Lynggaard era mudo y difícil de abordar, no estaba legalmente incapacitado. Y como éste no había dado autorización para que nadie de la institución se pronunciara en su nombre, tampoco ellos podían decir nada. Era la pescadilla que se mordía la cola.

—Conozco el procedimiento. Por supuesto, no pretendo que nadie rompa el secreto profesional. Pero lo cierto es que investigo la desaparición de su hermana, y creo que Uffe se va a alegrar mucho de hablar conmigo.

—No habla, creía habérselo dicho.

—En realidad, pocos de los que interrogamos lo hacen, pero de todas formas nos las arreglamos. En el Departamento Q somos especialistas en captar señales no verbales.

—¿Departamento Q?

—Sí, somos un grupo de élite de investigadores de la Jefatura. ¿Cuándo puedo ir?

Se oyó un suspiro. El hombre no era tonto. Sabía reconocer a un bulldog en cuanto se lo topaba.

—Veré lo que puedo hacer. Ya lo avisaré —dijo después.

—Oye, Assad, ¿qué le has dicho al hombre cuando has llamado?

—¿A ése? Le he dicho que quería hablar con el jefe, y no con un simple encargado.

—El encargado *es* el jefe, Assad.

Carl inspiró profundamente, se levantó, se dirigió hacia él y lo miró a los ojos.

—¿No conoces la palabra encargado? Un encargado es una especie de director.

Ambos asintieron en silencio, y el asunto quedó zanjado.

—Assad, mañana ven a buscarme a casa, a Allerød. Vamos a dar un paseo en coche, ¿de acuerdo?

Assad se encogió de hombros.

—Y no va a haber problemas con eso cuando viajemos juntos, ¿verdad? —continuó, señalando la alfombra de orar.

—Puede enrollarse.

—Sí, claro. ¿Y cómo sabes si está orientada hacia la Meca?

Assad se señaló la cabeza, como si tuviera injertado un GPS en el lóbulo temporal.

—Si eres de los que no saben muy bien dónde están, para eso está esto —aclaró, levantando una de las revistas de la estantería y dejando a la vista una brújula.

—Entiendo —convino Carl, mirando los enormes manojos de tubos metálicos que discurrían por el techo—. Esa brújula no puedes usarla aquí abajo.

Assad volvió a señalarse la cabeza.

—O sea que te guías por tu instinto. No hace falta ser tan exacto, ¿verdad?

—Alá es grande. Tiene unos hombros así.

Carl adelantó el labio inferior. Por supuesto que Alá era ancho de hombros. ¿En qué estaría pensando?

Cuatro pares de ojeras se volvieron hacia Carl en el despacho del jefe de grupo Bak. No cabía la menor duda de que el grupo estaba trabajando duro. De la pared colgaba un mapa grande del parque de Valby donde aparecían los elementos más importantes del caso en cuestión: escenario del crimen, lugar donde se descubrió el arma del crimen, que era una vieja navaja de afeitar, el lugar donde la testigo vio al asesinado y al supuesto asesino juntos, y finalmente el camino recorrido por la testigo a través del parque. Todo estaba medido al milímetro y analizado una y otra vez, y nada encajaba.

—Nuestra charla tendrá que esperar, Carl —dijo Bak, tirando de la manga de la vieja chaqueta de cuero que había heredado del antiguo jefe de Homicidios. Aquella chaqueta era su tesoro, la prueba de que era alguien fantástico, y raras veces se separaba de ella. El aire caliente que proyectaban los radiadores debía de estar a cuarenta grados por lo menos, pero daba igual. Estaría pensando terminar pronto.

Carl contempló las fotos clavadas en el tablón de anuncios tras ellos, y no fue un espectáculo alentador. Aparentemente el cuerpo lo habían desfigurado después de morir. Tenía profundas cuchilladas en el pecho y le habían arrancado media oreja. Habían dibujado en su camisa blanca una cruz con la sangre de la víctima. Carl suponía que la media oreja habría sido el pincel. La hierba escarchada alrededor de la bicicleta estaba hollada y habían pisoteado la bicicleta, los radios de la rueda delantera estaban totalmente aplastados. Su mochila estaba abierta y los libros de la Escuela de Comercio desparramados sobre la hierba.

—¿Dices que nuestra charla tendrá que esperar? Vale. Pero ¿puedes olvidar por un momento tu muerte cerebral y contarme qué dice tu testigo estrella de la persona a quien vio hablando con la víctima justo antes del asesinato? –preguntó.

Los cuatro hombres lo miraron como si hubiera profanado un silencio sepulcral.

Bak le dirigió una mirada inexpresiva.

–No es tu caso, Carl. Hablaremos después. Lo creas o no, aquí arriba tenemos trabajo.

Carl asintió en silencio.

–Claro, se nota a kilómetros en vuestras caras regordetas. Por supuesto que tenéis trabajo. Y naturalmente también habéis enviado a alguien a registrar la casa de la testigo después de que la ingresaran, me imagino.

Se miraron unos a otros. Irritados, pero también asombrados.

O sea que no habían enviado a nadie. Muy bien.

Marcus Jacobsen se había sentado en su despacho justo antes de que llegara Carl. Tenía buen aspecto, como siempre. La raya del pelo estaba trazada con tiralíneas, su mirada estaba alerta y presente.

–Marcus, ¿habéis registrado la casa de la testigo después del intento de suicidio? –preguntó Carl, señalando el expediente que había sobre la mesa del jefe de Homicidios.

–¿A qué te refieres?

–No habéis encontrado la media oreja de la víctima, ¿verdad?

–No, aún no. Y sugieres que podría estar en casa de la testigo.

–Yo que vosotros la buscaría allí, jefe.

–Si se la han enviado, estoy seguro de que se habrá deshecho de ella.

–Pues mirad en el cubo de la basura del patio. Y mirad bien en el retrete.

–Habrá tirado de la cadena, Carl.

—¿No conoces esa historia del cagarro que tenía la costumbre de salir a flote por muchas veces que tirases de la cadena?

—Tranquilo, Carl. Cada cosa a su tiempo.

—El orgullo del departamento, el señor Bak, alumno-modelo, no quiere hablar conmigo.

—Pues tendrás que esperar, Carl. Tus casos no van a esfumarse como por encanto.

—Te lo digo para que lo sepas. Es que también frena mi trabajo.

—Mientras tanto, te sugiero que estudies alguno de los otros casos —propuso Marcus, cogiendo el bolígrafo y tamborileando unos compases sobre el borde de la mesa—. ¿Y qué hay de ese fenómeno de ayudante? No lo estarás involucrando en la investigación, ¿verdad?

—Bueno, verás, en el enorme departamento que dirijo tampoco tiene opción de llegar a entender mucho de lo que sucede.

El jefe de Homicidios lanzó el bolígrafo contra uno de los montones.

—Carl, tienes que guardar el secreto profesional, y ese tipo no es policía. No lo olvides.

Carl asintió con la cabeza. Ya decidiría él qué decir y dónde.

—Por cierto, ¿dónde habéis encontrado a Assad? ¿En la oficina de empleo?

—Ni idea, pregúntale a Lars Bjørn. O pregúntaselo a él mismo.

Carl levantó el dedo índice.

—A propósito, quiero un mapa del sótano con sus medidas y con los puntos cardinales.

Marcus Jacobsen volvió a parecer algo cansado. No muchos se atrevían a encomendarle tan extrañas misiones.

—Puedes imprimir el plano desde la intranet, Carl. ¡Es facilísimo!

Mira –dijo Carl, señalando el plano que tenía delante Assad–. Ésta es la pared de ahí, y ahí está tu alfombra para orar. Y aquí está la flecha que señala el norte. Ahora podrás colocar exactamente tu alfombra para orar.

La mirada que le dirigió Assad estaba llena de respeto. Seguro que llegaban a formar un buen equipo.

–Hay dos que han llamado con el teléfono preguntando por ti. Les he dicho a ambos que ya los llamarías tú con mucho gusto, o sea.

–¿Sí...?

–El encargado ese de Frederikssund y una señora que hablaba como una máquina para cortar metal.

Carl dio un profundo suspiro.

–Es Vigga, mi mujer –comentó. Así pues, había conseguido su nuevo número de teléfono. Se acabó la paz.

–¿Tu mujer? ¿Estás casado?

–Venga, Assad, es difícil de explicar. Espera a que nos conozcamos mejor.

Assad apretó los labios y asintió con la cabeza. Un ramalazo de compasión atravesó su rostro serio.

–Assad, ¿cómo has conseguido este trabajo?

–Conozco a Lars Bjørn.

–¿Lo conoces?

Assad sonrió.

–Bueno, ya sabes. Me he presentado todos los días en su despacho durante un mes pidiendo trabajo.

–¿Has estado incordiando a Lars Bjørn para conseguir un trabajo?

–Sí, es que me encanta la policía.

No llamó a Vigga hasta estar en la sala de su casa y haber olisqueado el guiso que, mientras tarareaba apasionadas arias, Morten había preparado con lo que una vez fue un auténtico jamón de Parma comprado por Internet.

Vigga no era mala persona, siempre que supieras dosifi-carla. A lo largo de los años había sido difícil, pero ahora que ella lo había dejado, había que respetar ciertas reglas del juego.

—Joder, Vigga —protestó—. No me gusta que me llames al trabajo. Ya sabes que tenemos un currelo del copón.

—Carl, cariño. ¿No te ha dicho Morten que me estoy helando de frío?

—¡Normal! No es más que una cabaña, Vigga. Está re-mendada con materiales de desecho. Viejas tablas y cajas que nadie quería ya en 1945. No tienes más que mudarte.

—No pienso volver a vivir contigo, Carl.

Carl inspiró profundamente.

—Ni se te ocurra. Iba a ser difícil meteros a ti y a tu banda de barbilampiños en la sauna del sótano. Ostras, exis-ten más casas y pisos *con* calefacción.

—He encontrado una solución magnífica.

Fuera lo que fuese, sonaba a caro.

—Una solución magnífica es el divorcio, Vigga.

Algún día tendría que llegar. Entonces ella exigiría la mitad del valor de la casa, que por desgracia había aumen-tado bastante a cuenta de las subidas desquiciadas que, pese a las fluctuaciones, había impuesto el mercado inmobiliario. Tenía que haber pedido el divorcio cuando las casas valían la mitad, así de sencillo. Pero ahora era demasiado tarde y no tenía ni puta gana de mudarse.

Dirigió la mirada hacia el techo debajo de la habitación de Jesper, que trepidaba. Aunque tuviera que hipotecar la casa para pagar el divorcio, tampoco iba a costarme más de lo que me cuesta ahora, pensó, y se imaginó que en ese caso ella tendría que asumir la responsabilidad de su hijo. No había en el barrio una factura de electricidad más abul-tada que la suya, fijo. Jesper era el cliente número uno de la compañía eléctrica.

—¿Divorcio? No, no voy a divorciarme, Carl. Eso ya lo he probado, y no funcionó, ya lo sabes.

Carl sacudió la cabeza. ¿Cómo coño llamar, si no, a la situación en la que llevaban un par de años?

–Quiero tener una galería, Carl. Mi propia galería.

Vaya, por fin lo soltó. Se imaginaba sus cuadros de varios metros de altura, aquellos emborronados demenciales de colores rosa y bronce dorado. ¿Una galería? Buena idea si quería disponer de más espacio en la cabaña.

–¿Una galería, dices? Y me imagino que tendrá que tener una estufa enorme, claro. Así puedes pasar todo el día allí al calorcillo de los millones que van entrando –dijo. No estaba mal como negocio.

–Desde luego, sigues igual de sarcástico –replicó Vigga, riendo. Era la risa que siempre lo desarmaba. Aquella puñetera risa tan atractiva–. ¡Pero es fantástico, Carl! Hay grandes posibilidades si tienes tu propia galería. ¿Te lo imaginas? A lo mejor Jesper va a tener una madre famosa. Sería divertido, ¿no?

En tu caso, Vigga, tristemente famosa, pensó.

–Y claro, ya habrás encontrado un local, ¿verdad? –fue lo que comentó.

–Carl, es precioso. Y Hugin ya ha hablado con el dueño.

–¿Hugin?

–Sí, Hugin. Es un pintor de mucho talento.

–Me imagino que más entre las sábanas que entre lienzos.

–¡Oh, Carl...! –rio otra vez–. Eso no ha estado bien.

14

2002

Merete estaba esperando en la cubierta del restaurante. Le había dicho a Uffe que se diera prisa, justo antes de que la puerta del servicio de caballeros se cerrase con estruendo tras él. Al otro lado, en la cafetería, sólo quedaban los camareros, y todos los pasajeros habían bajado a la cubierta de coches. Uffe ya puede darse prisa, menos mal que el Audi está al final de la fila, pensó.

Y fue lo último que llegó a pensar en su antigua vida.

El ataque vino por detrás, y la cogió tan desprevenida que no llegó a gritar. Pero sí que llegó a ver con claridad el trapo y la mano apretando con fuerza contra su boca y su nariz, y luego algo más vagamente distinguió que alguien golpeaba el interruptor negro que abría la puerta de las escaleras que conducían a la cubierta de coches. Al final sólo oyó unos sonidos lejanos y vio que las paredes metálicas de las escaleras daban vueltas, y después todo se volvió oscuro.

El suelo de cemento sobre el que despertó estaba frío, helado. Levantó la cabeza y notó profundas palpitaciones en la cabeza. Sentía las piernas pesadas, y apenas podía despegar los hombros del suelo. Se incorporó hasta quedarse sentada y trató de orientarse en la densa oscuridad. Después pensó en gritar, pero no se atrevió, y en vez de ello respiró profundamente sin hacer ruido. Luego extendió las manos con cuidado ante sí para notar si había algo cerca. Pero no había nada.

Estuvo un buen rato sentada hasta que se atrevió a ponerse en pie, lentamente y alerta. En cuanto oyera el menor ruido iba a golpear en aquella dirección. Golpearía con todas sus fuerzas. Puñetazos y patadas. Intuía que estaba sola, pero tal vez se equivocara.

Pasado un rato sintió que se le despejaba la cabeza, y después llegó el miedo, colándose con sigilo, como una infección. Su piel se calentó, su corazón latió con más fuerza y rapidez. Su mirada muerta vagó por la negrura. Se veían y leían tantas cosas terribles...

Sobre mujeres que desaparecían.

Después dio un paso a tientas con las manos extendidas ante ella. Podía haber un agujero en el suelo, un abismo dispuesto a destrozarla. Podía haber objetos afilados y cristal. Pero el pie encontró el suelo, y seguía sin haber nada delante. Después se detuvo en seco y se quedó quieta.

Uffe, pensó, y su mandíbula inferior se estremeció. Estaba a bordo cuando ha ocurrido.

Pasaron quizá un par de horas hasta que trazó mentalmente un plano de la estancia. Debía de ser rectangular. Unos siete u ocho metros de largo y por lo menos cinco de ancho. Palpó las paredes frías, y en una de ellas, a la altura de la cabeza, encontró dos cristales que parecían dos enormes ojos de buey. Los golpeó fuerte con su zapato, apartándose al golpear. Pero el cristal no cedió. Después percibió los bordes de algo que podría parecer una especie de puerta arqueada empotrada en la pared, pero después de todo quizá no lo fuera, pues no tenía ninguna manilla. Después se deslizó pared abajo esperando encontrar un pomo o tal vez un interruptor de la luz en alguna parte. Pero la pared estaba lisa y fría.

Después rastreó la estancia sistemáticamente. Desde la pared del fondo caminó en línea recta hasta el otro extremo, giró, dio un paso lateral y volvió en línea recta, tras lo cual repitió el ejercicio. Cuando terminó, comprobó que aparentemente sólo ella y el aire seco ocupaban la estancia.

Tendré que esperar junto a eso que parece una puerta, pensó. Se sentaría a los pies para que no pudieran verla por las ventanillas. Cuando entrara alguien, lo agarraría por las piernas y tiraría con energía. Intentaría patear su cabeza una y otra vez, con fuerza.

Sus músculos se tensaron y su piel se humedeció. Puede que sólo tuviera una oportunidad.

Después de estar sentada allí tanto tiempo que el cuerpo se le entumeció y los sentidos se le abotargaron, se levantó y avanzó hasta la esquina opuesta para ponerse en cuclillas y orinar. Tenía que recordar que era aquel rincón el que había empleado. Un rincón de retrete. Otro en el que esperaba junto a la puerta. Y un rincón para dormir. El olor a orina se hizo más intenso en la jaula estéril, claro que tampoco había bebido nada desde que estuvo en la cafetería del transbordador, y de eso podía hacer muchas horas. Naturalmente, podría ser que sólo hubiera perdido el conocimiento un par de horas, pero también podían haber sido veinticuatro horas o más. No tenía ni idea. Lo único que sabía era que no tenía hambre, sólo sed.

Se levantó, se subió los pantalones y trató de recordar.

Uffe y ella habían sido los últimos en los servicios. Seguramente también habían sido los últimos en abandonar la cubierta. Al menos los hombres de la ventana panorámica ya no estaban cuando pasaron por allí. Saludó con la cabeza a una camarera que salía de la cafetería, y vio a un par de niños manipulando el interruptor para abrir la puerta antes de desaparecer escaleras abajo. Nada más. No notó que nadie se le acercara tanto. Sólo pensó que Uffe tendría que darse prisa en el servicio.

¡Santo Dios, Uffe! ¿Qué habría sido de él? Se sentía muy desgraciado después de haberle pegado. Y estaba muy triste por haber perdido la gorra de béisbol. Aún tenía las mejillas rojas cuando entró en el servicio. Ahora estaría deshecho.

Sonó un clic encima de ella, y se estremeció. Después, palpando la pared, se dirigió rápidamente a la esquina de la puerta arqueada. Tenía que estar atenta si entraba alguien. Después se oyó otro clic, y su corazón estuvo a punto de estallar. Sólo cuando se puso en marcha el ventilador del techo comprendió que podía relajarse. El clic vendría de un relé o algo así.

Se estiró hacia el aire templado que la revitalizaba. ¿A qué otra cosa podía aferrarse?

Y así estuvo hasta que el ventilador volvió a pararse, dejándola con la sensación de que aquel aire era tal vez su único contacto con el mundo exterior. Cerró los ojos con fuerza y trató de distraer el llanto que pugnaba por salir.

Aunque la idea era terrible, tal vez fuera así. Tal vez la habían abandonado allí para siempre. La tendrían escondida hasta que muriera. Y nadie sabía dónde estaba, ni ella misma lo sabía. Podría estar en cualquier parte. A varias horas de coche del transbordador. En Dinamarca o en Alemania, en cualquier sitio. Puede que estuviera más lejos aún.

Y pensando en la muerte como salida cada vez más probable a todo aquello, se imaginó el arma con que la sed y el hambre apuntarían hacia ella. La muerte lenta en la que el cuerpo se cortocircuita poco a poco cuando los relés del instinto de supervivencia van saltando uno a uno. El sueño definitivo, aletargado, que finalmente la liberaría.

No habrá muchos que me echen de menos, pensó. Uffe sí. Uffe seguro que la echaría de menos. Pobrecito Uffe. Pero ella nunca dejaba que nadie, aparte de él, se le acercara. Se recluía y dejaba a todos los demás fuera.

Trató enérgicamente de contener las lágrimas, sin conseguirlo. ¿Aquello era lo que tenía la vida para ofrecerle? ¿Iba a terminar todo? ¿Sin hijos, sin felicidad, sin haber podido realizar muchas de las cosas con las que había soñado los años que pasó sola con Uffe? ¿Sin haber podido cumplir la obligación que contrajo cuando murieron sus padres?

Era una sensación amarga y triste, de interminable soledad. Por eso oyó cómo sollozaba quedamente.

Durante mucho tiempo aquella sensación y la impresión de que Uffe estaba solo en el mundo le pareció lo más terrible que podía pasarle a ella. Durante mucho tiempo aquella impresión la invadió por completo. Iba a morir sola, como un animal. Sin registrar y en silencio, y Uffe y los demás tendrían que seguir viviendo sin saberlo. Y cuando ya no le quedaban fuerzas ni para llorar, se dio cuenta de que tal vez no había terminado todo. La situación aún podía empeorar. La muerte podía ser cruel. Tal vez estuviera expuesta a un destino tan espantoso que la muerte fuera una liberación. Antes podía sufrir dolores y bestialidades sin cuento. Peores cosas se oían. Explotación, violación y tortura. Tal vez había en aquel momento miradas posadas en ella. Cámaras con sensores infrarrojos que la seguían tras el cristal. Ojos que la querían mal. Oídos que escuchaban.

Miró hacia los cristales y trató de mostrarse tranquila.

—Por favor, tened piedad de mí —susurró en voz baja en medio de la oscuridad.

15

2007

Se supone que el Peugeot 607 es un vehículo bastante silencioso, pero nadie lo diría viendo a Assad aparcar bruscamente frente a la ventana del dormitorio de Carl.

—Impetuoso —gruñó Jesper, mirando por la ventana. Carl no recordaba cuándo fue la última vez que su hijo postizo había dicho una palabra así de larga tan temprano. Pero acertaba de lleno.

«Te he dejado un mensaje de Vigga» fue lo último que le dijo Morten Holland antes de que Carl saliera por la puerta. No iba a leer ningún mensaje de Vigga. La perspectiva de una invitación a inspeccionar la galería en compañía de un pintor de brocha gorda y con toda probabilidad caderas estrechas de nombre Hugin no era exactamente lo que más le apetecía en aquel momento.

—Hola —lo saludó Assad, apoyado en la puerta delantera. Llevaba puesto un gorro de piel de camello de origen desconocido, y parecía cualquier cosa menos un chófer privado de la policía, si es que existía un cargo así. Carl miró al cielo. Estaba despejado y azul claro, y la temperatura era muy razonable.

—Sé exactamente dónde está Egely —continuó Assad, señalando el GPS, cuando Carl se sentó en el asiento del copiloto. Carl miró cansado la imagen de la pantalla. El punto de destino estaba marcado en una carretera que estaba a una distancia tan conveniente del fiordo de Roskilde que los habitantes de la residencia no podían caer en él, pero lo bastante cerca para que el encargado tuviera una vista de las maravillas del norte de Selandia con sólo alzar la mirada. Las instituciones para pacientes con trastornos mentales solían estar en lugares así. ¿Para provecho de quién?

Assad arrancó el coche, metió la marcha atrás, aceleró a tope para salir de Magnolievangen y no se detuvo hasta que la parte trasera del coche estuvo medio subida al borde de la calzada, en el lado opuesto de Rønneholt Parkvej. Antes de que Carl pudiera reaccionar Assad ya había manejado la palanca de cambios y conducía a noventa kilómetros por hora donde no se podía ir a más de cincuenta.

—¡Para, joder! —gritó Carl justo antes de que enfilaran hacia el repecho de la rotonda al final de la carretera. Pero Assad se limitó a mirarlo socarrón como un taxista de Beirut, giró bruscamente a la derecha y ya estaban camino de la autopista.

—No está mal, ¿eh? —bramó Assad, acelerando por la rampa de acceso.

Carl pensó en bajarle la gorra hasta tapar aquel rostro extasiado. Puede que así condujera con más cuidado.

Egely era un edificio encalado que expresaba a la perfección su finalidad. Nadie ingresaba allí por propia voluntad, y nadie volvía a salir sin más. Se veía claramente que aquél no era un lugar para terapias ocupacionales ni musicales. Era gente adinerada y decente la que ingresaba allí a sus familiares delicados.

Asistencia privada, justo lo que impulsaba el Gobierno.

El despacho del encargado cuadraba con la impresión general, y el encargado, una persona seria, huesuda y pálida, estaba como diseñado para aquel interior.

—La estancia de Uffe Lynggaard se sufraga con los intereses de los fondos depositados en la Fundación Lynggaard —respondió el hombre a la pregunta de Carl.

Carl miró la estantería del encargado. Había muchas carpetas en las que ponía algo de fundación.

—Vaya. ¿Y cómo se creó la fundación?

—Con la herencia de los padres, que fallecieron en el accidente de coche en el que Uffe Lynggaard quedó inválido. Y con la herencia de su hermana, naturalmente.

—Era parlamentaria, o sea que tampoco tendría mucho, ¿no?

—No, pero la venta de la casa aportó dos millones cuando gracias a Dios por fin la declararon judicialmente fallecida no hace mucho tiempo. En este momento habrá en total cerca de veintidós millones de coronas en la fundación, pero eso ya lo sabía, ¿verdad?

Carl lanzó un débil silbido. No lo sabía.

—Veintidós millones a un interés del cinco por ciento. Debería haber suficiente para pagar la estancia de Uffe.

—Sí, cubre los gastos, una vez pagados los impuestos.

Carl lo miró de reojo.

—¿Y Uffe no ha dicho nada sobre la desaparición de su hermana desde que ingresó?

—No, no ha dicho nada desde el accidente de coche, que yo sepa.

—¿Hacen aquí algo para ayudarlo a recuperarse?

El encargado se quitó las gafas y lo miró por debajo de sus pobladas cejas. Se había izado la bandera de la seriedad.

—Lynggaard ha sido examinado a diestro y siniestro. Tiene tejido cicatrizante debido a la hemorragia en el centro del habla del cerebro, ya de por sí suficiente explicación para su mutismo, pero además tiene también profundos traumas del accidente. La muerte de sus padres, las lesiones. Estaba muy maltrecho, ¿lo sabía?

—Sí, ya he leído el informe —asintió Carl. No era verdad, pero Assad sí que lo había leído, y no había parado de hablar mientras circulaban a toda pastilla por las carreteras secundarias del norte de Selandia—. Pasó cinco meses en el hospital, con grandes hemorragias internas en el hígado, el bazo y el tejido pulmonar, y también con trastornos visuales.

El encargado asintió levemente con la cabeza.

—En efecto. En su historial médico pone que Uffe estuvo varias semanas sin poder ver. Las hemorragias de su retina eran generalizadas.

—Y ¿ahora? ¿Funciona como es debido, a nivel fisiológico?

—Todo parece indicarlo. Es un joven vigoroso.

—Treinta y cuatro años. O sea que lleva veintiún años en ese estado.

El hombre paliducho volvió a asentir con la cabeza.

—De modo que ya ve usted que no va a poder continuar por ese camino.

—¿Y no puedo hablar con él?

—No veo para qué.

—Es el último que vio a Merete Lynggaard viva. Quiero verlo.

El encargado se irguió en la silla. Se puso a mirar hacia el fiordo, tal como había previsto Carl.

—Creo que no debería.

Tipos como él merecían que los rociasen con un bidón de tippex.

—No se fía de que sepa contenerme, pero yo creo que debería fiarse.

—¿Por qué?

—¿Conoce usted a la policía?

El encargado se volvió hacia Carl con el rostro ceniciento y la frente arrugada. Los muchos años pasados tras un escritorio lo habían amargado, pero su cabeza funcionaba perfectamente. No sabía qué pretendía Carl con aquella pregunta, sólo sabía que el silencio no lo dejaría satisfecho.

—¿Adónde quiere ir a parar con esa pregunta?

—Los policías somos curiosos. A veces nos consume el cerebro una pregunta que hay que responder, y punto. Esta vez la pregunta salta a la vista.

—¿Cuál es?

—¿Qué reciben sus pacientes a cambio del dinero? El cinco por ciento de veintidós millones, aunque haya que deducir impuestos, claro, es un buen pico. ¿Reciben los pacientes el valor de su dinero, o el precio es demasiado elevado si añadimos la subvención estatal? Y el precio ¿es el mismo para todos? —cuestionó asintiendo en silencio para sí, mientras se empapaba de la luz del fiordo—. Siempre surgen nuevas preguntas cuando no recibes respuesta a tus preguntas. Así es la policía. No podemos evitarlo. Puede que sea una enfermedad, pero ¿dónde diablos hay que ir para que te la curen?

Un poquito de color pareció teñir el rostro del hombre.

—Me parece que no nos estamos entendiendo.

—Pues déjeme ver a Uffe Lynggaard. En el fondo, ¿qué puede pasar? Joder, ¿lo tienen metido en una jaula, o qué?

Las fotografías del expediente de Merete Lynggaard no hacían justicia a Uffe Lynggaard. Las fotos de la policía, los dibujos de la declaración ante el juez y un par de imágenes de la prensa mostraban a un joven encorvado. Un tipo pálido que se parecía a lo que con toda evidencia era: una persona emocionalmente retardada, pasiva y lenta de mollera. Pero la realidad mostraba otra cosa.

Estaba en una habitación acogedora con cuadros en la pared y unas vistas tan buenas como las del encargado. La cama estaba recién hecha, los zapatos abrillantados, su ropa, limpia y sin distintivo alguno de la institución. Tenía unos brazos fuertes, el pelo largo y rubio, era ancho de espaldas, probablemente también bastante alto. Muchos dirían que era guapo. Uffe Lynggaard no tenía nada de babeante o miserable.

El encargado y la enfermera jefe observaron a Carl desde la puerta mientras deambulaba por la habitación, pero nadie podía quejarse por su comportamiento. Pronto volvería, aunque no tenía ninguna gana, y mejor armado; quería hablar con Uffe. Pero aún podía esperar. Mientras tanto, en la habitación había otras cosas en las que concentrarse. La foto de su hermana, sonriéndoles. Los padres, abrazados mientras sonreían al fotógrafo. Los dibujos de la pared, que no tenían nada que ver con los dibujos de niños que se ven en esa clase de paredes. Dibujos alegres. No dibujos que pudieran decir algo sobre el terrible suceso que lo había privado del uso del habla.

—¿Hay más dibujos? ¿Hay alguno en el cajón? —preguntó, señalando el armario y la cómoda.

—No —respondió la enfermera jefe—. No, Uffe no ha dibujado nada desde que ingresó aquí. Esos dibujos los tenía en su casa.

—Bueno, ¿y qué hace Uffe durante el día?

La enfermera sonrió.

—Muchas cosas. Da paseos con el personal, corre por el parque. Ve la tele. Le encanta.

Parecía amable. Tenía que tratar con ella en su próxima visita.

—¿Y qué suele ver?

—Lo que haya.

—¿Reacciona ante lo que ve?

—A veces. Suele reírse —dijo, meneando divertida la cabeza, y su sonrisa se hizo más amplia.

—¿Se ríe?

—Sí, igual que un recién nacido. Espontáneamente.

Carl miró al encargado, que parecía un bloque de hielo, y después a Uffe. El hermano de Merete no había perdido de vista a Carl desde el momento en que entró. Era algo que se notaba. Era observador, pero mirándolo más de cerca parecía, en efecto, algo espontáneo. La mirada no estaba muerta, pero lo que Uffe veía aparentemente no dejaba huella. A Carl le entraron ganas de darle un susto, para ver qué ocurría, pero también eso podía esperar.

Se colocó junto a la ventana y trató de contactar con la mirada errante de Uffe. Eran unos ojos que percibían, pero que no parecían comprender, era evidente. Había algo, pero en realidad no había nada.

—Pasa al otro asiento, Assad —le pidió a su ayudante, que había estado esperándolo al volante.

—¿Al otro asiento? ¿No quieres, entonces, que conduzca? —preguntó.

—Me gustaría conservar el coche todavía un poco, Assad. Tiene sistema ABS y dirección asistida, y me gustaría que siguiera así.

—¿Y qué quiere decir eso entonces?

—Que me gustaría que atendieras bien a cómo quiero que conduzcas. Si es que vuelvo a dejarte conducir.

Tecleó su próximo objetivo en el GPS sin prestar atención al torrente de palabras árabes que manó de los labios de Assad mientras se escurría al otro asiento.

—¿Has conducido alguna vez un coche en Dinamarca? —preguntó cuando llevaban un buen rato en dirección a Stevns.

El silencio fue de lo más elocuente.

Encontraron la casa de Magleby en una carretera secundaria que bordeaba los campos. No se trataba de una pequeña propiedad rural ni de una granja restaurada, como la mayoría, sino que era una auténtica casa de ladrillo de la época en que la fachada solía reflejar el alma de la casa. Los tejos crecían tupidos, pero la vivienda se erguía por encima de ellos. Si aquella casa se había vendido por dos millones, alguien había hecho un buen negocio. Y a alguien lo habían engañado.

En la placa de latón ponía «Anticuarios» y «Peter & Erling Møller-Hansen», pero el propietario que les abrió la puerta parecía más bien un aristócrata decadente. Piel fina, profunda mirada azul y crema perfumada aplicada generosamente por todo el cuerpo.

Era un hombre solícito y respondió gustosamente a las preguntas. Tomó con amabilidad el gorro de Assad y los hizo pasar a un recibidor lleno de muebles de estilo imperio y demás cachivaches.

No, no habían conocido a Merete Lynggaard ni a su hermano. Es decir, en persona, ya que la mayor parte de sus cosas estaban incluidas en el precio; de todos modos no valían nada.

Les ofreció té verde en finísimas tazas de porcelana y se sentó con las rodillas juntas y las piernas encogidas en el borde del sofá, dispuesto a ayudar a la sociedad en la medida de sus posibilidades.

—Fue terrible que se ahogara de aquella manera. Creo que fue una muerte espantosa. Mi marido estuvo una vez a punto de hundirse en un lago de Yugoslavia, y les aseguro que fue una experiencia horrible.

Carl captó la confusión en el rostro de Assad cuando el hombre dijo «mi marido», pero una simple mirada bastó para borrarla. Desde luego, a Assad le quedaba aún mucho que aprender acerca de la diversidad de formas de convivencia que había en Dinamarca.

—La policía recogió los papeles de los hermanos Lynggaard —intervino Carl—. Pero, desde entonces, ¿han encontrado ustedes diarios, cartas o tal vez faxes, o simplemente mensajes en el contestador que pudieran aportar otra perspectiva al caso?

El hombre sacudió la cabeza.

—No quedó nada —respondió señalando la sala con un amplio movimiento del brazo—. Había muebles, nada especial, y tampoco había gran cosa en los cajones, aparte de artículos de oficina y unos pocos recuerdos. Colecciones de cromos, unas pocas fotos y cosas así. Creo que eran personas bastante corrientes.

—¿Y los vecinos? ¿Conocían a los Lynggaard?

—Bueno, no tenemos mucho trato con los vecinos, pero tampoco llevan tanto tiempo viviendo aquí. Creo que han vuelto a Dinamarca del extranjero. Pero no creo que los Lynggaard tratasen con la gente de aquí. Muchos no tenían ni idea de que ella tuviera un hermano.

—O sea, ¿que no saben de nadie de los alrededores que los conociera?

—Sí, sí. Helle Andersen. Cuidaba del hermano.

—Era la asistenta —confirmó Assad—. La policía la interrogó, pero no sabía nada. Pero llegó una carta. O sea, para Merete Lynggaard. La víspera de que se ahogara. Fue la asistenta la que la recibió.

Carl arqueó las cejas. Iba a tener que leer el puñetero expediente concienzudamente.

—Assad, ¿la policía encontró la carta?

Éste sacudió la cabeza.

Carl se volvió hacia el anfitrión.

—Esa Helle Andersen ¿vive en la ciudad?

—No, en Holtung, al otro lado de Gjordslev. Pero llegará dentro de diez minutos.

—¿Aquí?

—Sí, mi marido está enfermo —aclaró, mirando al suelo—. Gravemente enfermo. Y ella suele venir a ayudar.

La fortuna sonríe a los locos, pensó Carl, y pidió al hombre que le enseñara la vivienda.

La casa estaba atiborrada de muebles curiosos y cuadros con macizos marcos dorados. Lo acumulado inevitablemente durante una vida entre casas de subastas. Aparte de eso, la cocina era nueva, todas las paredes estaban pintadas y los suelos acuchillados. Si quedaba algo de la época de Merete Lynggaard, sólo podían ser los pececillos de plata que correteaban por el suelo oscuro del cuarto de baño.

–Sí, hombre, Uffe era un encanto.

Un rostro rechoncho con ojeras y unas mejillas rollizas y rubicundas eran las marcas personales de Helle Andersen. El resto de su cuerpo estaba cubierto por una bata azul claro de un tamaño que costaría encontrar en la tienda de ropa local.

–Era un disparate pensar que pudiera haberle hecho algo a su hermana, ya se lo dije a la policía. Que era una pista completamente equivocada.

–Pero hay testigos que lo vieron pegar a su hermana –replicó Carl.

–A veces perdía un poco los estribos. Pero no era nada grave.

–Pero es tan fuerte que quizá habría podido empujarla al agua sin querer.

Helle Andersen levantó la mirada al cielo.

–¡Qué va! Uffe era un buenazo. Podía entristecerse hasta hacer que también tú te entristecieras, pero ocurría muy pocas veces.

–¿Le preparabas la comida?

–Hacía de todo. Para que estuviera listo cuando Merete llegara a casa.

–Y a ella, ¿no la veías tan a menudo?

–De vez en cuando.

–Pero no los días anteriores a su muerte, ¿verdad?

–Bueno, sí, una de las noches cuidé de Uffe. Entonces se puso triste, tal como ya he explicado, y tuve que llamar a Merete para que volviera a casa, y es lo que hizo. Sí, aquel día sí le dio fuerte.

–¿Ocurrió algo especial aquella tarde-noche?

–Sólo que Merete no volvió a casa a las seis, como acostumbraba, y eso no le gustó a Uffe. No comprendía que era algo que ya habíamos hablado.

–¡Era una parlamentaria! Eso ocurriría muchas veces, ¿no?

–No crea. Solamente de cuando en cuando, si estaba de viaje. Y en esos casos solía ser una noche, o dos a lo sumo.

—Entonces, ¿estaba de viaje aquella noche?

Assad sacudió la cabeza. Joder, qué irritante era que supiera tanto.

—No, había estado cenando fuera.

—Vaya. ¿Y sabes con quién?

—No, nadie lo sabe.

—¿Eso también está en el informe, o qué?

Assad asintió en silencio.

—Søs Norup, su nueva secretaria, la vio escribir el nombre del restaurante en su agenda. Y algunos de los que estaban en el restaurante la recordaban. Pero no con quién estaba.

Estaba claro que iba a tener que empollar aquel informe cuanto antes.

—¿Cómo se llamaba el restaurante, Assad?

—Parece ser que Café Bankeråt. Algo así.

Carl se volvió hacia la asistenta.

—¿Sabes si era una cita? ¿Un novio?

En una mejilla de la mujer apareció un profundo hoyuelo.

—Es posible. Pero ella no dijo nada de eso.

—¿Y tampoco dijo nada al volver a casa? Después de haber llamado tú, quiero decir.

—No, yo me fui. Es que Uffe estaba muy disgustado.

Se oyó un tintineo, y el actual dueño de la casa entró en la estancia con aire solemne, como si la bandeja que ofrecía con elegancia contuviera todos los secretos de la gastronomía.

—Son caseros —fue su único comentario mientras depositaba la fuente con una especie de flanes minúsculos sobre bandejitas de papel de plata.

Aquello le evocaba recuerdos de una infancia desaparecida. No buenos recuerdos, pero aun así recuerdos.

El anfitrión repartió los pasteles entre ellos, y Assad mostró enseguida que le gustaba el ceremonial.

—Helle, en el informe pone que te entregaron una carta la víspera de que Merete Lynggaard desapareciera. ¿Podrías describirla con más detalle? —preguntó Carl. Seguramente estaría en el informe del interrogatorio, pero la asistenta tendría que volver a repetirlo.

—Era un sobre amarillo, como apergaminado.

—¿De qué tamaño?

La asistenta gesticuló con las manos. De tamaño cuartilla.

—¿Había algo escrito? ¿Un sello, un nombre?

—No ponía nada.

—¿Y quién lo trajo? ¿Conocías a la persona en cuestión?

—No, en absoluto. Llamaron a la puerta y había un hombre fuera que me dio la carta.

—Algo extraño, ¿no? Normalmente las cartas llegan con el correo.

La asistenta le dio un ligero empujón de familiaridad.

—Aquí también tenemos cartero, ¿qué se cree? Pero la carta la entregaron más tarde. Ocurrió en mitad de las noticias.

—¿A las doce del mediodía?

La asistenta asintió en silencio.

—Me la dio sin más y se marchó.

—¿No dijo nada?

—Sí, dijo que era para Merete Lynggaard, nada más.

—¿Por qué no la metió en el buzón?

—Creo que tenía prisa. Puede que temiera que Merete no la viera en cuanto llegara a casa.

—Bueno, pero Merete Lynggaard debía de saber quién la trajo. ¿Qué dijo sobre eso?

—No lo sé. Ya he dicho que me había marchado para cuando ella volvió.

Assad volvió a asentir con la cabeza. También estaba en el informe.

Carl le dirigió una mirada profesional. «El método consiste en preguntar más de una vez», venía a decir. Así tendría algo en qué pensar.

—Creía que Uffe no podía quedarse solo en casa —añadió después.

—Sí, hombre —respondió la asistenta con mirada alegre—. Pero no de noche.

En aquel momento Carl deseó estar en la silla de su escritorio del sótano. Llevaba años teniendo que sacar información a la gente con sacacorchos, y tenía los brazos cansados. Un par de preguntas más y se largarían. El caso Lynggaard estaba evidentemente tocado desde el principio. Merete se había caído por la borda. Suele ocurrir.

—Además, podía haber sido demasiado tarde si yo no se la hubiera dejado a la vista —continuó la mujer.

Carl vio que la mirada de la asistenta se desviaba un momento. No hacia los pastelitos. Lejos.

—¿A qué te refieres?

—Bueno, ella murió al día siguiente, ¿no?

—En este momento no estabas pensando en eso, ¿verdad?

—Sí, sí.

Junto a él, Assad puso su pastel sobre la mesa. Aunque pareciera increíble, también él se había dado cuenta de la maniobra evasiva.

—Estabas pensando en otra cosa, me he dado cuenta. ¿Qué querías decir con eso de que podía haber sido demasiado tarde?

—Simplemente lo que he dicho: que murió al día siguiente.

Carl alzó la mirada hacia el anfitrión goloso.

—¿Podemos hablar con Helle en privado?

El hombre no pareció alegrarse, y tampoco Helle Andersen. Se alisó la bata, pero el daño ya estaba hecho.

—Vamos, Helle, dilo —dijo Carl inclinado hacia ella, cuando el anticuario salió silenciosamente de la estancia—. Si te has guardado alguna información, éste es el momento de darla, ¿de acuerdo?

—No había nada más.

—¿Tienes hijos?

La mujer curvó las comisuras hacia abajo. ¿Qué tenía que ver aquello con la cuestión?

—Vale. Abriste el sobre, ¿verdad?

La asistenta echó la cabeza hacia atrás, asustada.

—Claro que no.

—Eso es perjurio, Helle Andersen. Tus hijos van a echarte de menos una temporada.

Para ser una mujerona del campo, reaccionó con inusual rapidez. Las manos volaron a la boca, las piernas retrocedieron debajo del sofá y contrajo el diafragma para marcar distancias con aquel peligroso policía-animal.

—No lo abrí —negó, impetuosa—. Sólo lo puse a contraluz.

—¿Qué ponía?

Las cejas de la asistenta casi se entrecruzaban.

—Pues sólo ponía: «Buen viaje a Berlín».

—¿Sabes a qué iba a Berlín?

—Era un viaje de ocio con Uffe. Solían hacerlo de vez en cuando.

—Entonces, ¿por qué era tan importante desearle un buen viaje?

—No lo sé.

—¿Quién podía saber algo acerca del viaje, Helle? Por lo que he oído, Merete llevaba una vida muy enclaustrada con Uffe.

La mujer se encogió de hombros.

—Tal vez alguien del Parlamento, no lo sé.

—Para algo así, ¿no usan el correo electrónico?

—Pues no lo sé.

Estaba claro que la asistenta se sentía presionada. Tal vez mintiera; tal vez fuera fácil de presionar, sin más.

—Puede que fuera alguien del ayuntamiento —aventuró la mujer. Y la pista se cerró.

—Ponía «Buen viaje a Berlín». ¿Y qué más?

—Nada más. Sólo eso, de verdad.

—¿Ninguna firma?

—No. Solamente eso.

—Y el mensajero, ¿qué aspecto tenía?

La mujer medio ocultó el rostro tras sus manos.

—Sólo recuerdo su abrigo elegante —declaró en voz baja.

—¿No viste nada más? No puede ser.

—Bueno, sí. Era más alto que yo, aunque estaba un peldaño más abajo. Y llevaba puesta una bufanda, una bufanda verde. No le cubría toda la barbilla, pero sí la mayor parte de la boca. También llovía, sería por eso. Estaba algo acatarrado, o al menos eso parecía.

—¿Estornudó?

—No, pero parecía acatarrado. Tenía la voz algo gangosa.

—¿Ojos? ¿Azules o castaños?

—Creo que azules. Creo. Puede que fueran grises. Los reconocería si los viera.

—¿Cuántos años tenía?

—Más o menos como yo.

Como si aquella información sirviera para algo.

—¿Y cuántos años tienes?

Ella lo miró algo indignada.

—Voy a cumplir treinta y cinco —respondió, mirando al suelo.

—¿Y en qué coche llegó?

—Que yo sepa, en ninguno. Al menos no había ninguno en el aparcamiento.

—No pudo venir *andando* hasta aquí.

—No, también yo lo pensé.

—Pero ¿no lo comprobó?

—No. Es que tenía que preparar la comida de Uffe. Siempre almorzaba mientras yo oía las noticias.

Hablaron de la carta durante el trayecto. Assad no sabía más. La investigación policial se había atascado al llegar a ese punto.

—Pero ¿por qué coño era tan importante entregar una información tan trivial? ¿Cuál era el mensaje? Podría entenderse si fuera de alguna amiga y la carta estuviera perfumada y metida en un pequeño sobre con flores estampadas. Pero ¿en un sobre tan anónimo y sin firmar?

—Creo que esa Helle no sabe gran cosa —continuó Assad mientras ponían rumbo a Bjælkerupvej, donde se encontraba el Departamento de Salud del municipio de Stevns.

Carl miró hacia los edificios. Habría sido conveniente tener una orden judicial en el bolsillo para aquella visita.

—Quédate aquí —ordenó a Assad, cuyo rostro no brilló de felicidad, que se diga.

Encontró el despacho de la directora después de preguntar un par de veces.

—Sí, la asistenta a domicilio suele visitar a Uffe Lynggaard —asintió la directora mientras Carl se metía la placa en el bolsillo—. Pero vamos algo retrasados con el archivado de casos antiguos en este momento. Ya sabe, la reforma de los municipios.

La mujer que tenía delante no sabía mucho del caso. Pues tendría que buscar a otra persona. Demonios, alguien tenía que conocer a Uffe Lynggaard y a su hermana. La menor información podía valer su peso en oro. Tal vez habían visto algo durante la visita domiciliaria que pudiera ayudarlo a avanzar.

—¿Puedo hablar con la persona responsable de visitarlo en aquella época?

—Lo siento, está jubilada.

—¿Me puede dar su nombre?

—No, lo siento. Sólo quienes estamos en el ayuntamiento podemos pronunciarnos sobre casos antiguos.

—Pero nadie de los que trabajan ahora sabe nada de Uffe Lynggaard, ¿no?

—Sí, alguien habrá. Pero no podemos pronunciarnos.

—Ya sé que existe el secreto profesional, y ya sé que Uffe Lynggaard no está legalmente incapacitado. Pero no he venido hasta aquí para volver a casa con las manos vacías. ¿Puedo ver su historial?

—Ya sabe que no. Si quiere hablar con nuestro abogado, adelante. Además, los expedientes no están disponibles por el momento. Uffe Lynggaard ya no vive en este municipio.

—Entonces, el expediente ¿lo han enviado a Frederikssund?

—No puedo pronunciarme al respecto.

Pájara desdeñosa.

Salió del despacho y estuvo un rato en el pasillo mirando alrededor.

—Perdone —dijo a una mujer que se dirigía hacia él y parecía lo suficientemente cansada para no ponerse a la defensiva. Sacó la placa y se presentó.

—¿Podría ayudarme a encontrar a la persona que hacía las visitas domiciliarias a Magleby hace diez años?

—Pregunte ahí —sugirió la mujer, señalando el despacho del que Carl acababa de salir.

O sea que harían falta órdenes judiciales, papeles, conversaciones por teléfono, esperas y más conversaciones por teléfono. Estaba harto.

—Recordaré esa respuesta cuando le hagan falta mis servicios —replicó, haciendo una leve reverencia.

La última parada del trayecto era Hornbæk, la Clínica para Lesiones de Médula.

—Voy a llevarme el coche allí, Assad. ¿Puedes volver en tren? Te dejaré en Køge. El cercanías te lleva hasta la Estación Central sin transbordo.

Assad asintió en silencio, sin alegría en la mirada. Carl tampoco sabía dónde vivía. Tendría que preguntárselo alguna vez.

Miró a su singular colega.

—Mañana empezamos con otro caso, Assad, esto está condenado al fracaso.

Tampoco aquello iluminó precisamente el rostro de Assad.

En la clínica habían trasladado a Hardy a otra habitación, y no tenía buen aspecto. En apariencia estaba bien, pero tras los ojos azules acechaba la oscuridad.

Carl le puso la mano en el hombro.

—He estado pensando en lo que dijiste el otro día, Hardy. Pero no puede ser, lo siento en el alma. Sencillamente, no puedo, ¿lo entiendes?

Hardy no dijo nada. Pues claro que lo entendía, pero al mismo tiempo no lo entendía, claro.

—¿Qué te parece si me ayudas con mis casos, Hardy? Yo te doy información sobre ellos y tú te los empollas bien. Me hacen falta refuerzos, ¿me entiendes, Hardy? Todo esto me importa un bledo, pero si estás tú, entonces tenemos algo de qué reírnos.

—¿Quieres que me ría, Carl? —replicó Hardy, apartando el rostro.

En suma, una mierda de día.

16

2002

En la oscuridad perdió la noción del tiempo, y con la noción del tiempo el ritmo del cuerpo. Día y noche se fundían como hermanos siameses. Para Merete había sólo una referencia en todo el día: el clic de la puerta arqueada de la pared.

La primera vez que oyó la voz distorsionada por el altavoz se asustó tanto que aún temblaba cuando se echó a dormir.

Pero si no hubiera habido voz habría muerto de hambre y sed, lo sabía bien. La cuestión, entonces, era si eso no habría sido mejor.

Había notado que desaparecía la sed y la sensación de sequedad en la boca. Había notado que el cansancio aliviaba el hambre. Había notado que el miedo era reemplazado por el pesar, y el pesar por la conciencia casi reconfortante de que la muerte estaba en camino. Por eso estaba tranquila, esperando que su cuerpo cediera, cuando una voz chirriante le desveló que no estaba sola y que debía entregarse definitivamente a la voluntad de otros.

—Merete —profirió de pronto la voz de mujer—. Vamos a enviarte una caja de plástico. Pronto oirás un clic, y se abrirá una compuerta en el rincón. Ya nos hemos dado cuenta de que la has encontrado.

Tal vez Merete se había imaginado que encenderían la luz, porque achicó los ojos con fuerza y trató de prepararse

para la conmoción que iba a excitar sus terminales nerviosas. Pero no encendieron la luz.

—¿Me oyes? —gritó la voz.

Merete asintió en silencio y expulsó el aire con fuerza.
Entonces notó lo helada que estaba. Cómo había vaciado
sus reservas de grasa la falta de alimentación. Qué vulnerable era su situación.

—¡Responde!

—Sí, te oigo. ¿Quién eres? —preguntó, mirando a la oscuridad.

—Cuando oigas el clic ve enseguida a la compuerta. No
intentes meterte dentro, es imposible. Cuando hayas reco-
gido la primera caja, llegará otra. Una es un cubo-retrete.
Ahí harás tus necesidades; y en la otra hay agua y comida.
Todos los días abriremos la compuerta para cambiar de cajas, ¿has entendido?

—¿De qué va todo esto? —Merete escuchó su propio
eco—. ¿Estoy secuestrada? ¿Queréis dinero?

—Ahí va la primera.

Se oyó un traqueteo en el rincón, y un débil pitido. Se
arrastró hasta allí y notó que la parte inferior de la puerta
arqueada de la pared se abría y que de su interior salía una
caja sólida del tamaño de una papelera. Cuando la atrajo
hacia sí y la puso en el suelo, la compuerta se cerró durante diez segundos, para volver a abrirse, esta vez con un
cubo algo más alto que probablemente sería el retrete químico.

Su corazón latió con fuerza. Si los cubos podían cambiarse tan rápidamente, debía de haber alguien justo al otro
lado de la compuerta. Otra persona, muy cerca.

—¿Por qué no me decís dónde estoy? —insistió, avanzando de rodillas hasta ponerse justo debajo de donde creía
que estaba el altavoz. Después elevó un poco el tono de
voz—. ¿Cuánto tiempo llevo aquí? ¿Qué queréis de mí?

—Hay papel higiénico en la caja de la comida. Te daremos un rollo cada semana. Cuando tengas que lavarte, coge

agua del bidón que hay en el cubo-retrete. Así que acuérdate de sacar el bidón lo primero de todo. No hay ningún desagüe en la celda, o sea que ocúpate de lavarte
encima del cubo.

Los músculos de su cuello se tensaron. Una sombra de
furia luchaba contra el llanto, y sus labios vibraron. De su
nariz supuraba un líquido.

−¿Tengo que estar en esta oscuridad... todo el tiempo?
−sollozó−. ¿No podéis encender la luz? Sólo un momento.
¡Por favor!

Volvió a oírse un clic y un leve pitido, y la compuerta se
cerró.

Después siguieron muchos, muchísimos días en los que
no oyó nada aparte del ventilador que una vez por semana
renovaba el aire, y el clic y el pitido diario de la compuerta.
Algunas veces los intervalos se hacían interminables, otras
veces era como si acabara de tumbarse después de comer
cuando llegaba la siguiente ración de cubos. La comida era
su único consuelo físico, aunque era monótona y apenas
sabía a nada. Algunas patatas y verdura cocida y un poquito
de carne. Lo mismo todos los días. Como si hubiera una
olla de potaje imposible de vaciar hirviendo sin parar en el
mundo luminoso que había al otro lado de la pared impenetrable.

Había pensado que en un momento dado se acos-
tumbraría tanto a la oscuridad que los detalles de la celda
destacarían, pero no ocurrió tal cosa. La oscuridad era irre-
vocable, era como si estuviera ciega. Sólo los pensamientos
podían iluminar su existencia, y tampoco era fácil.

Pasó mucho tiempo con auténtico miedo de volverse
loca. Miedo del día en que el control se le escapara de las
manos. Y se inventaba imágenes del mundo y de la luz y la
vida exteriores. Y rebuscaba en los rincones de su cerebro
que la vida ajetreada y trivial de las personas suele mantener

ocultos. Y los recuerdos de otras épocas acudían con lentitud. Pequeños instantes de manos que la abrazaban. Palabras que acariciaban y consolaban. Pero también recuerdos de soledad, añoranza y trabajo incansable.

Entonces entró en un ritmo según el cual las veinticuatro horas del día se componían de largos períodos de sueño, comer, meditación y correr sin moverse. Podía correr hasta que los pisotones en el suelo hacían que le dolieran los oídos, o hasta que caía derrengada.

Cada cinco días le daban ropa interior limpia y echaba la sucia al retrete químico. La idea de que otras personas fueran a manosear su ropa interior le resultaba repulsiva. Pero el resto de la ropa que llevaba puesta no se la cambiaban. O sea que la cuidaba. Estaba atenta cuando se colocaba encima del cubo. Se tumbaba cuidadosamente en el suelo cuando tenía que dormir. La alisaba con la mano cuando se cambiaba de ropa interior, y lavaba con agua limpia las partes que le parecían sucias. Menos mal que llevaba puesta tanta ropa el día que la secuestraron. Un plumífero, bufanda, blusa, camiseta, pantalones y gruesos calcetines. Pero con el paso de los días los pantalones le quedaban cada vez más holgados, y las suelas de sus zapatos estaban cada vez más gastadas. Tengo que correr descalza, pensó, y gritó a la oscuridad.

—¿No podéis subir un poco la calefacción? ¿Por favor...?

Pero el ventilador del techo llevaba tiempo sin emitir sonido alguno.

La luz de la celda se encendió cuando había cambiado de cubos ciento diecinueve veces. La explosión de soles blancos que salió a su encuentro la hizo retroceder tambaleándose, con los ojos achicados y las lágrimas saltándole del rabillo del ojo. Fue como si la luz bombardeara sus retinas y enviara oleadas de impulsos dolorosos al cerebro. Lo único que pudo hacer fue ponerse en cuclillas y taparse los ojos.

En las horas que siguieron fue descubriendo el rostro y abrió un poquito los ojos. La luz seguía siendo implacable. El miedo a haber perdido la visión, o a perderla si se destapaba demasiado rápidamente, la contenía. Y así estuvo hasta que la voz de la mujer por el altavoz la sobresaltó por segunda vez. Reaccionaba ante el sonido igual que un instrumento de medida mal ajustado. Sentía cada palabra como una sacudida que la atravesaba. Y las palabras eran terribles.

—Feliz cumpleaños, Merete Lynggaard. Hoy cumples treinta y dos años. Sí, hoy es 6 de julio. Llevas aquí ciento veintiséis días, y nuestro regalo de cumpleaños va a ser que no vamos a apagar la luz durante un año.

—Oh, no, por Dios, no podéis hacerme eso —gimió—. ¿Por qué me hacéis esto?

Se levantó y se cubrió los ojos con las manos.

—Si queréis torturarme hasta matarme, ¡hacedlo ahora! —chilló.

La voz de mujer era helada, algo más grave que la última vez.

—Tranquila, Merete. No vamos a torturarte. Al contrario, queremos darte una oportunidad para evitar que las cosas te vayan peor. Sólo tienes que responder a una pregunta muy importante: ¿por qué tienes que sufrir todo esto? ¿Por qué te hemos encerrado en una jaula como a un animal? Responde a eso, Merete.

Echó el cuello hacia atrás. Era espantoso. Quizá fuera mejor callar. Sentarse en un rincón y dejarlos hablar cuanto quisieran.

—Responde a eso, Merete; de lo contrario, agravarás tu situación.

—¡No sé qué queréis que responda! ¿Es algo político? ¿O queréis pedir una recompensa? No lo sé. Decídmelo.

La voz tras el débil crepitar se endureció.

—No has superado la prueba, Merete, por lo que recibirás un castigo. No es tan duro, saldrás adelante.

—Dios mío, no puede ser verdad —sollozó Merete, y se hincó de rodillas.

Entonces oyó que el familiar pitido de la compuerta se convertía en un silbido. Finalmente, notó que el aire templado que la rodeaba fluía hacia ella. Olía a grano, tierra de labranza y hierba fresca. ¿Eso era un castigo?

—Vamos a subir la presión de la cámara a dos atmósferas. A ver si el año que viene puedes responder. No sabemos cuánta presión puede aguantar el organismo humano, pero ya nos enteraremos con el paso del tiempo.

—Santo cielo —susurró Merete, mientras notaba la presión en los oídos—. No lo permitas. No lo permitas.

17

2007

El sonido de voces alegres y el tintineo de botellas que se oía claramente desde el aparcamiento pusieron sobre aviso a Carl. En las casas adosadas la fiesta estaba en marcha.

La peña de la barbacoa era un grupito de vecinos fanáticos que pensaban que la carne de vaca sabía mucho mejor si antes había estado sobre una parrilla cubierta de carbón hasta que no sabía a vaca ni a nada. Se reunían durante todo el año en cuanto se presentaba la ocasión, y muchas veces en la terraza de Carl. Le caían bien. Eran alegres pero contenidos, y siempre se llevaban a casa las botellas vacías.

Kenn, el cocinero habitual, le dio un abrazo, alguien le pasó una lata de cerveza helada, se sirvió una de las briquetas de carne chamuscada y entró en la sala notando en la nuca sus miradas bienintencionadas. Nunca le preguntaban nada si estaba silencioso, era una de las cosas que le gustaba de ellos. Cuando un caso ocupaba su mente, era más fácil encontrar a un político local competente que contactar con Carl, todos lo sabían. Pero esta vez la mente de Carl no la ocupaba ningún caso. Sólo Hardy ocupaba su mente.

Porque Carl no sabía qué hacer.

Tal vez debiera volver a evaluar la situación. Le sería fácil matar a Hardy sin que nadie fuera a ladrar después. Una burbuja de aire en su gotero, una mano fuerte sobre su boca. Sería rápido, porque Hardy no se resistiría.

Pero ¿podía hacerlo? ¿Quería hacerlo? Era un maldito dilema. ¿Ayudar o no ayudar? ¿Y cuál era la ayuda adecuada? Quizá ayudara más a Hardy que Carl se armara de valor, fuera al despacho de Marcus y le exigiera seguir con su antiguo caso. A fin de cuentas, le importaba un pimiento con quién lo pusieran a trabajar, y pasaba de lo que pudieran decir ellos. Si a Hardy le servía de algo que cogieran a los cabrones que les dispararon en Amager, ya se encargaría él de hacerlo. Personalmente, estaba harto del caso. Si encontraba a aquellos cerdos se los cepillaría sin más, pero ¿quién iba a beneficiarse? Él, desde luego, no.

—Carl, ¿me das cien coronas?

Era su hijo postizo Jesper quien irrumpía en sus pensamientos. Estaba a punto de salir de casa. Sus amigos de Lynge sabían que si lo invitaban había muchas posibilidades de que llevara unas birras. Jesper tenía amigos en la urbanización que vendían cajas y cajas de cerveza a los que aún no tenían dieciséis años. Costaban un par de coronas más, pero ¿qué importaba si tenías un padre postizo que pagaba la juerga?

—Jesper, ¿no es la tercera vez en lo que va de semana? —cuestionó Carl, sacando un billete de la cartera—. Y mañana tienes que ir a la escuela, pase lo que pase, ¿vale?

—Vale —respondió Jesper.

—¿Ya has hecho los deberes?

—Sí, sí.

O sea que no los había hecho. Carl arrugó el entrecejo.

—Tranquilo, hombre. No tengo ninguna gana de seguir otro año en Engholm. Ya conseguiré pasar a bachillerato.

Triste consuelo. Además, tenía que cuidar de que el chaval fuera a clase dos años más.

—Arriba ese ánimo, hombre —salmodió el muchacho camino del cobertizo de las bicis.

Era más fácil decirlo que hacerlo.

—¿Es el caso Lynggaard el que te tiene agobiado, Carl? —le preguntó Morten mientras recogía botellas. Nunca bajaba a dormir hasta que la cocina estaba reluciente. Conocía sus limitaciones. A la mañana siguiente iba a tener la cabeza tan grande e hinchada como el ego del primer ministro. Si había que hacer algo, había que hacerlo ahora.

—Más que nada pienso en Hardy, no tanto en el caso Lynggaard. Las pistas no llevan a ninguna parte, y a nadie le interesa un carajo. Tampoco a mí.

—Pero el caso Lynggaard está explicado ya, ¿no? —replicó Morten con voz gangosa—. Debió de ahogarse. ¿Hay algo más que decir al respecto?

—Hmm, ¿tú crees? Pero me pregunto por qué se ahogó. No había tormenta, no había olas, estaba aparentemente sana. No tenía problemas de dinero, era guapa, iba camino de hacer una gran carrera. Puede que estuviera algo sola, pero ya llegaría el momento en que se ocupara de esa cuestión.

Sacudió la cabeza. ¿A quién quería engañar? Por supuesto que le interesaba el caso. Todos los casos en los que las preguntas se amontonaban como en aquél le interesaban.

Encendió un cigarrillo y agarró una lata de cerveza que algún invitado había abierto y dejado sin beber. Estaba algo tibia y floja.

—Lo que más me irrita es que fuera tan lista. Siempre hay dificultades cuando la víctima es tan inteligente como ella. No tenía razón alguna para suicidarse, tal como lo veo yo. No tenía enemigos conocidos, su hermano la adoraba. Entonces, ¿por qué desapareció? Tú, por ejemplo, Morten Holland, ¿saltarías al agua en esa situación?

Morten miró a Carl con los ojos enrojecidos.

—Fue un accidente, Carl. ¿No te has mareado nunca al mirar desde la borda las olas más abajo? Y si de todas formas fue asesinada, entonces fue su hermano o si no algo político, en mi opinión. Una futura líder de los Demócratas que estaba tan buena como ella ¿no tenía *enemigos?*

Asintió pesadamente con la cabeza y casi no pudo levantarla.

—Todos la odiaban, ¿no lo ves? Los que habían quedado atrás en su propio partido. Y los partidos del Gobierno.

¿Crees que el primer ministro y todos sus tiparracos estaban contentos de ver a aquel bollito actuar ante las cámaras de la tele? Tú mismo lo has dicho: no tenía ni un pelo de tonta.

Escurrió la bayeta y la colgó del grifo del fregadero.

—Todos sabían que sería ella quien iba a representar a la coalición de la oposición en las próximas elecciones. Atraía mogollón de votos —dijo, escupiendo en el fregadero—. Bueno, la próxima vez no voy a beber el *retsina* de Sysser. ¿Dónde coño compra ese brebaje? Se te queda la garganta como un estropajo.

En el patio circular Carl se encontró con varios colegas que volvían a casa. Junto a la pared del fondo, tras las columnas, estaba Bak conversando seriamente con uno de sus hombres. Lo miraron como si los hubiera escupido e insultado.

—Reunión de majaderos —dejó que resonara en el pórtico mientras les daba la espalda.

La explicación se la dio Bente Hansen, una agente de su antiguo grupo que se encontró en el vestíbulo.

—Tenías razón, Carl. Han encontrado la media oreja en la cisterna del retrete del piso de la testigo. Enhorabuena, viejo.

Bien. O sea que algo estaba pasando en el caso del ciclista asesinado.

—Bak y su gente han estado en el Hospital Central para que la testigo soltara todo lo que sabía —continuó la policía—. Pero no han sacado nada en limpio. Está aterrorizada.

—Entonces, no es con ella con quien tienen que hablar.

—Probablemente, no. Pero ¿con quién, si no?

—¿En qué situación te suicidarías tú? ¿Si estuvieras bajo una presión enorme, o si fuera lo único que podía salvar a tus hijas? En mi opinión tiene que ver con las hijas, de una u otra forma.

—Sus hijas no saben nada.

—Seguramente no. Pero tal vez sepa algo la madre de la mujer.

Miró hacia las lámparas de bronce del techo. Quizá debiera pedir permiso para intercambiar los casos con Bak. Seguro que más de uno se echaría a temblar en el colosal edificio.

—Llevo mucho tiempo dándole vueltas a la cabeza, Carl. Creo que tenemos que continuar con el caso, o sea.

Assad ya le había puesto delante una taza de café humeante. Junto a los expedientes había un par de pasteles sobre una bolsa de papel. Era evidente que trataba de congraciarse con él. Por lo menos, había ordenado el despacho de Carl y varios informes del caso estaban alineados sobre su escritorio, casi como si hubiera que leerlos en un orden determinado. Debía de llevar allí desde las seis de la mañana.

—¿Qué es eso que me has preparado? —preguntó Carl, señalando los papeles.

—Sí, ahí hay un extracto de la cuenta del banco que te dice cuánto dinero sacó Merete Lynggaard durante las últimas semanas. Pero no hay nada de ninguna cena en un restaurante.

—Le pagarían la cena, Assad. Es habitual que a las mujeres guapas les salgan las cenas gratis.

—Claro. Qué lista. Hizo que pagara alguien. Seguramente un político o un tío.

—Posiblemente, pero no va a ser fácil saber quién.

—Sí, ya lo sé, Carl. Fue hace cinco años —prosiguió, poniendo el dedo en el otro folio—. Aquí hay una lista de las cosas que se llevó la policía de su casa. No veo ninguna agenda como la que describió la nueva secretaria. Pero puede que haya una agenda en el Parlamento donde ponga con quién iba a cenar, entonces.

—Seguramente llevaría la agenda en el bolso, Assad. Y el bolso desapareció junto con ella, ¿verdad?

Assad asintió en silencio, algo irritado.

—Pero Carl... Entonces podríamos preguntárselo a su secretaria. Hay un replicado de su declaración. En su momento no dijo nada de que Merete hubiera estado cenando con nadie. O sea que creo que habría que preguntarle otra vez.

—¡Se dice *du*plicado! Pero eso fue hace cinco años, Assad. Si no pudo recordar nada importante cuando la interrogaron entonces, tampoco lo recordará ahora.

—¡Vale! Pero declaró que recordaba que Merete Lynggaard recibió un telegrama de San Valentín, pero que le llegó algo más tarde. Una cosa así se puede investigar, ¿no?

—Ese telegrama ya no existe, y no tenemos la fecha exacta. Va a ser difícil, ni siquiera sabemos qué compañía lo entregó.

—Lo entregó, o sea, TelegramsOnline.

Carl lo miró. Aquel tío ¿tendría madera? Era difícil de creer viéndolo con aquellos guantes de goma verdes.

—¿Cómo sabes eso, Assad?

—Mira —le mostró su ayudante, señalando el duplicado de la declaración—. La secretaria recordaba que en el telegrama ponía *Love & Kisses for Merete*, y que también había dos labios. Dos labios rojos.

—¿Y...?

—Pues que entonces es un telegrama de TelegramsOnline. Imprimen el nombre en el telegrama. Y llevan los dos labios rojos.

—Enséñamelo.

Assad apretó la barra espaciadora del ordenador de Carl, y en la pantalla apareció la página web de TelegramsOnline. Sí, allí estaba el telegrama. Exactamente como decía Assad.

—Bien. ¿Y estás seguro de que es la única empresa que hace telegramas así?

—Completamente.

—Pero sigues sin tener la fecha, Assad. ¿Es de antes o de después del día de San Valentín? ¿Y quién lo encargó?

—Podemos preguntar a la empresa si tienen registrado cuándo entregan telegramas en el palacio de Christiansborg.

—Eso ya lo harían en la primera investigación, ¿no?

—No, en el expediente no pone nada de eso. Pero ¿quizá has leído otra cosa? —preguntó el asistente con una sonrisa sardónica tras la barba de dos días. Con descaro, pero sin pasarse.

—Vale, Assad, de acuerdo. Pregunta en la empresa. Es justo una misión para ti. Yo tengo cosas que hacer ahora, es mejor que llames desde tu despacho.

Le dio una palmada en el hombro y lo arrastró afuera. Después cerró la puerta, encendió un cigarrillo, cogió la carpeta del caso Lynggaard y se sentó en la silla con las piernas encima de la mesa.

Ya no tenía excusa.

Era un caso fastidioso. Demasiado inconsistente. Búsquedas a diestro y siniestro sin prioridades claras. En suma, no había ninguna teoría sólida en que apoyarse. El motivo seguía estando abierto. Si fue un suicidio, ¿por qué? Lo único que se sabía era que su coche estaba en la parte trasera de la cubierta de coches, y que Merete Lynggaard había desaparecido.

Después los investigadores se dieron cuenta de que no había estado sola. De un par de testimonios se deducía que había estado discutiendo con un joven en la cubierta. Una foto, tomada casualmente en la cubierta por una pareja de mediana edad que participaba en un viaje de compras organizado a Heilingenhafen, lo documentaba. Y la fotografía se hizo pública, y entonces llegó una notificación del Ayuntamiento de Store Heddinge diciendo que se trataba del hermano de Merete Lynggaard.

De hecho, Carl lo recordaba. Hubo rapapolvos para los policías que habían pasado por alto la existencia de aquel hermano.

Y surgieron nuevas preguntas: si había sido el hermano, ¿cuál era el motivo?, ¿y dónde estaba el hermano?

Al principio creían que también Uffe había caído por la borda, pero lo encontraron a los dos días, totalmente extenuado y confuso, un buen trecho más allá de las llanuras de Femern. Lo identificó un policía alemán de Oldenburgo que estaba alerta. Nadie averiguó luego cómo había llegado tan lejos. Tampoco él tenía nada que añadir al caso.

Si sabía algo, se lo guardaba para sí.

El duro trato dispensado después por sus compañeros a Uffe Lynggaard reveló que no tenían ni puta idea de cómo llevar el caso.

Carl puso un par de cintas de los interrogatorios y comprobó que Uffe había estado callado como una tumba. Trataron de jugar al «poli bueno» y al «poli malo», pero no funcionó. Llamaron a dos psiquiatras. Después a un psicólogo de Farum con una tesis doctoral en esas cosas, incluso llamaron a Karen Mortensen, una asistenta social del municipio de Stevns, para tratar de sonsacar a Uffe.

Un caso chungo.

Tanto las autoridades alemanas como las danesas rastrearon las aguas. El cuerpo de submarinistas trasladó sus ejercicios a la zona. Encontraron un cadáver arrojado por el mar, lo congelaron y le hicieron la autopsia. A los pescadores se les pidió que prestaran especial atención a los objetos que flotaran en el agua. Ropa, bolsos, cualquier cosa. Pero nadie encontró nada que pudiera relacionarse con Merete Lynggaard, y los medios de comunicación se volvieron más locos si cabe. La mujer ocupó las primeras planas durante casi un mes. De diversas fuentes salieron viejas fotos de una excursión con el instituto, donde posaba con un traje de baño ceñido. Se dio publicidad a sus sobresalientes en la universidad, que se convirtieron en objeto de análisis para los denominados expertos en tendencias. Nuevas conjeturas acerca de su sexualidad hacían que periodistas por lo demás sobrios siguieran la estela de la prensa amarilla. Y por encima de todo la existencia de Uffe daba a los gacetilleros algo de que escribir.

Varios de sus compañeros cercanos desvariaban diciendo que ya se habían imaginado algo así. Que había algo en su vida privada que quería ocultar. Claro, no se sabía que fuera un hermano minusválido, pero algo de ese estilo.

Viejas fotos del accidente de coche que mató a sus padres y dejó minusválido a Uffe aparecieron en primera plana de los diarios de la mañana cuando la importancia del caso empezaba a remitir. Había que meter todo. Estando viva fue un buen material, y muerta lo iba a ser también, qué carajo. A los tertulianos de la mañana les costaba disimular su entusiasmo. La guerra de Bosnia, un príncipe consorte que estaba cabreado, la profusión de tintos finos en actos oficiales del alcalde de un suburbio de Copenhague, una parlamentaria ahogada. ¡Siempre la misma mierda! Bastaba que hubiera unas buenas fotos.

Aparecieron grandes fotografías de la cama doble de la casa de Merete Lynggaard. Nadie sabía de dónde habían salido, pero los titulares eran despiadados. ¿Había habido una relación entre los dos hermanos? ¿Era ésa la razón de la muerte de Merete? ¿Por qué había solamente una cama en aquella casa tan grande? A todos los daneses tenía que parecerles que era extraño.

Cuando no pudieron sacar más jugo a la historia se pusieron a lanzar conjeturas sobre la puesta en libertad de Uffe. ¿Se habían empleado métodos policiales violentos? ¿Se trataba de un error judicial? ¿O había salido de rositas? ¿Tenía más que ver con la ingenuidad del sistema judicial y una instrucción deficiente? Después se habló en los medios del ingreso de Uffe en Egely, y finalmente el caso fue perdiendo interés. La serpiente del verano de 2002 fueron la lluvia, el calor, el nacimiento del príncipe Félix y el Mundial de Fútbol.

Sin duda, la prensa danesa conocía los auténticos intereses de sus lectores habituales. Merete Lynggaard era material obsoleto.

Y a los seis meses se abandonó la investigación. Había montones de otras cosas que hacer.

Carl cogió dos folios y en uno de ellos escribió a bolígrafo:

SOSPECHOSOS:
1) Uffe
2) Mensajero desconocido. Carta sobre Berlín.
3) La persona del restaurante Café Bankeråt
4) «Compañeros» de Christiansborg
5) Robo con homicidio. ¿Cuánto dinero en el bolso?
6) Agresión sexual

En el otro folio escribió:

INVESTIGAR:
Asistenta social de Stevns
Telegrama
Secretarias del Parlamento
Testigos del transbordador de Schleswig-Holstein

Tras observar un rato los folios, en la parte inferior del segundo folio escribió:

Familia adoptiva después del accidente/antiguos compañeros de universidad. ¿Tenía tendencia a la depresión? ¿Estaba embarazada? ¿Enamorada?

Cuando cerró la carpeta del expediente llamaron de arriba para darle un recado de Marcus Jacobsen para que acudiera a la sala de conferencias.

Saludó con la cabeza a Assad al pasar junto a su cuartito. Estaba pegado a su teléfono, y parecía profundamente concentrado y serio. No como cuando se plantaba en el hueco de la puerta con sus guantes de goma verdes. Casi parecía otro hombre.

Estaban allí todos los que tenían que ver con el asesinato del ciclista. Marcus Jacobsen le señaló la silla donde tenía que sentarse tras la mesa, y Bak empezó a hablar.

—Nuestra testigo, Annelise Kvist, finalmente ha pedido que se le aplique el programa de protección de testigos. Ahora sabemos que la han amenazado con que van a desollar vivas a sus hijas si no guarda silencio sobre lo que vio. No ha dejado de ocultarnos información, pero ha estado dispuesta a colaborar a su manera. De vez en cuando nos daba pistas para que pudiéramos seguir avanzando en el caso, pero las informaciones decisivas nos las ha ocultado. Después llegaron las graves amenazas, y posteriormente se cerró en banda.

»Resumo: la víctima es degollada en el parque de Valby hacia las diez de la noche. Está oscuro, hace frío y el parque está desierto. No obstante, resulta que Annelise Kvist ve al asesino hablar con la víctima unos minutos antes del asesinato. Por eso creemos que debe de haber sido un crimen pasional. Si el asesinato hubiera estado planeado, la llegada de Annelise Kvist probablemente lo habría frustrado.

—¿Por qué atraviesa Annelise Kvist el parque? ¿No iba en bici? ¿De dónde venía? —preguntó uno de los novatos. No sabía que cuando Bak llevaba el timón las preguntas se dejaban para el final.

Bak replicó con una mirada agria.

—Volvía de la casa de una amiga, y se le pinchó una rueda. Por eso atravesó el parque tirando de la bici. Sabemos que la persona que vio debía de ser el asesino, porque en el lugar del crimen sólo había dos tipos de huellas de zapatos. Hemos trabajado duro para analizar la situación de Annelise Kvist, a fin de encontrar puntos oscuros en su vida. Algo que pudiera explicar su proceder cuando empezamos a interrogarla. Ahora sabemos que en otra época estuvo vinculada a bandas de moteros, pero también sabemos con bastante seguridad que no es en esos ambientes donde debemos encontrar al asesino.

»La víctima era hermano de uno de los moteros más activos de la zona de Valby, Carlo Brandt, y estaba bien considerada, aunque solía pasar algo de droga por su cuenta. También sabemos ahora, por declaraciones de Carlo Brandt, que la víctima conoció a Annelise Kvist, sin duda íntimamente, en algún momento. También investigamos eso. La conclusión, desde luego, es que según todos los indicios conocía tanto al asesino como a la víctima.

»En cuanto al miedo de la testigo, su madre nos ha reconocido que Annelise ha sido anteriormente víctima de agresiones, aunque no tan extremas, golpes, amenazas, cosas así, pero que Annelise estaba muy afectada por ello. La madre cree que su hija se lo ha buscado porque ha andado mucho en ambientes de bares y no se fija en quién se lleva a casa, pero entendemos que las costumbres sexuales y sociales de Annelise Kvist no son muy diferentes de las de la mayoría de las mujeres jóvenes.

»El descubrimiento de la oreja en el retrete de Annelise nos dice que el asesino sabe quién es y dónde vive, pero, como sabéis, aún no hemos conseguido sacarle quién es.

»Han llevado a sus hijas a casa de unos familiares al sur de Copenhague, y eso ha ablandado un poco a Annelise. Ya no cabe duda de que estaba bajo el influjo de las drogas en el momento en que suponemos que intentó suicidarse. Los análisis revelan que en su estómago había un sinfín de sustancias euforizantes en forma de pastillas.

Carl había estado con los ojos cerrados la mayor parte del tiempo. El mero hecho de ver a Bak repasar casos de aquel modo tan intrincado y pausado le hacía hervir la sangre, pasaba de mirar. ¿Y por qué había de hacerlo? Aquel asunto no iba con él. Tenía su silla en el sótano, era lo único que no debía olvidar. El jefe de Homicidios lo había hecho subir para darle una palmada en el hombro por haber hecho avanzar el caso. Eso era todo. Ya se guardaría de darles más opiniones.

—No hemos encontrado el frasco de las pastillas, lo que indica que son pastillas que alguien, probablemente el propio asesino, le llevó a granel y la obligó a tragar —añadió Bak.

Vaya, si hasta era capaz de sacar conclusiones.

—De manera que, según todos los indicios, se trata de un intento frustrado de asesinato. La amenaza de matar a sus hijas ha hecho que esté callada —continuó Bak.

En ese momento intervino Marcus Jacobsen. Vio que los novatos estaban deseando hacer preguntas. Más valía irlas respondiendo.

—Annelise Kvist, su madre y sus hijas tendrán la protección que exige el caso —intervino—. Para empezar, la llevaremos con ellas, y ya haremos que hable después. Mientras tanto pondremos sobre aviso a la Brigada de Estupefacientes. Tengo entendido que tenía un montón de THC sintético en la sangre, posiblemente Marinol, que es la marca más conocida de cannabis en pastillas. No se suelen ver a menudo en los círculos de camellos, o sea que vamos a ver dónde pueden conseguirse en la zona. Tengo entendido que también encontraron restos de cristal de anfetamina y metilfenidato. Un cóctel muy atípico.

Carl sacudió la cabeza. Sí, era sin duda un asesino polifacético. Corta el cuello de modo violento a una víctima en un parque y hace tragar pausadamente pastillas a otra. ¿Por qué no podían esperar sus compañeros a que la tía lo soltase sin más? Abrió los ojos y se encontró de frente la mirada del jefe de Homicidios.

—Sacudes la cabeza, Carl. ¿Tienes alguna propuesta mejor? ¿Hay alguna sugerencia que nos impulse en la investigación? —preguntó Marcus, sonriendo. Fue el único de la sala que sonrió.

—Yo sólo sé que si comes THC vomitas si antes te han metido un montón de cosas raras. Es decir, que el tío que la obligó a tragar las pastillas hizo bien su trabajo, ya lo creo. ¿Por qué no esperáis a que la propia Annelise Kvist os cuente lo que vio? Un par de días arriba o abajo no tiene

125

importancia. Tenemos otras cosas de las que ocuparnos —concluyó, mirando a sus compañeros—. Por lo menos, yo.

Las secretarias estaban atareadas, como siempre. Lis estaba tras su ordenador con los auriculares puestos, golpeando las teclas como el batería de un grupo de rock. Estuvo buscando una secretaria nueva, morena, pero ninguna encajaba en la descripción de Assad. Sólo la compañera de Lis, la famosa equivalente del secretariado de «Ilsa la loba de las SS», llamada entre sus compañeros señora Sørensen, podía pretender razonablemente tener el pelo de ese color. Carl entornó los ojos. Puede que Assad viera en aquel rostro avinagrado algo que nadie más veía.

—Necesitamos una fotocopiadora como Dios manda, Lis —dijo Carl cuando ésta, con una amplia sonrisa, dejó de golpear el teclado—. ¿Puedes conseguirla esta tarde? Ya sé que les sobra una en el Centro de Investigación Nacional. Ni la han desembalado.

—Veré lo que puedo hacer, Carl —respondió Lis. Un problema menos.

—Tengo que hablar con Marcus Jacobsen —oyó decir a una voz delicada junto a él. Se volvió y vio frente a sí una mujer que no había visto nunca. De ojos castaños. Los ojos castaños más increíblemente deliciosos que había visto en su vida. Carl sintió mariposas en el estómago. Entonces la mujer se volvió hacia las secretarias.

—¿Eres Mona Ibsen? —preguntó la señora Sørensen.

—Sí.

—Te esperan.

Las dos mujeres se sonrieron mutuamente y Mona Ibsen retrocedió un poco mientras la señora Sørensen se levantaba para mostrarle el camino. Carl apretó los labios y la vio desaparecer por el pasillo. Llevaba un abrigo de pieles, bastante cortito, lo suficiente para dejar visible la parte baja del culo. Encantadora, pero no era precisamente joven, a juzgar por las formas. ¿Por qué diablos no había visto nada de su cara, aparte de los ojos?

—¿Mona Ibsen? ¿Quién es? —preguntó a Lis con tono despreocupado—. ¿Tiene que ver con el asesinato del ciclista?

—Qué va, es nuestra nueva psicóloga. En adelante va a estar adscrita a todos los departamentos de Jefatura.

—Ah, ¿sí? —replicó Carl, y hasta él se dio cuenta de que había dicho una memez.

Reprimió la sensación del diafragma, subió al despacho de Jacobsen y abrió la puerta sin llamar. Si le iban a echar una bronca, que fuera al menos por una buena causa.

—Perdona, Marcus —se disculpó—. No sabía que tuvieras visita.

Ella estaba sentada de lado, y la suave piel y las arrugas de la comisura de los labios expresaban más satisfacción que tedio.

—Puedo volver luego, perdona la interrupción.

La mujer giró el rostro hacia él ante el sumiso tono cortés. Su boca destacaba. El labio superior era carnoso. Había pasado claramente los cincuenta y le sonreía levemente. Joder, las rodillas se le volvieron como gelatina.

—¿Qué querías, Carl? —quiso saber Marcus.

—Sólo quería decir que creo que tenéis que preguntarle a Annelise Kvist si ha tenido relaciones también con el asesino.

—Ya lo hemos hecho, Carl. No las ha tenido.

—No, ¿verdad? Pues entonces creo que tenéis que preguntarle a qué se dedica el asesino. No quién es, sino a qué se dedica.

—Ya se lo hemos preguntado, claro, pero no dice nada. ¿Te refieres a que podrían tener una relación laboral?

—Puede que sí, puede que no. Pero creo que de alguna manera depende del hombre por su profesión.

Jacobsen asintió con la cabeza. Eso lo harían cuando hubieran depositado a la testigo y a su familia en un lugar seguro. Pero al menos Carl logró ver a Mona Ibsen.

Estaba buenísima para ser una psicóloga de la policía.

—Eso era todo —añadió, luciendo una sonrisa más amplia, relajada y viril que nunca, pero no obtuvo eco.

Por un instante se llevó la mano al pecho, donde de pronto le dolía justo debajo del esternón. Una sensación desagradable de cojones. Casi como si hubiera tragado aire.

—¿Te encuentras bien, Carl? —se interesó su jefe.

—Bah, no es nada. Los efectos secundarios, ya sabes. Estoy bien.

Pero no era del todo cierto. La sensación del pecho no auguraba nada bueno.

—Ah, perdona, Mona. Te presento a Carl Mørck. Hace un par de meses fue víctima de un terrible tiroteo en el que perdimos a un compañero.

Ella lo saludó con la cabeza mientras él se estiraba cuanto podía. Entornó un poco los ojos. Interés profesional, por supuesto, pero más valía eso que nada.

—Es Mona Ibsen, Carl. Nuestra nueva psicóloga. A lo mejor llegáis a conoceros mejor. No queremos que uno de nuestros mejores colaboradores vuelva al trabajo sin haberse recuperado totalmente.

Carl avanzó y la tomó de la mano. Llegar a conocerse mejor. Desde luego que iban a conocerse mejor.

Todavía le quedaba la sensación en el cuerpo cuando tropezó con Assad camino del sótano.

—Lo he conseguido, Carl —dijo Assad.

Carl trató de olvidar la visión de Mona. No fue fácil.

—¿Qué? —preguntó.

—He llamado a TelegramsOnline más de diez veces y no he podido hablar con ellos hasta hace un cuarto de hora —respondió Assad mientras Carl se recuperaba—. Tal vez puedan, o sea, decirnos quién envió el telegrama a Merete Lynggaard. Al menos están en ello.

18

2003

Al rato Merete ya se había acostumbrado a la presión. Le zumbaron un poco los oídos algunos días, y después la molestia desapareció. No, lo peor no era la presión.

Era la luz que parpadeaba sobre ella.

La luz eterna era mil veces peor que la oscuridad eterna. La luz desnudaba la miseria de su vida. Un espacio blanco glacial. Paredes grisáceas, esquinas desnudas. Cubos grises, comida incolora. La luz le revelaba fealdad y frío. La luz le revelaba que no podía atravesar aquel espacio acorazado. Que la compuerta incrustada, su único contacto con la vida, era una vía de escape imposible. Que aquel infierno de cemento iba a ser su tumba. Ahora no podía cerrar los ojos y evadirse cuando le apetecía. La luz penetraba, incluso con los ojos cerrados. Sólo cuando el cansancio la vencía totalmente podía dejar aquello atrás y dormir.

Y el tiempo se hacía eterno.

Todos los días, cuando terminaba la comida y se chupaba los dedos para limpiarlos, miraba fijamente ante sí y hacía un repaso del día. «Hoy es 27 de julio de 2002. Tengo treinta y dos años y veintiún días. Llevo encerrada aquí ciento cuarenta y siete días. Me llamo Merete Lynggaard y estoy bien. Mi hermano se llama Uffe y nació el 10 de mayo de 1973», solía empezar diciendo. A veces nombraba también a sus padres, y a veces también a otros. Todos los días se acordaba de hacerlo. Eso y un montón de otras cosas. Pensar en el aire límpido, en el olor de otras personas, en el ladrido de un perro. Pensamientos que podían llevar a otros pensamientos que la ayudaban a evadirse del frío espacio.

Algún día se volvería loca, ya lo sabía. Sería la manera de eludir las ideas tristes que giraban en su mente. Y se resistía con fuerza. No estaba en absoluto preparada.

Por eso se mantenía alejada de los ojos de buey de dos metros de altura que solía palpar a oscuras los primeros días. Estaban a la altura de la cabeza y nada del otro lado atravesaba el cristal de espejo. Cuando al cabo de unos días sus ojos se acostumbraron a la luz, se levantó con mucho cuidado, por temor a que la cogiera desprevenida su propia imagen del espejo. Y finalmente, levantando la mirada poco a poco, se enfrentó a sí misma, y el espectáculo le causó un profundo dolor en el alma. La recorrieron varios escalofríos. Tuvo que cerrar los ojos un momento por lo violento de la impresión. No era porque tuviera mal aspecto, cosa que ya esperaba, no, no era por eso. Tenía el pelo enmarañado y grasiento, y la piel demacrada, pero no era por eso.

Era porque frente a ella había una persona que estaba perdida. Una persona condenada a morir. Una extraña completamente sola en el mundo.

—Eres Merete —dijo en voz alta, y se vio a sí misma pronunciando las palabras. Después añadió—: Soy yo quien está ahí.

Pero deseaba que no fuera verdad. Se sentía separada de su cuerpo, y aun así era ella quien estaba allí. Era como para volverse loca.

Después se apartó de los ojos de buey y se puso en cuclillas. Trató de cantar un poco, pero oía su voz como algo procedente de otra persona. Entonces adoptó una postura fetal y se puso a rezar a Dios. Y cuando terminó volvió a rezar. Rezó hasta que su alma se elevó por encima de aquel trance demencial y entró en otro mundo. Se refugió en sueños y recuerdos, y se prometió no volver a ponerse delante de aquel espejo para observarse.

Con el paso del tiempo aprendió a entender las señales del cuerpo. Cuándo podía decir el estómago que la comida llegaba tarde. Cuándo variaba ligeramente la presión, y cuándo dormía mejor.

Los intervalos para el intercambio de los cubos eran muy regulares. Había intentado contar los segundos que transcurrían desde el momento en que el estómago le decía que era la hora hasta que llegaban los cubos. Podía haber como mucho una variación de media hora en la hora de comer. O sea que tenía una referencia temporal a la que atenerse, bajo el supuesto de que siguieran dándole de comer una vez al día.

Aquella información era a la vez un consuelo y una maldición. Un consuelo, porque así podía seguir mentalmente las costumbres y los ritmos del entorno. Y una maldición, precisamente porque podía hacerlo. Fuera había verano, otoño, invierno, y allí dentro no había nada. Se imaginaba la lluvia de verano que la empapaba, limpiándola de infamia y mal olor. Veía las brasas de las hogueras de San Juan y el árbol de Navidad en todo su esplendor. No había día sin cambios. Conocía las fechas y sabía lo que podían significar. Fuera, en el mundo.

Y, sentada en el suelo desnudo, dirigía sus pensamientos hacia la vida del exterior. No era fácil. A veces estaba a punto de escapársele de las manos, pero se agarraba fuerte. Cada día tenía su significado.

El día que Uffe cumplió veintinueve años y medio se apoyó en la pared fría y se imaginó que acariciaba el pelo de su hermano mientras le deseaba un cumpleaños feliz. Mentalmente le haría un bizcocho y se lo enviaría. Había que comprar antes todos los ingredientes. Se pondría el abrigo para hacer frente a las tormentas de otoño. Y haría compras donde quisiera. En la planta del sótano de Magasin, dedicada a alimentos selectos. Y compraría lo que le apeteciera. Aquel día Uffe iba a tener lo mejor de lo mejor.

Y Merete contaba los días mientras se preguntaba qué intenciones tendrían sus secuestradores y quiénes serían. A veces era como si una leve sombra se deslizara por uno de los cristales de espejo, y Merete se estremecía. Cubría su cuerpo mientras se lavaba. Solía ponerse de espaldas cuando estaba desnuda. Colocaba el cubo-retrete entre los cristales para que no la vieran sentarse encima.

Porque estaban allí. No tendría ningún sentido si no estuvieran. Antes solía hablarles, pero ya no lo hacía tan a menudo. De todas formas no respondían.

Les pidió unas compresas, pero no se las dieron. Y en el punto álgido de las menstruaciones no le llegaba el papel higiénico y tenía que dejar de cambiarse.

También pidió que la dejaran tener un cepillo de dientes, pero tampoco se lo dieron, y eso le preocupaba. A falta de cepillo, se masajeaba las encías con el dedo índice y trataba de limpiar los espacios entre los dientes insuflando aire a presión en los intersticios, pero no era muy efectivo. Y cuando echaba el aliento a la palma de la mano, se daba cuenta de que era cada vez más maloliente.

Un día sacó una pieza de la capucha de su plumífero. Era una varilla de plástico que tenía la rigidez, pero no el grosor, para poder funcionar como mondadientes. Entonces intentó partir un pedazo, y cuando lo consiguió se puso a limar la varilla más corta con sus paletas. Cuidado, no vaya a quedarse atascado el plástico, porque nunca podrás sacarlo, se advirtió a sí misma, y dejó que pasara el tiempo.

Cuando por primera vez en un año escarbó en todos los intersticios entre los dientes, sintió un gran alivio. Aquella varilla iba a ser de pronto su más preciado tesoro. Tenía que cuidarla bien, así como el resto de la pieza de plástico.

La voz le habló un poco antes de lo que había calculado. El día que cumplió treinta y tres años despertó con una sensación en el estómago que le decía que aún podía ser de noche. Y estuvo mirando fijamente a los cristales reflectantes tal vez durante horas mientras trataba de adivinar qué iba a pasar. Llevaba una eternidad pensando preguntas y respuestas. Nombres, sucesos y razones giraban en su cabeza, y todavía seguía sin saber más que el año anterior. Podría ser cuestión de dinero. Tal vez tuviera que ver con Internet. Tal vez fuera un experimento. Un experimento de una persona demente para probar cuánto pueden aguantar el organismo y la psique humanos.

Pero no tenía la menor intención de sucumbir ante tal experimento. Ni hablar.

Cuando llegó la voz no estaba preparada. Su estómago todavía no había protestado de hambre. Se asustó, pero esta vez fue más por la tensión provocada que por la conmoción producida por el silencio roto de golpe.

—Felicidades, Merete —dijo la voz de mujer—. Felicidades por tus treinta y tres años. Ya vemos que estás bien. Este año has sido una buena chica porque luce un sol radiante[*].

¡El sol! Prefería no saber nada de eso.

—¿Has pensado en la pregunta? ¿Por qué te hemos enjaulado como un animal? ¿Por qué tienes que sufrir esto? ¿Has llegado ya a una respuesta, o tenemos que volver a castigarte, Merete? ¿Qué quieres? ¿Un regalo de cumpleaños o un castigo?

—¡Dadme alguna pista! —gritó.

—No has entendido nada del juego, Merete. Tiene que salir de ti. Vamos a meterte los cubos, y mientras tanto piensa por qué estás aquí. Por cierto, también te hemos puesto un pequeño regalo que esperamos que puedas usar. No tienes mucho tiempo para responder.

---

[*] En Dinamarca suele decirse que, si el día de tu cumpleaños hace buen tiempo, es señal de que te has portado bien el año anterior. *(N. del T.)*

Fue la primera vez que oyó claramente a la persona que había tras la voz. No era ninguna joven, en absoluto. Su dicción delataba una buena educación escolar recibida muchos años antes.

—Esto no es ningún juego —protestó—. Me habéis secuestrado y encerrado. ¿Qué queréis? ¿Queréis dinero? No sé cómo puedo ayudaros a sacar dinero de la fundación estando encerrada. ¿No lo entendéis?

—Escucha, cariño —replicó la mujer—. Si hubiera sido por dinero, las cosas habrían ido de otra manera, ¿no crees?

Después se oyó el silbido de la compuerta y entró el primer cubo. Lo atrajo hacia sí, estrujándose el cerebro en busca de qué decir para ganar tiempo.

—No he hecho nada malo en mi vida, no lo merezco, ¿lo entendéis?

Volvió a oírse el silbido, y el segundo cubo llegó a la compuerta.

—Te acercas al meollo de la cuestión, tontita. Sí, desde luego que lo mereces.

Merete quiso protestar, pero la mujer la detuvo.

—No digas más, no te estás haciendo ningún favor a ti misma. Pero mira en el cubo. Espero que estés contenta con tu regalo.

Merete levantó con cuidado la tapa, como si dentro hubiera una cobra con la capucha desplegada y la glándula del veneno llena a rebosar, dispuesta a asestar un mordisco. Pero lo que vio era peor aún.

Era una linterna.

—Buenas noches, Merete, que duermas bien. Vamos a darte otra atmósfera más de presión. Veremos si te ayuda a recuperar la memoria.

Primero percibió el silbido de la compuerta y el olor del entorno. Perfume y recuerdos del sol.

Después volvió la oscuridad.

19

2007

La fotocopiadora que consiguieron del CIN, el Centro de Investigación Nacional, que era como se llamaba la nueva Brigada Móvil de la policía, estaba para estrenar y sólo era un préstamo. Prueba irrefutable de que no conocían a Carl, porque desde luego no devolvía nada de lo que le hubieran llevado al sótano.

—Fotocopia todos los informes del caso, Assad —dijo, señalando la máquina—. No me importa que pases en ello todo el día. Y en cuanto hayas terminado, ve a la Clínica para Lesiones de Médula y pon a mi viejo colega Hardy Henningsen al corriente del caso. Seguramente no te hará ni puñetero caso, pero no te preocupes por eso. Tiene una memoria de elefante y los oídos de un murciélago. Tú ve a lo tuyo.

Assad examinó todos los iconos y las teclas del monstruo que había en el pasillo del sótano.

—¿Cómo funciona esto, entonces? —preguntó.

—¿Nunca has sacado una fotocopia?

—Pero con un aparato con tantos dibujos, no.

Qué barbaridad. Y aquel hombre ¿era el mismo que había montado la pantalla de televisión en diez minutos?

—Joder, Assad. Mira, pones el original aquí, y después aprietas este botón —le explicó. De momento Assad parecía entender bien.

El contestador del móvil de Bak recitaba la previsible cantinela de que el subcomisario desgraciadamente no podía responder debido a un caso de asesinato.

La preciosa secretaria de paletas irregulares le proporcionó la información de que estaba con un compañero en Valby para llevar a cabo una detención.

—Lis, dame un toque cuando aparezca el payaso, ¿vale? —le rogó, y a la hora y media sonó la flauta.

Bak y sus compañeros llevaban ya tiempo en la sala de interrogatorios cuando Carl entró en tromba. El hombre esposado era un tipo de lo más normal. Joven, cansado y con un trancazo considerable.

—Por lo menos quitadle los mocos —sugirió Carl, señalando las velas que le colgaban cerca de la boca. Si era el tipo, nada en el mundo conseguiría que abriera la boca.

—¿No entiendes, Carl? —protestó Bak con la cara roja, cosa que no sucedía a menudo—. Tienes que esperar. Y no vuelvas a interrumpir a un compañero cuando está haciendo un interrogatorio, ¿has entendido?

—Cinco minutos; después te dejaré en paz, te lo prometo.

Que Bak necesitara hora y media para decir a Carl que había llegado muy tarde al caso Lynggaard y que no sabía un carajo era culpa del payaso. ¿Para qué coño tanto envoltorio?

Al menos consiguió el número de teléfono de Karen Mortensen, la asistenta social jubilada que había atendido a Uffe en Stevns. Y también el número de teléfono del inspector jefe Claes Damsgaard, que se hallaba al frente de la investigación de la Brigada Móvil entonces. Bak le dijo que ahora estaba en el distrito policial de Selandia Central y Occidental. ¿Por qué no decir sin más que el tipo estaba en Roskilde?

Por cierto, el otro jefe del grupo que llevó a cabo la investigación había muerto. Sólo aguantó dos años tras jubilarse. Ésa era la realidad en torno a la esperanza de vida de los policías jubilados en Dinamarca.

Como para el *Libro Guinness de los récords*.

El inspector jefe Claes Damsgaard era completamente diferente a Bak. Amable, solícito, interesado. Sí, había oído hablar del Departamento Q y sí, sabía bien quién era Carl Mørck. ¿No era el que había resuelto el caso de la chica ahogada en Femøren y aquella cabronada de asesinato en el barrio del noroeste en el que arrojaron por la ventana a una mujer mayor? Sí, conocía de oídas a Carl Mørck. Los méritos de los buenos policías no había que pasarlos por alto. Por supuesto que sería bienvenido en Roskilde para recibir información. El caso Lynggaard era un asunto lamentable, por lo que, si podía ayudar, Carl no tenía más que decirlo.

Un tipo majo, alcanzó a pensar antes de que el hombre le dijera que tendría que esperar tres semanas, porque su mujer y él iban a viajar a las Seychelles en compañía de su hija y su yerno, y querían hacerlo antes de que las islas quedaran cubiertas por el agua derretida de los casquetes polares, añadió entre carcajadas.

—¿Cómo va eso? —le preguntó a Assad, tratando de calcular la cantidad de fotocopias dispuestas en una línea ordenada a lo largo del pasillo hasta las escaleras. ¿Había realmente tantos informes en aquel caso?

—Sí, perdona que tarde tanto, Carl, pero es por las revistas, eso es lo peor.

Carl volvió a mirar los montones.

—¿Fotocopias toda la revista?

Assad inclinó la cabeza hacia un lado, como un cachorro de perro cogido en falta. Santo cielo.

—Escúchame, Assad: sólo hay que fotocopiar las páginas que tratan del caso. Creo que a Hardy le importa un bledo qué príncipe cazó un faisán en la cacería de un pueblecito perdido, ¿vale?

—Que cazó ¿qué?

—Olvídalo, Assad. Limítate al caso y deja de lado las páginas que no sean relevantes. Estás haciendo un buen trabajo.

Dejó a Assad junto al zumbido de la máquina y llamó por teléfono a la asistenta social jubilada del municipio de Stevns que había llevado el caso de Uffe. Tal vez hubiera observado algo que pudiera ayudarlos a avanzar.

Karen Mortensen sonaba simpática por teléfono. La imaginaba sentada en una mecedora haciendo ganchillo. El sonido de su voz se acompasaba perfectamente al tictac de un reloj de péndulo. Era casi como llamar a la familia del norte de Jutlandia.

Pero ya a la siguiente frase cayó en la cuenta de su error. En el fondo seguía siendo una funcionaria. Una loba con piel de cordero.

—No puedo hablar sobre el caso de Uffe Lynggaard ni sobre otros casos. Tendrá que ir al Servicio de Salud del municipio de Store Heddinge.

—Ya he estado allí. Oiga, Karen Mortensen, sólo trato de averiguar qué ha sido de la hermana de Uffe.

—A Uffe lo dejaron libre sin cargos —lo cortó la mujer.

—Sí, sí, ya lo sé, y me alegro. Pero tal vez Uffe sepa algo que no ha trascendido.

—Su hermana ha muerto. ¿De qué iba a servir? Uffe no ha dicho nunca una palabra, o sea, que no puede servir de gran cosa.

—¿Le importaría que fuera a visitarla y a hacerle unas preguntas?

—Siempre que no tengan que ver con Uffe.

—Sencillamente, no lo entiendo. Cuando he hablado con gente que conoció a Merete Lynggaard me he enterado de que ella siempre hablaba en términos elogiosos de usted. Que ella y su hermano habrían estado perdidos sin sus atentos cuidados.

La mujer quiso decir algo, pero Carl no la dejó.

—¿Por qué no puede ayudar al menos a proteger la reputación de Merete Lynggaard ahora que ella no puede hacerlo? Usted ya sabe que la opinión general es que se suicidó. Pero ¿y si no fuera el caso?

Al otro extremo de la línea sólo se oía una radio a bajo volumen. La mujer estaba aún rumiando el «hablaba en términos elogiosos de usted». Era una información difícil de asimilar.

Necesitó diez segundos para picar el anzuelo.

—Que yo sepa, Merete Lynggaard no contaba a nadie nada sobre Uffe. Sólo en el servicio de Bienestar Social sabíamos de su existencia —admitió al final. Pero sonaba deliciosamente insegura.

—Tiene toda la razón, así es como debería ser, en general. Pero había miembros de la familia en un segundo plano. Aunque vivían en Jutlandia, sí que tenía familia.

Hizo una pequeña pausa teatral para pensar en qué miembros de la familia debería inventarse para la ocasión si ella le preguntaba. Pero Karen Mortensen ya había picado el anzuelo, se le notaba.

—¿Era usted personalmente quien visitaba a Uffe en aquella época? —preguntó entonces.

—No, era nuestro cuidador. Pero el caso estuvo durante años en mis manos.

—Entonces ¿tenía usted la impresión de que Uffe iba empeorando con el paso del tiempo?

La mujer vaciló. Estaba a punto de escaparse otra vez. Había que mantenerse firme.

—Verá, se lo pregunto porque hoy en día me parece accesible, claro que tal vez esté equivocado —continuó.

—O sea que ha estado con Uffe —intervino la mujer; parecía sorprendida.

—Sí, claro. Un joven de lo más encantador. Tiene una sonrisa cegadora. Cuesta creer que le pase algo.

—No, eso lo han pensado muchos antes que usted. Pero así suele ser a menudo con las lesiones cerebrales. Merete tiene el gran mérito de que no se quedara recluido en su concha.

—¿Cree usted que existía ese peligro?

—Desde luego, pero es verdad que su rostro puede ser muy vivaz; y no, no creo que empeorase con los años.

—¿Cree usted que comprendía lo que le había pasado a su hermana?

—No, no creo.

—¿No es extraño? Me refiero a que reaccionaba cuando ella no llegaba a casa a la hora. Vamos, que se echaba a llorar.

—Si quiere saber lo que pienso, no pudo verla caer al agua. No creo. Se habría puesto completamente histérico y, en mi opinión, se habría lanzado tras ella. Y en cuanto a su reacción personal, estuvo vagando varios días por Femern, y tuvo todo ese tiempo para llorar, buscar y estar aturdido. Cuando lo encontraron sólo le quedaban las necesidades básicas. Vamos, que había perdido tres o cuatro kilos y probablemente no había probado bocado desde el transbordador.

—Pero puede que empujara a su hermana por la borda y después se diera cuenta de que había hecho algo malo.

—¿Sabe qué, señor Mørck? Estaba segura de que iba a ir a parar ahí —dijo, y Carl vio que la loba que había en ella enseñaba los dientes, por lo que tendría que andarse con cuidado—. Pero en vez de colgar, que es lo que podría apetecerme, voy a contarle un pequeño cuento, para que lo vaya rumiando.

Carl se pegó al auricular.

—¿Sabe usted que Uffe vio morir a sus padres? —preguntó la mujer.

—Sí.

—Soy de la opinión de que Uffe ha estado desconectado de la realidad desde entonces. Nada podía sustituir su vínculo con sus padres. Merete lo intentó, pero no era su padre ni su madre. Era la hermana mayor con la que solía jugar, y siguió siéndolo. Cuando lloraba porque ella no estaba no era porque se sintiera inseguro, sino más bien por el chasco que le producía que una compañera de juegos lo hubiera abandonado. En lo más profundo de él sigue habiendo un niño que sigue esperando que sus padres aparezcan de improviso. En cuanto a Merete, todos los niños superan la pérdida de un compañero de juegos en algún momento de su vida. Y ahora viene el cuento.

—La escucho.

—Estuve en su casa una vez. Pasé sin avisar, cosa que no solía hacer, pero andaba por allí y sólo quería saludar. Así que me metí por el sendero del jardín y me di cuenta de que el coche de Merete no estaba. Llegó unos minutos más tarde, había estado haciendo unas compras en la tienda de comestibles de la esquina. Era cuando aún existía.

—¿Una tienda de comestibles en Magleby?

—Sí. Y cuando caminaba por el sendero del jardín oí un leve parloteo procedente de la sala. Sonaba como un niño, pero no lo era. No me di cuenta de que era Uffe hasta que lo tuve delante. Estaba en la terraza, junto a un montón de gravilla, hablando consigo mismo. No entendí las palabras, si es que eran palabras. Pero comprendí qué era lo que estaba haciendo.

—¿La vio él?

—Sí, inmediatamente, pero no tuvo tiempo de tapar lo que había estado construyendo.

—¿Qué era?

—Era un pequeño surco que había abierto en la gravilla sobre el gres de la terraza, y a cada lado del surco había puesto unas ramitas, y entre ellas había puesto un pequeño bloque de madera volcado.

—¿Sí...?

—¿No comprende qué estaba haciendo?

—Lo intento.

—La gravilla y las ramitas eran la carretera y los árboles. El bloque era el coche de sus padres. Uffe había reconstruido el accidente.

Ahí va la pera.

—¿Sí? ¿Y no quería que usted lo viera?

—Lo rompió todo con un solo movimiento de la mano. Eso fue lo que me convenció.

—¿De qué?

—De que Uffe recuerda.

Hubo un instante de silencio entre ellos. La radio del fondo sonó de pronto como si alguien hubiera subido el volumen a tope.

—¿Se lo contó usted a Merete Lynggaard cuando volvió? —preguntó Carl.

—Sí, pero ella creía que era una interpretación exagerada. Que muchas veces jugaba solo con las cosas que tenía más a mano. Que yo lo había asustado y que por eso reaccionó como lo hizo.

—Pero ¿usted le dijo que la intuición le decía que se había sentido descubierto?

—Sí, pero a ella le pareció que simplemente lo había asustado.

—¿Y a usted no?

—También se asustó, pero no fue sólo por eso.

—O sea que Uffe ¿entiende más de lo que creemos?

—No lo sé. Lo único que sé es que recuerda el accidente. Puede que sea lo único que recuerda de verdad. No es nada seguro que recuerde nada de cuando su hermana desapareció. Ni siquiera es seguro que recuerde a su hermana ya.

—¿No lo comprobaron cuando Merete desapareció?

—No es tan fácil con Uffe. Intenté ayudar a la policía para acceder a Uffe cuando estuvo en prisión preventiva. Quería que recordara lo que había pasado en el transbordador. Colgamos de la pared imágenes de la cubierta del barco y colocamos sobre la mesa un par de diminutas figuras humanas y una maqueta del barco junto a una palangana con agua, para que jugase un poco. Yo lo observaba escondida junto a uno de los psicólogos, pero no jugó con la maqueta del barco.

142

—¿No lo recordaba? ¿A pesar de que sólo habían pasado un par de días?

—No lo sé.

—Sería interesante que pudiéramos encontrar un túnel de entrada a la memoria de Uffe. Cualquier nimiedad que pudiera ayudarme a comprender qué pasó en el transbordador, para poder seguir adelante.

—Sí, lo entiendo.

—¿Le contó a la policía el incidente con el bloque de madera?

—Sí, se lo conté a uno de la Brigada Móvil. Un tal Børge Bak.

¿Bak se llamaba realmente Børge? Bueno, eso explicaba muchas cosas.

—Lo conozco bien. No creo haberlo leído en sus informes. ¿Cómo es posible?

—No lo sé. Pero después no volvimos a comentarlo. Posiblemente estará escrito en el informe que realizaron los psicólogos y psiquiatras, pero no lo he leído.

—Supongo que estará en Egely, donde está ingresado Uffe.

—Estará allí, pero no creo que añada gran cosa a su imagen. La mayoría pensaron, igual que yo, que lo que desencadenó la historia del bloque de madera pudo ser algo momentáneo. Que Uffe simplemente no recordaba nada, y que no avanzaríamos en el caso de Merete Lynggaard si seguíamos esa pista.

—Y entonces lo pusieron en libertad.

—Así es.

20

2007

—Joder, no sé qué podemos hacer, Marcus —dijo el subinspector, mirándolo, como si acabara de oír que su casa había ardido en un incendio.

—¿Y estás seguro de que los periodistas no prefieren hablar conmigo o con el jefe de Información? —preguntó el jefe de Homicidios.

—Han pedido expresamente entrevistar a Carl. Han hablado con Piv Vestergård y ella los ha remitido a él.

—¿Por qué no has dicho que estaba enfermo, o de servicio, o que no quería? ¡Cualquier cosa! No podemos arriesgarnos a que meta la pata. Los periodistas de la radio-televisión danesa no van a desistir.

—Lo sé.

—Tenemos que hacer que se niegue, Lars.

—Para eso seguro que eres mejor que yo.

A los diez minutos Carl Mørck estaba rezongando en el hueco de la puerta.

—¿Qué...? —se interesó el jefe de Homicidios—. ¿Haces progresos?

Carl se encogió de hombros.

—Bak no tiene ni idea del caso Lynggaard, para que lo sepas.

—No me digas. Parece extraño. ¿Y tú sí?

Carl entró en el despacho y se dejó caer en una silla.

—No esperes maravillas.

—O sea, que no tienes tanto que contar sobre el caso.

—Todavía no.

—Entonces, ¿les digo a los de las noticias de televisión que es demasiado pronto para entrevistarte?

—No quiero que me entrevisten para las noticias.

Entonces Marcus sintió un grato alivio, que se expandió por su cuerpo, dando lugar a una sonrisa tal vez demasiado espléndida.

—Lo comprendo, Carl. Cuando estás en medio de una investigación quieres que te dejen en paz. Los demás, que trabajamos en casos actuales, tenemos que hacerlo por consideración al interés público, pero los casos antiguos como el tuyo hay que dejar que se investiguen con paz y tranquilidad. Se lo haré saber, Carl. No pasa nada.

—¿Te encargarás de que me envíen al sótano una copia de los papeles de la contratación de Assad?

¿Ahora iba a tener que hacer de secretario de sus subordinados?

—Por supuesto, Carl —le aseguró—. Se los pediré a Lars. ¿Estás contento con él?

—Ya veremos. Pero de momento, sí.

—Y supongo que no lo estás involucrando en la investigación, ¿verdad?

—Tranquilo, hombre —respondió Carl con una de sus raras sonrisas.

—O sea, ¿que lo utilizas en la investigación?

—Bueno, verás, en este momento Assad está en Hornbæk, entregándole a Hardy unos papeles que ha fotocopiado. No tienes nada que objetar, ¿verdad? Ya sabes que a veces Hardy nos supera a todos cuando se pone a pensar. Así tendrá algo que lo mantenga entretenido.

—No tenemos nada que objetar a eso —al menos es lo que esperaba—. ¿Y Hardy?

Carl se encogió de hombros.

Sí, era lo que había esperado Marcus. Lamentable.

Ambos asintieron con la cabeza. La sesión había terminado.

—Ah, sí —añadió Carl cuando estaba en la puerta—. Ahora, cuanto te entrevisten para la tele en vez de a mí, no menciones que el departamento se compone de hombre y medio. Eso entristecería a Assad, si lo viera. Bueno, y también a los que han puesto el dinero, supongo.

Tenía razón. En menuda movida se habían metido.

—Por cierto, otra cosa, Marcus.

El jefe de Homicidios escrutó la cara de zorro de Carl con las cejas arqueadas. ¿Qué más quería ahora?

—Cuando vuelvas a ver a la psicóloga, dile que Carl Mørck necesita sus servicios.

Marcus miró a su hijo problemático. No parecía estar a punto de sufrir una depresión. La sonrisa de su rostro no encajaba con la seriedad del tema.

—Sí, estoy obsesionado con ideas sobre la muerte de Anker. Puede que sea porque veo tanto a Hardy. La psicóloga tiene que decirme qué debo hacer.

21

2007

Al día siguiente todo el mundo le contó a Carl la actuación del jefe de Homicidios, Marcus Jacobsen, en la televisión. Los que viajaban con él en el metro, los agentes de la Unidad de Intervención Rápida y todos los del segundo piso que se tomaron la molestia de dignarse hablar con él. Todos lo habían visto. El único que no lo había visto era Carl.

—¡Enhorabuena! —le gritó una de las secretarias en la plaza frente a Jefatura, mientras la gente pasaba a su lado. Era de lo más extraño.

Cuando asomó la cabeza en la caja de zapatos que era el despacho de Assad, se encontró enseguida con un rostro agrietado por una sonrisa. De manera que Assad también estaba al corriente.

—¿Estás contento ahora, entonces?

—¿Contento? ¿Por qué?

—¡Huy! Marcus Jacobsen dijo maravillas de nuestro departamento y de ti. Las cosas más bonitas de principio a fin, para que lo sepas. Ya podemos estar orgullosos los dos, es lo que dijo mi mujer, o sea —y le guiñó un ojo. Mala costumbre—. Y te ascienden a comisario.

—¿Qué?

—Pregunta a la señora Sørensen. Tiene papeles para ti, tenía que decírtelo sin falta.

Podía haberse ahorrado el esfuerzo, porque el taconeo de la bruja se oía ya por el pasillo.

—Enhorabuena —se forzó a decir la secretaria mientras le dirigía una sonrisa amable a Assad—. Estos son los impresos que tienes que rellenar. El cursillo empieza el lunes.

—Una mujer encantadora —comentó Assad cuando la secretaria sacó de allí su metódico cuerpo—. ¿De qué cursillo hablaba, Carl?

Éste suspiró.

—Antes de convertirte en comisario de policía hay que pasar por el banco de la escuela, Assad.

Assad adelantó su labio inferior.

—¿Vas a estar fuera?

Carl sacudió la cabeza.

—No voy a estar fuera para nada.

—Pues no lo entiendo.

—Ya lo entenderás. Y ahora cuéntame qué pasó cuando estuviste con Hardy ayer.

Los ojos de Assad se pusieron como canicas.

—No me gustó nada. Un hombre grande, quieto bajo el edredón. Sólo se le veía la cara.

—¿Hablaste con él?

Assad asintió en silencio.

—No fue fácil, porque me dijo que me fuera. Y después apareció una enfermera que quiso echarme. Pero no pasó nada. De hecho era muy bonita a su manera —declaró sonriendo—. Creo que me lo notó, así que se fue enseguida.

Carl le dirigió una mirada vacía. Había veces en que lo invadía el sueño de emigrar a Tombuctú.

—¡Hardy! Assad, ¡te he preguntado por Hardy! ¿Qué dijo? ¿Le leíste alguna de las fotocopias?

—Sí, durante dos horas y media, pero después se durmió.

—¿Y...?

—Pues eso, que estuvo dormido.

Carl envió un mensaje del cerebro a las manos: todavía no era legal estrangularlo.

Assad sonrió.

—Pero volveré. Cuando me fui, la enfermera me dijo adiós con mucha cortesía.

Carl volvió a tragar saliva.

—Ya que tienes tan buena mano con las tías, voy a pedirte que vuelvas a subir a ablandar a las secretarias.

Assad se animó. Aquello era mejor que andar con guantes de goma verdes, saltaba a la vista.

Carl se quedó un rato sentado, mirando al vacío. No podía quitarse de la cabeza la conversación telefónica con Karen Mortensen, la asistenta social de Stevns. ¿Había un túnel de entrada a la mente de Uffe? ¿Podía abrirse? ¿Existirían explicaciones sobre la desaparición de Merete Lynggaard en algún lugar de su interior y bastaría con apretar el botón adecuado? ¿Y podía utilizar el accidente de coche para dar con el botón? Cada vez tenía más necesidad de saber.

Detuvo a su asistente cuando salía por la puerta.

—Assad, otra cosa. Tienes que conseguirme toda la información posible sobre el accidente de coche en el que fallecieron los padres de Merete y Uffe. Todo. Fotografías, el atestado de Tráfico, recortes de periódico. Que te ayuden las secretarias. Quiero tenerlo en un santiamén.

—¿Santiamén?

—Significa rápido, Assad. Hay un tío llamado Uffe con quien me gustaría hablar un poco sobre el accidente.

—¿Hablar? —murmuró Assad, y se quedó pensativo.

Tenía una cita durante el descanso para almorzar a la que no tenía ni puñeteras ganas de ir. Vigga llevaba incordiándolo desde la tarde anterior para que fuera a ver su maravillosa galería. Estaba en Nansensgade, no era el peor sitio del mundo, pero por otra parte costaba un ojo de la cara. Nada en el mundo podía despertar en Carl entusiasmo ante la perspectiva de tener que rascarse el bolsillo para que un pintor de brocha gorda llamado Hugin pudiera colgar sus cuadros junto a las pinturas rupestres de Vigga.

Al salir de Jefatura se encontró con Marcus Jacobsen en el vestíbulo. Se dirigía directamente hacia él con paso firme, con la mirada clavada en el suelo de terrazo con diseño de esvásticas. Sabía perfectamente que Carl lo había visto. No había nadie en Jefatura que registrase tantas cosas como Marcus Jacobsen; no se le notaba, pero así era. No era ninguna casualidad que fuera el jefe.

—Me dicen que me has elogiado, Marcus. ¿Cuántos casos has dicho a los periodistas que habíamos investigado ya en el Departamento Q? Y además con uno de ellos a punto de resolverse, según tú. No sabes cómo me alegro de oírlo. ¡Es una noticia excelente!

El jefe de Homicidios lo miró a los ojos. Era una mirada para imponer respeto. Sabía muy bien que había exagerado un poco. Y sabía muy bien por qué. En aquel momento sus ojos transmitían aquel saber. El Cuerpo ante todo. El dinero era el medio. El objetivo ya se encargaría de definirlo el jefe de Homicidios.

—Bueno —replicó Carl—. Más vale que siga mi camino, a ver si consigo resolver un par de casos más antes del almuerzo.

Al llegar a la puerta de salida se volvió.

—Marcus, ¿cuántas escalas de sueldo voy a subir? —gritó, mientras el jefe de Homicidios se desdibujaba tras las sillas de bronce de la pared—. A propósito, Marcus, ¿has hablado con la psicóloga ésa?

Salió a la luz y se quedó un rato guiñando los ojos hacia el sol. Nadie iba a decidir cuántas medallas tenía que llevar en la pechera del uniforme de gala. Si Carl conocía bien a Vigga, para entonces ya se había enterado de que iba a ascender, y el aumento de sueldo se esfumaría. ¿Quién coño quería ir a un cursillo para eso?

El local que Vigga había elegido era una antigua tienda de labores de punto que después había sido una editorial, el despacho de una imprenta, un almacén de importación de objetos de arte y una tienda de CD, y de la instalación original sólo quedaba el techo de vidrio opalescente. Tendría como mucho treinta y cinco metros cuadrados, pero tenía su encanto, se daba cuenta. Un escaparate grande hacia el callejón que daba a los lagos, vistas a la pizzería, a los patios traseros de frondosa vegetación y casi al lado del Bankeråt, donde Merete Lynggaard había ido a cenar un par de días antes de su muerte. Nansensgade no estaba nada mal, tenía sus cafés y sitios agradables. Un auténtico idilio parisino.

Se volvió y justo entonces vio a Vigga y al tío pasar junto al escaparate de la panadería. Ocupaba la calle con la naturalidad y el colorido de un torero en la plaza de toros. Su ropa de artista desplegaba todos los colores de la paleta. Vigga siempre había sido divertida. No podía decirse lo mismo del homúnculo de aspecto enfermizo, con su ropa negra ajustada, tez blanca como la nieve y ojeras, cuyos congéneres estarían en ataúdes forrados de plomo de una película de Drácula.

—¡Cariñooo! —gritó ella al cruzar Ahlefeldtsgade.

Aquello iba a salir caro.

Para cuando el espectro escuálido terminó de medir el maravilloso local, Vigga le había comido el tarro a Carl. Sólo tenía que pagar dos terceras partes del alquiler, ya se encargaría ella del resto.

Vigga extendió los brazos.

—El dinero va a entrar a espuertas, Carl.

Ya, o salir a espuertas, pensó Carl, calculando que la parte que le correspondía eran dos mil seiscientas coronas al mes. Después de todo, tal vez tuviera que ir al puto cursillo de comisario.

Se sentaron en el Café Bankeråt para estudiar el contrato, y Carl miró en derredor. Merete Lynggaard había estado allí. Y apenas dos semanas después desapareció de la faz de la tierra.

—¿Quién es el dueño? —preguntó a una de las chicas de la barra.

—Jean-Yves, está sentado ahí —contestó la chica señalando a un tipo de aspecto sólido. No tenía nada de exquisitamente delicado ni de francés.

Carl se levantó y sacó la placa de policía.

—Oye, ¿cuánto tiempo llevas siendo el dueño de este restaurante tan fino? —le interrogó, enseñando la placa. A juzgar por la sonrisa complaciente del tipo, no era necesario, pero de vez en cuando había que desempolvar el chisme.

—Cogí el negocio en 2002.

—¿Recuerdas en qué época del año?

—¿De qué se trata?

—De la parlamentaria Merete Lynggaard. Tal vez recuerdes que desapareció.

El dueño asintió en silencio.

—Y había estado aquí. No mucho antes de morir. ¿Estabas aquí entonces?

El hombre sacudió la cabeza.

—Me traspasó el negocio un amigo mío el 1 de mayo de 2002, pero recuerdo que a él le preguntaron a ver si alguien de aquí recordaba quién la acompañaba. Pero nadie lo recordaba —declaró sonriendo—. Si hubiera estado yo, tal vez lo habría recordado.

Carl le devolvió la sonrisa. Sí, tal vez. Parecía listo.

—Pero llegaste un mes tarde. Así es la vida —replicó Carl, dándole la mano.

Mientras tanto, Vigga había estampado su firma en todo lo que le ponían delante. Siempre había sido generosa con su firma.

—Déjame echarles un vistazo —dijo Carl, quitándole a Hugin los papeles de las manos.

Puso desafiante el contrato con un montón de letra pequeña en la mesa, ante sí, y sus ojos se desenfocaron inmediatamente. Toda esa gente que anda por el mundo sin saber lo que puede ocurrirles, pensó. En este local estuvo Merete Lynggaard pasándolo bien mientras miraba por la ventana fría noche de febrero de 2002.

¿Había esperado otra cosa de la vida, o podía pensarse realmente que ya entonces presentía que a los pocos días iba a desaparecer en las heladas aguas del Báltico?

Cuando volvió, Assad estaba aún atareado con las secretarias, cosa que le venía de perlas a Carl. El impacto de estar con Vigga y su espectro ambulante lo había dejado desfallecido. Sólo un saludable tratamiento a base de tener los pies encima de la mesa y los pensamientos bien sumergidos en el país de los sueños podría restablecerlo.

Llevaría así unos diez minutos cuando su estado de meditación se vio interrumpido por una sensación que todos los policías conocen a la perfección y que las mujeres llaman intuición. Era el desasosiego de la experiencia lo que bullía en su subconsciente. La sensación de que una serie de acciones concretas iban a conducir inevitablemente a un resultado dado.

Abrió los ojos y miró los folios que había sujetado con un imán en su pizarra blanca.

Después se levantó y tachó «Asistenta social de Stevns» de uno de los folios, de forma que bajo el epígrafe «Investigar» ahora ponía «Telegrama – Secretarias del Parlamento – Testigos del transbordador de Schleswig-Holstein».

Puede que de alguna manera la secretaria supiera algo del telegrama a Merete Lynggaard. A fin de cuentas, ¿quién había recibido el telegrama en Christiansborg? ¿Por qué suponía con tal seguridad que lo recibió Merete Lynggaard en propia mano? En aquella época ningún otro parlamentario tenía tantas tareas como ella. De modo que lógicamente el telegrama tuvo que pasar en algún momento por las manos de su secretaria. No porque sospechase que la secretaria de una vicepresidenta de grupo metiera la nariz en los asuntos privados de su jefa, pero aun así...

Era ese *aun así* lo que lo molestaba.

—Ya hemos recibido la respuesta de TelegramsOnline, Carl —declaró Assad desde la puerta.

Carl levantó la mirada.

—No sabían qué había escrito, pero sí que registraron quién lo envió. Es un nombre bastante divertido, o sea —continuó, mirando la nota—. Se llamaba Tage Baggesen. Me han dado el número de teléfono desde el que encargó el telegrama. Dicen que es del Parlamento. Sólo quería decirte eso.

Dio la nota a Carl y se dirigió hacia la puerta.

—Estamos investigando el accidente de coche. Me esperan arriba.

Carl asintió con la cabeza. Después cogió el teléfono y marcó el número del Parlamento.

La voz que respondió pertenecía a una secretaria de la oficina de los Radicales de Centro.

Se mostró solícita, pero por desgracia tenía que comunicarle que Tage Baggesen estaba de viaje en las islas Feroe el fin de semana. ¿Quería dejar algún recado?

—No, es igual —respondió Carl—. Ya hablaré con él el lunes.

—Entonces debo decirle que Baggesen tiene mucho que hacer el lunes. Más vale que lo sepa.

Después pidió que lo pusieran con la oficina de los Demócratas.

Esta vez fue una secretaria muy cansada quien lo atendió al teléfono, y no respondió inmediatamente. ¿No había sido una tal Søs Norup, secretaria de Merete Lynggaard en la última época?

Efectivamente, así era.

Desde luego, nadie la recordaba de manera especial, pues estuvo poco tiempo en el puesto, pero una de las otras secretarias de la oficina intervino para decir que Søs Norup venía de la Asociación Danesa de Abogados y Economistas, y que había vuelto allí en vez de seguir con el sustituto de Merete Lynggaard. «Era una cuadriculada», se oyó de pronto por detrás, y aquello debió de ayudar a refrescar la memoria de muchas.

Sí, pensó Carl satisfecho. Los más fáciles de recordar son los hijoputas buenos y estables como nosotros.

Entonces llamó a la Asociación Danesa de Abogados y Economistas y sí, todos los del secretariado conocían a Søs Norup. Y no, no había vuelto a trabajar allí. Se había desvanecido.

Colgó el auricular y sacudió la cabeza. De repente todas sus pistas se habían convertido en callejones sin salida. No le parecía precisamente excitante tener que andar tras una secretaria que tal vez recordaba algo sobre un telegrama, lo que tal vez señalaría a una persona concreta que tal vez estuvo cenando con Merete Lynggaard y que tal vez supiera algo acerca del estado mental de aquélla cinco años antes. Así que lo mejor era subir a averiguar hasta dónde había llegado Assad con las secretarias de Jefatura y el maldito accidente de coche.

Los encontró en uno de los despachos laterales, alrededor de una mesa rebosante de faxes, fotocopias y todo tipo de papeles. Era como si Assad hubiera instalado una oficina electoral en una campaña presidencial. Tres secretarias parloteaban entre ellas mientras Assad servía té y asentía con la cabeza aplicadamente cada vez que la conversación avanzaba un pasito más. Un esfuerzo impresionante.

Carl golpeó con cuidado el marco de la puerta.

—Vaya, parece que habéis encontrado un montón de documentación para nosotros —comentó, señalando los papeles y sintiéndose el hombre invisible. Sólo la señora Sørensen tuvo tiempo para dirigirle la mirada, y Carl habría preferido pasarse sin ella.

Volvió al pasillo y por primera vez desde los tiempos de la escuela lo invadieron los celos.

—¿Carl Mørck? —dijo una voz a su espalda, sacándolo de la sensación de derrota que lo embargaba y devolviéndolo al sendero victorioso—. Marcus Jacobsen dice que quieres hablar conmigo. ¿Quieres que te dé hora?

Se volvió y vio justo enfrente los ojos de Mona Ibsen. ¿Dar hora?

Sí, ostras.

22

2003-2005

Cuando apagaron la luz y volvieron a subir la presión el día que cumplió treinta y tres años, Merete pasó veinticuatro horas dormida. La sensación de que otros movían sus hilos y de que aparentemente iba camino del abismo se le hacía insoportable. Cuando al día siguiente el cubo de la comida volvió a salir por la compuerta, abrió los ojos e intentó orientarse.

Alzó la vista hacia los ojos de buey, de donde irradiaba un fulgor casi invisible. O sea que la luz de la habitación del otro lado estaba encendida. Emitía tan poca luz como una cerilla, pero alumbraba. Se arrodilló y trató de localizar la fuente, pero tras los cristales todo era difuso. Entonces giró el cuerpo y miró alrededor. Sin duda había luz suficiente en la celda como para que al cabo de unos días pudiera acostumbrarse y distinguir los detalles de la estancia.

Por un momento se alegró, pero después la sensación cambió. Por muy débil que fuera la luz, también podía apagarse.

No era ella quien decidía cuándo apretar el interruptor.

Cuando iba a levantarse su mano tropezó con el pequeño tubo metálico que había en el suelo junto a ella. Era la linterna que le habían dado. La asió con fuerza mientras trataba de poner sus ideas en orden. La linterna significaba que en algún momento iban a apagar la poca luz que se colaba en la celda. ¿Por qué, si no, iban a darle una linterna?

Estuvo pensando en encenderla, simplemente porque era posible. Eso de poder decidir por sí misma era algo que hacía tiempo que había dejado atrás, por lo que la tentación era fuerte. Pero aun así no lo hizo.

Tienes ojos, Merete, deja que trabajen, se recomendó a sí misma, y dejó la linterna junto al cubo-retrete, debajo de los cristales. Si encendía la linterna tendría que estar mucho tiempo a oscuras cuando volviera a apagarla.

Sería como beber agua salada para calmar la sed.

Pese a su pronóstico, la débil luz continuó encendida. Distinguía los contornos de la estancia y percibía la lenta extenuación de sus miembros, y con aquella luz que recordaba a la penumbra del crudo invierno pasó casi quince meses antes de que todo volviera a transformarse radicalmente.

Aquel día vio por primera vez sombras tras los cristales de espejo.

Había estado pensando en libros. Lo hacía a menudo para no tener que pensar en la vida que podría haber vivido si hubiera tenido otras opciones. Cuando pensaba en libros podía entrar en un mundo totalmente diferente. La sensación de sequedad y aspereza inexplicable del papel bastaba para encender en ella el fuego de la añoranza. El olor a celulosa evaporada y tinta de imprenta. Y miles de veces se había dirigido mentalmente a su biblioteca imaginaria y señalado el único libro del mundo que podía recordar enteramente con seguridad. No el que deseaba recordar, no el que le había causado la mayor impresión, sino el único libro que mediante buenos recuerdos y carcajadas liberadoras había permanecido intacto en su atormentada memoria.

Su madre se lo leía en voz alta, y Merete se lo leía a Uffe, y ahora estaba en la oscuridad, esforzándose por leérselo a sí misma. Un osito filósofo llamado Winnie era su tabla de salvación, su amparo frente a la locura. Él y todos los animales del bosque de los Cien Metros. Y estaba en otro mundo, en el país de la miel, cuando una superficie oscura se colocó de pronto ante la débil luz de los cristales de espejo.

Abrió desmesuradamente los ojos y aspiró el aire hasta el fondo de los pulmones. Aquel centelleo no era fruto de su imaginación. Por primera vez en mucho tiempo sintió que su piel se humedecía. En el patio de la escuela, en callejuelas estrechas y silenciosas de ciudades lejanas, los primeros días en el Parlamento. Había sentido en todas partes aquella humedad que sólo la presencia de otra persona, que podía causarle daño y que la observaba oculta, podía provocar.

Esa sombra me quiere mal, pensó, y se abrazó las costillas mientras miraba fijamente la mancha, que se fue agrandando lentamente en uno de los cristales y al final se quedó quieta. La mancha estaba en la parte superior del cristal, como si fuera de alguien sentado en un taburete alto.

¿Podrán verme?, pensó, y miró fijamente hacia la pared que tenía detrás. Sí, la superficie blanca aparecía con claridad ante ella, tan nítida que también se veía desde fuera, la verían incluso quienes estaban acostumbrados a moverse en la luz. O sea que ellos también la veían.

Hacía sólo un par de horas que le habían pasado el cubo de la comida. Conocía los ritmos de su cuerpo. Todo ocurría con total regularidad, día tras día. Pasarían muchísimas horas hasta que llegara el siguiente cubo. Entonces, ¿por qué estaban allí? ¿Qué querían?

Se levantó con lentitud y avanzó hacia el cristal de espejo, pero la sombra de detrás no se movió lo más mínimo.

Entonces Merete puso la mano sobre el cristal de la sombra oscura y se quedó esperando mientras observaba su propio reflejo desdibujado. Y así se quedó hasta que estuvo segura de que su capacidad de juicio no era digna de confianza. Sombra o no sombra. Podía ser cualquier cosa. ¿Por qué iba a haber alguien tras el cristal? Antes nunca lo había habido.

–¡Iros al infierno! –gritó, y la fuerza del eco provocó en su cuerpo sacudidas eléctricas.

Pero entonces ocurrió. La sombra de detrás del cristal se movió claramente. Un poco a un lado y un poco hacia atrás. Cuanto más se alejaba del cristal más disminuía de tamaño y más se difuminaba.

–¡Sé que estáis ahí! –vociferó, y notó que su piel húmeda se enfriaba a la velocidad del rayo. Sus labios y la piel de su cara temblaban. Habló entre dientes hacia el cristal–: No os acerquéis.

Pero la sombra siguió donde estaba.

Después Merete se sentó en el suelo y dejó caer la cabeza sobre el pecho. La ropa despedía un olor acre, a moho. Llevaba tres años con la misma blusa.

La luz grisácea estaba encendida todo el tiempo, día y noche, pero era mejor que la oscuridad total o la luz eterna. Allí, en aquella nada gris había una posibilidad de elegir. Se podía apartar la mirada de la luz o se podía apartar la mirada de la oscuridad. Ya no cerraba los ojos para poder concentrarse, sino que dejaba que fuera su cerebro quien decidiera en qué estado mental quería permanecer.

Y en aquella luz gris había todo tipo de matices. Casi como en el mundo exterior, donde la luz podía ser invernal, triste en febrero, gris en octubre, saturada de lluvia, radiante y otros mil colores de la paleta. Allí dentro, su paleta se componía de blanco y negro, y ella los mezclaba según le dictaba su humor. Mientras aquella luz gris fuera su lienzo, no estaría a merced de sus captores.

Y Uffe, el oso Winnie y Don Quijote, la Dama de las Camelias y la señorita Smilla irrumpieron en su cabeza, obstruyendo el reloj de arena y las sombras tras los cristales. Eso la alivió mucho mientras esperaba más iniciativas de sus guardianes. De todas formas llegarían. Fueran lo que fuesen.

Y la sombra tras los cristales de espejo se convirtió en un acontecimiento diario. Bastante después de haber comido, la mancha aparecía en uno de los cristales de espejo. No fallaba. Las primeras semanas pequeña y sin definir, pero después más enfocada y mayor. Se iba acercando.

Ya sabía que desde fuera la podían ver con total claridad. Un día orientarían los focos directamente hacia ella y exigirían que representara su papel. Podía imaginarse el provecho que sacaban de ello las bestias al otro lado del cristal, pero eso no le interesaba.

Cuando se acercaba el día en que cumpliría treinta y cinco años, de pronto apareció otra sombra más en el cristal. Era algo mayor y no tan clara, y bastante más alta que la otra.

Hay otra persona detrás, pensó Merete, y sintió miedo al comprender que estaba en patente minoría, y que la superioridad numérica de los del otro lado del cristal se había manifestado.

Necesitó un par de días para acostumbrarse a la nueva situación, pero pasado ese tiempo decidió retar a sus guardianes.

Se había tumbado bajo los cristales para esperar a las sombras. Donde no podían verla. Ellos acudían a observarla, pero ella se negaba a dejarlos salirse con la suya. No sabía cuánto tiempo esperarían a que saliera de su madriguera. En eso consistía la maniobra.

Cuando le entraron ganas de orinar por segunda vez aquel día se levantó y miró directamente al cristal de espejo. Como siempre, había un fulgor procedente de la luz del otro lado, pero las sombras habían desaparecido.

Aquella operación la repitió tres días seguidos. Si quieren verme, que lo digan directamente, pensó.

Al cuarto día se preparó. Se tumbó bajo los cristales, repitiendo con paciencia sus libros de memoria, mientras agarraba convulsivamente la linterna con la mano. La había probado la noche anterior, y la luz inundó la celda y la dejó aturdida. Al final llegó el dolor de cabeza. La potencia de la luz era abrumadora.

Cuando llegó el momento en que solía aparecer normalmente la sombra, echó un poco la cabeza hacia atrás para poder mirar a los cristales. En uno de los ojos de buey aparecieron de pronto como dos nubes en forma de hongo, más cerca que nunca. Repararon en ella en el acto, porque se retiraron un poco, y pasado un minuto o dos volvieron a adelantarse.

En aquel momento saltó, encendió la linterna y la apretó contra el cristal.

Los reflejos rebotaron en la pared del fondo, pero una pequeña parte de la luz atravesó el cristal de espejo y se posó de manera traicionera como un débil fulgor lunar en las siluetas de detrás, y las pupilas que la miraban fijamente se contrajeron y volvieron a dilatarse. Se había preparado para el sobresalto que se llevaría si tenía suerte en su plan, pero no había imaginado con qué fuerza iba a quedar marcada en su conciencia la visión de los dos rostros velados.

23

2007

Carl concertó dos citas en Christiansborg y fue recibido por una mujer larguirucha que aparentemente llevaba pisando los suelos encerados desde niña y pudo guiarlo por el dédalo de pasillos hasta el despacho del vicepresidente de los Demócratas con una familiaridad que llenaría de envidia a un caracol en su concha.

Birger Larsen era un político con experiencia que sustituyó a Merete Lynggaard en la vicepresidencia tres días después de su desaparición, y desde entonces se había caracterizado por ser el pegamento que debía mantener las dos alas del partido más o menos en contacto. La desaparición de Merete Lynggaard había dejado un gran vacío en el partido. En su momento el viejo líder señaló casi a ciegas sucesor, un globo aerostático de mujer sonriente que en primera instancia se convirtió en portavoz del partido, aunque nadie, aparte de la nombrada, quedó contento con la elección. No habían pasado ni dos segundos para cuando Carl se dio cuenta de que Birger Larsen prefería hacer carrera en una pequeña empresa de provincias que tener que trabajar a las órdenes de una candidata a primera ministra tan imbuida de sí misma como aquélla.

Ya le llegaría la hora en que no estaría en su mano tomar la decisión.

—A día de hoy sigo sin poder meterme en la cabeza que Merete se suicidara —comenzó, sirviendo a Carl una taza de café tan tibio que no importaba meter el dedo en la taza—.

Creo que no he conocido a nadie en esta casa tan vital y rebosante de alegría como ella.

Se alzó de hombros.

—Pero al fin y al cabo, ¿qué sabemos de nuestros semejantes? ¿Acaso no hemos sufrido todos alguna tragedia irreparable cercana que no vimos llegar a tiempo?

Carl asintió con la cabeza.

—¿Tenía enemigos en el Parlamento?

Birger Larsen trató de sonreír, enseñando una hilera de dientes de lo más irregulares.

—¿Quién carajo no los tiene? Merete era la mujer más peligrosa de la casa para el futuro del Gobierno, para la influencia de Piv Vestergård, para la posibilidad de que los Radicales de Centro llegaran al cargo de primer ministro... para cualquiera que quisiera disputar el puesto que sin duda habría ocupado Merete si le hubieran dado un par de años más.

—¿Cree que recibió amenazas de alguien aquí?

—Vamos, Mørck, los parlamentarios somos demasiado listos para ese tipo de cosas.

—¿Quizá tuviera algunas relaciones personales que pudieron convertirse en celos o en odio? ¿Sabe algo de eso?

—Que yo sepa, Merete no estaba interesada en las relaciones personales. Para ella todo era trabajo, trabajo y trabajo. Ni tan siquiera a mí, que la conozco desde que estudiábamos Ciencias Políticas, me permitía acercarme más de lo que ella quería.

—¿Y ella no quería?

Los dientes volvieron a asomar.

—¿Se refiere a si la cortejaban? Sí, me vienen a la cabeza al menos cinco o diez de esta casa que gustosamente sacrificarían a sus mujeres por diez minutos a solas con Merete Lynggaard.

—¿Tal vez usted incluido? —Carl se permitió sonreír.

—Sí, ¿y quién no? —convino, y los dientes desaparecieron—. Pero Merete y yo éramos amigos. Sabía dónde estaban mis límites.

—Pero ¿había quizá alguien que no lo sabía?

—Eso tendrá que preguntárselo a Marianne Koch.

—¿Su antigua secretaria? —ambos hicieron un gesto afirmativo—. ¿Sabe por qué la sustituyó?

—La verdad es que no. Llevaban un par de años trabajando juntas, pero posiblemente Marianne se comportaba con demasiada camaradería para el gusto de Merete.

—¿Dónde puedo encontrar a esa Marianne Koch hoy en día?

Un brillo jocoso apareció en los ojos de Birger Larsen.

—Supongo que en el mismo sitio en el que la ha saludado hace diez minutos.

—¿Ahora es su secretaria? —se sorprendió Carl, apartando la taza y señalando hacia la puerta—. ¿La que está ahí fuera?

Marianne Koch era muy diferente de la mujer que lo acompañó hasta allí. Menuda y de tupido y rizado pelo negro que olía a tentaciones desde el otro lado de la mesa.

—¿Por qué no seguiste de secretaria de Merete Lynggaard durante la última época antes de que desapareciera? —preguntó tras las frases introductorias de rigor.

La reflexión se dibujó en forma de ondas sobre las cejas vivarachas.

—Tampoco yo lo entendí. En aquel momento, al menos, no; de hecho, me enfadé bastante con ella. Pero después descubrí que tenía un hermano retrasado a quien cuidaba.

—¿Y...?

—Bueno, yo pensaba que tenía un novio, por el secretismo que la rodeaba y por la prisa que tenía siempre por volver a casa.

Carl sonrió.

—¿Y se lo dijiste?

—Sí, fue una tontería, ahora me doy cuenta. Pero pensaba que éramos más íntimas de lo que éramos. Siempre se aprende algo —dijo sonriendo tan irónicamente que los hoyuelos se alinearon. Si Assad la conociera se quedaría paralizado.

—¿Había alguien en el Parlamento que quisiera llevársela al huerto?

—Ya lo creo. De vez en cuando recibía papelitos, pero sólo había uno que se diera a conocer en serio.

—¿Puedes revelarme quién era?

La secretaria sonrió. Era capaz de desvelar cualquier cosa si estaba de humor para ello.

—Sí, era Tage Baggesen.

—El nombre me suena.

—Estoy segura de que eso lo pondría contento. Creo que ha sido portavoz de los Radicales de Centro durante mil años, por lo menos.

—¿Esto se lo has contado a alguien?

—Sí, a la policía, pero no le prestaron demasiada atención.

—¿Tú sí?

La mujer se encogió de hombros.

—¿Hubo otros?

—Muchos otros, pero nada serio. Conseguía lo que buscaba cuando salía de viaje.

—¿Me estás diciendo que era ligera de cascos?

—Bueeeno, interpretarlo así... —replicó, volviéndose y tratando de reprimir una carcajada—. No, desde luego que no lo era. Pero tampoco era ninguna monja. Lo que pasa es que no sé con quién iba al convento, no me lo dijo nunca.

—Pero ¿andaba con hombres?

—Al menos se reía cuando la prensa del corazón sugería otra cosa.

—¿Podría pensarse que Merete Lynggaard pudiera tener razones para dejar el pasado atrás y empezar una nueva vida?

—¿O sea, que en este momento está tostándose al sol en Bombay? —profirió Marianne Koch con expresión indignada.

—En algún lugar donde la vida fuera menos problemática, sí. ¿Podría pensarse eso?

—Es completamente absurdo. Era una mujer de lo más cumplidora. Ya sé que es precisamente ese tipo de gente la que se desploma como un castillo de naipes y un buen día desaparece, pero Merete no era así.

Calló y se quedó pensativa.

—Pero es una idea bonita —convino, sonriendo—. Que Merete aún podría estar viva.

Carl asintió en silencio. Se elaboraron montones de perfiles psicológicos de Merete Lynggaard al poco tiempo de su desaparición, y todos llegaban a la misma conclusión: Merete Lynggaard no había desaparecido voluntariamente. Hasta la prensa del corazón rechazó esa posibilidad.

—¿Has oído hablar de un telegrama que recibió el último día que estuvo aquí, en el Parlamento? —preguntó—. ¿Un telegrama de San Valentín?

La pregunta pareció irritarla. Estaba claro que estaba dolida por no haber sido parte de la vida de Merete Lynggaard en su última etapa.

—No. La policía ya me lo preguntó, y al igual que a ellos tengo que remitirte a Søs Norup, que es quien me reemplazó.

Carl se quedó mirándola con las cejas arqueadas.

—¿Estás amargada por ello?

—Por supuesto, ¿tú no lo estarías? Llevábamos dos años trabajando juntas sin problemas.

—Y no sabrás por un casual dónde está Søs Norup ahora, ¿verdad?

La mujer se alzó de hombros. No le interesaba lo más mínimo.

—Y a ese Tage Baggesen ¿dónde puedo encontrarlo?

Marianne Koch le hizo un plano de cómo llegar a su despacho. No parecía fácil.

Necesitó una buena media hora para encontrar a Tage Baggesen en los dominios de los Radicales de Centro, y no fue ningún viaje de placer. Le parecía un enigma cómo alguien podía trabajar en aquel ambiente de falsedad. Al menos en Jefatura sabías cómo estaban las cosas. Allí los amigos y enemigos se daban a conocer sin ningún pudor, y pese a ello todos trabajaban juntos hacia un objetivo común. En el Parlamento era justo lo contrario. Todos se codeaban como si fueran los mejores amigos, pero cada uno de ellos sólo pensaba en sí mismo a la hora de echar cuentas. Aquello tenía mucho que ver con dinero y poder, no tanto con resultados. Allí un hombre grande era el que empequeñecía a los demás. Tal vez no hubiera sido siempre así, pero ahora lo era.

Tage Baggesen, desde luego, no era ninguna excepción. Lo habían puesto allí para defender los intereses de su lejano distrito electoral y la política de tráfico de su partido, pero en cuanto lo veías te dabas cuenta del error. Ya se había asegurado una buena jubilación, y lo que ganara hasta entonces era para comprar ropa cara y hacer inversiones lucrativas. Carl miró las paredes, donde colgaban diplomas de torneos de golf junto a nítidas fotos aéreas de las casas de campo que había comprado por todo el país.

Pensó en preguntar si se había equivocado en cuanto al partido al que pertenecía Tage Baggesen, pero el hombre lo desarmó con amables palmadas en la espalda y movimientos enérgicos de las manos.

—Le sugiero que cierre la puerta —propuso Carl, señalando la zona del pasillo.

Aquello hizo que Baggesen entornara los ojos con jovialidad. Un pequeño truco que seguramente funcionaba bien en las negociaciones para la autopista de Holstebro, pero que no surtía efecto en un subcomisario que no se andaba con chorradas.

—No hace falta, no tengo nada que esconder a mis compañeros de partido —replicó, relajando la mueca.

—Hemos oído que usted mostraba un gran interés por Merete Lynggaard. Le envió, entre otras cosas, un telegrama. Más aún, un telegrama de San Valentín.

En ese momento su piel palideció un tanto, pero la sonrisa presuntuosa no se desvaneció.

—¿Un telegrama de San Valentín? —repitió—. No lo recuerdo.

Carl movió la cabeza arriba y abajo. La mentira saltaba a la vista. Por supuesto que lo recordaba. Así que podía seguir con la ofensiva.

—Cuando le he pedido que cerrara la puerta, ha sido porque quiero preguntarle directamente si mató a Merete Lynggaard. Porque estaba muy enamorado de ella. ¿Lo rechazó, y entonces perdió el control? ¿Ocurrió así?

Durante un segundo cada célula del cráneo por lo demás tan seguro de sí mismo de Tage Baggesen sopesó si debería levantarse y cerrar la puerta de un portazo, o si la excitación iba a provocarle un ataque de apoplejía. El color de su piel se fundió de inmediato con su pelo rojo. Estaba profundamente conmocionado, totalmente desnudo. Chorreaba sudor por todos los poros de su cuerpo. Carl conocía el percal, pero aquella reacción era desde luego diferente. Si el hombre tenía algo que ver con el caso, a juzgar por aquella reacción podía ponerse ya a escribir su confesión, y si no lo tenía, no cabía duda de que algún otro problema lo agobiaba. Se quedó con la mandíbula colgando. Si Carl no andaba con cuidado, el hombre iba a callarse como un muerto. Estaba claro que Tage Baggesen no había oído nada parecido en su por otra parte ajetreada vida.

Carl trató de sonreírle. En cierto modo, aquella reacción violenta parecía también reconciliadora. Como si dentro de aquel cuerpo cebado en recepciones aún pudiera encontrarse una persona normal.

—Escuche, Tage Baggesen. Usted enviaba notas a Merete. Muchas notas. La antigua secretaria de Merete, Marianne Koch, seguía con mucho interés sus intentos, se lo aseguro.

—Aquí todos escribimos notas para todos —replicó Baggesen, tratando de arrellanarse con despreocupación en la silla, pero el respaldo estaba demasiado lejos.

—¿Me está diciendo que las notas no eran de carácter privado?

Entonces el parlamentario levantó su corpachón y cerró silenciosamente la puerta.

—Es cierto que albergaba sentimientos intensos hacia Merete Lynggaard —admitió, poniendo una cara tan afligida que a Carl casi le dio pena—. Ha sido muy difícil superar su muerte.

—Lo comprendo, trataré de no alargarme demasiado —aseguró Carl, y a cambio recibió una sonrisa de agradecimiento. Su arrogancia había desaparecido—. Sabemos con seguridad que usted envió a Merete Lynggaard un telegrama de San Valentín en febrero de 2002. Hemos recibido hoy la confirmación de la oficina de telegramas.

El pobre parecía bastante perdido. El pasado le estaba pasando factura. Dio un suspiro.

—Yo sabía perfectamente que ella no estaba interesada en mí, por desgracia. Para entonces hacía tiempo que lo sabía.

—Y aun así ¿lo intentó?

El parlamentario asintió en silencio.

—¿Qué ponía el telegrama? Procure decir la verdad esta vez.

El hombre dejó caer la cabeza hacia un lado.

—Pues lo de siempre. Que quería verla. No lo recuerdo con total precisión. Es verdad, en serio.

—¿Así que la mató porque no quería saber nada de usted?

Los ojos del político se convirtieron en dos ranuras. La boca estaba contraída con fuerza. En el momento anterior a que las lágrimas empezaran a agolparse en sus ojos, Carl estaba dispuesto a detenerlo. Después Baggesen levantó la cabeza y lo miró. No como a un verdugo que le hubiera colocado el nudo corredizo en el cuello, sino como al confesor ante quien podía aligerar su conciencia.

—¿Quién mata a quien hace que la vida merezca la pena? —preguntó.

Estuvieron un rato mirándose el uno al otro. Después Carl apartó la mirada.

—¿Sabe si Merete Lynggaard tenía enemigos aquí dentro? No me refiero a adversarios políticos. Auténticos enemigos.

Tage Baggesen se secó los ojos.

—Aquí todos tenemos enemigos, pero no auténticos enemigos, como ha dicho usted —respondió.

—¿Nadie que pudiera atentar contra ella?

Tage Baggesen sacudió su bien cuidada cabeza.

—Me extrañaría mucho. Todos la apreciaban, incluso sus adversarios políticos.

—No es la impresión que tengo yo. ¿Quiere decir que no se ocupaba de casos emblemáticos que pudieran crear tantos problemas para alguien que había que pararle los pies como fuera? ¿Grupos de presión que se sintieran agobiados o amenazados?

Tage Baggesen miró condescendiente a Carl.

—Pregunte a la gente de su partido. Ella y yo no sintonizábamos políticamente. Ni mucho menos, me atrevería a decir. ¿Tiene usted conocimiento de algo en particular?

—En todo el mundo a los políticos se los hace responsables de sus posturas, ¿no? Antiabortistas, fanáticos de los animales, gente con posturas antiislámicas o lo contrario, cualquier cosa puede desencadenar una reacción violenta. Pregunte si no en Suecia, Holanda o Estados Unidos.

Carl hizo ademán de levantarse y notó que el alivio invadía al parlamentario, aunque sin duda no habría que darle tanta importancia. ¿Quién no querría terminar una conversación así?

—Baggesen —continuó, dándole su tarjeta de visita—, póngase en contacto conmigo si recuerda algo que yo debiera saber. Aunque no sea por mí, hágalo por usted. No creo que haya muchos aquí que sintieran lo mismo que usted por Merete Lynggaard.

Aquello afectó al hombre. Seguramente las lágrimas volverían a fluir antes de que Carl cerrara la puerta tras de sí.

Según la Oficina del Censo, la última dirección de Søs Norup era la misma que la de sus padres, en medio del elegante barrio de Frederiksberg. En la placa ponía «Mayorista Vilhelm Norup y actriz Kaja Brandt Norup».

Tocó el timbre y tras la maciza puerta de roble oyó un resonante tañido.

—Sí, ya voy —se oyó al cabo de un rato.

El hombre que abrió la puerta debía de llevar jubilado un cuarto de siglo. A juzgar por el chaleco y el pañuelo de seda que colgaba flojo de su cuello, su fortuna aún no se había agotado. Miró incómodo a Carl con unos ojos devastados por la enfermedad, como si éste fuera la dama de la guadaña.

—¿Quién es usted? —preguntó sin preámbulos, dispuesto a darle con la puerta en las narices.

Carl se presentó, sacó del bolsillo la placa por segunda vez aquella semana y pidió permiso para entrar.

—¿Ha pasado algo con Søs? —interrogó el hombre con tono inquisitorial.

—No lo sé. ¿Por qué había de pasar? ¿Está en casa?

—Si es a ella a quien quiere ver, ya no vive aquí.

—¿Quién es, Vilhelm? —se oyó una débil voz al otro lado de la puerta doble de la sala.

—Nada, alguien que quiere hablar con Søs, cariño.

—Entonces tendrá que ir a otra parte —volvió a oírse.

El mayorista cogió a Carl del brazo.

—Vive en Valby. Dígale que nos gustaría que viniera a buscar sus cosas si es que piensa seguir viviendo de ese modo.

—¿De qué modo?

El hombre no respondió. Le dio la dirección de Valhø-jvej y la puerta se cerró de un portazo.

En el portero automático del edificio bajo sólo aparecían tres nombres. Seguro que en otro tiempo vivieron allí seis familias con cuatro o cinco hijos cada una. Lo que antes había sido un barrio pobre era ahora respetable. En la buhardilla Søs Norup encontró a su amor, una mujer mediada la cuarentena cuyo escepticismo al ver la placa de Carl se expresó en unos labios pálidos apretados con fuerza.

Los labios de Søs Norup no tenían mucho más color. Un primer vistazo lo ayudó a comprender por qué ni la Asociación Danesa de Abogados y Economistas ni la secretaría de los Demócratas en el Parlamento se habían derrumbado cuando desapareció. Había que buscar mucho para encontrar una actitud de rechazo como la suya.

–Merete Lynggaard no era seria como jefa –fue su comentario.

–¿No hacía su trabajo? No es lo que he oído yo.

–Me lo dejaba todo a mí.

–Yo creía que eso sería una ventaja –repuso Carl, y se quedó mirándola. Parecía ser una mujer a la que siempre habían atado corto, y no le gustaba nada. El mayorista Norup y su otrora sin duda famosa esposa le habían enseñado lo que era obedecer ciegamente. Una educación dura para una hija única que tenía a sus padres en un pedestal. Seguro que había llegado al punto de aborrecerlos y quererlos al mismo tiempo. Aborrecía lo que representaban y los quería por la misma razón. Si le preguntaran a Carl, ésa era la razón de que hubiera pasado su vida adulta alternando entre la casa de sus padres y otros domicilios.

Carl miró a la amiga, que llevaba una ropa holgada y un cigarrillo humeante en la comisura de los labios y se aseguraba de que Carl no molestara a nadie. Seguro que daría a Søs Norup un sólido asidero en su vida futura. No cabía la menor duda.

—He oído que Merete Lynggaard estaba muy contenta contigo.

—Vaya.

—Quería hacerte unas preguntas sobre tu vida privada. En tu opinión, ¿podría ser que Merete Lynggaard estuviera embarazada cuando desapareció?

Søs Norup arrugó la nariz y echó la cabeza atrás.

—¿Embarazada? —lo dijo como si la palabra perteneciera a la misma categoría que infección, lepra y peste bubónica—. No, estoy segura de que no.

Miró a su compañera con los ojos vueltos hacia el cielo.

—¿Y cómo puedes saberlo?

—¿Usted qué cree? Si ella controlara las cosas tan bien como todos pensaban, no habría tenido que pedirme compresas prestadas cada vez que tenía la regla.

—¿Me estás diciendo que tuvo la regla justo antes de desaparecer?

—Sí, la semana anterior. La teníamos a la vez durante el tiempo en que estuve allí.

Carl asintió en silencio. La secretaria debía de saberlo.

—¿Sabes si tenía algún novio?

—Me han preguntado lo mismo cientos de veces ya.

—Refréscame la memoria.

Søs Norup cogió un cigarrillo y le dio golpecitos contra la mesa.

—Todos los hombres se quedaban mirándola, como si quisieran cepillársela al instante. ¿Cómo voy a saber si alguno de ellos estaba liado con ella?

—En el informe pone que recibió un telegrama de San Valentín. ¿Sabías que era de Tage Baggesen?

La chica encendió el cigarrillo y desapareció en una neblina azulada.

—En absoluto.

—¿Y no sabes si había algo entre ellos?

174

—¿Si había algo entre ellos? Han pasado cinco años, no lo olvide —repuso, echándole el humo a la cara, cosa que fue recibida con una sonrisa irónica por su compañera.

Carl retiró un poco la cabeza.

—Escucha. Voy a abrirme dentro de cuatro minutos. Pero mientras tanto, hagamos como que queremos ayudarnos mutuamente, ¿vale? —dijo mirando a los ojos a Søs Norup, que aún trataba de ocultar su amargura tras una mirada hostil—. Voy a llamarte Søs, ¿vale? Normalmente me dirijo por su nombre de pila a las personas con quienes comparto cigarrillos.

Søs reposó en el regazo la mano que sujetaba el cigarrillo.

—O sea, que voy a preguntarte, Søs. ¿Sabes de algún incidente justo antes de la desaparición de Merete Lynggaard que nosotros debiéramos saber? Voy a enumerar unos cuantos, puedes pararme cuando quieras —declaró con un movimiento de cabeza que no fue correspondido—. ¿Conversaciones por teléfono de carácter privado? ¿Post-it depositados en su mesa? ¿Gente que la abordara sin fines profesionales? ¿Cajas de bombones, flores, nuevas sortijas en su mano? ¿Se ruborizaba cuando se quedaba mirando ante sí? ¿Sucedió algo con su concentración los últimos días?

Miró a la zombi que tenía delante. Sus labios incoloros no se habían movido ni un milímetro. Otro callejón sin salida.

—¿Cambió su comportamiento, volvía antes a casa, desaparecía del salón de plenos para llamar por el móvil en los pasillos? ¿Llegaba más tarde por la mañana?

Volvió a mirarla asintiendo enfáticamente con la cabeza, como si aquello pudiera despertarla de entre los muertos.

Søs dio otra calada al cigarrillo y aplastó la colilla en el cenicero.

—¿Ha terminado? —preguntó.

Carl suspiró. ¡Se acabó! Qué otra cosa podía esperarse de aquella mema.

–Sí, he terminado.

–Bien –repuso Søs y levantó la cabeza. Por un instante pareció ser una mujer con cierta dignidad–. Ya le conté a la policía lo del telegrama, y que iba a cenar con alguien en el Café Bankeråt. La vi escribiéndolo en su agenda. No sé con quién iba a cenar, pero desde luego sus mejillas se ruborizaron.

–¿Quién podía ser?

Ella se alzó de hombros.

–¿Tage Baggesen? –sugirió Carl.

–Sí, cualquiera. Conocía a mucha gente en Christiansborg. Había también un hombre de una delegación que parecía interesado. Muchos lo estaban.

–¿De una delegación? ¿Cuándo fue eso?

–No mucho antes de que desapareciera.

–¿Recuerdas cómo se llamaba?

–¿Después de cinco años? No, desde luego que no.

–¿Qué delegación era?

Ella lo miró cabreada.

–Tenía que ver con investigaciones sobre defensa inmunológica. Pero antes me ha interrumpido –replicó Søs–. Sí, Merete Lynggaard recibía también flores. No cabía duda de que tenía una relación personal con alguien. No sé en qué consistía exactamente, pero todo eso ya se lo he dicho a la policía.

Carl se rascó la nuca. ¿Dónde constaba aquello?

–¿A quién se lo dijiste, si puede saberse?

–No lo recuerdo.

–No sería a Børge Bak, de la Brigada Móvil, ¿verdad?

La mujer lo señaló con el índice. El dedo decía: bingo.

El jodido de Bak. ¿Haría siempre un descarte así de la información cuando escribía un informe?

Miró a la compañera de celda que había elegido Søs Norup. No prodigaba las sonrisas, no. En aquel momento sólo esperaba a que él desapareciera.

Carl saludó con la cabeza a Søs Norup y se levantó. Entre los miradores había colgados varios retratos diminutos en color, así como un par de fotografías grandes en blanco y negro de sus padres tomadas en tiempos mejores. Seguramente serían guapos en aquella época, pero con las rayas y los tachones que Søs había hecho en todos los rostros de las fotos era difícil de apreciar. Carl se inclinó hacia los minúsculos marcos de foto y reconoció una de las muchas imágenes de prensa de Merete Lynggaard por su ropa y su postura. También ella había perdido la mayor parte de la cara en una trama de rayas. O sea que Søs Norup coleccionaba imágenes de personas odiadas. Quizá consiguiera también él un lugar allí, siempre que se esmerase.

Børge Bak estaba por una vez solo en su despacho. Su chaqueta de cuero estaba arrugadísima ya. Señal indiscutible de que trabajaba aplicadamente día y noche.

—¿No te tengo dicho que no entres sin llamar, Carl? —protestó, golpeando la mesa con el bloc de notas y dirigiéndole una mirada furiosa.

—La has cagado, Børge —repuso Carl.

Fuera por el uso del nombre de pila o por la acusación, la reacción fue evidente. De repente, todas las arrugas de la frente de Bak se pusieron verticales.

—Merete Lynggaard recibió unas flores un par de días antes de su muerte, cosa que por lo que he oído nunca ocurría.

—¿Y qué? —la mirada de Bak no podía ser más condescendiente.

—Buscamos a alguien que puede haber cometido un asesinato, ¿no te has dado cuenta? Un amante podría ser un sospechoso razonable.

—Se investigó todo.

—Pero en el informe no está todo.

Bak alzó los hombros forzadamente.

—Relájate, Carl. No eres el más indicado para hablar del trabajo de otros. Los demás nos rompemos los cuernos currando mientras tú calientas una silla. ¿Crees que no lo sé? Escribo en los informes lo que me parece importante, y ya está —replicó, arrojando el cuaderno sobre la mesa.

—No escribiste que una asistenta social llamada Karin Mortensen observó a Uffe Lynggaard entretenido en un juego que sugería que recordaba el accidente. Tal vez pueda recordar también algo del día en que Merete Lynggaard desapareció, pero todo parece indicar que no seguisteis esa pista.

—Karen Mortensen. Se llamaba Karen, Carl. No hay más que oírte. No vas a darme tú lecciones de minuciosidad.

—Entonces, ¿te das cuenta de lo que podría significar esa información de Karen Mortensen?

—Calla, hombre. Lo comprobamos, ¿vale? Uffe no recordaba ni hostias. Estaba de la olla.

—Merete Lynggaard conoció a un hombre pocos días antes de morir. Vino con una delegación que investigaba las relaciones de defensa inmunitaria. Tampoco escribiste nada de eso en el informe.

—No, pero lo investigamos.

—Ya sabes que la abordó un hombre, y que había buena química entre ellos. Al menos es lo que dice que te ha contado la secretaria Søs Norup.

—Sí, cojones. Por supuesto que lo sé.

—¿Y por qué no está en el informe?

—Pues no lo sé. Seguramente porque resultó que el hombre estaba muerto.

—¿Muerto?

—Sí, achicharrado en un accidente de coche al día siguiente de la desaparición de Merete. Se llamaba Daniel Hale —declaró con aplomo, para que Carl reparase en su buena memoria.

—¿Daniel Hale? —repitió. Parece que con el paso del tiempo Søs Norup lo había olvidado.

–Sí, un tío que participó en las investigaciones con placenta para las que la delegación buscaba financiación. Tenía un laboratorio en Slangerup –repuso Bak con gran seguridad en sí mismo. Aquella parte del caso la controlaba bien.

–Si murió al día siguiente, bien podría tener relación con la desaparición.

–No creo. Llegó de Londres la tarde en que ella se ahogó.

–¿Estaba enamorado de ella? Søs Norup sugiere que bien podría ser el caso.

–Si es así, una pena para él. Ella no le correspondía.

–¿Estás seguro, Børge? –insistió. Era evidente que a Bak le dolía oír su nombre de pila. De forma que esa cuestión estaba resuelta: en adelante iba a oírlo sin parar–. Ese Daniel Hale ¿no podría ser el que cenó con ella en el Bankeråt?

–Escucha, Carl. Hay una mujer en el caso del ciclista asesinado que ha hablado con nosotros y estamos haciendo pesquisas. En este momento tengo un curro de cojones. Esto que me dices ¿no puede esperar? Daniel Hale está muerto, y punto. No estaba en el país cuando Merete Lynggaard murió. Ella se ahogó y Hale no tuvo nada que ver con ello, ¿vale?

–¿Investigasteis a ver si Hale era la persona con quien cenó en el Bankeråt un par de días antes? En el informe tampoco pone nada de eso.

–¡Oye! Al final de la investigación se decidió que había sido un accidente. Además, en el grupo éramos veinte hombres. Pregunta a otros. Y ahora lárgate, Carl.

24

2007

Si sólo te guiabas por el olfato y el oído, era difícil distinguir entre el sótano de Jefatura y las bulliciosas callejuelas de El Cairo cuando el lunes por la mañana Carl acudió al trabajo. El venerable edificio jamás había atufado en tal medida a comida y especias exóticas, y aquellas paredes jamás de los jamases habían oído tan extrañas melodías.

Una del personal administrativo, que acababa de bajar a los archivos, miró furiosa a Carl cuando pasó junto a él con una pila de expedientes. Su mirada decía que dentro de diez minutos todo el edificio sabría que había un descontrol absoluto en el sótano.

La explicación la encontró en el minúsculo despacho de Assad, donde un mar de pequeños buñuelos y pedazos de papel de aluminio con ajo picado, unas cositas verdes y arroz amarillo adornaban los platos de su escritorio. No era extraño que provocara algún que otro arqueo de cejas.

—¿Qué es esto, Assad? —gritó, apagando los sones orientales procedentes del radiocasete, pero Assad se limitó a sonreír. Estaba claro que no se daba cuenta de la brecha cultural que estaba abriéndose en la profundidad de los sólidos cimientos de Jefatura.

Carl se dejó caer pesadamente en su silla frente a su ayudante.

—Huele muy bien, Assad, pero esto es la Jefatura de Policía. No un puesto de comida libanesa de Vanløse.

—Toma, Carl, y enhorabuena, señor comisario, podría decirse —lo felicitó su asistente, ofreciéndole un triángulo de algo que parecía hojaldre—. Los ha hecho mi mujer. Mis hijas han recortado el papel.

Carl siguió el movimiento de su brazo mostrando el local y reparó en el brillante papel de seda de colores que adornaba las estanterías y las lámparas del techo.

No era una situación nada fácil.

—Ayer también le llevé algo a Hardy, o sea. Ya le he leído casi todos los informes, Carl.

—No me digas —repuso, imaginándose a las enfermeras alimentando a Hardy con pinchos morunos—. ¿Fuiste a saludarlo en tu día libre?

—Está pensando en el caso, Carl. Es un tío majo.

Carl asintió con la cabeza y tomó un bocado. Mañana mismo tenía que ir a la clínica.

—Te he puesto sobre el escritorio los papeles del accidente de coche. Si quieres, o sea, puedo hablar un poco de lo que he leído.

Carl volvió a asentir. De seguir así, aquel tipo iba a escribir también el informe antes de que terminaran con el caso.

En otros lugares del país el día de Nochebuena de 1986 hizo hasta seis grados sobre cero, pero en Selandia no tuvieron tanta suerte, y el tráfico se cobró la vida de diez personas. Cinco de ellas en Tibirke, al atravesar un bosque por una carretera secundaria, y dos de ellas eran los padres de Merete y Uffe Lynggaard.

Acababan de adelantar a un Ford Sierra en un tramo de la carretera donde el viento había depositado una capa de cristales de hielo, y el coche derrapó. Nadie fue declarado responsable y nadie pidió indemnizaciones. Fue un simple accidente, aunque el desenlace fue cualquier cosa menos simple.

El coche al que adelantaban golpeó un árbol y aún seguía ardiendo cuando llegaron los bomberos, mientras que el coche de los padres de Merete se quedó panza arriba a cincuenta metros de allí. La madre de Merete salió despedida por el parabrisas y yacía entre la maleza, desnucada. Su padre no tuvo tanta fortuna. Tardó diez minutos en morir con la mitad del bloque del motor incrustado en el vientre y el pecho atravesado por la punta de una rama de abeto. Se pensaba que Uffe había estado consciente todo el tiempo, porque cuando los sacaron empleando un cortafrío él siguió el espectáculo con ojos abiertos y asustados. Nunca soltó la mano de su hermana, tampoco cuando la arrastraron a la calzada para suministrarle los primeros auxilios. No la soltó ni un momento.

El atestado policial fue bastante breve y simple, no así las informaciones de prensa: el material era demasiado bueno.

En el otro coche murieron en el acto una niña y el padre. Las circunstancias fueron trágicas, pues solamente el hijo mayor salió más o menos ileso. La madre estaba a punto de dar a luz, y se dirigían al hospital. Mientras los bomberos trataban de controlar el fuego bajo el capó, la madre alumbró mellizos, con la cabeza apoyada en el cadáver de su marido y las piernas retorcidas bajo el asiento. A pesar de los denodados esfuerzos por cortar a tiempo el cordón umbilical, uno de los recién nacidos falleció, y los periódicos tuvieron una primera plana potente para el segundo día de Navidad.

Assad le mostró tanto los diarios locales como los periódicos nacionales, todos se habían dado cuenta del valor de la noticia. Las imágenes eran espantosas. El coche empotrado en el árbol y la calzada desgarrada, la madre parturienta camino de la ambulancia con un chico a su lado, llorando, Merete Lynggaard en medio de la calzada en una camilla con una mascarilla de oxígeno en la cabeza y Uffe, sentado sobre la fina capa de nieve, con ojos asustados y agarrado con fuerza de la mano de su hermana mayor inconsciente.

–Toma –dijo Assad, sacando dos páginas de la revista *Gossip* de la carpeta que había ido a buscar al escritorio de

Carl–. Lis ha comprobado que los periódicos también usaron varias de estas imágenes cuando Merete Lynggaard entró en el Parlamento.

En suma, que el fotógrafo que casualmente se encontraba en el bosquecillo de Tibirke aquella tarde sacó sus buenas perras de una exposición de unas pocas centésimas de segundo. Fue también él quien inmortalizó el entierro de los padres de Merete, y esta vez en color. Nítidas fotos de prensa, bien encuadradas, de la joven Merete Lynggaard asiendo de la mano a su hermano petrificado mientras depositaban las urnas con las cenizas en el Cementerio del Oeste. Para el otro sepelio no hubo imágenes. Transcurrió en el más profundo silencio.

–¿Qué cojones pasa aquí? –bramó una voz–. ¿Sois vosotros la causa de que arriba huela como en navidades?

Era Sigurd Harms, uno de los agentes del primer piso. Se quedó mirando asombrado a la orgía de colores que colgaba de las lámparas.

–Toma, Sigurd olfato-fino –le ofreció Carl, pasándole uno de los rollos de hojaldre más picantes–. Ya verás en Semana Santa. Pensamos encender varillas de incienso.

Había llegado un recado de arriba diciendo que el jefe de Homicidios quería ver a Carl en su despacho antes del almuerzo, y Marcus Jacobsen tenía un aspecto sombrío y concentrado en la lectura de los informes que tenía delante cuando pidió a Carl que se sentara.

Carl iba a pedir perdón en nombre de Assad. Decir que la fritanga del sótano ya había terminado, que controlaba la situación. Pero antes de llegar a decirlo entraron dos de los nuevos investigadores y se colocaron junto a la pared.

Les dedicó una sonrisa irónica. No creía que hubieran entrado para detenerlo a causa de un par de samosas, o como se llamaran aquellos chismes de hojaldre picantes.

Cuando Lars Bjørn y el subcomisario Terje Ploug, que había asumido el caso de la pistola clavadora, irrumpieron en la estancia, el jefe de Homicidios cerró la carpeta y se dirigió directamente a Carl.

—Te he hecho subir porque esta mañana se han producido dos asesinatos más —dijo—. Han encontrado a dos jóvenes asesinados en un taller mecánico de las afueras de Sorø.

Sorø, pensó Carl. No era su jurisdicción.

—Han encontrado a ambos con un clavo de noventa milímetros de una pistola clavadora Paslode en el cráneo. Te suena, ¿verdad?

Carl volvió la cabeza hacia la ventana y fijó la mirada en una bandada de pájaros migratorios que volaban hacia los edificios de enfrente. En aquel momento su jefe lo miraba intensamente, se daba cuenta, pero así no iba a conseguir nada de él. Lo sucedido la víspera en Sorø no tenía por qué guardar relación con el asunto de Amager. Hoy en día hasta en las series de la tele se usaban pistolas clavadoras como arma asesina.

—Sigue tú, Terje —oyó decir a Marcus Jacobsen muy lejos.

—Bueno, estamos bastante seguros de que son las mismas personas que asesinaron a Georg Madsen en el barracón de Amager.

—¿Y por qué estáis tan seguros? —preguntó Carl girando la cabeza hacia él.

—Georg Madsen era tío de uno de los asesinados en Sorø.

Carl volvió a mirar a las aves de paso.

—Una de las personas que, según todo parece indicar, estaba en el lugar de los hechos en el momento de los asesinatos ha hecho una descripción. Por eso el inspector Stoltz y los chicos de Sorø piden que vayas allí hoy, para poder comparar esa descripción con la tuya.

—Pero si no vi nada. Estaba inconsciente.

Terje Ploug dirigió a Carl una mirada que a éste no le gustó. Si alguien había leído el atestado en profundidad, tenía que ser él. Entonces, ¿a qué venían aquellas preguntas tan tontas? ¿Acaso no mantuvo Carl una y otra vez que había estado inconsciente desde el instante en que recibió un disparo en la sien hasta que le aplicaron el gotero en el hospital? ¿No lo creían? ¿Qué pruebas podían tener?

—En el atestado pone que viste una camisa roja a cuadros antes de que empezaran los disparos.

¿La camisa? ¿Se trataba solamente de eso?

—O sea, ¿que tengo que identificar una camisa? —respondió—. Porque si es así, creo que basta con enviar por correo electrónico una foto de la camisa.

—Tienen su propio plan, Carl —terció Marcus—. Es por el interés de todos que vayas allí. También por el tuyo propio.

—Pues no me apetece mucho —repuso, mirando el reloj—. Además, ya es muy tarde.

—No te apetece mucho. Dime, Carl, ¿cuándo tienes hora con la psicóloga?

Carl puso los labios en punta. ¿Era necesario que lo anunciara a bombo y platillo a todo el departamento?

—Mañana.

—Entonces creo que tienes que coger el coche e ir a Sorø, para que mañana, cuando veas a Mona Ibsen, tengas fresco el recuerdo de tu reacción —declaró sonriendo superficialmente, y tomó la primera carpeta del montón más alto de la mesa—. Y, por cierto, aquí tienes una copia de los papeles que nos han enviado de la Dirección de Extranjería en relación con Hafez el-Assad. ¡Toma!

Era Assad quien conducía. Había tomado algunos de los rollos y triángulos picantes para el almuerzo y corría a toda pastilla por la autopista E-20. Detrás del volante era un hombre satisfecho y contento, cosa que corroboraba su rostro sonriente moviéndose de lado a lado al ritmo de cualquier cosa que pusieran en la radio.

—He conseguido tus papeles de la Dirección de Extranjería, Assad, pero todavía no los he leído —comenzó—. ¿Por qué no me cuentas qué pone en ellos?

Su chófer lo miró un momento con atención mientras adelantaban zumbando a un camión con remolque.

—¿Mi fecha de nacimiento, de dónde vengo y qué hacía allí? ¿Te refieres a eso, Carl?

—¿Por qué te han dado permiso de residencia permanente, Assad? ¿También pone eso?

Assad asintió en silencio.

—Carl, si vuelvo me matarán, así de sencillo. El Gobierno de Siria no está muy contento conmigo, ¿sabes?

—¿Por qué?

—No pensamos igual, y eso es suficiente.

—¿Para qué?

—Siria es un país grande. La gente desaparece.

—Vale. ¿Estás seguro de que si vuelves van a matarte?

—Así es, Carl.

—¿Trabajabas para los americanos?

Assad volvió la cabeza de repente.

—¿Por qué lo dices?

Carl desvió la mirada.

—Ni idea, Assad. Preguntaba, sin más.

La última vez que estuvo en la vieja comisaría de Sorø, en Storgade, pertenecía al distrito 16, a la policía de Ringsted. Ahora, en cambio, estaba adscrita al distrito policial de Selandia Meridional y Lolland–Falster, pero los ladrillos seguían siendo rojos, los caretos tras los escritorios los mismos y las tareas igual de numerosas. Qué conseguían trasladando a la gente de un sitio a otro era una pregunta para *¿Quién quiere ser millonario?*

Pensaba que alguno de la Brigada Criminal le pediría una descripción más de la camisa de cuadros grandes. Pero no, no eran tan primitivos. Cuatro hombres lo esperaban en un despacho del tamaño del de Assad con una expresión en la cara como si cada uno de ellos hubiera perdido a algún miembro de su familia durante los violentos sucesos de la noche.

—Jørgensen —se presentó uno de ellos tendiéndole la mano. Estaba helada. Seguro que era el mismo Jørgensen que horas antes había mirado a los ojos a un par de tipos a quienes habían quitado la vida con clavos de la pistola de gas. Si así fuera, seguro que aquella noche no había pegado ojo.

—¿Quieres ver el lugar del crimen? —preguntó uno de ellos.

—¿Es necesario?

—No es exactamente igual al de Amager. Los mataron en el taller mecánico. A uno en la nave y al otro en el despacho. Los clavos están disparados a quemarropa, porque estaban clavados hasta el fondo. Había que mirar bien para verlos.

Uno de los otros le tendió un par de fotografías de tamaño folio. Era verdad. Se veía justo la cabeza del clavo en el cuero cabelludo, ni siquiera había mucha sangre.

—Se ve que los dos estaban trabajando. Manos sucias y vestidos con monos.

—¿Faltaba algo?

—Nasti de plasti.

Hacía años que Carl no oía la expresión.

—¿En qué estaban trabajando? ¿No era de noche? ¿Trabajo clandestino, o qué?

Los policías cruzaron sus miradas. Por lo visto era un problema que aún no habían resuelto.

—Había pisadas de cientos de zapatos. Creo que no limpiaban nunca el taller —intervino Jørgensen. Desde luego, no le estaba resultando nada fácil. Después asió la punta de un paño que había sobre la mesa—. Ahora observa esto con atención, Carl. Y no digas nada hasta estar completamente seguro.

Entonces retiró el paño y dejó a la vista cuatro camisas rojas con grandes cuadros negros, puestas una junto a la otra como si fueran cuatro leñadores echando la siesta en el bosque.

—¿Hay alguna aquí que se parezca a la que tú viste en el lugar del crimen de Amager?

Aquello era el careo más extraño de su vida. La pregunta era cuál de las camisas lo hizo. Casi era un chiste. Las camisas nunca habían sido su especialidad. No reconocía ni las suyas.

—Ya sé que es difícil después de tanto tiempo, Carl —reconoció Jørgensen, cansado—. Pero nos ayudarías mucho si hicieras un esfuerzo.

—¿Por qué coño pensáis que los asesinos van vestidos con la misma ropa varios meses después? Los campesinos también cambiáis de trapos de vez en cuando, ¿no?

El otro no le hizo caso.

—No hay que descartar nada.

—¿Y cómo podéis estar seguros de que el testigo que vio a los supuestos asesinos a distancia, y además de noche, puede recordar una camisa roja a cuadros con tal exactitud que podéis usarlo como punto de partida? ¡Estas camisas se parecen como dos gotas de agua! Sí que son diferentes, pero seguro que hay miles de otras parecidas.

—El hombre que los vio trabaja en una tienda de ropa. Lo creemos. Fue muy preciso al dibujar la camisa.

—¿Dibujó también al hombre que la llevaba puesta? Habría sido mejor, ¿no?

—Pues sí que lo dibujó. No estaba mal, pero tampoco muy bien. De todas formas, es más difícil dibujar una persona que una camisa, ¿verdad?

Carl observó el retrato que pusieron encima de las camisas. Un tío de lo más normal. A falta de más datos, bien podría ser un vendedor de fotocopiadoras de Slagelse. Gafas redondas, bien afeitado, mirada cándida y una expresión de adolescente en el rostro.

—No lo reconozco. ¿Cuánto dice el testigo que medía?

—Por lo menos uno ochenta y cinco, puede que más.

Después retiraron el dibujo y señalaron las camisas. Examinó con minuciosidad cada una de ellas. A primera vista parecían condenadamente idénticas.

Luego cerró los ojos y trató de visualizar la camisa.

—¿Qué ha pasado, entonces? —preguntó Assad de regreso a Copenhague.

—Nada. Para mí todas las camisas eran iguales. Ya no recuerdo la puta camisa con tanta exactitud.

—Entonces, o sea, ¿te llevas a casa una foto de ellas?

Carl no le respondió. Su mente estaba muy lejos. En aquel momento estaba viendo ante sí a Anker, muerto en el suelo a su lado, y a Hardy encima de él, jadeando. Tenía que haber disparado inmediatamente, cojones. Tenía que haberse vuelto cuando oyó que entraban hombres en el barracón, de haberlo hecho no habría ocurrido. Anker estaría vivo, conduciendo el coche en lugar de aquel ser extraño llamado Assad. ¡Y Hardy! Hardy no se habría quedado encadenado a una cama para el resto de su vida, joder.

—¿No te podían, o sea, enviar unas fotografías para empezar, Carl?

Miró a su chófer. A veces podía lucir una expresión diabólicamente candorosa bajo sus gruesas cejas.

—Sí, Assad. Claro que podían.

Levantó la mirada hacia los paneles de la autopista. Sólo faltaba un par de kilómetros para llegar a Tåstrup.

—Sal aquí —dijo.

—¿Por qué? —preguntó Assad mientras el coche cruzaba la línea continua sobre dos ruedas.

—Porque quiero ver el lugar donde murió Daniel Hale.

—¿Quién?

—El tío que andaba detrás de Merete Lynggaard.

—¿Cómo es que sabes eso?

–Me lo contó Bak. Hale murió en accidente de coche. Tengo aquí el atestado de Tráfico.

Assad silbó suavemente, como si los accidentes de coche mortales estuvieran reservados a los que tenían muy mala suerte.

Carl se fijó en el velocímetro. Assad debería quizá tratar de soltar un poco el acelerador, si no querían entrar en las estadísticas.

Aunque habían transcurrido cinco años desde que Daniel Hale perdiera la vida en la carretera de Kappelev, aún quedaban huellas del accidente. El edificio contra el que se empotró lo habían reparado de mala manera, y la mayor parte del tizne lo había lavado la lluvia, pero por lo que veía Carl el grueso del dinero del seguro debió de dedicarse a otra cosa.

Miró a la carretera. Era un tramo abierto bastante largo. Fue una condenada mala suerte que el hombre se incrustara contra el feo edificio. Diez metros antes o después el coche se habría abalanzado sobre los campos.

–Bastante mala suerte. ¿No te parece, Carl?

–Muy mala suerte, carajo.

Assad dio una patada al tocón que aún quedaba ante los arañazos del muro.

–¿Dio contra el árbol, y el árbol se tronchó como un palillo, y después golpeó el muro y el coche empezó a arder?

Carl asintió en silencio y se volvió. Sabía que algo más allá había una carretera secundaria. Por lo que recordaba del atestado de Tráfico, el otro coche había salido de aquella carretera.

Señaló hacia el norte.

–Daniel Hale venía con su Citroën desde Tåstrup y, según el otro conductor y las mediciones, chocaron exactamente ahí –declaró, señalando un punto de la mediana–.

Puede que Hale se durmiera. El caso es que invadió la otra calzada y chocó con el segundo vehículo, tras lo cual el coche de Hale rebotó y se fue directo contra el árbol y la casa. Todo sucedió en una fracción de segundo.

—¿Qué le pasó al conductor del otro coche?

—Pues aterrizó ahí —respondió Carl, señalando un extenso campo que la UE había dejado en barbecho años atrás.

Assad silbó para sí.

—¿Y a él no le pasó nada, entonces?

—No. Conducía uno de esos monstruos con tracción en las cuatro ruedas. Estamos en el campo, Assad,

Su compañero parecía estar totalmente de acuerdo.

—En Siria también hay un montón de 4×4 —añadió después.

Carl asintió con la cabeza, pero no estaba atendiendo.

—Es extraño, ¿no, Assad? —dijo luego.

—¿Qué? ¿Que chocara contra la casa?

—Que muriera al día siguiente de la desaparición de Merete Lynggaard. Un tío al que Merete acababa de conocer y que tal vez estuviera enamorado de ella. Muy extraño.

—¿Crees que puede haber sido un suicidio? ¿Porque estaba triste tras la desaparición de ella en el mar? —el rostro de Assad se transformó un poco mientras lo miraba—. Puede que se suicidara porque había matado a Merete Lynggaard. Peores cosas se han oído, Carl.

—¿Suicidio? No, entonces habría chocado contra la casa directamente. No, desde luego que no fue un suicidio. Además, no podía haberla matado. Estaba en un avión cuando Merete Lynggaard desapareció.

—De acuerdo —dijo Assad, volviendo a tocar los rasponazos del muro—. Entonces tampoco pudo ser el que entregó una carta en la que ponía «Buen viaje a Berlín», ¿verdad?

Carl asintió con la cabeza y miró hacia el sol, que se disponía a aterrizar por el oeste.

—No, no pudo ser él.

—Entonces, ¿qué hacemos aquí, Carl?

—¿Que qué hacemos? —repuso, mirando fijamente a los campos, donde las primeras malas hierbas de la primavera empezaban a crecer—. Enseguida te lo digo, Assad. Vamos a investigar. Eso es lo que vamos a hacer.

25

2007

—Muchas gracias por organizar la reunión y por querer volver a verme tan pronto —dijo Carl, tendiendo a Birger Larsen la mano bien abierta—. No llevará mucho tiempo.

Miró la hilera de rostros conocidos presentes en el despacho del vicepresidente de los Demócratas.

—Bien, Carl Mørck. He reunido aquí a todos los que trabajaban con Merete Lynggaard justo antes de que desapareciera. Tal vez conozca alguna cara de antes.

Carl los saludó con la cabeza. Sí, conocía a alguno de ellos. Allí estaban muchos de los políticos que podrían hacer caer al Gobierno en las próximas elecciones. Siempre quedaba la esperanza. La portavoz política con una falda hasta la rodilla, un par de sus parlamentarios más destacados y un par del secretariado, incluida la secretaria Marianne Koch. Ésta le dirigió una mirada insinuante, cosa que le recordó que sólo quedaban tres horas para el severo interrogatorio en el despacho de Mona Ibsen.

—Como seguramente les habrá contado Birger Larsen, estoy investigando una vez más la desaparición de Merete Lynggaard antes de que cerremos el caso. Y por eso tengo que saber todo cuanto pueda ayudarme a entender cuál fue el comportamiento de Merete Lynggaard durante los últimos días y cuál era su estado de ánimo. Tengo la impresión de que la policía, en una fase bastante temprana de la investigación, llegó a la conclusión de que había caído al agua por accidente, y es posible que así fuera. Y en ese caso jamás llegaremos a saberlo con seguridad. Tras cinco años en el mar, hace tiempo que el cadáver se habrá hundido.

Todos asintieron en silencio. Con el semblante serio y en cierto modo también afligido. Los allí presentes eran los que Merete Lynggaard podía considerar sus compañeros. Excepto quizá la nueva princesa heredera.

—En nuestra investigación hay muchas cosas que apuntan a un accidente, así que habría que ser bastante estúpido para creer otra cosa. No obstante, en el Departamento Q somos unos escépticos de órdago, seguramente por eso nos han elegido para el trabajo.

Los asistentes sonrieron ligeramente. Bueno, al menos prestaban atención.

—Por eso voy a hacerles una serie de preguntas, y si tienen algo que decir, no duden en intervenir.

La mayoría volvió a asentir en silencio.

—¿Alguien de ustedes recuerda —continuó— si Merete Lynggaard se reunió con un grupo que trabajaba a favor de las investigaciones con placenta poco antes de que desapareciera?

—Ya me acuerdo —dijo una del secretariado—. Hubo un grupo reunido para la ocasión por Bille Antvorskov, de BasicGen.

—¿Bille Antvorskov? ¿Ese Bille Antvorskov? ¿El multimillonario?

—El mismo. Juntó el grupo y consiguió una reunión con Merete Lynggaard. Estuvieron de ronda.

—¿De ronda? ¿Con Merete Lynggaard?

—No —repuso la mujer sonriendo—. Decimos eso cuando un grupo de presión se reúne con todos los partidos por turnos. El grupo intentaba lograr una mayoría en el Parlamento.

—En alguna parte tiene que haber un informe de esa reunión, ¿no?

—Supongo que sí. No sé si estará impreso, pero si no tal vez podamos buscar en el ordenador de la antigua secretaria de Merete Lynggaard.

—¿Todavía existe? —se sorprendió Carl. Le costaba creer lo que estaba oyendo.

La mujer del secretariado sonrió.

—Siempre guardamos los discos duros antiguos cuando cambiamos de sistema operativo. Cuando pasamos a Windows XP hubo que cambiar por lo menos diez discos duros.

—¿No hay una intranet?

—Sí, tenemos una, pero en aquella época la secretaria de Merete y algunos otros no estaban conectados.

—¿Paranoia, quizá? —intervino Carl, sonriendo.

—Sí, quizá.

—¿Y tratará de encontrarme ese informe?

La secretaria volvió a asentir en silencio.

Carl se volvió hacia el resto del grupo.

—Uno de los participantes en aquella reunión se llamaba Daniel Hale. Parece ser que existía un mutuo interés entre ellos. ¿Hay alguien aquí que pueda confirmarlo o ampliarlo?

Varios de los presentes cruzaron sus miradas. Algo había. La cuestión era quién respondería.

—No sé cómo se llamaba, pero yo la vi hablando con un extraño en el bar del parlamento —era la portavoz política quien tomó la palabra. Una joven irritante pero tenaz que daba buena imagen en la tele y a quien sin duda esperaban ministerios importantes cuando llegara la hora—. Pareció alegrarse mucho al verlo allí y no daba la impresión de estar concentrada mientras hablaba con las portavoces de Sanidad de los Socialistas y los Radicales de Centro.

La mujer sonrió.

—Creo que mucha gente reparó en ello.

—¿Porque Merete no solía comportarse así, o por qué?

—Creo que era la primera vez que alguien de la casa veía vacilar la mirada de Merete. Sí, fue de lo más llamativo.

—¿Podría tratarse del Daniel Hale que he mencionado?

—No lo sé.

—¿Hay alguien que sepa más al respecto?

Sacudieron la cabeza.

—¿Cómo describiría al hombre? —preguntó a la portavoz política.

—Estaba medio oculto tras una columna, pero era delgado, bronceado y bien vestido, por lo que recuerdo.

—¿Qué edad?

La portavoz se encogió de hombros.

—Quizá algo mayor que Merete, diría yo.

Delgado, bien vestido, algo mayor que Merete. Si no hubiera sido por lo del bronceado, habría podido decirse de todos los hombres de aquel despacho, incluido él, cinco o diez años arriba o abajo.

—Me imagino que debe de haber un montón de papeles de la época de Merete Lynggaard que no podían pasarse sin más a su sucesor —continuó, haciendo una seña con la cabeza a Birger Larsen—. Me refiero a agendas, cuadernos, notas escritas a mano y cosas así. ¿Se tiraban sin más? No podía saberse si Merete Lynggaard volvería, ¿no?

Una vez más fue la mujer del secretariado la que reaccionó.

—La policía se llevó algo, y otras cosas se tiraron. Creo que al final no quedó gran cosa.

—¿Y su agenda? ¿Adónde fue a parar?

La mujer se alzó de hombros.

—Desde luego, aquí no estaba.

En aquel momento intervino Marianne Koch.

—Merete se llevaba siempre la agenda a casa.

Su ceja arqueada no admitía objeciones.

—Siempre —recalcó.

—¿Qué aspecto tenía?

—Era una TimeSystem corriente y moliente. Forrada de cuero marrón rojizo desgastado. Planificador, agenda, cuaderno de notas y lista de teléfonos, todo en uno.

—Y no ha aparecido, eso ya lo sé. O sea, que debemos asumir que desapareció en el mar con ella.

—No lo creo —repuso la secretaria enseguida.

−¿Por qué no?

−Porque Merete siempre llevaba consigo un bolso pequeño, y la agenda sencillamente no entraba. La dejaba casi siempre en su maletín, y seguro que no lo llevaba encima cuando estaba en cubierta. Además, era un viaje de placer, ¿por qué habría de llevarlo consigo? Tampoco estaba en el coche, ¿verdad?

Carl sacudió la cabeza. Por lo que él recordaba, no.

Carl llevaba un buen rato esperando a la psicóloga de culo bonito, y se sentía incómodo. Si ella hubiera llegado a la hora, Carl se habría dejado arrastrar por su encanto personal; pero ahora, después de repetir sus frases y ensayar sus sonrisas durante más de veinte minutos, el globo había perdido gas.

Cuando finalmente se presentó en el segundo piso, no parecía contrita, pero pidió disculpas. Era aquella seguridad la que ponía a Carl como una moto. Era lo mismo que lo dejó prendado cuando conoció a Vigga tiempo atrás. Eso y su risa contagiosa.

Mona Ibsen se sentó frente a él; la claridad de Otto Mønsteds Gade le daba en la nuca, creando un aura en torno a su cabeza. Bajo la suave luz se dibujaban las finas arrugas del rostro, sus labios eran sensuales y de un rojo intenso. Todo en ella denotaba clase. Carl fijó la mirada en sus ojos para que no se posara en sus exuberantes pechos. No quería salir de aquella situación por nada del mundo.

La psicóloga le preguntó por el asunto de Amager. Quería saber de momentos, sucesos y consecuencias. Le preguntó sobre cosas que no tenían importancia y Carl se lo contó todo. Con algo más de sangre que en la realidad. Con disparos más potentes y suspiros más profundos. Y ella no apartaba la vista de él mientras apuntaba los puntos clave del relato. Cuando llegó a la parte en que debía hablar de la impresión que le produjo ver a un amigo muerto y al otro herido, y lo mal que dormía desde entonces, ella echó atrás la silla, le puso la tarjeta de visita delante y empezó a recoger sus cosas.

—¿Qué ocurre? —se sorprendió Carl, mientras el bloc de notas desaparecía en la maleta de cuero.

—Creo que eso deberías preguntártelo a ti mismo. Cuando estés preparado para contarme la verdad pídeme hora.

Carl la miró con el ceño fruncido.

—¿A qué te refieres? Todo lo que acabo de contarte es exactamente lo que sucedió.

La mujer apretó la maleta contra la sinuosa piel de su abdomen bajo la falda ajustada.

—Para empezar, se te nota que duermes perfectamente. Además, has cargado las tintas en todo tu relato. ¿Quizá pensabas que no había leído antes el informe?

Carl iba a protestar, pero Mona Ibsen levantó la mano.

—Y finalmente, lo veo en tu mirada cuando nombras a Hardy Henningsen y Anker Høyer. No sé por qué, pero tienes cuentas pendientes con el episodio, y cuando mencionas a tus dos compañeros, que no tuvieron la suerte de salir ilesos, te acuerdas de aquel día y estás a punto de perder el control. Cuando estés preparado para contarme la verdad volveré a atenderte. Hasta entonces no puedo ayudarte.

Carl emitió un pequeño sonido, que se suponía era de protesta, pero que se ahogó de manera espontánea. Entonces la miró con esa clase de deseo que las mujeres deben de intuir, aun sin saberlo con seguridad, que nutre a los hombres.

—Un momento —se apresuró a decir antes de que ella cerrase la puerta tras de sí—. Quizá tengas razón, no me daba cuenta.

Estaba pensando febrilmente qué podía decirle cuando ella se volvió, dispuesta a salir.

—¿Tal vez podríamos hablar de ello mientras cenamos? —se le escapó.

Vio que el tiro caía lejísimos del blanco. Fue una estupidez tal que la mujer ni se molestó en burlarse de él, aunque le dirigió una mirada que sobre todo expresaba preocupación.

Bille Antvorskov acababa de cumplir los cincuenta y era colaborador habitual del programa de la segunda cadena de televisión *Buenos días, Dinamarca* y de todos los debates. Era lo que se dice una persona muy competente, y como tal se suponía que entendía de todo lo habido y por haber. Pero así era. Cuando los daneses se toman a la gente en serio, toda seriedad es poca. Pero el hombre funcionaba bien en pantalla. Firme y maduro, ojos castaños oblicuos, barbilla pronunciada y un carisma que combinaba el chico de la calle con el discreto encanto de la burguesía. Eso, así como el hecho de haber amasado en un tiempo récord una fortuna que casi podía considerarse una de las mayores del país —amasada además en proyectos médicos de alto riesgo e interés público—, hacía que el espectador danés medio lo admirase y respetase.

A Carl personalmente le caía mal.

Ya en el antedespacho se dio cuenta de que el tiempo apremiaba y Bille Antvorskov era un hombre atareado. Sentados junto a la pared esperaban cuatro caballeros, cada uno de los cuales no parecía tener nada que ver con los demás. Tenían los maletines entre las piernas y el portátil en el regazo. Todos andaban con una prisa enorme y todos tenían pánico por lo que iban a encontrar al otro lado de la puerta.

La secretaria le sonrió, pero era una sonrisa falsa. Carl se le había colado sin más en la agenda de citas que había organizado, y la mujer esperaba que no volviera a hacerlo.

El jefe lo recibió con una de sus características sonrisas torcidas y le preguntó con educación si había estado alguna vez en aquella parte de los edificios de oficinas del puerto de Copenhague. Después abrió los brazos hacia las fachadas de vidrio que se extendían a todo lo ancho del despacho, trazando un mosaico cristalino de la diversidad del mundo: barcos, puerto, grúas, agua y cielo, todos disputándose el favor de la imponente vista.

Desde luego, la panorámica del despacho de Carl no era ni la mitad de buena.

—Quería hablar conmigo de la reunión que tuvimos en Christiansborg el 20 de febrero de 2002. Aquí la tengo —comenzó, tecleando en el ordenador—. Vaaaya, es verdad que es capicúa, qué divertido.

—¿Qué?

—20.02.2002. ¡La fecha! Es la misma leyendo en un sentido u otro. Veo que estuve en casa de mi ex a las 20.02. Lo celebramos con una copa de champán. *Once in a lifetime!* —añadió sonriendo, y ahí terminó aquella parte del entretenimiento. Después continuó—: ¿Quería saber de qué se habló en la reunión con Merete Lynggaard?

—Pues sí, pero antes de nada me gustaría saber algo sobre Daniel Hale. ¿Cuál era su papel en la reunión?

—Bueno, es curioso que lo mencione, porque de hecho no desempeñó ningún papel. Daniel Hale era uno de nuestros investigadores más importantes en técnicas de laboratorio, y sin su laboratorio y sus eficientes colaboradores muchos de nuestros proyectos se habrían quedado estancados.

—O sea, que no participaba en el desarrollo de proyectos.

—No en su vertiente política y financiera. Sólo en aspectos técnicos.

—Entonces, ¿por qué participó en la reunión?

Bille Antvorskov se mordió ligeramente el labio, un gesto conciliador.

—Por lo que recuerdo, llamó por teléfono y pidió formar parte del grupo. No recuerdo con exactitud la razón que adujo, pero por lo visto tenía intención de invertir mucho dinero en equipos nuevos, así que debía de estar muy al corriente del trabajo político. Era un hombre muy activo, puede que por eso trabajáramos tan bien.

Carl captó el autobombo. Algunos hombres de negocios hacían de su modestia virtud. Bille Antvorskov era de otra especie.

—¿Cómo era Hale como persona, en su opinión?

—¿Cómo persona? —repitió, sacudiendo la cabeza—. Ni idea. Como subcontratista era digno de confianza y leal, pero ¿como persona? No tengo ni idea.

—Así pues, ¿no tenía ninguna relación con él en privado?

Entonces se oyó el conocido gruñido de Bille Antvorskov, que se suponía que era una risa.

—¿En privado? Nunca lo había visto antes de la reunión en el Parlamento. Joder, ni él ni yo teníamos tiempo para eso. Además, Daniel Hale nunca estaba en casa. Andaba constantemente volando de la Ceca a la Meca. Un día en Connecticut, al siguiente en Aalborg. Siempre de un lado para otro. Puede que yo haya acumulado unos cuantos vales para volar gratis, pero Daniel Hale debió de dejar un montón, suficientes para que toda una escuela diera la vuelta al mundo un par de veces.

—¿No había estado con él antes de la reunión?

—No, nunca.

—Pero habría reuniones, discusiones, convenios sobre precios y esas cosas.

—Mire, para esas cosas tengo gente empleada. Me habían llegado ecos de la fama de Daniel Hale, mantuvimos un par de conversaciones telefónicas y nos pusimos en marcha. El resto de la colaboración se llevaba a cabo entre la gente de Hale y la mía.

—Ya veo. Me gustaría hablar con alguien de la empresa que trabajara con Hale. ¿Sería posible?

Bille Antvorskov aspiró tan profundamente que su dura butaca de cuero crujió.

—No sé quién quedará, han pasado cinco años. En este sector hay mucho movimiento de personal. Todos buscan nuevos retos.

—Ajá.

¿Aquel payaso estaba realmente reconociendo que no era capaz de retener a la gente? No era posible.

—Entonces, ¿podría darme la dirección de su empresa?

Bille Antvorskov torció el gesto. También tenía gente para encargarse de esas cosas.

Aunque los edificios tenían seis años, parecían haber sido construidos la semana anterior. Interlab, S.A. ponía con letras de un metro en un panel en medio del paisaje de surtidores frente a la zona de aparcamientos. O sea, que el chiringuito seguía funcionando incluso sin timonel.

En la recepción examinaron la placa de Carl como si fuera algo que había comprado en una tienda de artículos de broma, pero tras una espera de diez minutos se dirigió a él una secretaria. Carl dijo que tenía una serie de preguntas de carácter privado, y enseguida lo sacaron del vestíbulo y lo llevaron a una estancia con butacas de cuero, mesas de abedul y varias vitrinas con bebidas. Sin duda era allí donde los invitados extranjeros tenían su primer encuentro con la efectividad de Interlab. Por todas partes había muestras de la importancia del laboratorio. Premios y diplomas procedentes de todo el mundo cubrían toda una pared, y otras dos estaban ocupadas por proyectos y diagramas de la marcha del laboratorio. Sólo la pared que daba a la entrada del complejo, de inspiración japonesa, tenía ventanas por las que el sol entraba a raudales.

Por lo que parecía fue el padre de Daniel Hale quien fundó la empresa, pero a juzgar por las imágenes de la pared habían ocurrido muchas cosas desde entonces. Daniel amplió sobradamente la herencia en el corto período que estuvo como jefe, y era evidente que lo hizo a conciencia.

Sin duda, también había recibido amor y estímulos en la dirección adecuada. En una foto aparecían padre e hijo muy juntos y sonrientes de felicidad. El padre con chaleco y chaqueta, símbolo de los viejos tiempos que estaban terminando. El hijo aún menor de edad, barbilampiño y con una gran sonrisa. Totalmente dispuesto a contribuir.

Sonaron pasos tras él.

—¿Qué dice que quería saber? —preguntó una señora rolliza con zapatos bajos.

La mujer se presentó como jefa de información, y en la tarjeta identificativa sujeta con un clip a su solapa ponía Aino Huurinainen. Qué divertidos eran los nombres finlandeses.

—Quisiera hablar con alguien que haya colaborado estrechamente con Daniel Hale en su última época. Alguien que lo conociera bien en privado. Alguien que supiera qué pensaba y con qué soñaba.

La mujer lo miró como si la hubiera violado.

—¿Puede ponerme en contacto con esa persona?

—No creo que nadie lo conozca mejor que el director de ventas, Niels Bach Nielsen. Pero me temo que no va a querer hablar con usted de la vida privada de Daniel Hale.

—¿Por qué no habría de querer? No tiene nada que ocultar, ¿no?

Ella volvió a mirarlo como si aquello fuera una tremenda provocación.

—Ni Daniel ni Niels tenían nada que ocultar. Pero Niels nunca se ha recuperado de la muerte de Daniel.

Carl captó el matiz.

—¿Quiere decir que eran pareja?

—Sí. Niels y Daniel eran uña y carne, tanto en su vida privada como en el trabajo.

Carl la miró directamente a los ojos azules sin brillo. No lo habría sorprendido si de pronto la mujer se hubiera echado a reír. Pero no lo hizo. Lo que acababa de contar no era cosa de broma.

—No lo sabía —se disculpó al cabo de un rato.

—Ya —repuso ella.

—No tendrá por casualidad una foto de Daniel Hale que pueda llevarme, ¿verdad?

La mujer extendió el brazo diez centímetros a su derecha y cogió un folleto que había en una mesa baja de cristal junto a un puñado de botellas de agua mineral.

—Tenga —le dijo—. Aquí hay por lo menos diez.

Consiguió hablar por teléfono con Bille Antvorskov después de sostener una discusión con su gruñona secretaria.

—He escaneado una fotografía que quiero enviarle por correo electrónico. ¿Le importa que le dediquemos dos minutos? —preguntó Carl después de presentarse.

Antvorskov accedió y le dio su dirección de correo electrónico; Carl apretó la tecla del ratón y miró la pantalla mientras se transfería el archivo.

Era una buena fotografía de Daniel Hale la que escaneó del folleto que le había dado la jefa de información. Un joven rubio, delgado, probablemente bastante alto, bronceado y bien vestido en el que se habían fijado en el bar del Parlamento. No tenía ninguna pinta de ser gay, pero por lo visto tenía también otras inclinaciones. Camino de salir del armario como heterosexual, pensó, y lo imaginó aplastado y achicharrado en la carretera de Kappelev.

—Sí, ya ha llegado el correo —confirmó Bille Antvorskov al otro extremo de la línea—. Ahora abro el archivo adjunto.

La pausa que siguió duró un segundo eterno.

—¿Y qué quiere que haga con esto?

—¿Puede confirmar que es una fotografía de Daniel Hale? ¿Es el que participó en la reunión de Christiansborg?

—¿Éste? No lo he visto en mi vida.

26

2005

Cuando Merete cumplió los treinta y cinco volvió a encenderse el mar de luz de las lámparas fluorescentes del techo, y con él desaparecieron los rostros del otro lado de los cristales de espejo.

Esta vez no se encendieron todos los tubos tras sus armazones de vidrio. Algún día tendrán que entrar a cambiarlos, si no terminaré inmersa en tinieblas eternas, pensó. Siguen espiándome, no quieren prescindir de ello. Un día entrarán a cambiar los tubos. Disminuirán la presión poco a poco, y los estaré esperando.

El anterior cumpleaños de Merete habían vuelto a aumentar la presión de la cámara, pero eso ya no le preocupaba. Si podía soportar cuatro atmósferas, también podía soportar cinco. No sabía cuál era el límite, pero aún faltaba mucho. Igual que el año anterior, tuvo alucinaciones durante un par de días. Era como si el fondo de la cámara se pusiera a girar mientras el resto se veía con claridad, y estuvo cantando, sintiéndose libre de preocupaciones. Su situación actual carecía ya de importancia. La normalidad no volvió hasta dos días más tarde, y empezaron a pitarle los oídos. El sonido era bastante débil al principio, y Merete bostezaba para compensar la presión como podía, pero a las dos semanas el sonido era ya permanente. Un sonido sumamente claro, como el de la carta de ajuste de la televisión. De tono más alto, más limpio, pero cien veces más irritante. Ya pasará, Merete, ya te acostumbrarás a la presión. Ya verás, una mañana habrá desaparecido cuando despiertes. Y ya está, se acabó, se prometió a sí misma. Pero las promesas pronunciadas a causa del desconocimiento siempre decepcionan, y cuando aquel pitido llevaba tres meses sin remitir y ella estaba a punto de volverse loca por falta de sueño y por el recuerdo constante de que estaba viviendo en una cámara mortuoria a merced del verdugo, empezó a darle vueltas a la idea de cómo quitarse la vida.

De todas formas aquello iba a terminar con ella muerta, ahora ya lo sabía. El rostro de la mujer había expresado cualquier cosa excepto terreno abonado para la esperanza. La mirada que la taladró envió la señal. No iban a dejarla escapar. Nunca jamás. O sea que era mejor morir por sus propias manos. Decidir ella cómo iba a hacerlo.

Aparte del cubo-retrete y el cubo de la comida, la linterna y las dos varillas de plástico del plumífero –de las que la más corta era ahora un mondadientes–, un par de rollos de papel higiénico y la ropa que llevaba puesta, la celda estaba completamente vacía. Las paredes eran lisas. No había nada donde pudiera anudar la manga de la chaqueta, ningún sitio del que colgar su cuerpo hasta liberarlo. Su única posibilidad era dejarse morir de hambre. Negarse a comer aquel rancho uniforme, negarse a beber la escasa agua que le proporcionaban. Puede que esperasen eso. Puede que fuera objeto de una apuesta desquiciada. El ser humano había convertido desde siempre los tormentos de sus congéneres en entretenimiento. En cada estadio de la historia de la humanidad se descubría una capa interminablemente gruesa de falta de compasión. Y los sedimentos de la próxima capa iban depositándose sin cesar, lo notaba en su propio cuerpo. Por eso quería terminar ya.

Apartó el cubo de la comida, se plantó ante uno de los ojos de buey y declaró que se negaba a comer más. Que no aguantaba más. Y se tumbó en el suelo y se envolvió en su ropa y sueños harapientos. Había calculado que sería el seis de octubre, y suponía que podría aguantar una semana. Para entonces tendría treinta y cinco años, tres meses y una semana. Exactamente doce mil trescientos doce días, calculaba, aunque no estaba segura. No tendría ninguna lápida. En ninguna parte pondría su fecha de nacimiento y defunción. Tras su muerte nada podría conectarla con el tiempo pasado enjaulada, donde había vivido la última y larga parte de su vida. Aparte de sus asesinos, sólo ella sabría la fecha de su muerte. Y únicamente ella la sabría de antemano y con cierta exactitud. Iba a morir más o menos el 13 de octubre de 2005.

A los dos días de que empezara a rechazar la comida le dijeron a gritos que tenía que cambiar los cubos, pero no lo hizo. ¿Qué podían hacer si no obedecía las órdenes? Sólo podían optar entre dejar el cubo en la compuerta o retirarlo. Le importaba un pimiento.

Dejaron el cubo en la compuerta y repitieron el ritual los dos días siguientes. Sacaban el viejo cubo y metían uno nuevo. La reñían. La amenazaban con aumentar la presión y después sacar todo el aire. Pero ¿cómo podían amenazarla con la muerte cuando lo que deseaba era precisamente morir? Tal vez entraran, tal vez no, le daba igual. Dejó que su cabeza se desbocara con ideas, imágenes y recuerdos que apartaran el pitido de sus oídos, y al quinto día todo confluyó. Sueños felices, el trabajo político, Uffe, que se quedó solo en el barco, el amor que tuvo que dejar de lado, los hijos que nunca tuvo, *Mr. Bean* y días apacibles ante el televisor. Y notó que el cuerpo aflojaba poco a poco la presa de sus necesidades no satisfechas. Con el tiempo se sintió más ligera tumbada en el suelo, una extraña parálisis se apoderó de ella y el tiempo transcurrió mientras el contenido del cubo de comida junto a ella empezaba a pudrirse.

Todo seguía su curso cuando de pronto sintió palpitaciones en la mandíbula.

En su estado abotargado, al principio lo percibió como una vibración de fuera. Suficiente para hacer que entreabriera los ojos, pero nada más. ¿Están entrando? ¿Qué ocurre?, pensó un breve instante, antes de caer en un duermevela, hasta que un par de horas más tarde la despertó un dolor penetrante, punzante como un cuchillo, que taladró su rostro.

No tenía ni idea de la hora que era, no sabía si estaban al otro lado, y gritó como nunca había gritado en la cámara estéril. Era como si su cara estuviera escindida en dos. El dolor de la muela golpeaba como un émbolo en su cavidad bucal, y no tenía con qué hacerle frente. Santo Dios, ¿era el castigo por tomar su vida en sus propias manos? Sólo llevaba cinco días sin cuidarse, y ya le imponían el castigo. Introdujo con cuidado un dedo en la boca y palpó el flemón arqueado en la muela del juicio. Aquella muela había sido siempre su punto débil. Ingresos asegurados para el dentista, bolsas de porquería que sus mondadientes caseros tenían que cuidar todos los días. Apretó con cuidado el flemón, y sintió que el dolor penetraba hasta el tuétano. Se dobló hacia delante, abrió desmesuradamente la boca y jadeó en busca de aire. No hacía mucho tiempo que su cuerpo se había sumido en el letargo, pero había despertado a un infierno de dolor. Como el animal que se arranca la zarpa a mordiscos para escapar del cepo. Si el dolor era una defensa contra la muerte, en su vida había estado tan viva como ahora.

—Aaah... —lloraba, del dolor que le producía. Buscó su mondadientes y lo introdujo poco a poco en la boca. Anduvo hurgando con cuidado, por si hubiera algo bajo la encía que hubiera provocado la infección, pero en el mismo segundo en que sintió que la punta pinchaba la carne, volvió a explotar el doloroso tormento de la muela—. Tienes que perforarlo, Merete, vamos.

Volvió a llorar y volvió a pinchar, hasta que el insignificante contenido de su estómago se rebeló. Había que pinchar, pero no podía. Sencillamente, no podía.

En su lugar se arrastró hasta la compuerta para ver qué le enviaban en el cubo aquel día. Tal vez fuera algo que pudiera calmarla. ¿O tal vez unas gotas de agua aplicadas sobre el flemón podrían hacer que cesara aquel palpitar tan espantosamente doloroso?

Cuando miró en el cubo vio tentaciones con las que nunca antes se había atrevido a soñar. Dos plátanos, una manzana, una barra de chocolate. Era totalmente absurdo. Así que querían provocar su hambre. Obligarla a que comiera, y ella no podía. No podía y no quería.

La siguiente punzada le hizo enseñar los dientes y casi cayó de bruces. Entonces sacó toda la fruta, la puso en el suelo, metió la mano en el cubo y asió el bidón del agua. Metió el dedo en el agua y lo llevó hasta el flemón, pero el frescor helado no tuvo el efecto esperado. Sentía dolor y tenía agua, pero una cosa no tenía nada que ver con la otra. El agua ni siquiera podía satisfacer su sed.

De modo que se alejó y se tumbó bajo los cristales de espejo en postura fetal, y pidió perdón a Dios con voz queda. En algún momento el cuerpo cedería, lo sabía. Tendría que vivir sus últimos días entre dolores.

También ellos remitirían.

Las voces le llegaban como en un trance. La llamaban por su nombre. Le pedían que respondiera. Abrió los ojos y notó de inmediato que el flemón no le daba guerra y que su cuerpo exhausto seguía tumbado junto al cubo-retrete, bajo los cristales de espejo. Miró fijamente al techo, donde la luz de uno de los tubos fluorescentes había empezado a vacilar débilmente tras el armazón de vidrio del techo. Había oído voces, ¿no? ¿Había oído realmente algo?

—Es verdad, ha cogido algo de fruta —dijo entonces una voz nítida que no había oído antes.

Es real, pensó Merete, demasiado débil para emocionarse.

Era una voz de hombre. No era un hombre joven, pero tampoco viejo.

Levantó la cabeza enseguida, pero no tanto como para que la vieran de fuera.

—Veo la fruta desde donde estoy —declaró una voz de mujer—. Está en el suelo.

Era la que le hablaba una vez al año, aquella voz la reconocería entre mil. Los que estaban al otro lado debían de haberla llamado y después se olvidaron de apagar el interfono.

—Se habrá acurrucado entre las ventanas, estoy segura —continuó la mujer.

—¿Crees que habrá muerto? Ha pasado ya una semana, ¿no? —preguntó la voz de hombre. Llegaba con total naturalidad, pero no era natural. Estaban hablando de ella.

—De esa cochina no me extrañaría.

—¿Rebajamos la presión para entrar a mirar?

—¿Y qué piensas hacer con ella? Todas las células de su cuerpo están adaptadas a una presión de cinco atmósferas. Harían falta semanas para adaptar su cuerpo. Si abrimos ahora no sólo va a sufrir el síndrome del buceador, es que va a reventar. Ya has visto cómo se agrandan sus heces al sacarlas. Y cómo hierve su orina. No olvides que lleva tres años viviendo en una cámara de descompresión.

—¿No basta con volver a subir la presión cuando veamos que sigue viva?

La mujer no respondió. Pero era evidente que rechazaba por completo tal posibilidad.

Merete respiraba cada vez con más dificultad. Las voces pertenecían a demonios. La desollarían y volverían a coserla eternamente, si pudieran. Se encontraba en el centro del infierno. Donde el tormento nunca cesaba.

Venid, cerdos, pensó, acercando con cuidado la linterna mientras aumentaba el pitido de sus oídos. Iba a ponérsela en los ojos al primero que se le acercara. Cegar al ser infame que osara penetrar en su cámara sagrada. Conseguiría hacerlo antes de morir.

—No vamos a hacer nada hasta que vuelva Lasse, ¿entendido? —repuso la mujer con un tono que no admitía réplica.

—Pero si aún falta mucho. Ella habrá muerto mucho antes —respondió el hombre—. ¿Qué diablos vamos a hacer? Lasse va a ponerse furioso.

Siguió un silencio nauseabundo y opresivo, como si las paredes fueran a comprimirse y aplastarla como una pulga entre dos uñas.

Estrujó la linterna con más fuerza aún y esperó. Entonces volvió el dolor como un mazazo. Abrió los ojos como platos y llevó el aire hasta el fondo de sus pulmones para liberar el dolor mediante un grito reflejo, pero el grito no llegó. Consiguió controlarlo. Tenía una sensación de ahogo, y las ganas de vomitar hicieron que regurgitara un poco, pero no dijo nada. Echó la cabeza hacia atrás y dejó que las lágrimas fluyeran hacia sus labios resecos.

Yo los oigo, pero ellos no deben oírme, salmodiaba en silencio una y otra vez. Se llevaba la mano a la garganta, se acariciaba la mejilla a la altura del flemón, se balanceaba atrás y adelante y abría y cerraba sin cesar la mano que tenía libre. Aquel infierno de dolor llegaba hasta cada fibra nerviosa de su cuerpo.

Entonces llegó el grito. Tenía vida propia. El cuerpo lo deseaba. Un grito hueco y profundo que duraba y duraba.

—Está ahí, ¿me oyes? Ya sabía yo.

Después se oyó el clic del interruptor.

—Sal, que te veamos —ordenó la repugnante voz de mujer del otro lado, y fue entonces cuando se dieron cuenta de que algo no iba bien.

—Oye —dijo la mujer—. El botón se ha atascado.

Se oyó a la mujer golpear el interruptor, pero no sirvió de nada.

—¿Has estado escuchando lo que decíamos, bruja?

Parecía un animal. La voz era descarnada, estaba gastada por años de dureza y frialdad emocional.

–Ya lo arreglará Lasse cuando vuelva –repuso el hombre–. Tranquila. Además, da igual.

Parecía que la mandíbula fuera a rajarse. Merete no quería reaccionar, pero no podía hacer otra cosa. Tenía que levantarse. Cualquier cosa con tal de no pensar en el palpitante dolor del cuerpo. Se apoyó en las rodillas, notó el desfallecimiento de sus miembros, se apoyó en el suelo y se quedó en cuclillas, volvió a sentir su boca llameante, apoyó una rodilla en el suelo y se levantó a medias.

–Santo cielo, vaya pinta tienes, flacucha –se oyó la voz desagradable del otro lado, que después se echó a reír. Aquella risa la golpeó como una granizada de bisturís.

–Pero si te duelen las muelas –añadió, riendo–. Vaya, vaya, a esa cochina de ahí dentro le duelen las muelas, mírala.

Merete se volvió de golpe hacia los cristales de espejo. Sólo separar los labios era peor que la muerte.

–Un día me vengaré –susurró, acercando el rostro hasta una de las ventanas–. Me vengaré, ya lo verás.

–Como no comas, pronto arderás en el infierno sin darte esa satisfacción –replicó entre dientes la mujer, pero en su voz había algo más. Era como jugar al gato y el ratón, y el gato no había terminado de jugar. Querían que su presa viviera. Que viviera exactamente hasta que ellos quisieran y no más.

–*No puedo* comer –gimió.

–¿Es un flemón? –preguntó la voz de hombre.

Merete asintió en silencio.

–Pues apáñatelas –repuso él con frialdad.

Merete vio su reflejo en uno de los ojos de buey: la pobre mujer que veía ante sí tenía las mejillas hundidas y sus ojos parecían a punto de salirse de las órbitas. La parte superior del rostro estaba torcida por el flemón, las ojeras eran elocuentes. Sencillamente, parecía estar muy enferma, y lo estaba.

Apoyó la espalda contra el cristal y se deslizó poco a poco hasta el suelo, donde se quedó sentada con lágrimas de furia en los ojos y una conciencia recién adquirida de que el cuerpo podía y quería vivir. Tenía que tomar lo que había en el cubo y obligarse a comerlo. El dolor la mataría, o tal vez no, el tiempo lo diría. Desde luego, no iba a darse por vencida sin luchar, porque acababa de hacer una promesa a la bruja repugnante del otro lado, y tenía intención de cumplirla. Cuando llegara su hora pagaría a aquel ser nauseabundo con la misma moneda.

Por un instante su cuerpo se sosegó como un paisaje destrozado en el ojo del huracán, y después volvió el dolor. Esta vez gritó tan desenfrenadamente como pudo. Notó que el pus de la muela fluía por la lengua y que las palpitaciones del dolor de muelas se extendían hasta sus sienes.

Entonces se oyó un susurro en la compuerta y apareció otro cubo.

—¡Toma! Te hemos puesto en el cubo algo de primeros auxilios. Sírvete —dijo entre risas la voz de mujer.

Merete se acercó gateando con rapidez, sacó el cubo del agujero y miró dentro.

En el fondo, encima de un trapo, como si fuera un instrumento quirúrgico, había unas tenazas.

Eran unas tenazas grandes. Grandes y oxidadas.

27

2007

Carl llevaba una mañana agobiante. Las pesadillas nocturnas y las quejas de Jesper durante el desayuno, a partes iguales, lo habían dejado sin energía ya antes de que se dejara caer en el asiento del conductor y se diera cuenta de que el depósito de gasolina estaba vacío. Tampoco los tres cuartos de hora de autopista apestosa para cubrir la distancia entre Nymøllevej y Værløse estimularon aspectos de su personalidad que deberían manifestarse, como encanto, complacencia y paciencia.

Cuando finalmente se encontró en su despacho del sótano de Jefatura mirando los campos energéticos que bailaban en la felicidad matinal del rostro de Assad, estuvo pensando en subir al despacho de Marcus Jacobsen y romper un par de sillas, para que lo enviaran a un lugar donde lo tratasen bien y donde todo tipo de desgracias fueran algo de lo que sólo había que ocuparse al encender la tele para ver las noticias.

Saludó con la cabeza, cansado, a su asistente. Si sólo pudiera bajarle el volumen un rato, tal vez sus baterías internas podrían cargarse mientras tanto. Miró de reojo a la máquina de café, que estaba vacía, y después aceptó una taza minúscula que Assad le ofreció.

—No lo entiendo, Carl —comenzó Assad—. Dices que Daniel Hale ha muerto, pero que no fue él quien participó en la reunión de Christiansborg. ¿Quién fue, entonces?

—No tengo ni idea, Assad. Pero Hale no tiene ninguna relación con Merete Lynggaard. Aunque sí que la tiene el tipo que lo suplantó.

Tomó un sorbo del té a la menta de Assad. Si hubiera tenido cinco o seis cucharaditas menos de azúcar habría estado bebible.

—Pero ¿cómo podía saber ese tío que el multimillonario ese que era el jefe de la reunión de Christiansborg en realidad no conocía a Daniel Hale, entonces?

—Eso: ¿cómo podía saberlo? Puede que ese tipo y Hale se conocieran de alguna forma —repuso Carl. Puso la taza en el escritorio y levantó la mirada hacia el tablón de anuncios, donde había sujetado con chinchetas el folleto de Interlab, S. A. con el retrato bien afeitado de Daniel Hale.

—Entonces no fue Hale quien entregó la carta, ¿no? Y ¿tampoco fue él quien cenó con Merete Lynggaard en el Bankeråt?

—Según los colaboradores de Hale, aquellos días ni siquiera estaba en el país —declaró Carl, volviéndose hacia su ayudante—. ¿Recuerdas qué decía el atestado policial acerca del automóvil de Daniel Hale después del accidente? ¿Estaba bien al cien por cien? ¿Encontraron algún fallo que pudiera motivar el accidente?

—¿Quieres decir a ver si los frenos estaban bien?

—Los frenos. La dirección. Lo que sea. ¿Había alguna señal de sabotaje?

Assad se encogió de hombros.

—Era difícil ver nada, Carl, porque el coche quedó calcinado. Por lo que veo en el atestado fue un accidente completamente normal.

Sí, también él lo recordaba así. Nada sospechoso.

—Y tampoco hubo testigos que pudieran decir otra cosa.

Se miraron.

—Ya lo sé, Assad. Ya lo sé.

—Sólo el hombre que chocó contra él.

—Exactamente —convino Carl. Con un gesto mecánico tomó un sorbo más del té a la menta, a lo que siguió un violento estremecimiento. Desde luego, aquel mejunje no iba a crearle ninguna adicción.

Carl dudó entre fumar un cigarrillo o coger una pastilla de regaliz del cajón, pero no tenía energía ni para eso. Puñeteros acontecimientos. Ahora que estaba a punto de cerrar el caso, la investigación daba un nuevo giro hacia aspectos no analizados. Cargas de trabajo enormes se alzaban de repente ante él, y no era más que un caso. Sobre la mesa había cuarenta o cincuenta más.

—¿Qué hay del testigo del otro coche, Carl? ¿No vamos a hablar con el hombre contra quien chocó Daniel Hale?

—He azuzado a Lis para que lo busque.

Assad pareció decepcionado por un momento.

—Tengo otra misión para ti, Assad.

Un cambio de humor bastante curioso hizo que sus labios se entreabrieran.

—Tienes que ir a Holtug, en el municipio de Stevns, y volver a hablar con aquella asistenta, Helle Andersen. Pregúntale a ver si reconoce a Daniel Hale como el hombre que entregó aquella carta personalmente. Lleva una foto de él —dijo, señalando el tablón de anuncios.

—Pero no fue él, fue el otro el que...

Carl frenó a Assad con un movimiento de la mano.

—No, y eso lo sabes tú y lo sé yo. Pero si ella responde que no, como esperamos, entonces pregúntale a ver si Daniel Hale se parecía algo al tipo de la carta. Tenemos que centrarnos en el tipo, ¿no? Y otra cosa: pregúntale también si estaba Uffe y si aquél vio fugazmente al hombre que entregó la carta. Y, por último, pregúntale si recuerda dónde solía dejar Merete Lynggaard su maletín al llegar a casa. Dile que es negro y tiene un gran desgarrón en un lado. Era de su padre, y lo llevaba en el coche cuando se produjo el accidente, así que debe de haber sido importante para ella.

Volvió a levantar la mano cuando Assad iba a decir algo.

—Y después dirígite donde los anticuarios que compraron la casa de los Lynggaard en Magleby y pregúntales si han visto un maletín así en alguna parte. Mañana hablamos sobre todo eso, ¿vale? Puedes llevarte el coche a casa. Hoy voy a ir en taxi y volveré a casa en tren.

Assad empezó a agitar los brazos.

—Dime, Assad.

—Un momento, ¿vale? Tengo que encontrar un bloc de notas. ¿Te importa volver a decirlo todo?

Hardy parecía haber mejorado algo. Su cabeza, que antes daba la impresión de estar fundida con la almohada, estaba tan erguida que podían verse las venas finísimas que palpitaban en sus sienes. Tenía los ojos cerrados y parecía más tranquilo que otras veces, y Carl sopesó por un instante volver a salir. Habían retirado muchos de los aparatos de la habitación, aunque la respiración asistida seguía bombeando, claro. Tal vez fuera buena señal, después de todo.

Giró con cuidado sobre sus talones y avanzaba hacia la puerta cuando lo detuvo la voz de Hardy.

—¿Por qué te vas? ¿Es que no soportas ver a un hombre tumbado?

Se dio la vuelta y vio a Hardy tumbado igual que antes.

—Si quieres que la gente se quede, da alguna señal de que estás despierto. Por ejemplo, abriendo los ojos.

—No, hoy no. Hoy no me tomo la molestia de abrir los ojos.

Tuvo que repetírselo.

—Si quiero que haya alguna diferencia entre mis días, tengo que hacer eso, ¿vale?

—Vale, vale.

—Mañana tengo pensado mirar sólo a la derecha.

—De acuerdo —asintió Carl, pero le dolía en el alma oír aquello—. Hardy, has hablado un par de veces con Assad. ¿Te parece bien que te lo haya mandado aquí?

—En absoluto —respondió Hardy sin apenas mover los labios.

217

—Bueno, pues te lo mandé. Y tengo pensado mandártelo cuantas veces haga falta. ¿Tienes alguna objeción?

—Pero que no traiga esos fritos picantes.

—Se lo diré.

El cuerpo de Hardy emitió algo que podría interpretarse como una carcajada.

—Eché una cagada como nunca antes. Las enfermeras estaban desesperadas.

Carl trató de apartar la imagen. No sonaba agradable.

—Se lo diré a Assad, Hardy. Que no traiga fritos tan picantes la próxima vez.

—¿Alguna novedad en el caso Lynggaard? —preguntó Hardy. Era la primera vez desde que se quedó paralítico que expresaba curiosidad por algo. Carl sintió calor en las mejillas. Pronto se le haría un nudo en la garganta.

—Sí, han pasado muchas cosas —respondió Carl, y le contó los últimos descubrimientos en torno a Daniel Hale.

—¿Sabes qué creo, Carl? —dijo Hardy al poco rato.

—Crees que el caso ha cobrado un nuevo impulso.

—Exacto. Ahí hay gato encerrado —añadió, abriendo los ojos un instante y mirando al techo antes de volver a cerrarlos—. ¿Tienes alguna posible pista política que seguir?

—Ni una.

—¿Has hablado con la prensa?

—¿A qué te refieres?

—Con alguno de los comentaristas políticos del Parlamento. Esos saben de todo. O con los de las revistas del corazón. Pelle Hyttested de *Gossip*, por ejemplo. Ese enano rechoncho ha estado sacando porquería de las grietas de Christiansborg desde que lo echaron de *Aktuelt*, o sea, que es un viejo zorro. Si quieres saber más de lo que sabes, pregúntale a él.

Sonrió un breve instante y volvió a su impasibilidad.

Se lo voy a contar ahora, pensó Carl, y lo dijo lentamente, para que entrara bien a la primera.

—Ha habido un asesinato en Sorø, Hardy. Creo que son los mismos que los de Amager.

Hardy no se inmutó.

—¿Y...? —preguntó.

—Pues eso, el mismo entorno, la misma arma, en apariencia la misma camisa roja a cuadros, relación familiar...

—Te he dicho: ¿y...?

—Por eso te estoy respondiendo.

—He dicho ¿y...? ¿Y...? ¿Qué me importa a mí?

La redacción de *Gossip* se encontraba en esa fase lánguida en que se ha llegado al plazo de entrega de la semana y el siguiente número empieza a tomar cuerpo. Un par de periodistas del corazón miraron a Carl sin interés cuando éste atravesó el paisaje de la redacción. Aparentemente, no lo habían reconocido; mejor así.

Encontró a Pelle Hyttested acariciando su barba rojiza recortada pero rala en el rincón donde reposaban los periodistas veteranos. Carl conocía perfectamente a Pelle Hyttested de oídas. Un cabrón que sólo se detenía ante el dinero. A muchísimos daneses les encantaban sus delirantes chorradas descafeinadas, pero a sus víctimas no. Los pleitos hacían cola a la puerta de Hyttested, pero el redactor jefe protegía a su diablillo. Hyttested vendía revistas, y el redactor jefe recibía un plus, así es como funcionaba aquello. O sea que no importaba que mientras tanto el redactor jefe tuviera que pagar un par de multas de vez en cuando.

El tipo miró brevemente la placa de Carl y después se volvió hacia sus colegas.

Carl le puso una mano en el hombro.

—Decía que tenía un par de preguntas.

Los ojos del tipo lo atravesaron cuando se giró.

—¿No ves que estoy trabajando? Claro que a lo mejor quieres llevarme a comisaría.

Fue entonces cuando Carl sacó de la cartera el único billete de mil coronas que había tenido desde hacía meses y se lo puso delante de las narices.

—¿De qué se trata? —preguntó el periodista, tratando de atraer el billete con la mirada. Tal vez estuviera intentando calcular cuántas horas le duraría el billete a altas horas de la madrugada en el Andy's Bar.

—Estoy investigando la desaparición de Merete Lynggaard. Mi colega Hardy Henningsen piensa que a lo mejor puedes contarme si ella podía tener razones para temer a alguien en círculos políticos.

—¿Temer a alguien? Es una manera extraña de expresarlo —comentó, acariciando sin cesar los mechones de pelo casi invisibles de su rostro. Después continuó—: Y ¿por qué me lo preguntas? ¿Hay alguna novedad en el caso?

El interrogatorio se estaba desarrollando en sentido inverso.

—¿Alguna novedad? No, no la hay, pero el caso ha llegado a un punto en el que hay que aclarar ciertas cuestiones de una vez por todas.

El periodista asintió con la cabeza, nada impresionado.

—¿Cinco años después de la desaparición? Mira, a otro perro con ese hueso. ¿Por qué no me cuentas lo que sabes? Y yo te contaré lo que sé.

Carl volvió a agitar el billete para que el hombre centrara la atención en lo importante.

—No sabes de nadie que estuviera especialmente cabreado con Merete Lynggaard por aquella época, ¿es eso lo que quieres decir?

—Todos odiaban a aquella zorra. Si no fuera por sus hermosas peras, hacía tiempo que la habrían echado.

No era de los que votaban a los Demócratas, concluyó Carl sin sorpresa.

—Vale, así que no sabes nada.

Se volvió hacia los otros periodistas.

—¿Alguno de vosotros sabe algo? Cualquier cosa puede valer. No tiene necesariamente que ver con Christiansborg. Rumores sueltos. Gente a la que vuestros *paparazzi* hayan visto cerca de ella mientras estaban de caza. Sensaciones. ¿Hay algo de eso?

Miró a los colegas de Hyttested. A la mitad de ellos seguramente se les podía diagnosticar muerte cerebral. Su mirada estaba vacía y aquello les importaba un bledo.

Giró abarcando el local. Tal vez hubiera algún periodista novato a quien le quedara algo de seso y tuviera algo que decir. Aunque no fuera en nombre propio, a lo mejor en el de otros. Al fin y al cabo, había entrado en el reino de los chismes.

—¿Dices que te ha enviado Hardy Henningsen? —fue Hyttested quien preguntó mientras se acercaba al billete—. ¿Tú no eres el que lo jodió? Recuerdo con claridad algo de Carl Mørck, ¿no has dicho que te llamabas así? Eres el que se refugió debajo de un colega. El que se quedó debajo de Hardy Henningsen haciéndose el muerto, ¿verdad?

Carl notó que una sensación helada le subía por la columna vertebral. ¿Cómo diablos había podido llegar a tal conclusión? Todos los interrogatorios estaban cerrados al público. Nadie había sugerido jamás lo que estaba diciendo aquel hijoputa.

—¿Dices eso porque quieres que te agarre del cuello y te mate a hostias para que tengas algo de qué escribir la semana que viene? —dijo, acercándose lo suficiente para que Hyttested decidiera volver a mirar el billete—. Hardy Henningsen era el mejor colega que había. Habría muerto por él, si hubiera podido. ¿Lo pillas?

Hyttested dirigió una mirada victoriosa a sus colegas. Mierda. Ya tenían titular para la próxima semana, y la víctima iba a ser Carl. Sólo les faltaba una fotografía que inmortalizara la situación. Más le valía largarse de allí.

—¿Me darás las mil coronas si te digo qué fotógrafo se había especializado en Merete Lynggaard?

—¿De qué me va a servir?

—No lo sé. Puede que te sirva. ¿No eres policía? ¿Puedes permitirte no hacer caso de un soplo?

—¿Quién es?

—Intenta hablar con Jonas.

—Jonas ¿qué más?

Unos pocos centímetros separaban el billete de los codiciosos dedos de Hyttested.

—Jonas Hess.

—Vale, Jonas Hess. ¿Y dónde lo encuentro? ¿Está en la redacción ahora?

—Nosotros no empleamos a gentuza como Jonas Hess. Tendrás que buscar en el listín.

Carl anotó el nombre y metió el billete en el bolsillo en un santiamén. Aquel idiota iba a escribir sobre él en el número de la semana siguiente de todas formas. Además, nunca en la vida había pagado por sus informaciones, y para cambiar de sistema hacía falta alguien de más calibre que aquel Hyttested.

—¿Que habrías muerto por él? —gritó Hyttested detrás de Carl cuando éste atravesó las filas—. ¿Por qué no lo hiciste, Carl Mørck?

En la recepción le dieron la dirección de Jonas Hess y el taxi lo dejó en Vejlands Allé, junto a una diminuta casa encalada que los años habían rodeado con las sobras de la sociedad: bicis viejas, acuarios agrietados y garrafones de los tiempos de la destilación casera, lonas enmohecidas que ya no podían ocultar tablas podridas, profusión de botellas y todo tipo de cachivaches. El propietario de la casa podría ser candidato para uno de los numerosos programas sobre viviendas que emitían en todos los canales de la tele. En eso estaría de acuerdo hasta el arquitecto paisajista más mediocre.

Una bici volcada frente a la puerta de entrada y el murmullo quedo de una radio tras las mugrientas ventanas indicaban que había tenido suerte, y Carl se apoyó en el timbre de la puerta hasta que empezó a notar palpitaciones en la zona del dedo.

—Ya vale de escándalo —se oyó finalmente desde el interior.

Un hombre rubicundo con síntomas inconfundibles de tener una buena resaca abrió la puerta y trató de enfocar a Carl bajo el sol deslumbrante.

—Joder, ¿qué hora es? —preguntó, soltando la manilla y volviendo a entrar. Para seguirlo no hizo falta una orden de registro.

La sala era como las que se ven en películas de catástrofes después de que el cometa haya partido en dos el globo terráqueo. El habitante de la casa se dejó caer con un suspiro satisfecho sobre un sofá hundido en el medio y dio un buen lingotazo a una botella de whisky mientras trataba de localizar a Carl con el rabillo del ojo.

La experiencia le decía a Carl que no era precisamente un testigo perfecto.

Lo saludó de parte de Pelle Hyttested y esperó que aquello rompiera el hielo.

—Me debe dinero —fue la respuesta.

Carl estuvo pensando en enseñarle la placa, pero volvió a meterla en el bolsillo.

—Pertenezco a un departamento de la policía que trata de resolver enigmas sobre pobres desgraciados —aclaró. Aquello no podía acojonar a nadie.

Hess dejó la botella por un momento. Puede que a pesar de todo fueran demasiadas palabras para el estado en el que se encontraba.

—Vengo en relación con Merete Lynggaard —intentó después Carl—. Tengo entendido que eras un especialista en ella.

El hombre trató de sonreír, pero una arcada de bilis se lo impidió.

—No hay muchos que sepan eso —dijo—. ¿Qué coño pasa con ella?

—¿Tienes alguna foto suya que no haya sido publicada?

El hombre se dobló hacia delante con una risa sofocada.

—Joder, vaya pregunta idiota. Tengo por lo menos diez mil.

—¡Diez mil! Parece mucho.

—Escuche —repuso, levantando la mano—: Dos o tres rollos de película por cada dos días durante dos o tres años ¿cuántas fotos dan?

—Creo que bastante más de diez mil.

Pasada una hora, Jonas Hess había espabilado lo suficiente, ayudado por las calorías que contiene el whisky sin rebajar, para poder acompañar a Carl sin vacilaciones hasta el laboratorio, que estaba en una pequeña construcción de cemento aligerado detrás de la casa.

La realidad allí era bastante diferente a la del interior de la casa. Carl había estado en muchos laboratorios de fotografía, pero en ninguno tan pulcro y bien organizado como aquél. La diferencia entre el hombre de la casa y el hombre del laboratorio era espantosamente incomprensible.

El fotógrafo tiró de un cajón metálico y rebuscó en él.

—Mire —dijo, tendiéndole una carpeta donde ponía «Merete Lynggaard: 13/11/2001–1/3/2002»—. Son los últimos negativos que tengo de ella.

Carl abrió por detrás la carpeta de negativos. Cada funda de plástico contenía los negativos de una película, pero en la última funda sólo había cinco instantáneas. La fecha aparecía escrita con buena letra. Ponía «1/3/2002, ML».

—¿Le hiciste fotos la víspera de su desaparición?

—Sí. Nada de particular. Unas instantáneas en el patio de entrada al Parlamento. Solía estar esperando en la puerta de entrada.

—¿Esperándola a ella?

—No sólo a ella. A todos los parlamentarios. Si yo le contara las divertidas constelaciones que he visto en esa escalera... Sólo tienes que esperar, y un buen día aparece.

—Pero ya veo que lo divertido no llegó aquel día —replicó Carl. Sacó la funda de plástico de la carpeta y la colocó sobre la caja luminosa. O sea que las fotos estaban hechas el viernes antes de que Merete volviera a casa. La víspera de su desaparición.

Se acercó más a los negativos.

Sí, saltaba a la vista. Llevaba el maletín bajo el brazo.

Carl sacudió la cabeza. Increíble. Había tenido suerte a la primera. En aquel negativo estaba la prueba, blanco sobre negro. Merete se había llevado el maletín a casa. Un viejo maletín gastado, con desgarrón y todo.

—¿Puedes dejarme este negativo?

El fotógrafo tomó otro trago y se secó los labios.

—No dejo prestados los negativos. Ni siquiera los vendo. Pero podemos hacer una copia, lo escaneo y punto. No hace falta que la calidad sea excelente —declaró, aspirando y gargajeando un poco al reír.

—Sería magnífico tener una copia. Puedes mandar la factura a mi departamento —propuso Carl, dándole una tarjeta.

El tipo miró los negativos.

—No hace falta. Aquel día no hubo nada especial. Pero con Merete Lynggaard generalmente no solía haber nada especial. Sólo si hacía frío en verano y se le adivinaban los pezones debajo de la blusa. Esas fotos me las pagaban bastante bien.

Volvió a sonar la risa gargajeante mientras se dirigía a un pequeño frigorífico rojo en equilibrio inestable entre dos bidones de productos químicos. Cogió una botella de cerveza y debió de intentar ofrecer, pero para cuando Carl reaccionó el contenido había desaparecido.

—Porque la exclusiva era poder hacerle una foto con algún amante, ¿sabe? —añadió, mientras buscaba algo que meterse entre pecho y espalda–. Creí haberlo conseguido unos días antes.

Cerró el frigorífico de un portazo y estuvo hojeando un poco en la carpeta.

–Ah, sí, también están éstas de Merete discutiendo fuera del salón de plenos con un par de miembros del Partido Danés. He hecho copias de contacto de esos negativos.

Se echó a reír.

–Bueno, no saqué la foto por la discusión, sino por la que está detrás –aclaró, señalando a una persona que estaba cerca de Merete–. Puede que no se vea bien en este tamaño, pero debería ver cómo queda al ampliarla. Esa nueva secretaria estaba completamente enamorada de Merete Lynggaard.

Carl se inclinó hacia la foto. No cabía duda, era Søs Norup. Su expresión era totalmente distinta a la que había mostrado en su cueva de dragón de Valby.

–No tengo ni puta idea de si había algo entre ellas o si sólo era cosa de la secretaria. ¡Pero qué cojones! A saber si esta foto en algún momento habría dado dinero –dijo. Después pasó a la siguiente página de negativos y, colocando un dedo húmedo en medio de la hoja, exclamó–: ¡Aquí está! Ya sabía que fue el 25 de febrero, porque es el cumpleaños de mi hermana. Pensé que podría comprarle un buen regalo si la foto resultaba ser una mina de oro. Aquí está.

Sacó la funda de plástico y la colocó sobre la caja luminosa.

–Éstas son las fotos que decía. Está hablando con un pavo en las escalinatas del Parlamento.

Después señaló una foto de la primera tira.

–Mire esta imagen. Parece estar afectada. Hay algo en su mirada que dice que está incómoda –añadió, pasando una lupa a Carl.

¿Cómo diablos podía verse algo así en un negativo? ¡Pero si sus ojos no eran más que un par de manchas blancas!

—Me vio sacando fotos, así que me largué. Creo que nunca me vio la cara. Después intenté hacerle una foto al hombre, pero no pude sacarlo de frente, porque salió por el otro lado del patio, hacia el puente, pero por lo visto no era más que un tipo que pasaba por casualidad y la abordó. Muchos lo intentaban, si tenían la oportunidad.

—¿Tienes copias de contacto de esa serie?

El fotógrafo reprimió un par de arcadas ácidas y pareció que la garganta le ardiera por dentro.

—¿Copias de contacto? Enseguida las hago, si mientras tanto baja a la tienda a por un par de birras.

Carl asintió en silencio.

—Pero antes tengo una pregunta. Si estabas tan interesado en conseguir una foto de Merete Lynggaard con un amante, también sacarías fotos en su casa de Stevns, ¿no?

El fotógrafo no alzó la vista, y siguió examinando con detenimiento las fotos anteriores.

—Pues claro. Estuve allí montones de veces.

—Hay algo que no entiendo. Entonces tienes que haberla visto junto a su hermano impedido, Uffe, ¿no?

—Sí, hombre, muchas veces —admitió, mientras marcaba con una cruz uno de los negativos—. Aquí hay una buena foto de ella y ese tipo. Puedo darle una copia. Tal vez sepa usted quién es. Y después puede decírmelo, ¿verdad?

Carl volvió a asentir con la cabeza.

—Pero ¿por qué no sacaste alguna buena foto de ella junto a Uffe, para que todo el mundo supiera por qué tenía siempre tanta prisa por salir de Christiansborg?

—No lo hice porque también yo tengo a alguien impedido en mi familia. Mi hermana es minusválida.

—Pero tú vives de sacar esas fotos.

El fotógrafo le dirigió una mirada apagada. Si Carl no iba a por las birras ahora, se quedaría sin las copias.

—Escuche —respondió el hombre, mirando a Carl a los ojos—. Aunque uno sea una mierda, aún le queda algo de dignidad. ¿Y a usted?

Desde la estación de Allerød caminó por la calle peatonal y constató cabreado que el paisaje urbano parecía cada vez más mediocre. Los bloques de cemento, camuflados de viviendas de lujo, se acercaban cada vez más al hipermercado, y pronto desaparecerían también las viejas casitas entrañables del otro lado de la calle. Lo que antes era un imán para la mirada era ahora un túnel de cemento adornado. Unos años antes lo habría defendido, pero ahora había llegado hasta su ciudad. Lo hizo Erhardt Jakobsen en Bagsværd, Urban Hansen en Copenhague y sabe dios qué ricachón en Charlottenlund. El entrañable e impagable paisaje urbano estaba destrozado. Los alcaldes y concejales con mal gusto campaban a sus anchas. La prueba irrefutable eran los monumentos a la infamia como aquél.

La peña de la barbacoa estaba una vez más de preparativos cuando llegó a casa, claro que el tiempo también había contribuido. Eran las 18.24 del 22 de marzo de 2007, o sea que la primavera empezaba de veras.

Para la ocasión, Morten Holland se había puesto unos ropajes holgados que había comprado baratísimo en un viaje a Marruecos. Con aquel uniforme era capaz de fundar una nueva secta en menos que canta un gallo.

—A tiempo, Carl —dijo, poniéndole un par de trozos de churrasco en el plato.

Su vecina Sysser Petersen parecía algo achispada ya, pero lo llevaba con dignidad.

—Estoy hasta el gorro —declaró—. Vendo la puñetera casa y me largo.

Tomó un buen trago del vaso de tinto.

—En la oficina pasamos más tiempo rellenando formularios absurdos que ayudando a los ciudadanos, ¿lo sabías, Carl? Esa gente del Gobierno, tan satisfecha de sí misma, debería probarlo. Si tuvieran que rellenar formularios para tener cenas gratis, chófer gratis, alquiler gratis, dietas, viajes gratis, secretarias gratis y todo eso, no les quedaría tiempo para atiborrarse, dormir, viajar, conducir ni nada de nada.

¿Te lo imaginas? ¿Que el primer ministro tuviera que hacer una cruz en el tema del que quisiera tratar con sus ministros antes de empezar la reunión? Impresas por triplicado en un ordenador que sólo funciona un día sí y otro no. Y que tuviera que enviarlo a un funcionario para que le diera el visto bueno antes de poder decir nada. El tío iba a flipar —se desfogó echando la cabeza atrás con una carcajada.

Carl asintió en silencio. La discusión pronto versaría sobre el derecho del ministro de Cultura a hacer callar a los medios, o si había alguien que recordara los argumentos a favor de la destrucción de la organización territorial, o de los hospitales, o del Ministerio de Hacienda, ya puestos. La conversación no cesaría hasta beber la última gota y chupar la última costilla.

Dio un pequeño abrazo a Sysser, una palmada en el hombro a Kenn y subió con el plato a su habitación. Porque todos estaban más o menos de acuerdo. Más de la mitad del país estaba deseando mandar al primer ministro a freír espárragos, y seguiría deseando lo mismo mañana y pasado, hasta el día en que toda la desgracia que había derramado sobre el país y los ciudadanos fuera reparada. Harían falta décadas.

Pero Carl tenía otras cosas en que pensar, de momento.

28

2007

A las tres de la mañana, todavía de noche, Carl abrió los ojos. Guardaba un vago recuerdo de camisas rojas a cuadros y pistolas clavadoras, y una sensación nítida de que una de las camisas de Sorø tenía exactamente el mismo dibujo. Carl tenía el pulso acelerado y el humor por los suelos, no se encontraba bien. Era una cuestión sobre la que no se tomaba la molestia de pensar, pero ¿quién podía frenar la pesadilla y evitar que las sábanas se empaparan?

Y ahora Pelle Hyttested, aquel periodista despreciable, ¿iba a entrometerse también? Uno de los titulares del siguiente *Gossip*, ¿iba a tratar realmente de un policía que estaba en un apuro?

Puta mierda. De sólo pensarlo se le contraía el diafragma y se le quedaba como una coraza para el resto de la noche.

–Pareces cansado –observó el jefe de Homicidios.

Carl le quitó importancia con un movimiento de la mano.

–¿Le has dicho a Bak que venga?

–Vendrá dentro de cinco minutos –confirmó Marcus, inclinándose hacia delante–. Me he dado cuenta de que no te has apuntado para el cursillo. El plazo vence, ya lo sabes.

–Pues tendrá que ser la próxima vez, ¿no?

–Ya sabes que todo está dentro de un plan, ¿verdad, Carl? Cuando tu departamento haya logrado resultados, va a ser natural que te ayuden tus antiguos compañeros. Pero de nada sirve que no tengas a tus espaldas la autoridad que te da el cargo de comisario, ¿no? De hecho, no tienes elección, Carl: tienes que acudir al cursillo.

—No voy a ser mejor investigador por estar en el banco de la escuela afilando lapiceros.

—Eres jefe de un nuevo departamento, y el cargo está incluido en el equipaje. O vas al cursillo o tendrás que buscarte otro lugar para investigar.

Carl miró fijamente la Torre Dorada del Tívoli que tenía delante, donde dos trabajadores hacían tareas de limpieza de cara a la nueva temporada. Cuatro o cinco viajes arriba y abajo en aquel instrumento de tortura y Marcus Jacobsen le imploraría perdón.

—Lo pensaré, señor inspector.

El ambiente se había enfriado un tanto cuando Bak entró con la chaqueta de cuero negra echada cuidadosamente sobre los hombros.

Carl no esperó a que el jefe de Homicidios empezara con sus maniobras preliminares.

—¡Joder, Bak! Menuda chapuza hicisteis en el caso Lynggaard. Estabais rodeados de indicios que sugerían que había algo que no encajaba. ¿Tenía toda la brigada la enfermedad del sueño, o qué?

Los ojos de Bak eran puro acero cuando sus miradas se cruzaron, forzadas, pero qué coño, no iba a librarse.

—Quiero saber si te has guardado algo más del caso —continuó—. ¿Hay alguien o algo que haya frenado vuestra extraordinaria investigación, Børge?

El jefe de Homicidios estuvo pensando en ponerse las gafas para poder esconderse tras ellas, pero el rostro cabreado de Bak exigía una intervención.

—Si dejamos de lado un par de las últimas observaciones que ha hecho Carl con su peculiar estilo —declaró, enseñando a Carl un par de cejas arqueadas—, comprendo a Carl, porque acaba de comprobar que el difunto Daniel Hale no era la persona que Merete Lynggaard conoció en el Parlamento. Cosa que debería haber quedado patente en la primera investigación, hay que admitirlo.

Un par de pliegues aparecieron en los hombros de la chaqueta de cuero de Bak, pero fue lo único que desveló la tensión que le había provocado aquella información.

Carl no soltó su presa.

—Pero eso no es todo, Børge. ¿Sabíais, por ejemplo, que Daniel Hale era gay, y que además estaba de viaje en el período en que se supone que había mantenido contacto con Merete Lynggaard? Deberíais haberos tomado la molestia de enseñar una fotografía de Hale a Søs Norup, la secretaria de Merete Lynggaard, o al jefe de la delegación, Bille Antvorskov. Si lo hubierais hecho, enseguida os habríais dado cuenta de que algo no encajaba.

Bak se sentó lentamente. Era evidente que le estaba dando vueltas a la cuestión. Claro que había habido montones de casos desde entonces, y la presión del trabajo en el departamento siempre había sido acojonante, pero aun así Bak tuvo que rendirse ante la evidencia.

—¿Sigues creyendo que podemos excluir por completo la posibilidad del crimen? —continuó Carl, y se volvió hacia su jefe—. ¿Tú qué dices, Marcus?

—Supongo que investigarás las circunstancias de la muerte de Daniel Hale, Carl.

—Estamos en ello.

Después se volvió hacia Bak.

—En Hornbæk, en la Clínica para Lesiones de Médula, está ingresado un viejo compañero avispado que sabe pensar —añadió, arrojando las fotografías sobre la mesa delante de su jefe—. Si no hubiera sido por Hardy, no me habría puesto en contacto con un fotógrafo que se llama Jonas Hess y no estaría en posesión de un par de fotos que demuestran, por una parte, que Merete Lynggaard se llevó a casa el maletín aquel día; por otra aparece una secretaria lesbiana que muestra gran interés por su jefa, y finalmente un tipo con el que Merete Lynggaard cruzó unas palabras en la escalinata del Parlamento un par de días antes de desaparecer. Encuentro que en apariencia la afectó.

Señaló la fotografía del rostro de la mujer y su mirada evasiva.

—El tipo sólo aparece de espaldas, pero si comparamos el pelo, la postura y la altura, de hecho se parece bastante a Daniel Hale, aunque no es él.

Llegado a ese punto, puso una de las fotografías de Hale del folleto de Interlab junto a las otras.

—Y ahora te pregunto, Børge Bak: ¿no crees que es bastante extraño que el maletín desapareciera entre Christiansborg y Stevns? Porque no lo encontrasteis, ¿verdad? ¿Y no te parece también extraño que Daniel Hale muriera al día siguiente de la desaparición de Lynggaard?

Bak se encogió de hombros. Por supuesto que lo pensaba, lo que pasa es que el idiota de él no quería admitirlo.

—Los maletines desaparecen —repuso—. Pudo dejarlo olvidado en alguna gasolinera, en cualquier sitio. Buscamos en su casa y en el coche del transbordador. Hicimos lo que pudimos.

—Oye, a propósito. Dices que lo olvidó en una gasolinera, pero ¿es posible? Por lo que veo en su extracto de cuentas, aquel día no dio ningún rodeo para volver a casa. No hicisteis un trabajo muy concienzudo, ¿verdad, Bak?

En aquel momento, el aludido parecía a punto de explotar.

—Te digo que buscamos a fondo ese maletín.

—Creo que tanto Bak como yo somos conscientes de que nos queda trabajo por hacer —medió el jefe.

Nos queda, dijo. ¿Ahora iban a meterse todos en el caso?

Carl apartó la mirada de su jefe. No, por supuesto que Marcus Jacobsen no sugería nada con aquella formulación. Porque *no* iba a llegarle ninguna ayuda desde arriba. Carl sabía perfectamente cómo funcionaban las cosas en aquella casa.

—Vuelvo a preguntarte, Bak: ¿estás seguro de que no nos dejamos nada? No incluiste a Hale en tu informe, y tampoco ponía nada acerca de las observaciones de Karen Mortensen sobre Uffe Lynggaard. ¿Falta algo más, Bak? ¿Puedes decírmelo? Me hace falta apoyo, ¿comprendes?

Bak se quedó mirando con atención el suelo mientras se frotaba la nariz. Dentro de poco la otra mano alisaría el mechón de pelo que le cubría la calva. Podría haber saltado y montado un numerito por las insinuaciones y acusaciones, habría sido comprensible, pero en resumidas cuentas era un Investigador con mayúscula, y en aquel momento estaba en otro mundo.

El jefe dirigió a Carl una mirada que decía «tómatelo con calma», y éste se calló. Estaba de acuerdo con el jefe de Homicidios. Había que dar a Bak algo de tiempo.

Estuvieron así un rato, hasta que Bak se tocó otra vez el pelo con la mano.

—Las huellas de los frenos —dijo—. Me refiero a las huellas de los frenos en el accidente de Daniel Hale.

—¿Qué pasa con ellas?

Bak levantó la vista.

—Como pone en el informe, no había ninguna huella en la calzada, ni de un vehículo ni del otro. Lo que digo: ni rastro de huellas. Hale se descuidó e invadió la calzada contraria. ¡Bum! —exclamó, dando una fuerte palmada—. Nadie acertó a reaccionar hasta que el choque fue una realidad, eso fue lo que supusimos.

—Sí, lo pone en el atestado de Tráfico. ¿Por qué lo mencionas?

—Porque casualmente pasé por allí varias semanas después y recordé lo ocurrido, así que paré.

—Ya.

—Como estaba escrito, no había ninguna huella de frenazos, pero no cabía duda de lo que había ocurrido allí. Ni siquiera habían retirado el árbol tronchado y medio quemado, ni reparado la pared, y todavía se veían las huellas del otro coche en el descampado.

—¿Pero...? Habrá un pero, ¿verdad?

Bak asintió en silencio.

—Pero después encontré unas huellas de frenazo veinticinco metros más allá, camino de Tåstrup. Estaban bastante borradas ya, y eran muy cortas, de medio metro o algo así. Entonces pensé: ¿Y si esas huellas fueran del mismo accidente?

Carl trataba de seguirlo. Pero, para su irritación, su jefe se le adelantó.

—¿Huellas de un frenazo para esquivar? —preguntó.

—Podrían serlo, sí —convino Bak, asintiendo con la cabeza.

—¿Quieres decir que Hale estuvo a punto de chocar contra algo que no sabemos qué era, pero que después frenó y dio un volantazo? —continuó Marcus.

—Sí.

—Entonces la calzada contraria, ¿no habría estado libre?

Marcus Jacobsen movió la cabeza arriba y abajo. Parecía posible.

Entonces Carl levantó el dedo.

—El informe dice que el choque se produjo en la calzada contraria. Creo que estás sugiriendo que no tuvo por qué ser así. ¿Quieres decir que pudo ocurrir en medio de la carretera, y que allí quien venía en sentido contrario no pudo hacer nada? ¿Es eso lo que dices?

Bak inspiró profundamente.

—Lo pensé por un momento, pero después lo olvidé. Claro que ahora veo que podría ser una posibilidad. Que algo o alguien sale a la calzada, que Hale lo esquiva y que alguien que viene a toda velocidad en sentido contrario lo embiste aproximadamente en la mediana. Puede que de forma premeditada. Sí, tal vez habría podido encontrar huellas de aceleración en la calzada contraria si hubiera retrocedido cien metros. Puede que el que venía en sentido contrario acelerase para embestirlo perfectamente cuando Hale dio un volantazo en la parte central para evitar atropellar a alguien o algo.

—Y si se trataba de una persona que salió a la calzada, y si esa persona y quien embistió a Hale estaban confabuladas, ya no estamos ante un accidente: es un asesinato. Y en ese caso habría sospechas fundadas de que la desaparición de Merete Lynggaard no es más que un eslabón del mismo crimen —concluyó Marcus Jacobsen, anotando algo en su cuaderno.

—Sí, tal vez —admitió Bak torciendo el gesto. No lo estaba pasando nada bien.

Carl se levantó.

—No hubo testigos, o sea que no podemos saber más. Estamos buscando al chófer del otro vehículo.

Se volvió hacia Bak, que casi había desaparecido en su funda de cuero.

—También yo pensaba en algo como lo que has dicho, Bak, así que has de saber que pese a todo has sido de ayuda. No olvides decirme si recuerdas algo más, ¿vale?

Bak asintió en silencio. Su mirada era grave. Aquello no tenía que ver con su prestigio personal, sino con un trabajo profesional que había que terminar debidamente. Había que reconocérselo al hombre.

Casi daban ganas de darle una palmada amistosa en el hombro.

—Traigo noticias buenas y noticias malas de Stevns, Carl —comenzó Assad.

Carl suspiró.

—Me importa un huevo el orden, Assad. Desembucha.

Assad se sentó en el borde de su escritorio. A ese paso, iba a sentársele en el regazo.

—Vale, empieza con las malas —sugirió. Si tenía por norma introducir sus malas noticias con una sonrisa como aquella, iba a troncharse de risa cuando llegara a las buenas.

—El que embistió a Daniel Hale también ha muerto —declaró, expectante ante la reacción de Carl—. Ha llamado Lis para decirlo. Lo tengo escrito aquí.

Señaló una serie de caracteres árabes que igualmente podían significar que pasado mañana iba a nevar en Lofoten.

Carl no fue capaz de reaccionar. Aquello era típico e irritante. Pues claro que el hombre había muerto, ¿qué esperaba? ¿Que estuviera vivito y coleando y les confesara de inmediato que se había hecho pasar por Hale, que había asesinado a Lynggaard y después había matado a Hale? ¡Absurdo!

—Lis dice que era un paleto y un cafre. Dice que había estado en la cárcel varias veces por conducción temeraria. ¿Sabes qué quería decir con paleto y cafre?

Carl asintió en silencio, cansado.

—Bien —dijo Assad, y siguió leyendo sus jeroglíficos. En algún momento tendría que sugerirle que escribiera en danés. Después continuó—. Vivía en Skævinge, en el norte de Selandia. Lo encontraron muerto, o sea, en la cama, con vómito en los pulmones y una tasa de alcohol en la sangre de por lo menos diez gramos por litro. También había tomado pastillas.

—Vaya. ¿Cuándo ocurrió eso?

—Al poco del accidente. En el informe se sugiere que las cosas se le empezaron a torcer después del accidente.

—¿Quieres decir que se ahogó en alcohol a causa del accidente?

—Sí. A causa del estrés posdramático.

—Se dice pos-*trau*-mático, Assad.

Carl tamborileó con los dedos sobre el borde de la mesa y cerró los ojos. Tal vez hubiera tres personas en la carretera cuando ocurrió el choque, y entonces probablemente sería homicidio. Y si había sido homicidio, entonces el paleto de Skævinge tenía motivos de verdad para ahogarse en alcohol. Pero ¿dónde estaba la tercera persona que en apariencia se puso ante el coche de Hale, si es que había alguien? ¿También se había suicidado?

—¿Cómo se llamaba?

—Dennis. Dennis Knudsen. Tenía veintisiete años cuando murió.

—¿Tienes la dirección donde vivía Dennis Knudsen? ¿Tenía allegados? ¿Familia?

—Sí. Vivía con sus padres —respondió Assad, sonriendo—. En Damasco hay muchos de esa edad que siguen con sus padres.

Carl arqueó las cejas. No iba a tolerar a Assad más comentarios sobre Oriente Próximo.

—Has dicho que tenías también una buena noticia.

En efecto, el rostro de Assad estaba a punto de reventar. De orgullo, seguramente.

—Toma —dijo, dándole una bolsa de plástico negro que tenía a sus pies.

—Bueno. ¿Y qué hay aquí dentro, Assad? ¿Veinte kilos de semillas de sésamo?

Carl se levantó y metió la mano, y enseguida notó el asa. Sensaciones precisas le provocaron un escalofrío, y sacó el objeto.

Se trataba, efectivamente, de un maletín gastado. Igual que el de la foto de Jonas Hess, tenía un gran rasguño, y no sólo en la parte frontal, también detrás.

—¡Ostras, Assad! —exclamó, sentándose con lentitud—. La agenda ¿está dentro?

Notó un hormigueo en el brazo cuando Assad asintió con la cabeza. Se sentía en posesión del Santo Grial.

Miró el maletín. Tranquilo, Carl, se dijo, soltando los cierres y levantando la tapa. Todo estaba allí. Su agenda forrada de cuero marrón. Material de escritorio, su móvil Siemens con su correspondiente cargador plano, notas escritas a mano en un papel cuadriculado, un par de bolígrafos y un paquete de clínex. Desde luego, era el Santo Grial.

—¿Cómo...? —preguntó, sin más. Y estuvo pensando si no deberían analizarlo antes los de la Policía Científica.

La voz de Assad sonó desde muy lejos.

—Primero he estado con Helle Andersen, que no estaba en casa, pero la ha llamado su marido. Estaba acostado, se quejaba de dolor de espalda. Y al llegar ella le he enseñado la foto de Daniel Hale, pero no recordaba haberlo visto nunca.

Carl se quedó mirando la bolsa y su contenido. Paciencia, pensó. En algún momento volvería al maletín.

—¿Estaba Uffe presente cuando el hombre entregó la carta? ¿Te has acordado de preguntárselo? —trató de allanarle el camino.

Assad asintió con la cabeza.

—Sí, dice que Uffe estuvo todo el tiempo a su lado. Debía de estar muy interesado. Solía estarlo siempre que llamaban a la puerta.

—¿Y le ha parecido que el hombre que llamó a la puerta se parecía a Hale?

Assad arrugó un poco la nariz. Una reproducción perfecta.

—No mucho, sólo un poco. El que entregó la carta igual era más joven, algo más moreno y algo más masculino. Por la barbilla y los ojos y tal; pero no ha podido decir más.

—Y entonces le has preguntado por el maletín, ¿verdad?

La sonrisa de antes volvió al rostro de Assad.

—Sí. La asistenta no sabía dónde estaba. Lo recordaba bien, pero no sabía si Merete Lynggaard lo llevó a casa la última noche. Al fin y al cabo, ella no estaba aquella tarde, ¿no?

—Assad, al grano. ¿Dónde lo has encontrado?

—Junto a la caldera de la calefacción, en la recocina de los anticuarios.

—¿Has estado en la casa de Magleby, donde los anticuarios?

Assad asintió en silencio.

—Helle Andersen me ha dicho que Merete Lynggaard hacía las cosas exactamente igual todos los días. Se había dado cuenta con el paso de los años. Siempre igual. Los zapatos los dejaba en la recocina, pero antes miraba siempre por la ventana. O sea, a Uffe. Todos los días se desvestía y metía la ropa junto a la lavadora. No porque estuviera sucia, sino porque la dejaba allí, sin más. Y después se ponía siempre la bata. Y ella y su hermano veían siempre el mismo vídeo, entonces.

—¿Y qué hay del maletín?

—Bueno, la asistenta no sabía nada de él, Carl. Nunca veía dónde lo ponía Merete, pero pensaba, o sea, que lo dejaría en la entrada o en la recocina.

—¿Cómo coño has podido encontrarlo en la recocina, junto a la caldera de la calefacción, cuando no lo encontraron entre todos los de la Brigada Móvil? ¿No estaba a la vista? ¿Por qué seguía estando allí? Me da la sensación de que los anticuarios son muy meticulosos con la limpieza. ¿Qué método has seguido?

—Los anticuarios me han dejado a mis anchas, y entonces he repetido mentalmente los movimientos.

Golpeó la cabeza levemente con los nudillos.

—Me he quitado los zapatos y he dejado el abrigo en el colgador de la recocina. Bueno, he hecho el ademán, porque ya no hay colgador. Pero entonces he pensado que tal vez llevaba algo en las manos. Papeles en una y el maletín en la otra. Y se me ha ocurrido que no podría quitarse el abrigo sin antes dejar lo que llevaba en las manos.

—Y la caldera ¿era lo más cercano?

—Sí, Carl, estaba justo al lado.

—¿Por qué no llevó después el maletín a la sala o a su despacho?

—Enseguida llego a eso, espera un poco. He mirado en la caldera, pero el maletín no estaba allí. Tampoco contaba con eso. Pero ¿sabes qué he visto entonces, Carl?

Carl se quedó mirándolo con atención. Tendría que decírselo.

240

—He visto que entre la caldera y el techo había por lo menos un metro de aire.

—Extraordinario —sentenció Carl con voz apagada.

—Y he pensado que no dejaría el maletín echado sobre la caldera sucia, porque había sido de su padre y lo cuidaba.

—No te sigo.

—No lo dejó echado, Carl, lo *colocó* encima de la caldera. Igual que se deja de pie en el suelo. Había sitio de sobra.

—Es decir, que lo puso de pie sobre la caldera, y después se cayó detrás.

La sonrisa de Assad fue suficiente respuesta.

—El rasguño del otro lado es nuevo, mira.

Carl cerró el maletín y le dio la vuelta. A él no le pareció tan nuevo.

—Le he quitado el polvo porque estaba muy sucio, o sea que puede que el rasguño esté más oscuro. Pero cuando lo he encontrado era reciente. De verdad, Carl.

—No me jodas, Assad, ¿has limpiado el maletín? ¿Has manipulado su contenido?

Assad seguía asintiendo con la cabeza, pero con menos entusiasmo.

—Assad —dijo Carl tras inspirar profundamente, para no decirlo con demasiada dureza—. La próxima vez que encuentres algo que es importante para algún caso, deja las pezuñas en paz, ¿vale?

—¿Pezuñas?

—Las manos, joder. Puedes echar a perder huellas importantes cuando haces eso, ¿comprendes?

Assad asintió en silencio. Sin ningún entusiasmo ya.

—Pero lo he limpiado con la manga de la camisa, sin dejar huellas.

—Vale. Buena idea, Assad. Así que, ¿crees que el segundo rasguño se ha hecho del mismo modo?

Volvió a voltear el maletín. Los dos rasguños eran parecidísimos, por lo que el viejo rasguño no era del accidente de coche de 1986.

—Sí. Creo que no era la primera vez que se caía detrás de la caldera. Lo encontré aprisionado entre los tubos tras la caldera. He tenido que tirar de él para poder sacarlo. Estoy seguro de que a Merete también le pasó eso.

—¿Y por qué no se ha caído hacia atrás más que esas dos veces?

—Se caería más veces, porque había mucha corriente al abrir la puerta de la recocina; lo que pasa es que no caería hasta el suelo.

—Vuelvo a mi pregunta anterior. ¿Por qué no lo metió en casa?

—Cuando estaba en casa querría paz. No querría oír el móvil, Carl —repuso Assad, arqueando las cejas y dejando los ojos redondos como canicas—. ¿No crees?

Carl miró en el maletín. Merete Lynggaard había llevado el maletín a casa, era bastante lógico. Contenía su agenda y tal vez apuntes que en ciertas situaciones podían ser de utilidad. Pero generalmente solía llevar a casa muchos papeles para repasar, o sea, que nunca le faltaba trabajo. Tenía un teléfono fijo, pero sólo unos pocos elegidos lo conocían. El móvil era para un círculo más grande, era el número que aparecía en su tarjeta de visita.

—¿Y no crees que se oiría el móvil en la sala si estaba dentro del maletín, en la recocina?

—*No way*.

Carl no tenía ni idea de que Assad supiera inglés.

—Vaya, dos hombres de palique, ¿eh? —se oyó una voz clara tras ellos.

Ninguno de los dos había oído entrar a Lis, de la Brigada de Homicidios.

—Tengo un par de cosas más para vosotros. Han llegado del distrito del suroeste de Jutlandia —aclaró, propagando por la estancia un aroma comparable a las barras de incienso de Assad, pero con un efecto del todo diferente—. Sienten el retraso, pero alguien estaba enfermo.

Tendió las carpetas a un Assad espléndidamente predispuesto y dirigió a Carl una mirada capaz de resucitar a un muerto.

Carl miró los labios húmedos de Lis y trató de recordar cuánto tiempo llevaba sin tener relaciones íntimas con el sexo opuesto, y vio ante sí con la mayor nitidez el piso de color rosa de una mujer divorciada. Tenía espigas de lavanda en un cuenco de agua, velas encendidas y un paño de color rojo sangre sobre la lámpara de la mesilla de noche, pero no recordaba el rostro de la mujer.

—¿Qué le has dicho a Bak, Carl? —preguntó Lis.

Carl emergió de su telón de fondo erótico y miró al fondo de los ojos azul claro, que se habían oscurecido un poco.

—¿A Bak? ¿Qué pasa, anda gimoteando, o qué?

—No, se ha ido a casa. Pero sus compañeros han dicho que tenía la cara blanca después de haber estado contigo en el despacho del jefe.

Puso a cargar el móvil de Merete Lynggaard y confió en que la batería no estuviera completamente agotada. Los voluntariosos dedos de Assad —con manga de camisa o sin ella— habían hurgado en todo el maletín, así que descartó un análisis de la Policía Científica. El daño ya estaba hecho.

Sólo había escritas tres hojas del bloc, el resto estaba en blanco. Las notas se referían más que nada a la organización municipal de asistencia a domicilio y a las condiciones del servicio. Muy decepcionante y con toda seguridad muy característico de la realidad que había abandonado Merete Lynggaard.

Después metió la mano en un bolsillo lateral dado de sí y sacó tres o cuatro papeles arrugados. El primer papel era una factura de una chaqueta Jack&Jones del 3 de abril de 2001, mientras que el resto eran unos folios doblados como un acordeón, como los que habría en el fondo de la mochila de cualquier escolar. Escritos a lápiz, totalmente ilegibles y, por supuesto, sin fecha.

Dirigió el flexo hacia el primero de ellos y lo alisó un poco. Sólo nueve palabras. «¿Podemos hablar después de mi iniciativa de reforma fiscal?», ponía, firmado con las iniciales TB. Había muchas posibilidades, pero Tage Baggesen era de las más plausibles, ¿no? Al menos es lo que decidió creer.

Sonrió. Ja, qué buena. O sea que Tage Baggesen quería hablar con Merete Lynggaard, ¿eh? Y parece que no le valió de gran cosa.

Alisó el siguiente folio y lo leyó con rapidez, y la sensación corporal fue totalmente distinta. El tono era bastante diferente, personal, Baggesen estaba apurado. El texto decía:

«No sé qué va a ocurrir si lo haces público, Merete. Te ruego que no lo hagas. TB».

Después tomó el último papel. El texto estaba casi borrado, como si lo hubieran sacado del maletín una y otra vez. Le dio varias vueltas y leyó el texto palabra por palabra.

«Creía que nos entendíamos, Merete. Todo esto me afecta profundamente. Te lo ruego, por favor, una vez más: no dejes que se haga público. Estoy deshaciéndome de todo».

Esta vez no estaba firmado con iniciales, pero no cabía duda, la letra era la misma.

Descolgó el receptor y marcó el número de Kurt Hansen. Respondió una secretaria de las oficinas de la Derecha. Estuvo amable, pero le dijo que lo sentía, que Kurt Hansen estaba ocupado en aquel momento. ¿Quería esperar? La reunión iba a terminar dentro de un par de minutos.

Carl observó los folios que tenía ante sí mientras sujetaba el receptor junto al oído. Llevaban en el maletín desde marzo de 2002 y con toda probabilidad desde un año antes. Puede que fuera una tontería, puede que no. Puede que Merete Lynggaard los guardara precisamente porque podrían revelarse importantes en algún momento, y puede que no.

Después de una breve conversación en segundo plano oyó un clic, y luego la voz característica de Kurt Hansen.

—¿Qué puedo hacer por ti, Carl? —preguntó el parlamentario sin más preámbulos.

—¿Dónde puedo averiguar cuándo presentó Tage Baggesen una proposición de ley para una reforma fiscal?

—¿Para qué coño quieres esa información? —se interesó Kurt Hansen, riéndose—. No hay cosa menos interesante que lo que los Radicales de Centro opinan sobre cuestiones fiscales.

—Necesito una fecha más precisa, Kurt.

—Pues va a ser difícil. Tage Baggesen presenta una proposición de ley cada dos por tres —repuso, riendo—. No, bromas aparte: Tage Baggesen lleva por lo menos cinco años de portavoz en la Comisión de Tráfico. No sé por qué dejó la delegación de la Comisión de Fiscalidad, pero espera un poco.

Tapó el receptor con la mano mientras seguía el murmullo de fondo.

—Creemos que fue a principios de 2001, con el Gobierno anterior. Entonces tenía más libertad para ese tipo de travesuras. Apostamos por marzo-abril de 2001.

Carl asintió con la cabeza, satisfecho.

—Vale, Kurt. Casa perfectamente con mis datos. Gracias, chaval. Oye, ¿puedes ponerme desde ahí con Tage Baggesen?

Se oyeron un par de tonos y después habló con una secretaria que le dijo que Tage Baggesen estaba en el extranjero, en un viaje de trabajo a Hungría, Suiza y Alemania para estudiar sus redes de cercanías. Volvería al despacho el lunes.

¿Viaje de trabajo? ¿Red de trenes de cercanías? Que se lo contaran a su abuela. A eso Carl lo llamaba vacaciones. Ni más ni menos.

—Necesito su número de móvil. ¿Tendría la amabilidad de proporcionármelo?

—Me temo que no me está permitido.

—Oiga, no está hablando con un campesino de Fionia. Puedo conseguir ese número en cuatro minutos si hace falta. Pero Tage Baggesen no se pondría precisamente contento si supiera que en su oficina no me han facilitado el trabajo, ¿verdad?

A pesar de las interferencias, era evidente que la voz de Tage Baggesen no traslucía gran entusiasmo, la verdad.

—Tengo unos papeles aquí que me gustaría que me explicara un poco —comenzó Carl con voz melosa. Ya había visto cómo era capaz de reaccionar aquel tipo—. Nada especial, es por ir ordenando las cosas.

—¿De qué se trata? —replicó con una voz estridente que distaba leguas del tono empleado en su conversación de tres días antes.

Carl leyó los folios uno a uno. Cuando llegó al último, fue como si Baggesen hubiera dejado de respirar al otro lado de la línea.

—¿Tage Baggesen? —preguntó—. ¿Oiga...?

Se oyó el tono continuo.

Espero que no se eche al río, pensó Carl, intentando recordar qué río pasaba por Budapest mientras despegaba la hoja de sospechosos de la pizarra blanca y añadía las iniciales de Tage Baggesen al punto tres: «Compañeros de Christiansborg».

Acababa de colgar cuando sonó el teléfono de la mesa.

—Soy Beate Lunderskov —se presentó una mujer. Carl no tenía ni idea de quién era—. Hemos analizado el viejo disco duro de Merete Lynggaard, y me temo que está definitivamente borrado.

Entonces se dio cuenta. Era una de las secretarias de las oficinas de los Demócratas.

—Creía que conservabais los discos duros porque queríais guardar la información —repuso.

—Así es, pero parece ser que nadie informó de ello a la secretaria de Merete, Søs Norup.

—¿Es decir...?

—Que fue ella quien lo borró. Lo escribió con buena letra en la parte trasera. «Formateado el 20/3 de 2002, Søs Norup», pone. Lo tengo en la mano.

—Es casi tres semanas después de que desapareciera.

—Sí, algo así.

Maldito Børge Bak y sus compinches. ¿Había una sola cosa en aquella investigación que hubieran hecho con fundamento?

—Pero podemos enviarlo a que lo analicen más a fondo. Hay gente especializada en rescatar datos borrados... Vaya, me parece que ya está hecho. Un momento —añadió. Se oyó al fondo que revolvía algo y volvió con voz satisfecha—. Sí, aquí está el justificante. Intentaron recuperar los datos en la empresa Down Under a principios de abril de 2002. Hay una explicación más detallada de por qué no fue posible. ¿Se la leo?

—No hace falta —respondió Carl—. Seguro que Søs Norup sabía cómo hacerlo a conciencia.

—Seguro —convino la secretaria—. Era muy minuciosa.

Carl le dio las gracias y colgó.

Se quedó un rato mirando fijamente el teléfono antes de encender un cigarrillo; después cogió de la mesa la agenda gastada de Merete Lynggaard y la abrió con una sensación parecida a la veneración. Le ocurría cada vez que lograba acercarse a los últimos días de algún muerto.

Igual que en los apuntes, la letra de la agenda era bastante incomprensible y llevaba la marca de las prisas. Letras mayúsculas con trazos descuidados. Las enes y las ges sin terminar, palabras superpuestas. Empezó con la reunión con las empresas que realizaban investigaciones con placenta, el 20 de febrero de 2002. Algo más abajo ponía: Bankeråt a las 18.30. Nada más.

En los días siguientes apenas había una línea sin llenar, una agenda apretadísima, había que reconocerlo, pero ninguna observación de carácter privado.

A medida que se acercaba al último día en que trabajó Merete Lynggaard, una sensación de desesperación empezó a adueñarse de él. No había absolutamente nada que le sirviera. Entonces giró la última hoja. «Viernes, 1.3.2002», ponía. Dos reuniones de comisión y una reunión de grupo parlamentario, eso era todo. El resto lo había ocultado el pasado.

Apartó la agenda y miró al interior del maletín vacío. ¿Había estado realmente cinco años detrás de la caldera para nada? Después volvió a coger la agenda y examinó el resto. Merete Lynggaard sólo usaba las hojas de la agenda y el listado de teléfonos del final.

Empezó con los teléfonos desde el principio. Podía haber ido directamente a la D o la H, pero quería mantener la decepción a raya. Entre las letras A, B y C reconocía el noventa por ciento de los nombres. No había gran parecido con su lista de teléfonos, donde dominaban nombres como Jesper, Vigga y un mar de gente de Rønneparken. Era fácil deducir que Merete Lynggaard no tenía muchos amigos íntimos. Bueno, con toda probabilidad ni uno. Una mujer guapa que tenía un hermano con una lesión cerebral y, aparte de eso, trabajo y más trabajo, no había más. Llegó a la D y supo que el número de teléfono de Daniel Hale no iba a estar allí. Merete Lynggaard no escribía sus contactos por el nombre, como Vigga, la gente era diferente. Claro que ¿quién coño iba a buscar al primer ministro sueco en la G de Göran? Aparte de Vigga, claro.

Entonces ocurrió. En el momento en que empezó a hojear la H, supo que el caso daría un vuelco. Se había hablado de accidente, se había hablado de suicidio, y al final hubo que empezar de cero. Durante la investigación hubo indicios que sugerían que el caso Lynggaard no era senci-

248

llo, pero aquella página lo proclamaba a gritos. En todas las páginas de la agenda había notas escritas con rapidez. Letras y números que su hijo postizo era capaz de escribir con mejor caligrafía, que ya es decir. La caligrafía de la mujer no era agradable a la vista, nada que ver con lo que se esperaría del sentido del orden de aquella auténtica cometa política. Pero Merete Lynggaard nunca se había arrepentido de lo que había escrito. No había tachados ni correcciones en ninguna parte. Sabía lo que escribía cada vez que lo hacía. Todo bien sopesado, infalible. Con la excepción de la letra H de su lista de teléfonos. Allí había algo diferente. Carl no podía saber con seguridad que tuviese que ver con el nombre de Daniel Hale, pero en lo más profundo de su ser, allí donde busca el policía sus últimos recursos, supo que había dado en el blanco. Merete había tachado un nombre con un grueso trazo de bolígrafo. No se apreciaba, pero allí había estado escrito el nombre de Daniel Hale y su número de teléfono. Lo sabía.

Sonrió. O sea que iba a necesitar a la Policía Científica, después de todo. Ya podían hacer su trabajo como es debido y a toda pastilla.

—¡Assad! —gritó—. Ven aquí.

Oyó un alboroto en el pasillo, y después Assad apareció en el hueco de la puerta con un cubo de agua y guantes de plástico verdes.

—Tengo trabajo para ti. Quiero que los peritos intenten descubrir este número —ordenó, señalando las líneas tachadas—. Lis te dirá cómo es el procedimiento. Diles que corre prisa.

Llamó con cuidado a la puerta de Jesper y naturalmente no obtuvo respuesta. Como de costumbre, no está, razonó, pensando en los ciento doce decibelios que solían retumbar en el interior. Pero Carl se equivocaba, como se demostró cuando abrió la puerta.

La chica, cuyos pechos Jesper acariciaba tras la blusa, dio un chillido que le llegó hasta la médula, y la mirada fulminante de Jesper subrayó la gravedad de la situación.

—Perdón —se disculpó Carl de mala gana, mientras las manos de Jesper salían de la postura comprometida y las mejillas de la chica se ponían tan rojas como el fondo del póster de Che Guevara que había en la pared de atrás. Carl la conocía. Tendría a lo sumo catorce años, pero aparentaba veinte y vivía en la urbanización. Su madre probablemente sería parecida a su edad, pero con los años se habría dado cuenta con amargura de que no siempre es una ventaja aparentar más edad de la que tienes.

—Joder, Carl, ¿de qué vas? —gritó Jesper, saltando del sofá-cama.

Carl volvió a excusarse y dijo que había llamado a la puerta, mientras el abismo generacional atravesaba la casa.

—Seguid con lo... vuestro. Sólo quería preguntarte una cosa, Jesper. ¿Sabes dónde están tus viejos juguetes de Playmobil?

Su hijo postizo le dirigió una mirada asesina. Carl se dio cuenta de que era una pregunta inoportuna a más no poder.

Saludó con aire de disculpa a la chica.

—Sí, es que tengo que usarlos para una investigación, por extraño que parezca —repuso, y al volver la mirada hacia Jesper notó que se le clavaban los puñales por todas partes—. ¿Aún guardas las figuras de plástico, Jesper? Te las compraría a gusto.

—Vete a tomar por culo, Carl. Pregúntale a Morten. A lo mejor puedes comprarle alguna, pero ya puedes ir sacando el talonario.

Carl arrugó el entrecejo. ¿Qué tenía que ver el talonario con aquello?

La última vez que Carl llamó a la puerta de Morten Holland debió de ser año y medio antes. Aunque su inquilino se desplazaba por la planta baja como si fuera uno más de la familia, su vida en el sótano siempre había sido sagrada. Además –y aquello era importante– contribuía de lo lindo con el alquiler, y Carl no tenía ganas de saber de Morten y sus costumbres nada que pudiera hacer tambalear su estatus. Por eso lo dejaba en paz.

Pero su inquietud estaba de más, porque en el cuarto de Morten todo era sobriedad, y aparte de los enormes pósteres con un par de tíos como armarios y tías con enormes delanteras, podría haber sido cualquier piso municipal para ancianos.

Preguntado sobre la suerte que habían corrido las figuras Playmobil de Jesper, Morten lo llevó a la sauna, que tenían incorporada todas las casas de Rønneholtparken y que ahora en el noventa y nueve por ciento de los casos se habían desmontado o bien se usaban para almacenar todo tipo de cachivaches.

–Adelante, mira aquí –dijo, abriendo con orgullo la puerta de la sauna para mostrar un espacio lleno hasta arriba de estanterías rebosantes de todo tipo de juguetes que los mercadillos no lograban vender hacía sólo unos pocos años. Figuras de huevos Kinder, figuras de *La guerra de las galaxias,* figuras de Tortugas Ninja y figuras de Playmobil. La mitad del plástico que había en la casa estaba en aquellos estantes. Después tomó con orgullo dos figuritas con casco–. Mira, éstas son dos de las figuras originales de la serie, de la Feria del Juguete de Nüremberg de 1974. El número 3219 con azada y el 3220 con la porra del agente de tráfico intacta. Qué locura, ¿no?

Carl asintió en silencio. No podría haber encontrado una palabra mejor.

–Sólo me falta el 3218 para completar los oficios. Jesper me pasó las cajas 3201 y 3203. Mira, ¿a que están perfectas? Cualquiera diría que Jesper no las había usado nunca.

Carl sacudió la cabeza. Había sido dinero echado por la borda, o como se diga; era evidente.

—Y me las vendió por un par de miles. Fue muy amable por su parte.

Carl miró fijamente las estanterías. Si de él dependiera, les habría dicho un par de cosas a Morten y a Jesper acerca de cuando cobraba dos coronas a la hora por esparcir estiércol y la salchicha de los puestos ambulantes había subido a una corona y ochenta céntimos.

—¿Podrías prestarme un par de figuras hasta mañana? A ser posible, ésas —le pidió, señalando a una pequeña familia con perro y todo.

Morten Holland lo miró como si estuviera mal de la cabeza.

—¿Estás majara, Carl? Eso es la caja 3965 del año 2000. Tengo toda la caja, con casa, balcón y toda la pesca —repuso, señalando la estantería superior.

Era verdad. Allí estaba la casa de plástico, reluciente.

—¿No tienes alguna otra cosa que puedas prestarme? ¿Hasta mañana por la noche?

El rostro de Morten adquirió una expresión extrañamente perdida.

Con toda seguridad no habría sido muy diferente si Carl le hubiera preguntado si no le importaba que le diera un patadón en la entrepierna.

29

2007

Iba a ser un viernes muy atareado: Assad tenía una reunión por la mañana en el Servicio de Extranjería, que era como había rebautizado el Gobierno al antiguo mecanismo de control, la Dirección de Extranjería, a fin de disfrazar la realidad, y mientras tanto a Carl no iba a faltarle trabajo.

La noche anterior había sacado furtivamente a la pequeña familia de Playmobil de la cámara del tesoro de Morten Holland mientras su dueño trabajaba en la tienda de vídeos, y en aquel momento en que se adentraba en el páramo de Selandia del norte las figuras descansaban en el asiento del copiloto con su mirada fija, de reproche.

La casa de Skævinge donde encontraron al conductor del accidente, Dennis Knudsen, ahogado en su propio vómito no era, al igual que el resto de las casas del barrio, ninguna maravilla, pero dentro de su estilo chapucero presentaba cierta armonía con sus terrazas, piedras de hormigón aligerado y placas de uralita gastadas que, en cuanto a la elección de material y durabilidad, casaban perfectamente con las ventanas deslucidas, que pedían a gritos una renovación.

Carl esperaba que le abriera la puerta un fornido trabajador de la construcción o su equivalente femenino, pero en su lugar apareció una mujer a finales de la treintena de aspecto tan impreciso y delicado que era imposible saber si frecuentaba los pasillos de la alta dirección o se dedicaba al servicio de acompañamiento en bares de hoteles caros.

Sí, podía entrar, y no, por desgracia sus padres habían muerto.

Se presentó como Camilla y lo condujo a una sala en la que la mayor parte del escenario se componía de platos conmemorativos, minúsculas estanterías y alfombras de pelo largo.

—¿Qué edad tenían tus padres cuando murieron? —preguntó, tratando de no prestar atención a la fealdad del resto de la casa.

La mujer entendió lo que estaba pensando. Todo lo que había dentro de la casa pertenecía a otra época.

—Mi madre heredó la casa de mi abuela, y la mayoría de las cosas eran de la abuela —explicó. Seguro que su casa no tenía aquel aspecto—. Después la heredé yo, y acabo de divorciarme, así que tengo que ponerla a punto, si consigo encontrar quien me lo haga. Vamos, que me encuentra de pura casualidad.

Del mueble más fino de la sala, un secreter de nogal chapado, cogió una foto enmarcada en la que aparecía toda la familia: Camilla, Dennis y los padres. Sería de por lo menos diez años antes, y los padres resplandecían como dos soles ante el arreglo floral de sus bodas de plata. «Enhorabuena por los 25 años, Grete y Henning», ponía. Camilla llevaba unos vaqueros ajustados que apenas dejaban nada a la fantasía, y Dennis vestía un chaleco de cuero y una gorra de béisbol donde ponía Castrol Oil. Es decir, que, en suma, había banderas, sonrisas y felicidad en Skævinge.

Sobre la repisa de la chimenea había un par de fotografías más. Preguntó por los que aparecían en ellas, y a juzgar por las respuestas de la mujer la familia no había tenido mucha vida social.

—A Denis le encantaba todo lo que corriera rápido —declaró Camilla, y lo arrastró a lo que en otra época había sido el cuarto de Dennis Knudsen.

Las lámparas de lava y los enormes altavoces eran de esperar, pero aparte de eso la estancia contrastaba con el resto de la casa. Allí los muebles eran de colores claros y casaban bien. El armario era nuevo y estaba lleno de ropa bonita suspendida de las perchas. De la pared colgaban incontables diplomas enmarcados, y encima, sobre la estantería de abedul, estaban todas las copas que había ganado Dennis a lo largo de los años. Carl hizo un cálculo aproximado. Habría cien o más, era bastante impresionante.

—Sí —continuó la mujer—. Dennis ganaba en todo en lo que participaba. Competiciones de velocidad con motos, carreras de coches preparados, de tractores, *rallies* y todo tipo de carreras de motor. Tenía un talento nato. Era bueno en casi todo lo que le interesaba, también escribiendo, haciendo cuentas y todo eso. Fue muy triste que muriera.

Movió la cabeza arriba y abajo, con la mirada desenfocada.

—Su muerte destrozó a papá y mamá. Era un buen hijo y un buen hermano pequeño, ya lo creo.

Carl le dirigió una mirada comprensiva, aunque no comprendía gran cosa. ¿Sería realmente el mismo Dennis Knudsen del que le había hablado Lis a Assad?

—Me alegro de que se hayan ocupado del caso —añadió la mujer—, pero habría preferido que lo hicieran en vida de papá y mamá.

Carl la miró y trató de penetrar en lo que escondían sus palabras.

—¿A qué caso te refieres? ¿Al del accidente de coche?

La mujer asintió en silencio.

—Sí, a eso y a la muerte de Dennis poco tiempo después. Dennis era capaz de agarrarse una buena borrachera, pero antes nunca había tomado drogas, ya se lo dijimos entonces a la policía. De hecho, era bastante impensable. Había trabajado con jóvenes y les recomendaba que no tomaran drogas, pero a la policía no pareció importarle. Se limitaron a mirar su ficha y cuántas multas tenía por exceso de velocidad. Por eso, ya lo habían condenado de antemano cuando encontraron esas repugnantes pastillas de éxtasis en su bolsa de deportes –dijo–. Sus ojos se achicaron–. Pero era imposible, porque Dennis no tocaba esas cosas. Porque no podía reaccionar con rapidez cuando conducía. Odiaba esa basura.

–Puede que lo atrajera el dinero fácil y quisiera venderlo. Puede que quisiera probar un poco. ¡Si supieras lo que vemos en Jefatura...!

Al oír aquello las arrugas de la boca de la mujer se pronunciaron.

–Alguien lo engatusó, y ya sé quién. También lo dije entonces.

Carl sacó su cuaderno.

–¿Ah, sí? –dijo. El sabueso que llevaba dentro levantó la cabeza y olfateó contra el viento. Percibió algo inesperado. Y se puso alerta–. ¿Quién fue?

La mujer se acercó a una pared cuyo papel pintado era sin duda el original de cuando construyeron la casa a principios de los sesenta, y descolgó una fotografía de un clavo. Su padre le hizo una parecida a Carl cuando ganó una copa de natación en Brønderslev. El documento mostraba a un padre orgulloso de lo mucho que había aprendido su hijo. Carl calculó que Dennis tendría en la foto diez o doce años a lo sumo; estaba elegante con su traje de piloto de kart y orgullosísimo del pequeño casco plateado que llevaba en la mano.

–Ése de ahí –señaló Camilla, señalando a un chico rubio que había detrás, con el brazo echado sobre los hombros de Dennis–. Lo llamaban Átomos, no sé por qué. Se conocieron en una pista de carreras. Dennis se pirraba por Átomos, y Átomos era un cabrón.

–¿Siguieron manteniendo contacto después?

–No lo sé con seguridad. Creo que se separaron cuando Dennis tenía dieciséis o diecisiete años, pero sé que el último año se habían visto, porque mamá siempre se quejaba.

–¿Y por qué crees que ese Átomos pudo tener que ver con la muerte de tu hermano?

La mujer miró la fotografía con ojos melancólicos.

—Era un grandísimo hijo de puta que tenía el alma podrida.

—Vaya expresión más extraña. ¿Qué quieres decir con eso?

—Que estaba mal de la cabeza. Dennis decía que decir eso era una tontería, pero era verdad.

—Entonces, ¿por qué era tu hermano tan amigo suyo?

—Porque Átomos era siempre el que lo animaba a conducir. Además, era un par de años mayor. Dennis lo admiraba.

—Tu hermano murió ahogado en su propio vómito. Había tomado cinco pastillas y tenía una tasa de alcohol de 4,1 gramos por litro. No sé cuánto pesaba, pero de todas formas había empinado el codo de lo lindo. ¿Sabes si había alguna razón para que bebiera? Lo de beber ¿era algo reciente? ¿Se quedó muy deprimido después del accidente?

La mujer lo miró con ojos tristes.

—Mis padres decían que el accidente lo afectó mucho. Dennis era fantástico al volante. Era el primer accidente en el que se vio envuelto en su vida, y además murió una persona.

—Según mis informaciones, Dennis estuvo dos veces en la cárcel por conducción temeraria, o sea que tampoco sería tan fantástico.

—¡Ja! —repuso ella, mirándolo con desdén—. Nunca conducía temerariamente. Cuando conducía a tope por la autopista siempre sabía cuánta calzada quedaba libre. Lo último que quería era poner en peligro la vida y la seguridad de los demás.

¿Cuántos delincuentes se habrían ahorrado si las familias hubieran estado atentas a tiempo? ¿Cuántos idiotas se aferraban a los lazos de sangre? Carl lo había oído miles de veces. Mi hermano, mi hijo, mi marido es inocente.

—Tienes a tu hermano en un pedestal; ¿no es algo ingenuo por tu parte?

La mujer lo asió por la muñeca y acercó tanto su cara a la de él que Carl notó el flequillo de ella contra la nariz.

—Si eres tan inútil en la entrepierna como lo eres en tu investigación, ya puedes marcharte —masculló entre dientes.

Su protesta fue sorprendentemente violenta y provocadora. Así que no debía de frecuentar tanto los pasillos de la alta dirección, pensó Carl retirando la cabeza.

—Mi hermano era legal, ¿lo pillas? —continuó—. Y si quieres seguir adelante con lo que llevas entre manos, te recomiendo que no olvides ese dato.

Después le dio un golpecito en la entrepierna y retrocedió. Se produjo una enorme transformación. Su voz fue de nuevo suave y volvió a inspirar confianza, a ser abierta. Joder, qué profesión le había tocado.

Frunció el entrecejo y avanzó un paso hacia ella.

—Como vuelvas a tocarme la campanilla, te pincho esas bombas de silicona y declaro que ha ocurrido porque te resististe a la detención después de amenazarme con una de las horripilantes copas de tu hermano. Cuando las esposas se cierren en torno a tus muñecas, mientras esperes al médico mirando fijamente a una pared blanca en la comisaría de Hillerød, soñarás con no haberlo hecho. ¿Seguimos adelante o tienes algo que añadir sobre mis partes nobles?

Ella permanecía impasible. Ni siquiera sonrió.

—Sólo digo que mi hermano era legal, más vale que me crea.

Carl se resignó. Aquella mujer no era fácil de impresionar.

—De acuerdo. Pero ¿cómo voy a encontrar a ese Átomos? —preguntó, retrocediendo un paso y alejándose de la camaleona—. ¿De verdad que no recuerdas nada más de él?

—Oiga, era cinco años más joven que yo. En aquella época no me interesaba lo más mínimo.

Carl sonrió con ironía. Cómo cambiaban los intereses con los años.

—¿Algún rasgo especial? ¿Cicatrices, pelo, dientes? ¿No lo conocía nadie más del pueblo?

–No creo. Llegó de un orfanato de Tisvildeleje.

Después se quedó ensimismada.

–¿Sabe qué? Creo que el sitio se llamaba Godhavn –añadió, cogiendo la foto enmarcada y ofreciéndosela–. Si promete devolvérmela, puede enseñársela a los que trabajan en el orfanato. Quizá puedan responder a sus preguntas.

El coche estaba aparcado junto a un cruce bajo un sol de justicia, y Carl se puso a reflexionar. Podía ir hacia el norte, a Tisvildeleje, y hablar con la gente de un orfanato para ver si alguien recordaba a un niño al que llamaban Átomos veinte años atrás. O si no podía ir hacia el sur, a Egely, a jugar al pasado con Uffe. Y finalmente podía aparcar el buga al borde de la carretera, poner su actividad mental en punto muerto y echar un par de horas de siesta. Sobre todo lo último era de lo más tentador.

Por otra parte, por desgracia sabía que si no devolvía los muñecos de Playmobil a la estantería de Morten Holland a tiempo, había un riesgo real de perder a su inquilino, y por tanto una parte importante de sus ingresos.

De modo que soltó el freno de mano y torció a la izquierda, hacia el sur.

En Egely era la hora del almuerzo y el aroma a tomillo y salsa de tomate se extendía por el paisaje cuando aparcó el coche. Encontró al encargado sentado junto a una mesa larga de teca en la terraza de su oficina. Igual que la última vez, estaba impecable. Llevaba un sombrero en la cabeza y la servilleta al cuello, y daba cuidadosos bocados a la lasaña que había en un lado del plato. No era de los que vivían para los placeres mundanos. No podía decirse lo mismo de sus colaboradores de la administración y de un par de enfermeras que a diez metros de allí atacaban sus platos repletos en medio de un parloteo incesante.

Lo vieron torcer la esquina y de pronto se hizo el silencio. Se oyó con claridad el volar de los pajarillos retozando entre los matorrales y el tintineo de platos procedente del comedor.

—Buen provecho —comenzó Carl, sentándose junto a la mesa del encargado sin esperar a que lo invitara—. He venido para preguntarle si sabía usted que una vez Uffe Lynggaard, mientras jugaba, había revivido el accidente que lo dejó lisiado. Una asistenta social de Stevns, Karen Mortensen, reparó en ello poco antes de la muerte de Merete Lynggaard. ¿Lo sabía usted?

El encargado asintió con la cabeza lentamente y tomó otro bocado. Carl miró al plato. Por lo visto había que esperar a que terminara su almuerzo antes de que el rey incuestionable de Egely se dignara dirigir la palabra a un miembro de la plebe.

—¿Consta en el historial de Uffe? —siguió preguntando Carl.

El responsable volvió a asentir en silencio mientras seguía masticando con lentitud.

—¿Ha vuelto a suceder alguna vez?

El hombre se encogió de hombros.

—¿Ha sucedido o no ha sucedido?

Entonces sacudió la cabeza.

—Quisiera estar a solas con Uffe. Sólo diez o quince minutos. ¿Es posible?

La pregunta quedó sin respuesta.

Entonces Carl esperó a que el encargado terminara su plato, se limpiara los labios con la servilleta de tela y se pasara la lengua por los dientes. Un trago de agua helada, y levantó la vista.

—No, no puede estar a solas con Uffe —fue la contestación.

—¿Puede saberse por qué?

El hombre lo miró con desdén.

—Su profesión está bastante alejada de la nuestra, ¿verdad? —repuso, y continuó sin esperar respuesta—. No podemos arriesgarnos a que provoque una regresión en el progreso de Uffe Lynggaard, ésa es la razón.

—¿Está haciendo algún progreso? No lo sabía.

Notó que una sombra caía sobre la mesa y se volvió hacia la enfermera jefe, que lo saludó amablemente con la cabeza y enseguida suscitó el recuerdo de un trato mejor que el dispensado por el encargado.

—Ya me ocuparé yo —sugirió, mirando con firmeza a su jefe—. De todas formas, tengo que ir de paseo con Uffe. Puedo acompañar a la puerta al señor Mørck.

Era la primera vez que caminaba junto a Uffe Lynggaard, y Uffe era alto. Sus extremidades eran largas y delgadas y tenía un porte que dejaba entrever que siempre estaba inclinado sobre la mesa.

La enfermera lo llevaba de la mano, pero no parecía ser del agrado del joven. Cuando llegaron a la espesura frente al fiordo él soltó la mano y se sentó en la hierba.

—Le gusta mirar a los cormoranes, ¿verdad, Uffe? —le preguntó la enfermera, señalando la colonia de aves prehistóricas posada en grupos de árboles medio marchitos y cubiertos de guano.

—Tengo algo que me gustaría enseñarle a Uffe —dijo Carl.

La enfermera observó con atención las cuatro figuras de Playmobil y su coche correspondiente, que Carl sacó con cuidado de la bolsa de plástico. Era espabilada, Carl ya se dio cuenta la primera vez, pero quizá no tan dispuesta a cooperar como había esperado.

Después se llevó la mano a su insignia de enfermera, probablemente para dar más peso a sus palabras.

—Ya conozco el incidente que describió Karen Mortensen. Creo que no es una buena idea volver a recrearlo.

—¿Por qué no?

—Usted quiere que reviva el accidente cuando mire a las figuras, ¿verdad? ¿Cree que eso abrirá en él alguna compuerta?

—Sí.

La mujer asintió con la cabeza.

—Me lo imaginaba. Pero, francamente, no sé —dudó, e hizo ademán de levantarse, pero vaciló.

Carl posó la mano con cuidado en el hombro de Uffe y se puso en cuclillas junto a él. Sus ojos brillaban dichosos ante el reflejo de las olas del fiordo, y Carl lo comprendía. Quién no querría desaparecer en aquella tarde de marzo, nítida y azul como nunca.

Entonces colocó el coche de Playmobil sobre la hierba ante Uffe y fue colocando las figuras en los asientos, una a una. Papá y mamá en los delanteros, y el hijo y la hija en el trasero.

La enfermera seguía todos sus movimientos. Puede que tuviera que volver otro día a repetir el experimento, pero ahora al menos quería tratar de convencerla de que no iba a abusar de su confianza. De que la consideraba una aliada.

—Brrrr —imitó en voz baja el sonido del motor, y condujo el coche sobre la hierba delante de Uffe, para gran trastorno de un par de abejas que bailaban entre las flores.

Carl sonrió a Uffe y aplanó el rastro del coche. Era evidente que era lo que más interesaba a Uffe. La hierba aplastada que volvía a enderezarse.

—Vamos a dar un paseo en coche con Merete, papá y mamá, Uffe. Mira, estamos todos. ¡Mira cómo atravesamos el bosque! ¡Qué bien lo estamos pasando!

Dirigió la mirada hacia la mujer vestida de blanco. Estaba tensa, y en las arrugas de su boca se dibujaban sombras de duda. No tenía que dejarse llevar por el entusiasmo. Si gritaba, ella se asustaría. Estaba mucho más metida en el juego que Uffe, que simplemente estaba sentado bizqueando al sol, dejando que el entorno cuidara de sí mismo.

—Cuidado, papá —advirtió Carl con voz de mujer—. Está resbaladizo, puedes derrapar.

Después volvió a empujar el coche.

—Cuidado con el otro coche, está derrapando también. ¡Socorro, chocamos contra él!

Reprodujo el ruido del frenazo y del metal arañando la calzada. Uffe estaba siguiendo el juego. Entonces Carl volcó el coche y las figuras cayeron al suelo.

—¡Cuidado, Merete! ¡Cuidado, Uffe! —gritó con voz clara, y la enfermera se inclinó sobre él y le puso una mano en el hombro.

—Creo que no... —dijo, sacudiendo la cabeza. Iba a coger a Uffe y hacerlo levantar.

—¡Pam! —exclamó Carl, dejando que el coche rodara sobre la hierba.

Pero Uffe no reaccionó.

—Creo que está en otro mundo —comentó Carl, indicando con un movimiento de la mano que la representación había concluido. Después continuó—. Tengo una fotografía que me gustaría que viera Uffe, ¿algún problema? Después os dejaré en paz.

—¿Una foto? —se sorprendió la mujer, mientras Carl sacaba todas las fotografías de su bolsa de plástico. Después colocó las fotos que había pedido prestadas a la hermana de Dennis Knudsen sobre la hierba, mientras ponía frente a los ojos de Uffe el folleto de la empresa de Daniel Hale.

Era evidente que Uffe sentía curiosidad. Igual que un mono en una jaula que tras observar miles de muecas en la gente veía por fin algo nuevo.

—¿Lo conoces, Uffe? —preguntó, mirándolo a la cara con atención. La menor contracción podría ser la única señal que recibiera. Si existía una vía de entrada en la torpe mente de Uffe, Carl tenía que esforzarse por encontrarla.

—¿Estuvo en vuestra casa de Magleby, Uffe? ¿Estuvo allí este hombre entregándoos una carta a ti y a Helle? ¿Lo recuerdas? —insistió, señalando los ojos cristalinos y el pelo rubio de Hale—. ¿Fue él?

Uffe miraba al vacío. Después su mirada descendió un poco hasta tropezar con las fotografías que había sobre la hierba.

Carl siguió su mirada y advirtió que las pupilas de Uffe se contraían de pronto a la vez que despegaba los labios. La reacción fue más que evidente. Tan real y visible como si se le hubiera caído un yunque a los pies.

—¿Y éste de aquí? ¿Lo has visto antes, Uffe? —añadió sacando rápidamente la foto de Dennis Knudsen de las bodas de plata de sus padres y poniéndola frente a Uffe—. ¿Lo conoces?

Notó que la enfermera se levantaba tras él, pero no le importó. Quería volver a ver las pupilas de Uffe contrayéndose. Era como estar con una llave y saber que encajaba en algún sitio, sin saber dónde.

Pero Uffe alzó la vista, impasible, con la mirada desenfocada.

—Será mejor que lo deje —intervino la enfermera mientras asía con cuidado el hombro de Uffe. A Carl le habrían hecho falta quizá veinte segundos más. Tal vez habría llegado hasta él si hubieran estado solos.

—¿Ha visto su reacción? —preguntó.

La mujer sacudió la cabeza. Mierda puta.

Carl dejó la foto enmarcada en el suelo, junto a la otra que le habían prestado en Skævinge.

Entonces Uffe se estremeció. Primero el tronco, donde el pecho se hundió, y después el brazo derecho, que formó un ángulo recto ante el diafragma.

La enfermera trató de sosegarlo, pero Uffe no le hizo caso. Entonces empezó a respirar a espasmos cortos y superficiales. Tanto la enfermera como Carl lo oyeron, y ella se puso a protestar en voz alta. Pero Carl y Uffe estaban unidos en aquel momento. Uffe en su mundo, entrando en el de Carl. Éste vio que los ojos de Uffe se agrandaban lentamente. Como el obturador de una cámara antigua, se abrían y absorbían cuanto los rodeaba.

Uffe volvió a bajar la vista, y esta vez Carl la siguió hacia la hierba. Uffe estaba realmente presente.

—O sea que, ¿lo conoces? —insistió Carl, poniendo otra vez la foto de Dennis Knudsen de las bodas de oro de sus padres ante Uffe, pero éste la empujó a un lado como un niño descontento y empezó a emitir unos ruidos que no sonaban como el gimoteo normal de un niño, sino más bien como un asmático a quien le costara respirar. La respiración se hizo casi jadeante, y la enfermera gritó a Carl que se marchara.

Carl volvió a seguir la mirada de Uffe, y esta vez no hubo ninguna duda. Estaba dirigida hacia la otra foto que había llevado Carl. La foto de Dennis Knudsen y su amigo Átomos, que estaba detrás, apoyado en el hombro de Dennis.

—¿Está mejor si va vestido así? —dijo, apuntando al joven Dennis con traje de piloto de kart.

Pero Uffe miraba al chico que había tras Dennis. Carl nunca había visto los ojos de una persona tan fijos en algo. Era como si el muchacho de la foto se hubiera adueñado de su ser, como si los ojos de una foto vieja quemaran a Uffe como el fuego, a la vez que le insuflaban vida.

De pronto se puso a gritar. Gritó tanto que la enfermera apartó a Carl y acercó a Uffe hacia sí. Gritó tanto que en los edificios de Egely empezaron también a gritar.

Gritó tanto que los cormoranes alzaron el vuelo de los árboles y dejaron el paisaje yermo.

30

2005-2006

Merete necesitó tres días para arrancar la muela, tres días de pesadilla infernal. Porque cada vez que colocaba las mordazas de las tenazas en torno a la bestia palpitante y la onda expansiva de la infección absorbía toda su fuerza, tenía que superar el terror. Un pequeño tirón lateral y todo el organismo se atascaba. Después pasaban unos segundos con el corazón galopando por el miedo al siguiente tirón, y así seguía durante una eternidad. Trató varias veces de agarrar bien la muela, pero le fallaban las fuerzas y el ánimo cada vez que el metal oxidado la tocaba.

Cuando finalmente consiguió que el pus fluyera y la presión remitió por un instante, rompió a llorar de agradecimiento.

Sabía que la estaban observando. El tipo al que llamaban Lasse no había vuelto aún, y el interruptor del interfono seguía atascado. Allá afuera no decían nada, pero Merete oía sus movimientos y su respiración. Cuanto más sufría ella más ruidosa era la respiración de ellos, casi como si los excitara sexualmente, y eso hizo que creciera su odio hacia ellos. Cuando arrancara la muela vería qué hacer después. Ya se vengaría. Pero antes tenía que pensar.

Así que volvió a asir la muela con las mordazas metálicas de gusto repugnante y tiró un poco, convencida de que había que terminar el trabajo. Aquella muela ya había causado bastante daño, había que acabar con ella.

Logró arrancarla una noche que estaba sola. Hacía horas que no notaba signos de vida allí arriba, de modo que la carcajada de alivio que se le escapó en la estancia resonante era suya y sólo suya. El sabor de la infección le pareció reconfortante. Las palpitaciones que bombeaban la sangre a la boca eran como caricias.

Empezó a escupirse en las manos cada veinte segundos y a aplicar la masa sanguinolenta sobre uno de los cristales de espejo, y después sobre el otro, y para cuando la sangre dejó de fluir el trabajo estaba terminado. Lo único que quedó sin manchar fue un pequeño cuadrado de veinte por veinte centímetros en el ojo de buey de la derecha. Los había privado de la satisfacción de verla expuesta cuando les daba la gana. Por fin decidía ella cuándo dejaría que la atrapasen en su campo visual.

Cuando a la mañana siguiente colocaron la comida en la compuerta, Merete se despertó por las maldiciones de la mujer.

—Esa cerda ha ensuciado los cristales. ¡Mira! Ha untado todo de mierda la muy cerda.

Oyó que el hombre decía que parecía más bien sangre, y la mujer se dirigió a ella hablando entre dientes.

—¿Así agradeces que te hayamos dado las tenazas? ¿Untando todo con tu sucia sangre? Si es tu forma de agradecerlo, recibirás tu castigo. Vamos a apagar la luz, a ver qué te parece, bruja. Puede que así limpies esa marranería. Eso es, no comerás hasta limpiarlo.

Merete oyó que iban a retirar el cubo de la comida de la compuerta, pero dio un salto y bloqueó el carrusel con las tenazas. No iban a chulearle la última ración. Después apartó el cubo de la comida en el último momento, antes de que el sistema hidráulico soltara las tenazas. El mecanismo se cerró con un suspiro y la compuerta volvió a cerrarse.

—Hoy te has salido con la tuya, ¡pero mañana no! —gritó la mujer. La furia de su voz era un consuelo—. Te daré comida podrida hasta que hayas limpiado los cristales, ¿entendido?

Después apagó los tubos fluorescentes del techo.

Merete estuvo un rato mirando con fijeza las manchas marrones ligeramente iluminadas de los cristales de espejo, y el pequeño cuadrado limpio, que estaba algo más iluminado. Se dio cuenta de que la mujer intentaba llegar arriba para poder mirar, pero Merete lo había colocado a propósito demasiado arriba. ¿Cuánto tiempo llevaba sin sentir que la invadía una sensación placentera de victoria? Aquello iba a durar poco, ya lo sabía, pero tal como iban las cosas momentos como aquél eran el único incentivo que tenía para vivir.

Eso y las fantasías de venganza, los sueños de una vida en libertad y de volver a encontrarse con Uffe.

Aquella misma noche encendió la linterna por última vez. Se dirigió al pequeño cuadrado de uno de los cristales de espejo y se iluminó la cavidad bucal. El agujero de la encía era enorme, pero tenía buena pinta, por lo poco que podía ver en aquellas circunstancias. La punta de la lengua decía lo mismo. La curación estaba en marcha.

A los pocos minutos la luz de la linterna empezó a debilitarse, y Merete se arrodilló para examinar el mecanismo de cierre de la compuerta. Lo había visto miles de veces antes, pero puede que esta vez tuviera que memorizarlo de verdad. ¿Quién sabía si iban a volver a encender la luz del techo alguna vez?

La compuerta era curvada y con toda probabilidad cónica, para poder cerrar el hueco herméticamente. La parte inferior, el portillo propiamente dicho de la compuerta, tendría unos setenta y cinco centímetros de altura, y allí también las rendijas eran casi imposibles de sentir al tacto. En la parte frontal de la base había un perno soldado que hacía que la compuerta se detuviera en posición completamente abierta. Lo estuvo examinando a conciencia hasta que la luz de la linterna se apagó.

Después se quedó a oscuras, pensando en qué iba a hacer. Había tres cosas que quería controlar. Para empezar, qué era lo que sus secuestradores iban a ver de ella, y ese problema ya lo había resuelto. Hacía mucho, muchísimo tiempo, cuando acababan de apresarla, estuvo palpando todas las superficies con minuciosidad en busca de algo que pudiera parecer una cámara espía, pero no había nada. Los monstruos que la tenían encerrada habían depositado su confianza en los cristales de espejo. Nunca debieron hacerlo. Por eso ahora podía caminar por su celda sin que la vieran.

En segundo lugar, siempre trataría de no venirse abajo mentalmente. Había días y noches en las que no se reconocía, y había semanas en las que las ideas daban vueltas y más vueltas, pero jamás arrojó la toalla. Cuando cayó en la cuenta de adónde podía llevarla eso, se obligó a pensar en otros que lo habían conseguido antes que ella. Los que habían estado aislados en celdas durante decenios sin sentencia. La historia y la literatura universales ofrecían muchos ejemplos. Papillon, el conde de Montecristo y muchos otros. Si ellos pudieron hacerlo, también ella podría. Y se obligó con todas sus fuerzas a pensar en libros, en películas y en sus mejores recuerdos de la vida, y logró superar la situación.

Porque quería ser ella misma, Merete Lynggaard, hasta el fin de sus días. Era una promesa que se proponía cumplir.

Y cuando por fin llegara el día, quería poder decidir cómo morir. Esa era la tercera cosa. La mujer del otro lado había dicho que era aquel tal Lasse quien tomaba las decisiones, pero llegada la situación la loba podría fácilmente tomar las riendas. El odio la había dominado antes, y podría volver a suceder. Para abrir de manera definitiva la compuerta y descomprimir la cámara bastaba con un instante de locura. Y ese instante llegaría, sin duda.

Durante los casi cuatro años que llevaba enjaulada Merete, la mujer también había sufrido los efectos del paso del tiempo. Tal vez tuviera los ojos más hundidos, tal vez le hubiera cambiado la voz. En aquellas circunstancias era difícil calcular su edad, pero tenía la suficiente para no temer lo que pudiera depararle la vida. Y eso la hacía peligrosa.

Pero no parecía que los dos del otro lado tuvieran un control especial de los aspectos técnicos. Si no eran capaces de arreglar un interruptor que se había atascado, tampoco sabrían disminuir la presión excepto abriendo la compuerta, al menos era lo que esperaba. De manera que, si podía evitar que abrieran la compuerta a menos que ella lo quisiera, eso le daría tiempo para suicidarse. El instrumento serían las tenazas. Podría apretar las venas con ellas y desgarrarlas en caso de que aquellos dos quisieran de pronto reducir la presión de la cámara. Merete no sabía bien qué podría ocurrir, pero la advertencia de la mujer de que Merete reventaría por dentro era horrible. No había peor muerte. Por eso quería decidir ella el cuándo y el cómo.

Si aquel Lasse tenía otras ideas, Merete no se hacía ilusiones. Por supuesto, la cámara tendría otros modos de reducir la presión que abrir la compuerta. Quizá pudiera emplearse también el sistema de renovación de aire. No sabía para qué se construyó en su origen la cámara, pero no había sido barata. Por eso supuso que aquello para lo que se fabricó la cámara tenía también valor o importancia, así que seguro que habría mecanismos de emergencia. Había visto indicios de toberas metálicas en los armazones de los tubos fluorescentes colgados del techo. No eran mucho mayores que un dedo meñique, pero era más que suficiente. Puede que le bombearan desde allí el aire fresco, no lo sabía, también podían ser mecanismos para la descompresión. Pero una cosa era segura: si aquel Lasse quería hacerle daño, seguro que sabía qué botones apretar.

Hasta entonces había intentado solamente centrarse en hacer frente a los peligros que parecían más inmediatos. O sea, que desenroscó la base de la pequeña linterna, sacó las pilas y comprobó satisfecha que el metal del tubo de la linterna era duro, recio y afilado.

No había más que un par de centímetros desde el borde de la compuerta hasta el suelo, de modo que si cavaba un agujero muy preciso en torno al perno que estaba soldado para detener la compuerta cuando se abría por completo, podría colocar la linterna en el agujero y así evitar que la puerta se abriera.

Estrechó en sus manos la pequeña linterna. Poseía un instrumento que le infundía la sensación de tener cierto control sobre su vida, y aquello le hacía sentirse fenomenal. Igual que la primera vez que tomó un anticonceptivo. Igual que la vez que se enfrentó a la familia adoptiva y se escapó con Uffe a rastras.

Trabajar con el hormigón fue mucho más difícil de lo que había imaginado. Los primeros dos días con comida y bebida pasaron rápido, pero cuando el cubo con comida fresca se vació, la fuerza de sus dedos desapareció con gran rapidez. No tenía mucha fuerza para resistirse, pero la comida que le habían pasado en el cubo los últimos días era absolutamente incomible. Se estaban vengando de ella. El olor bastaba para mantenerla apartada de los cubos. Apestaba como animales muertos en putrefacción. Cada noche pasaba cinco o seis horas royendo con la linterna el suelo bajo la compuerta, y eso la agotaba. Al mismo tiempo, de nada valía que hiciera una chapuza, ése era el problema. El agujero no debía ser tan grande que la linterna no quedara ajustada, y como la linterna era de por sí la herramienta para cavar, tenía que retorcerla en la base para que el diámetro del agujero fuera el adecuado, y después ir raspando con cuidado el hormigón en capas delgadísimas.

Al quinto día había cavado menos de dos centímetros, y el estómago le ardía a la altura del diafragma.

La bruja del otro lado repetía su exigencia todos los días a la misma hora exactamente. Si Merete no limpiaba los cristales, la mujer no iba a encender las luces y tampoco iba a enviarle comida decente. El hombre intentó mediar, pero fue en vano. Y ahora volvían a estar allí con su exigencia. La oscuridad no le importaba, pero sus intestinos se quejaban. Si no comía iba a enfermar, y no quería estar enferma.

Miró hacia la membrana rojiza que lucía débilmente en el cuadrado de lo alto del cristal.

—¡No tengo nada para poder limpiar los cristales, si es que es tan importante para vosotros! —gritó por fin.

—¡Pues usa las mangas y tu orina, entonces encenderemos la luz y enviaremos comida! —le respondió la mujer a gritos.

—Entonces tenéis que darme una chaqueta nueva.

Al oírlo la mujer empezó a proferir aquella odiosa risa penetrante que llegaba hasta la médula. No respondió, simplemente rio hasta que se le vaciaron los pulmones, y después volvió a reinar el silencio.

—No lo haré —dijo Merete. Pero lo hizo.

No le llevó mucho tiempo, pero la sensación fue de profunda derrota.

Pese a que se asomaban de vez en cuando, no podían ver lo que hacía. Estaba sentada cerca de la puerta, en un ángulo ciego, exactamente igual que cuando estaba en el suelo entre los cristales de espejo. Si aparecieran de repente por la noche, oirían enseguida el raspado, pero no aparecían. Era la ventaja del control sistemático que ejercían sobre ella. Merete sabía que la noche era suya.

Cuando llegó a los cuatro centímetros de profundidad, su situación, por lo demás tan previsible, cambió de manera radical. Estaba sentada bajo la luz parpadeante esperando la comida y calculando que pronto sería el cumpleaños de Uffe. Al menos habían llegado ya a mayo. Era su quinto mayo desde que la encerraron allí. Mayo de 2006. Estaba junto al cubo-retrete limpiándose los dientes, pensaba en Uffe y se imaginaba cómo brillaría el sol en el cielo azul. «Cumpleaños feliz», cantó con voz ronca, y vio ante sí la cara alegre de su hermano. Estuviera donde estuviese, estaría bien, lo sabía. Por supuesto que estaba bien. Se lo había repetido muchísimas veces.

—Sí, Lasse, es ese interruptor —se oyó de pronto la voz de la mujer—. Se ha quedado atascado, o sea que ha oído todo lo que hemos hablado.

La imagen celestial desapareció inmediatamente, y su corazón empezó a martillear. Era la primera vez que oía a la mujer dirigirse al hombre al que llamaban Lasse.

—¿Cuánto tiempo? —respondió una voz suave que la hizo contener la respiración.

—Desde que te fuiste la última vez. Cuatro o cinco meses.

—¿Os habéis ido de la lengua?

—Por supuesto que no.

Se produjo un momento de silencio.

—A estas alturas ya da igual. Que oiga lo que decimos. Al menos hasta que yo decida otra cosa.

Merete sintió la frase como un hachazo. «A estas alturas ya da igual». ¿Qué era lo que daba igual? ¿A qué se refería? ¿Qué iba a pasar?

—Ha sido una auténtica bruja mientras has estado fuera. Intentó matarse de hambre y una vez bloqueó la compuerta. La última ha sido manchar con su propia sangre los cristales para que no la viéramos.

—El hermanito dice que también ha tenido dolor de muelas. Me habría gustado verlo —intervino Lasse.

La mujer soltó una risa seca. Sabían que estaba escuchándolo todo. ¿Por qué se comportaban así? ¿Qué les había hecho ella?

—¿Qué os he hecho yo, monstruos? —gritó con todas sus fuerzas mientras se levantaba—. ¡Apagad esta luz, que os vea! ¡Apagad para que os pueda mirar a los ojos mientras habláis!

Volvió a oír la risa de la mujer.

—¡Tú sueñas, chavala! —le respondió.

—¿Quieres que apaguemos la luz? —Lasse soltó una risa breve—. Sí, ¿por qué no? Ahora empieza lo bueno. De ese modo nos esperan un montón de días interesantes hasta el final.

Eran palabras espantosas. La mujer trató de protestar, pero el hombre la detuvo con unas duras palabras. Y de repente las luces parpadeantes del techo se apagaron.

Merete se quedó un rato con el pulso palpitante, tratando de acostumbrarse a la débil luz que se propagaba del otro lado de los cristales. Al principio percibía a los monstruos que estaban detrás como sombras, pero lentamente fueron haciéndose más nítidos. La mujer casi en el borde inferior de un ojo de buey y el hombre mucho más arriba. Pensó que sería Lasse. El hombre fue acercándose poco a poco. Su figura borrosa empezó a manifestarse. Hombros anchos, bien proporcionado. No como el otro hombre delgado y larguirucho.

Le daban ganas de maldecirlos e implorar su clemencia a la vez. Todo lo que hiciera falta para que le dijeran por qué le estaban haciendo esto. El que tomaba las decisiones había llegado. Era la primera vez que lo veía, y eso la excitaba de un modo inquietante. Se daba cuenta de que sólo él podía decidir si ella iba a saber más, y ahora quería reclamar su derecho. Pero cuando él avanzó un paso más y ella lo vio, las palabras se le atascaron, implacables.

Miró conmocionada su boca. Vio que sonreía con ironía. Vio sus dientes blancos descubrirse lentamente. Vio que todo se fundía en una totalidad que atravesaba su cuerpo con descargas eléctricas.

Ahora ya sabía quién era Lasse.

31

2007

En el jardín de Egely Carl se disculpó ante la enfermera por el incidente con Uffe, metió las fotos y las figuras de Playmobil en la bolsa de plástico y se alejó a grandes zancadas hacia el aparcamiento, mientras Uffe seguía chillando al fondo. Hasta que arrancó el coche no reparó en el grupo de cuidadores que bajaban corriendo la colina, ofreciendo una escena bastante caótica. Se había acabado lo de investigar en Egely. Pero no importaba.

La reacción de Uffe había sido violenta. Ahora Carl ya sabía que, en cierto sentido, éste estaba en el mismo mundo que ellos. Uffe miró los ojos de Átomos en la foto, y aquello lo afectó, de eso no había duda. Fue un avance extraordinario.

Carl detuvo el vehículo en un camino vecinal y tecleó el nombre de Godhavn desde la conexión de Internet del coche patrulla. El número apareció al instante.

La presentación fue corta. Por lo visto, la gente de allí estaba acostumbrada a que la policía se dirigiera a ellos, así que no hubo necesidad de rodeos.

—Tranquilos —dijo—. No es porque ninguno de vuestros residentes haya hecho nada malo. Se trata de un chico que vivió ahí a principios de los ochenta. No sé su nombre, pero lo llamaban Átomos. ¿Ese nombre te suena?

—¿A principios de los ochenta? —respondió la recepcionista de guardia—. Yo no llevo aquí tanto tiempo. Pero tenemos carpetas de informes de todos los que han pasado por aquí. ¿Seguro que no lo conoce por algún otro nombre?

—No, lo siento —repuso Carl, mirando hacia los prados cubiertos de apestoso abono líquido—. ¿No hay nadie ahí que lleve tanto tiempo trabajando?

—Uf... entre los trabajadores habituales no, estoy casi segura de que no. Pero, e... ah, sí, tenemos un compañero jubilado, John, que viene un par de veces por semana. No puede vivir sin los chicos, y ellos no pueden vivir sin él. Seguro que trabajaba aquí por aquella época.

—Y no estará hoy por un casual, ¿verdad?

—¿John? No, está de vacaciones. Gran Canaria por 1295 coronas, ¿quién puede resistirse?, como suele decir él. Pero vuelve el lunes, ya me encargaré de engatusarlo para que venga. Suele venir para pasarlo bien con los chicos. A ellos les gusta. Intente llamar el lunes y ya hablaremos.

—¿No podrías darme el número de teléfono de su casa?

—No, lo siento. Nuestra política es no dar información sobre los números de teléfono privados de nuestros colaboradores. Nunca se sabe quién puede llamar.

—Me llamo Carl Mørck, creo que ya te lo he dicho. Soy policía, ¿recuerdas?

La mujer rio.

—Si es tan listo, seguro que puede encontrar su número de teléfono, pero le sugiero que espere hasta el lunes y nos llame. ¿De acuerdo?

Carl se echó hacia atrás en el asiento y miró el reloj. Era cerca de la una. Así que aún tenía tiempo para ir al despacho y examinar el móvil de Merete Lynggaard, si es que la batería funcionaba después de cinco años, cosa más que dudosa. En caso contrario tendrían que conseguir una nueva.

En los prados tras las colinas las gaviotas echaron a volar en grupos estridentes. Un vehículo ronroneaba bajo ellas mientras abría surcos en la tierra polvorienta. Después apareció la parte superior de la cabina. Era un tractor, un enorme Landini de cabina azul que retumbaba pausadamente por el campo sembrado. Esas cosas las sabías cuando habías crecido con las botas-zueco cubiertas de estiércol. Así que también ahí abonaban, pensó; y ya había arrancado y se disponía a partir antes de que el hedor se desplazara hacia allí y se adueñara del sistema de aire acondicionado.

En aquel instante divisó al campesino tras las ventanas de plexiglás. Tocado con un gorro, totalmente concentrado en su trabajo y el deseo de romper todas las marcas con la cosecha de verano. Era rubicundo y llevaba una camisa de leñador a cuadros. Una auténtica camisa de leñador a cuadros, de las que había visto tantas antes.

Mierda, pensó. Se había olvidado de llamar a los compañeros de Sorø para decirles cuál era la camisa a cuadros que creía recordar que llevaba puesta el asesino de Amager. Seguramente tendría que volver allí para señalar la camisa por segunda vez.

Marcó el número y habló con la centralita, de donde inmediatamente lo pusieron con el jefe de la investigación, un tal Jørgensen.

—Soy Carl Mørck, de Copenhague. Creo que puedo confirmar que una de las camisas que me enseñasteis era como la que llevaba puesta uno de los asesinos de Amager.

Jørgensen no reaccionó. ¿Por qué no carraspeaba o algo así, para que Carl supiera si se había esfumado al otro lado de la línea?

—Hmmm —carraspeó Carl, pensando que tal vez fuera contagioso; pero el otro no dijo nada. A lo mejor había colgado. Después continuó—: Verás, es que he soñado las últimas noches. He revivido varias de las escenas del tiroteo. También la visión fugaz de la camisa. Ahora lo veo con total claridad.

—Vaya —dijo Jørgensen por fin, después de la correspondiente ración de silencio en el otro lado. Tal vez debiera haberse alegrado, aunque fuera poco.

—¿No quieres saber cuál de las camisas de la mesa era la camisa en la que pienso?

—O sea que, ¿la recuerdas?

—Si puedo recordar la camisa después de recibir un balazo en la cabeza y tener encima 150 kilos de peso muerto paralizado mientras me salpica medio litro de sangre de mis mejores compañeros, entonces también puedo recordar el orden en que estaban las putas camisas hace cuatro días, ¿no crees?

—No me parece muy normal.

Carl contó hasta diez. Era muy posible que no fuera normal en la Calle Mayor de Sorø. Sería por eso que había aterrizado en un departamento con veinte veces más asesinatos que Jørgensen, ¿no?

—También soy bueno en el Memorama —fue lo que dijo.

Se produjo una pausa, la información tenía que abrirse paso.

—Vaya, ¡no me digas! Pues venga, dímelo —concluyó.

Joder, qué palurdo.

—La camisa era la que estaba más a la izquierda —declaró Carl—. O sea, la que estaba más cerca de la ventana.

—Vale —aprobó Jørgensen—. Es la misma que señaló el testigo sin dudar.

—Bien, me alegro. Pues eso era todo. Te mando un *mail* para que lo tengas por escrito.

El tractor del sembrado se había acercado peligrosamente. Las salpicaduras de pis y mierda salían a borbotones de las mangueras dispuestas en el suelo, era una auténtica gloria.

Subió la ventanilla del copiloto y se dispuso a colgar.

—Un momento, antes de que cuelgues —añadió Jørgensen—. Hemos detenido a un sospechoso. Sí, entre compañeros puedo decir que incluso estamos segurísimos de que hemos cogido a uno de los asesinos. ¿Cuándo crees que podrás venir por aquí a hacer una rueda de reconocimiento? ¿Mañana?

—¿Reconocimiento? No, no puedo.

—¿Cómo que no puedes?

—Mañana es sábado, es mi día libre. Cuando me despierte me levantaré, me haré un café y volveré a la cama. Eso puede repetirse e incluso durar todo el día, nunca se sabe. Además, no vi a ninguno de los asesinos de Amager, cosa que he dicho cantidad de veces, si te tomas la molestia de leer los informes. Y como la cara del asesino no se me ha revelado en un sueño, puedes imaginarte que sigo sin haber visto al tipo desde entonces. Por eso no voy a ir, ¿te parece bien, Jørgensen?

Volvió a producirse la dichosa pausa. Era más enervante que oír a los políticos en sus nauseabundas y lentas parrafadas haciendo una pausa tras cada palabra.

—Allá tú —respondió Jørgensen—. Los que recibieron sus balazos eran tus amigos. Bueno, pues hemos llevado a cabo un registro en el domicilio del sospechoso, y varios de los efectos encontrados apuntan a que la marcha de los acontecimientos de Amager y de Sorø están relacionados.

—Muy bien, Jørgensen, buena suerte. Seguiré el caso por la prensa.

—Ya sabes que tendrás que testificar cuando se celebre el juicio, ¿verdad? Lo que une los dos crímenes en primera instancia es que reconocieras la camisa.

—Sí, hombre, ya iré. Buena caza.

Colgó el receptor y sintió una molestia en el pecho. Una sensación más violenta que otras veces. Tal vez habría que atribuirlo al inmenso tufo que había entrado de pronto en el coche, pero igualmente podía ser la antesala de algo que se avecinaba.

Se quedó un rato esperando hasta que la presión remitió un poco. Después correspondió al saludo del campesino desde su fuerte de plexiglás y puso el coche en marcha. Tras avanzar quinientos metros disminuyó la velocidad, abrió la ventana y se puso a jadear en busca de aire fresco. Se llevó la mano al pecho y arqueó la espalda cuanto pudo para hacer que desapareciera la tensión. Después aparcó a un lado y empezó a hacer inspiraciones cada vez más profundas. Había visto en otros ese tipo de ataque de pánico, pero sentirlo en su propio cuerpo era totalmente surrealista. Entreabrió la puerta, juntó las manos delante de la boca para disminuir la hiperventilación, y después abrió la puerta del todo de una patada.

—¡Me cago en la puta! —gritó, y se encorvó hacia delante mientras salía tambaleándose al borde del camino sintiendo el martilleo de un pistón tras los bronquios. Las nubes giraron y el cielo volteó hacia él. Entonces se dejó caer al suelo con las piernas abiertas y buscó a tientas el móvil en el bolsillo de la chaqueta. Joder, no iba a morirse de un ataque al corazón sin haber intentado hacer algo antes.

Un coche aminoró la marcha en la carretera. No podían verlo allí, al otro lado del talud, pero él los oía.

—Qué raro —dijo una voz, y después siguieron conduciendo. Si les llego a coger la matrícula, se iban a enterar, fue lo último que pensó antes de perder el conocimiento.

Despertó con el móvil pegado al oído y un montón de tierra alrededor de la boca. Humedeció los labios, escupió, miró confuso alrededor. Se llevó la mano al pecho, donde la presión aún no había cedido del todo, y comprobó que no había sido para tanto. Después se puso en pie como pudo y se dejó caer en el asiento delantero. Aún no era la una y media. O sea que no había estado inconsciente mucho tiempo.

¿Qué ha sido, Carl?, se preguntó, con la boca seca y la lengua el doble de gruesa de lo habitual. Sentía heladas las piernas, mientras que en la zona del torso sudaba a mares. Algo bastante grave le había ocurrido a su cuerpo.

Estás a punto de perder el control, rugió su voz interior cuando se dejó caer en el asiento delantero. Después sonó el móvil.

Assad no le preguntó cómo se encontraba, ¿por qué había de hacerlo?

—Carl, tenemos un problema —fue lo único que dijo mientras Carl juraba para sus adentros.

—Los técnicos no se atreven a retirar la tachadura de la lista de teléfonos de Merete Lynggaard —continuó Assad, infatigable—. Dicen que el número de teléfono y la tachadura están hechos con el mismo bolígrafo, o sea que, aunque los secados sean diferentes, existe demasiado riesgo de que ambas capas desaparezcan.

Carl se llevó la mano al pecho. Se sentía tan mal como cuando se traga aire al beber. Dolía de cojones. ¿Sería realmente un ataque al corazón? ¿O es que daba esa sensación, sin más?

—Dicen que hay que mandar todo a Inglaterra. Parece ser que allí combinan algún procedimiento digital con una maceración química o como se diga.

Debía de esperar a que Carl lo corrigiera, pero Carl no estaba para corregir nada. Bastante tenía con cerrar los ojos y tratar de contrarrestar con la mente los nauseabundos espasmos que golpeaban su pecho.

—Creo que todo eso va a llevar demasiado tiempo. Dicen que no tendremos resultados hasta dentro de tres o cuatro semanas. ¿No te parece mucho tiempo?

Carl trató de concentrarse, pero Assad estaba impaciente.

—Quizá no debiera decírtelo, Carl, pero creo que puedo confiar en ti, o sea que te lo diré: conozco a un tío que puede hacerlo —añadió. En ese punto Assad esperaba alguna reacción, pero se equivocaba—. ¿Sigues estando ahí, Carl?

—Sí, joder —repuso Carl con un susurro, seguido de una profunda aspiración en la que sus pulmones se hincharon totalmente. Cojones, cómo dolía un momento antes de aligerarse la presión. Trató de relajarse y preguntó—. ¿Quién es?

—No puedo decírtelo, Carl. Pero es un tío muy hábil que viene de Oriente Próximo. Lo conozco bastante bien, es hábil. ¿Le encargo el trabajo?

—Espera un poco, Assad, déjame pensar.

Salió tambaleándose del coche y estuvo un rato encorvado con la cabeza colgando y las manos en las rodillas. La sangre volvió al cerebro. La piel de su rostro recobró su color y la presión del pecho fue desapareciendo. Aaah, qué bien se sentía. A pesar del hedor que ocupaba el espacio como una enfermedad, el aire que circulaba entre los setos casi parecía refrescante.

Entonces se enderezó y se sintió mejor.

—Sí, ya estoy aquí, Assad —dijo por el móvil—. No podemos tener al servicio de la policía a un falsificador de pasaportes, ¿comprendes?

—¿Quién dice que es un falsificador de pasaportes? Yo, desde luego, no.

—¿Entonces...?

—Lo que pasa es que en su país de origen era bueno para esas cosas. Es capaz de borrar sellos sin dejar rastro, así que podrá borrar un poco de tinta. No necesitas saber más, entonces. Tampoco él va a saber qué tiene entre manos. Es rápido, Carl, y no va a costar nada. Me debe favores.

—¿Cómo de rápido?

—Podemos tenerlo para el lunes, si queremos.

—Pues pásaselo, Assad. Pásaselo.

Assad murmuró algo al otro lado. Probablemente «de acuerdo» en árabe.

—Otra cosa, Carl. Tengo que decirte de parte de la señora Sørensen de Homicidios que la testigo del asesinato del ciclista ha empezado a hablar un poco. Me acabo de enterar de que...

—Assad, para. No es nuestro caso —lo interrumpió Carl, y volvió a sentarse dentro del coche—. Bastante trabajo tenemos con lo nuestro.

—La señora Sørensen no quería decírmelo directamente, pero creo que los del segundo piso quieren saber tu opinión, pero sin preguntarte directamente.

—Sácale todo lo que sepa, Assad. Y el lunes por la mañana haz una visita a Hardy y cuéntaselo todo. Estoy seguro de que le divertirá más que a mí. Coge un taxi, y después nos reuniremos en Jefatura, ¿vale? Puedes cogerte fiesta ya. Que te vaya bien. Saluda a Hardy de mi parte y dile que lo visitaré la semana que viene.

Apretó el botón de colgar y miró por el parabrisas, que parecía haber pasado por un suave chaparrón. Pero no era lluvia, se olía desde dentro. Era pis de cerdo *à la carte*. El menú rural de primavera.

Sobre la mesa de Carl había una tetera enorme profusamente adornada, hirviendo. Si Assad había pensado que la llama de petróleo iba a mantener el té con menta caliente y rico hasta que volviera Carl, se había equivocado, porque el contenido del recipiente se había evaporado tanto que crujía en el fondo. Apagó la llama de un soplo, se dejó caer pesadamente en la silla y volvió a sentir la presión del pecho. Era lo que solían decir. Un aviso, y después el alivio. Y después quizá otro aviso breve, y después... ¡zas!, ¡muerto! Una perspectiva de lo más optimista para un hombre a quien todavía le quedaban montones de años para jubilarse.

Cogió la tarjeta de Mona Ibsen y la sopesó en la mano. Veinte minutos pegado a su cálido y suave cuerpo, y seguro que se sentiría mejor. La cuestión era si se sentiría igual si tuviera que conformarse con pegarse a su mirada cálida y suave.

Cogió el receptor y marcó su número de teléfono, y mientras esperaba volvió la presión. ¿Era un latir optimista o un aviso de lo contrario? ¿Cómo podía saberlo?

Se quedó jadeando cuando Mona respondió.

—Soy Carl Mørck —balbuceó—. Estoy preparado para la confesión.

—Entonces tendrás que ir a la Iglesia católica —repuso ella con sequedad.

—No, de verdad. Creo que he tenido un ataque de angustia. No me siento bien.

—Entonces nos vemos el lunes a las once. ¿Llamo a la farmacia para que te preparen un ansiolítico o podrás arreglártelas durante el fin de semana?

—Ya me las arreglaré —dijo, aunque no se sentía muy seguro al colgar.

El reloj avanzaba sin piedad. Apenas quedaban dos horas para que Morten Holland llegara a casa tras su trabajo de tarde en la tienda de vídeos.

Desenchufó del cargador el móvil de Merete Lynggaard y lo encendió.

«Introduzca su pin», apareció en la pantalla. O sea que la batería todavía funcionaba. Aquellos viejos Siemens nunca fallaban.

Entonces tecleó 1-2-3-4, y apareció un mensaje de error. Después lo intentó con 4-3-2-1 y recibió el mismo mensaje. Por tanto, sólo le quedaba un cartucho, antes de enviar el trasto a los peritos. Abrió el expediente y buscó la fecha de nacimiento de Merete Lynggaard. Claro que también podría haber usado la fecha de nacimiento de Uffe. Estuvo un rato hojeando la información hasta que encontró la fecha. También podía ser una combinación de ambas fechas, o algo completamente diferente. Decidió combinar las dos primeras cifras de sus fechas de nacimiento, la de Uffe primero, y tecleó el número.

Cuando apareció en la pantalla una imagen sonriente de Uffe agarrado al cuello de Merete, la presión de su pecho desapareció por un momento. Otros habrían soltado un grito de victoria, pero Carl pasó. En su lugar colocó los pies encima de la mesa.

En aquella incómoda postura abrió el registro de llamadas y examinó la lista de llamadas entrantes y salientes desde el 15 de febrero de 2002 hasta el día en que desapareció Merete Lynggaard. Había bastantes. Algunos de aquellos números tendría que pedírselos a la compañía. Números que habían cambiado y vuelto a cambiar. Parecía difícil, pero al cabo de una hora el cuadro era nítido: Merete Lynggaard se había comunicado solamente con colegas y portavoces de grupos de presión durante todo el período. Treinta de las llamadas eran de su propia oficina, entre ellas la última, del 1 de marzo.

O sea, que las posibles llamadas del falso Daniel Hale estuvieron dirigidas a su teléfono fijo de Christiansborg. En el caso de que hubiera habido alguna llamada de él.

Suspiró y empujó con el pie un montón de papeles que había en el centro de la mesa. Su pierna derecha tenía unas ganas locas de dar una patada en el culo a Børge Bak. Si el antiguo grupo de investigación había hecho una lista de las llamadas al teléfono del despacho de Merete Lynggaard, debía de haberse traspapelado, porque en el expediente no estaba.

Bueno, esa parte de la cuestión tendría que dejársela a Assad el lunes, mientras estaba en terapia con Mona Ibsen.

En la tienda de juguetes de Allerød había un surtido de figuras de Playmobil que no estaba nada mal, pero el precio también se las traía. Le parecía incomprensible cómo los ciudadanos podían permitirse traer niños al mundo. Eligió el conjunto más barato de más de dos figuras, un coche de policía con dos agentes por 269,75 coronas, y pidió el tique de compra. Porque seguro que Morten Holland querría cambiarlo.

En el instante en que vio a Morten en la cocina de casa, confesó su falta. Sacó las cosas prestadas de la bolsa de plástico y añadió la nueva caja. Le dijo a Morten que lo sentía muchísimo y que no volvería a hacerlo. Que nunca más entraría en sus dominios cuando no estaba en casa. La reacción de Morten era totalmente previsible, pero aun así lo sorprendió que aquel enorme y fofo ejemplo de la nefasta combinación entre la dieta grasienta y la falta de movimiento fuera capaz de tensar tanto su cuerpo por la cólera física. Que un cuerpo pudiera estremecerse tanto ante un agravio y que la decepción pudiera expresarse con tantas palabras. No sólo le había pisado los callos a Morten, sino que por lo visto se los había aplastado a conciencia contra el parqué.

Carl miró cabreado la pequeña familia de plástico dispuesta en el borde de la mesa de la cocina, deseando que aquello no hubiera ocurrido nunca, cuando la presión del pecho volvió de forma completamente diferente.

Ocupado como estaba en explicarle entre resoplidos que tendría que buscarse otro inquilino, Morten no reparó en el problema de Carl hasta que éste se desplomó entre espasmos desde la garganta hasta el ombligo. Esta vez no se trataba sólo de dolores en el pecho. Era como si la piel fuera demasiado pequeña, como si los músculos bulleran por exceso de riego, como si los espasmos de los músculos del estómago empujaran sus entrañas contra la columna vertebral. La verdad es que no le hacía daño, pero le impedía respirar.

A los pocos segundos Morten estaba sobre él con sus ojitos de cerdo abiertos como platos, preguntándole si quería un vaso de agua. ¿Para qué coño quiero un vaso de agua?, era la pregunta que ocupó su mente mientras el pulso bailaba a ritmo irregular. ¿Iba a echársela encima para que su cuerpo tuviera un pequeño recuerdo entrañable de la repentina lluvia de verano, o es que había pensado forzarlo a beber entre los dientes apretados por donde en aquel momento circulaba como podía su limitada capacidad respiratoria?

–Gracias, Morten –se apresuró a decir. Cualquier cosa con tal de que pudieran encontrarse a mitad de camino en medio del suelo de la cocina.

Cuando volvió a ponerse en pie y Morten lo sentó en la esquina más gastada del sofá, el susto de Morten fue sustituido por el pragmatismo.

Si un tipo tan reposado como Carl era capaz de acompañar sus disculpas de un ataque tan impresionante, debía de ser sincero.

–Bien. Entonces vamos a correr un tupido velo sobre esto, ¿de acuerdo, Carl? –propuso con los párpados hinchados.

Carl asintió en silencio. Cualquier cosa que le garantizase la paz doméstica y un montón de descanso antes de que Mona Ibsen se pusiera a excavar en su mente.

32

2007

Tras los libros de la estantería de la sala Carl tenía escondidas un par de botellas mediadas de ginebra y whisky que Jesper aún no había encontrado y ofrecido generosamente en alguna fiesta improvisada.

La calma no se adueñó de él hasta que bebió la mayor parte de ambas, y las horas interminables del fin de semana transcurrieron en un sueño profundísimo. En los dos días sólo se levantó tres veces, y tres veces arrambló con el contenido del frigorífico. De todas formas, Jesper no estaba en casa y Morten estaba en Næstved visitando a sus padres, de modo que ¿quién iba a preocuparse por las fechas de caducidad y la inadecuada composición del menú?

Cuando llegó el lunes le tocó a Jesper zarandear a Carl para despertarlo.

—¡Pero levántate, Carl! ¿Qué ocurre? Necesito guita para comprar comida. No queda nada en el frigorífico.

Carl miró a su hijo postizo con ojos que se negaban a comprender, y menos a aceptar, la luz del sol.

—¿Qué hora es? —murmuró; por un instante no supo qué día era.

—Venga, Carl. Voy a llegar tardísimo, joder.

Carl miró el despertador que Vigga se dignó dejar en la casa. A ella le daba igual cuánto duraban las noches.

Abrió del todo los ojos, de pronto completamente despierto. Eran las diez y diez. Dentro de menos de cincuenta minutos tenía que estar sentado en su silla, soportando la cualificada mirada profesional de Mona Ibsen.

–Últimamente te cuesta levantarte, ¿verdad? –observó la psicóloga, mirando de manera fugaz el reloj de pulsera. Después continuó, como si hubiera tenido acceso a una correspondencia con su almohada–. Veo que sigues durmiendo mal.

Carl sintió rabia. Tal vez habría mejorado las cosas si hubiera tenido tiempo de ducharse antes de salir pitando de casa. Espero no apestar, pensó, acercando la cabeza hacia las axilas.

Ella estaba tranquila y lo miraba con las manos sobre el regazo y las piernas cruzadas envueltas en sus pantalones negros de terciopelo. Llevaba el pelo cortado a capas y más corto que la última vez, las cejas negras como el carbón. Todo sumamente intimidador.

Carl contó la historia de su colapso junto a los sembrados rociados de purines, esperando tal vez un poquito de simpatía.

–¿Te parece que abandonaste a tus compañeros en el incidente del tiroteo? –le preguntó la psicóloga, yendo directamente al grano.

Carl tragó saliva un par de veces, se puso a divagar sobre una pistola que podría haber sacado más rápido y unos instintos tal vez embotados por años de trato con delincuentes.

–Estoy convencida de que crees que abandonaste a tus compañeros. Si es así, eso te hará sufrir, a menos que reconozcas que las cosas no podían haber ocurrido de otro modo.

–Las cosas siempre podían haber ocurrido de otro modo –repuso él.

La psicóloga no le hizo caso.

–Has de saber que también estoy tratando a Hardy Henningsen. Por eso veo la cuestión desde dos ángulos y debería haberme declarado inhábil. Pero como no hay ningún reglamento que lo exija, voy a preguntarte si, sabiendo eso, sigues queriendo hablar conmigo. Has de saber que no puedo entrar en las cosas que me ha contado Hardy Henningsen, igual que también tú, por supuesto, estás protegido por mi secreto profesional.

–Me parece bien –repuso Carl, pero no era verdad. Si las mejillas de Mona Ibsen no hubieran estado cubiertas de suave pelusa y sus labios no gritaran por que los besasen, se habría levantado y la habría mandado a tomar por culo–. Pero hablaré con Hardy. Entre él y yo no puede haber secretos, no puede ser.

Ella asintió con la cabeza y enderezó la espalda.

–¿Te has encontrado alguna otra vez en situaciones que te parecía que no podías controlar?

–Sí –asintió Carl.

–¿Cuándo?

–Ahora mismo –respondió, dirigiéndole una mirada penetrante.

Ella no le hizo caso. Una tía fría.

–¿Qué darías por que Anker y Hardy pudieran estar aquí? –preguntó, y siguió enseguida con otras cuatro preguntas que crearon en él una extraña sensación de pesar. Tras cada pregunta, la mujer lo miraba a los ojos y anotaba en un cuaderno sus respuestas. Carl lo percibía como si ella quisiera empujarlo al límite. Como si tuviera que derrumbarse para que ella pudiera echarle una mano.

La psicóloga se dio cuenta del moquillo de la nariz de Carl antes que él mismo. Después alzó la vista y reparó en la humedad que se estaba acumulando en sus ojos.

No parpadees, joder, que vas a abrir el grifo, pensó Carl, sin comprender lo que se removía en su interior. No tenía miedo de llorar, tampoco le importaba que ella lo viera; lo que no entendía era que tuviera que ocurrir en aquel momento.

–Llora tranquilo –dijo ella con voz experimentada, igual que se anima a un bebé glotón a que eche el aire.

Cuando veinte minutos más tarde terminaron la sesión Carl estaba harto de contar sus cosas. Mona Ibsen, al contrario, estaba satisfecha cuando le tendió la mano y le dio hora para otro día. Volvió a asegurarle que el resultado del incidente había sido fortuito y que volvería a sentirse bien tras un par de sesiones.

Carl asintió en silencio y de alguna manera se sintió mejor. Tal vez porque el perfume de ella eclipsaba el suyo y porque la mano que estrechó era tan ligera, suave y cálida.

—Llámame si se te ocurre algo, Carl. Da igual que sea una tontería. Podría ser importante para nuestra futura colaboración, nunca se sabe.

—Pues ya tengo una pregunta —repuso Carl, tratando de mostrarle sus manos nervudas y, por lo que decían, atractivas. Las mujeres las habían elogiado mucho a lo largo de los años.

La psicóloga se dio cuenta de su pose y sonrió por primera vez. Tras los suaves labios apareció una dentadura más blanca que la de Lis, la de Homicidios. Un espectáculo poco habitual en una época en la que el vino tinto y las bebidas a base de cafeína hacían que los dientes de la mayoría parecieran de cristal ahumado.

—¿Sí...?

Carl se armó de valor. Era ahora o nunca.

—¿Tienes pareja?

Hasta él se quedó horrorizado por lo torpe que sonó, pero ya era demasiado tarde.

—Bueno, perdona —se disculpó, sacudiendo la cabeza. Le costaba seguir después de aquello—. Sólo quería preguntarte si aceptarías una invitación a cenar algún día.

La sonrisa de la psicóloga se congeló. Los dientes blancos y la suave piel de la cara se esfumaron.

—Creo que tienes que recuperarte antes de emprender ese tipo de ofensivas, Carl. Y tienes que elegir a tus víctimas con más cuidado.

Carl sintió que el cabreo se extendía por todas sus glándulas mientras la mujer le daba la espalda y abría la puerta del pasillo. Mierda.

—Si no crees que entras dentro de la categoría «elegida con más cuidado» —gruñó a sus espaldas— no debes de saber lo fantástica que te encuentra el sexo opuesto.

La mujer se dio la vuelta, extendió una mano hacia él y señaló uno de los dedos: llevaba alianza.

—Sí, hombre, ya lo sé —confesó ella, y se retiró del campo de batalla caminando hacia atrás.

Carl, que se consideraba uno de los mejores policías que había engendrado el reino de Dinamarca, se quedó con los hombros encorvados y se preguntó cómo diablos había pasado por alto algo tan elemental.

Llamaron del orfanato de Godhavn para decirle que ya habían encontrado al pedagogo jubilado John Rasmussen, y que al día siguiente iba a ir a Copenhague a visitar a su hermana y había comunicado que siempre había querido visitar la Jefatura de Policía, de modo que visitaría con sumo gusto a Carl hacia las diez o diez y media, si no tenía inconveniente. Carl no podía llamarlo, porque ésa era la política de la casa, pero podía llamar a la institución en caso de que surgiera algún problema.

No volvió a la realidad hasta haber colgado el receptor. El fracaso con Mona Ibsen había desconectado sus hemisferios cerebrales, y hasta ahora no había empezado a recomponer el rompecabezas. El educador social de Godhavn, el que había estado en Gran Canaria, iba a aparecer. Quizá hubiera sido interesante asegurarse de que el hombre recordaba al chico a quien llamaban Átomos antes de que Carl se ofreciera como guía en un paseo por Jefatura. En fin.

Aspiró profundamente y trató de arrojar de su organismo a Mona Ibsen y sus ojos de gata. En el caso Lynggaard había un montón de hilos sueltos que había que unir, así que se trataba de seguir adelante antes de caer en las garras de la autocompasión.

Una de las primeras cosas que debía hacer era enseñar a la asistenta Helle Andersen las fotos que había conseguido en casa de Dennis Knudsen. Quizá pudiera engatusarla también para una visita a Jefatura guiada por un subcomisario. Cualquier cosa con tal de no volver a ir en coche hasta el riachuelo de Tryggevælde.

La llamó por teléfono y habló con su marido, que seguía diciendo que estaba de baja con un dolor de espalda increíble, pero que por lo demás sonaba asombrosamente sano. Le dijo «¿Qué hay, Carl?», como si alguna vez hubieran estado juntos de campamento y comido de la misma cazuela.

Oírlo hablar era como estar junto a la tía que nunca se casó. Sí, hombre, claro que llamaría a Helle si hubiera estado en casa, pero es que siempre estaba con algún cliente hasta las... Vaya, acababa de oír su coche aparcando. Pues sí, se había comprado un coche nuevo, y sí que había diferencia entre cómo sonaba uno de 1,3 litros y uno de 1,6. Y era verdad lo que decía el hombre de la tele, que esos Suzuki no te defraudaban nunca. No, no podía quejarse cuando había vendido el Opel viejo a buen precio. Siguió parloteando mientras por detrás su mujer anunciaba su llegada con voz estridente.

–¡Ooleee! ¿Estás en casa? ¿Has amontonado la leña?

Ole tuvo suerte de que en la oficina de empleo no oyeran la pregunta.

Helle Andersen estuvo de lo más solícita cuando finalmente recuperó el aliento, y Carl le agradeció el buen recibimiento que había dispensado a Assad el otro día, y después le preguntó si podía recibir por correo electrónico un par de fotos que había escaneado.

–¿Ahora? –preguntó, y a renglón seguido iba a contarle por qué no era buena idea–. Es que he traído a casa un par

293

de pizzas. A Ole le gusta comerla con ensalada, y no queda tan bien si lo verde se ha hundido hasta el fondo de la masa de queso.

La asistenta llamó al cabo de veinte minutos, y sonaba como si aún tuviera el último bocado en la boca.

—¿Has abierto el correo?

—Sí —confirmó la mujer. En aquel momento estaba viendo los tres documentos.

—Pincha en el primero. ¿Qué ves?

—Es ese Daniel Hale, del que su ayudante me enseñó una foto el otro día. No lo había visto nunca.

—Pincha en el segundo. ¿Qué me dices?

—¿Quién es?

—Es lo que le pregunto yo. Se llama Dennis Knudsen. ¿Lo has visto alguna vez? ¿Tal vez con un par de años más que en esa fotografía?

—Desde luego, no con ese casco ridículo puesto —rio la mujer—. No, no lo he visto antes, estoy casi segura. Me recuerda a mi primo Gorm. Pero Gorm es por lo menos el doble de gordo.

Debía de venirle de familia.

—¿Y la tercera fotografía? Aparece una persona hablando con Merete en el exterior de Christiansborg pocos días antes de que desapareciera. El hombre está de espaldas, pero ¿te suena de algo? La ropa, el pelo, el porte, la altura, la corpulencia, cualquier cosa.

Se produjo una pausa que anunciaba algo bueno.

—No sé, como ha dicho usted sólo se le ve la espalda. Pero puede que lo haya visto alguna vez. ¿Dónde pensaba que podría haberlo visto?

—Bueno, eso lo tienes que decir tú.

Vamos, Helle, pensó. No podía haber tantas ocasiones.

—Ya sé que está pensando en el hombre que entregó la carta. Lo vi de espaldas, pero llevaba otra ropa, o sea que no es tan fácil. Pero tiene un aire, lo que pasa es que no estoy segura.

—Entonces no digas nada, cariño —se oyó decir en segundo plano al comedor de pizzas a quien supuestamente le dolía la espalda. Fue difícil acallar un profundo suspiro.

—De acuerdo —repuso Carl—. Ahora quiero que veas esta última foto —dijo, y pinchó el icono de enviar.

—Veo una foto del chico que estaba también en la segunda foto, creo. Se llamaba Dennis Knudsen, ¿no? Aquí es un chaval, pero esa expresión divertida siempre se reconoce. Qué pómulos más graciosos. Seguro que conducía karts de chaval. Qué curioso, igual que mi primo Gorm.

Sería antes de que pesara quinientos kilos, habría querido añadir Carl.

—Mira al otro chico, al que está detrás de Dennis Knudsen. ¿Te dice algo?

Hubo un silencio al otro lado de la línea. Hasta el de la espalda dolida cerró el pico. Carl dejó pasar el tiempo. No en vano se decía que la paciencia era la virtud del policía. Sólo se trataba de estar a la altura.

—De hecho, es bastante inquietante —se oyó por fin. La voz de Helle Andersen se desinfló de repente—. Es él. Estoy segurísima de que es él.

—¿Te refieres al que le entregó la carta en casa de Merete?

—Sí —asintió la mujer. Volvió a producirse una pausa, como si la asistenta tuviera que adaptar la imagen del chico al paso del tiempo—. ¿Es el que buscan? ¿Cree que tiene algo que ver con lo que le pasó a Merete? ¿Tengo razones para temerlo?

Parecía preocupada de verdad. Y puede que en algún momento hubiera habido razones para ello.

—Han pasado cinco años, así que no tienes nada que temer, Helle. Estate tranquila —dijo Carl, mientras la oía suspirar—. Dices que estás convencida de que es la misma persona que el hombre de la carta. ¿Estás completamente segura?

—Tiene que ser él. Sí, completamente. Tiene unos ojos muy característicos, ¿no le ha pasado nunca? Uf, me hacen sentir rara.

Será la pizza, pensó Carl. Le dio las gracias, colgó y apoyó la espalda en el asiento.

Miró una de las fotos de prensa en color de Merete Lynggaard que había encima del expediente. En aquel momento sintió con más fuerza que nunca que era una especie de eslabón entre la víctima y el autor del crimen. Sí, por una vez se sentía seguro. Aquel Átomos había dicho adiós a su niñez y se había entregado a actos diabólicos, como se decía antes. La maldad que lo habitaba lo había llevado hasta Merete Lynggaard, y entonces las preguntas eran sólo el por qué, el dónde y el cómo. Puede que Carl no las respondiera nunca, pero ganas no le faltaban, desde luego.

Mientras tanto, una tía como Mona Ibsen ya podía esperar sentada con su alianza.

Después envió las fotos a Bille Antvorskov. Antes de cinco minutos ya tenía la respuesta en el correo. Sí, uno de los chicos de la fotografía podría parecerse al hombre que lo había acompañado a Christiansborg. Pero no se atrevía a asegurar que fuera él.

Carl estaba contento. Estaba seguro de que Bille Antvorskov nunca aseguraba nada sin haberlo analizado antes de arriba abajo.

Entonces sonó el teléfono, y no era Assad ni el hombre de Godhavn, como creía, sino de todos los seres del mundo, válgame el cielo, Vigga.

—¿Dónde estás, Carl? —sonó su voz vibrante.

Carl intentó descifrar qué estaba pasando, pero no logró ningún resultado hasta que llegó la parrafada.

—La recepción ha empezado hace media hora y todavía no ha venido nadie. Tenemos diez botellas de vino y veinte bolsas de patatas fritas. Si tampoco vienes tú, me va a dar algo.

—¿Hablas de tu galería?

Oyó cómo se sorbía las lágrimas, lo que le indicó que estaba a punto de echarse a llorar.

—No sé nada de ninguna recepción.

—Hugin envió cincuenta invitaciones anteayer —declaró, sorbiéndose las lágrimas por última vez, y a continuación surgió la auténtica Vigga—. ¿Por qué no puedo contar por lo menos con tu apoyo? ¡Tú has puesto dinero en esto!

—Pregúntaselo a tu espectro ambulante.

—¿A quién llamas espectro? ¿A Hugin?

—¿Es que tienes más cenutrios zanganeando por ahí?

—Hugin está por lo menos tan interesado como yo en que esto funcione.

Carl no lo dudaba. ¿Dónde iba a exhibir, si no, sus pedazos desgarrados a mano de anuncios de ropa interior y figuras rotas del Happy Meal de McDonald's, todo bien embadurnado con la pintura más barata del híper?

—Sólo te digo que si ese Einstein recordó echar las cartas al correo el sábado, como sostiene, la gente las leerá cuando vuelvan del trabajo más tarde.

—Oh, no, ¡qué putada! —gimió.

Había un tipo vestido de negro que aquella noche no se iba a comer un rosco.

Qué placer.

Tage Baggesen llamó al marco de la puerta del despacho de Carl en el mismo instante en que éste encendía uno de esos cigarrillos que llevan horas pidiendo a gritos que los fumen.

—¿Sí...? —dijo con los pulmones llenos de humo, reconociendo al hombre, que lucía una media curda llevada con gracia y esparció un aroma a coñac y cerveza por la estancia.

—Verá, siento haber terminado nuestra conversación por teléfono de forma tan brusca. Necesitaba tiempo para pensar, ahora que están saliendo cosas de todos modos.

Carl le pidió que tomara asiento y le preguntó si quería beber algo, pero el parlamentario movió una mano en señal de rechazo y con la otra encontró la silla. No, no parecía estar sediento.

—¿A qué cosas se refiere? —preguntó Carl para que sonara como si tuviera más ases en la manga, lo que no era el caso en absoluto.

—Mañana voy a dejar mi puesto en el Parlamento —declaró Baggesen, mirando alrededor con ojos tristes—. De aquí voy directamente a ver al portavoz del grupo. Merete ya me advirtió que iba a pasar esto si no escuchaba, pero no la escuché. Y después hice lo que nunca debería haber hecho.

Carl entornó los ojos.

—Entonces está bien que hagamos tabla rasa antes de que se confiese ante Dios y los hombres.

Aquel hombre hecho y derecho asintió en silencio con la cabeza gacha.

—Compré acciones en 2000 y 2001 y gané dinero con ello.

—¿Qué acciones?

—De todas clases. Y contraté a un nuevo asesor financiero que me recomendó invertir en fábricas de armas de Estados Unidos y Francia.

Al asesor del banco local de Allerød ni se le ocurría recomendar a Carl que invirtiera sus ahorros. Dio una profunda calada y apagó la colilla. Desde luego, no era la clase de decisiones por las que deseaban ser conocidos destacados miembros del partido pacifista Radicales de Centro, Carl lo comprendía perfectamente.

—También alquilé dos de mis propiedades a clínicas de masaje. Aunque al principio no lo sabía, después me enteré. Estaban en Strøby Egede, cerca de donde vivía Merete, y en la zona se hablaba de ello. En aquella época tenía muchos negocios. Por desgracia, fanfarroneé de mis negocios ante Merete. Estaba muy enamorado, y ella no me hacía ni caso. A lo mejor esperaba que se interesara más en mí si actuaba a lo grande, pero por supuesto, no se interesó —confesó, masajeándose el cuello con la mano—. Ella no era así.

Carl siguió el humo hasta que se dispersó por el despacho.

—¿Y le pidió que lo dejara?

—No, no me lo pidió.

—¿Entonces...?

—Dijo que a lo mejor le diría algo sin querer a su secretaria de entonces, Marianne Koch. La intención era clara. Con aquella secretaria, todos se enterarían enseguida. Merete me avisó, sin más.

—¿Por qué se interesaba por sus cosas?

—No se interesaba. Ésa era la razón de todo —declaró, suspirando y sujetando la cabeza con las manos—. Había intentado ligármela tanto tiempo que al final Merete sólo quería que la dejara en paz. Y en ese sentido consiguió su objetivo. Estoy seguro de que, si hubiera continuado presionándola, habría filtrado información sobre mí. No se lo reprocho. ¿Qué coño podía hacer, si no?

—Así que, ¿la dejó en paz pero continuó con sus negocios?

—Cancelé los contratos de alquiler con las clínicas de masaje, pero me quedé con las acciones. No las vendí hasta después del 11-S.

Carl asintió con la cabeza. Sí, mucha gente se había enriquecido gracias a aquella catástrofe.

—¿Cuánto dinero ganó?

Baggesen levantó la mirada.

—Unos diez millones.

Carl adelantó el labio inferior.

—Entonces, ¿mató a Merete para que no lo desvelara?

El parlamentario dio un respingo. Carl reconoció el rostro asustado de la última vez que tuvo un cuerpo a cuerpo con él.

—¡No, no! ¿Por qué habría de hacerlo? Lo que estaba haciendo no era ilegal. Simplemente habría ocurrido lo que de todas formas va a ocurrir hoy.

—¿Iban a pedirle que dejara el grupo parlamentario en lugar de dejarlo por su propio pie?

Su mirada vagó por el despacho y no se sosegó hasta que encontró sus iniciales en la lista de sospechosos de la pizarra blanca.

—Ya puede borrar eso de ahí —repuso, levantándose.

Assad no entró a trabajar hasta las tres. Considerablemente más tarde de lo que cabía esperar de un hombre con tan escasa experiencia y un empleo tan precario. Carl pensó por un momento si merecía la pena echarle una bronca, pero el entusiasmo y el rostro jovial de Assad no invitaban a la emboscada.

—¿Qué carajo has hecho todo este tiempo? —preguntó, señalando el reloj.

—Recuerdos de parte de Hardy, Carl. Me dijiste que fuera a visitarlo.

—¿Has estado siete horas con Hardy? —se sorprendió Carl, volviendo a señalar el reloj.

Assad sacudió la cabeza.

—Le he contado lo que sabía del asesinato del ciclista, y ¿sabes qué ha dicho?

—Supongo que habrá dado pistas sobre el asesino.

Assad pareció sorprendido.

—Lo conoces bien, Carl. Pues sí, eso es exactamente lo que ha hecho.

—Supongo que con nombre y apellido.

—¿Con nombre? No, pero ha dicho que había que buscar a una persona que fuera importante para los hijos de la testigo. Que no sería un profesor o un empleado de guardería, sino alguien con quien tuvieran una relación de mucha dependencia. El ex marido de la testigo, o un médico, o quizá alguien a quien los niños respetasen mucho. Un profesor de hípica o algo así. Pero tenía que ser alguien que tuviera relación con los dos niños. Ya se lo he dicho a los del segundo piso.

—¡Vaya! —exclamó Carl, y puso los labios en punta. Era increíble lo bien que se expresaba Assad de repente—. Me imagino que Bak estará en la gloria.

—¿En la gloria? —se extrañó Assad, rumiando la palabra—. A lo mejor. ¿Qué cara se pone entonces, o sea?

Carl se encogió de hombros. Volvía a ser el Assad de siempre.

—¿Qué más has hecho? —preguntó, pensando que los movimientos de cejas de Assad daban a entender que se guardaba algo.

—Mira lo que tengo —dijo, sacando la gastada agenda de cuero de Merete Lynggaard de una bolsa de Lidl y colocándola sobre la mesa—. ¿Qué te parece? ¿A que el tío es bueno?

Carl abrió la lista de teléfonos en la H y vio de inmediato la transformación. Sí, estaba hecho de maravilla. Donde antes había un número de teléfono tachado ahora ponía algo borrado pero perfectamente claro: Daniel Hale y 25772060. Era asombroso. Más asombroso que la velocidad a la que sus dedos teclearon para buscar en el registro central.

Tenía que encontrar los datos del abonado. Aunque fue en vano, claro.

—Pone que es un número desactivado. Llama a Lis y pídele que indague sobre el número enseguida. Dile que pueden haberlo dado de baja hace cinco años. No sabemos de qué operador de móviles era, pero estoy seguro de que ella lo averiguará. Date prisa, Assad —lo apremió, dándole una palmada en el hombro de granito.

Carl encendió un cigarrillo, se recostó e hizo un resumen mental.

Merete Lynggaard conoció al falso Daniel Hale en Christiansborg, seguramente coqueteó con él y a los pocos días rompió la relación. Que su nombre apareciera tachado en la lista de teléfonos parecía algo insólito en ella, casi un ritual. Fuera cual fuese la razón de su proceder, no cabe duda de que conocer al supuesto Daniel Hale había sido una experiencia fundamental en la vida de Merete.

Carl trató de imaginarla. La política guapa con toda la vida por delante que conoce a la persona equivocada. Un embustero, un hombre de torvas intenciones. Varios lo habían vinculado con el chico al que llamaban Átomos. La asistenta de Magleby sostenía que aquel chico era con toda probabilidad el hombre que entregó la carta con el saludo «Buen viaje a Berlín», y según Bille Antvorskov aquel Átomos era el que se presentó después como Daniel Hale. El mismo chico que la hermana de Dennis Knudsen afirmaba que había tenido mucha influencia en su hermano durante su infancia, y al parecer también el que muchos años después incitó a su amigo Dennis Knudsen a que chocara contra el coche del auténtico Daniel Hale, provocando así su muerte. Complicado, pero no tanto.

Muchas cosas habían ido amontonándose en la sección de indicios: estaba la extraña muerte de Dennis Knudsen poco después del accidente; estaba la exagerada reacción de Uffe al ver una foto viejísima de Átomos, que probablemente conoce después a Merete Lynggaard como Daniel Hale. Un encuentro que él se esforzó mucho por organizar.

Y por último estaba la desaparición de Merete Lynggaard.

Sintió que una sensación de acidez lo arañaba por dentro y casi deseó un sorbo de la goma arábiga de Assad.

A Carl no le gustaba esperar cuando no hacía falta. ¿Por qué coño no lo dejaban hablar con el puto pedagogo de Godhavn inmediatamente? Aquel Átomos tenía que tener nombre y número de registro civil. Algo que engarzara con el presente. Tenía que averiguarlo. ¡Ya!

Apagó la colilla, despegó de la pizarra blanca las viejas listas del caso y dejó que su mirada se deslizara por ellas.

SOSPECHOSOS:

1) Uffe

2) Mensajero desconocido. Carta sobre Berlín

3) La persona del restaurante Café Bankeråt

4) «Compañeros» de Christiansborg – TB +?

5) Robo con homicidio. ¿Cuánto dinero en el bolso?

6) Agresión sexual

INVESTIGAR:

Asistenta social de Stevns

Telegrama

Secretarias del Parlamento

Testigos del transbordador de Schleswig-Holstein

Familia adoptiva después del accidente/antiguos compañeros de universidad. ¿Tenía tendencia a la depresión? ¿Estaba embarazada? ¿Enamorada?

Junto a «Mensajero desconocido» escribió entre paréntesis «Átomos haciendo de Daniel Hale». Después tachó las iniciales de Tage Baggesen y también la pregunta de si estaría embarazada, en la parte inferior del segundo folio.

Además del tercer punto, seguían quedando los puntos cinco y seis del primer folio. Una pequeña cantidad habría podido bastar para tentar el cerebro enfermo de un ladrón homicida, mientras que el punto seis, con su trasfondo de motivación sexual, no era verosímil, habida cuenta de las circunstancias y el tiempo limitado en el transbordador.

De las cuestiones del segundo folio seguían faltándole los testigos del transbordador, la familia adoptiva y los compañeros de estudios. En cuanto a los testigos, los informes no aportaban nada de nada, y el resto no importaba ya. Desde luego, suicidio no había sido.

Con esos folios no voy a ninguna parte, pensó, volvió a mirarlos un par de veces y los echó a la papelera. Con algo había que llenarla.

Cogió la lista de teléfonos de Merete Lynggaard y la puso a la altura de los ojos. Desde luego, el colega de Assad había logrado un resultado cojonudo. La tachadura había desaparecido por completo. Era realmente increíble.

–¡Tienes que decirme quién te ha hecho esto! –gritó al otro lado del pasillo, pero Assad lo detuvo con un movimiento de la mano. Vio que su ayudante tenía el teléfono pegado al oído y movía la cabeza asintiendo. No parecía animado, al contrario. Seguramente sería imposible encontrar al abonado del antiguo número de móvil que aparecía en la lista como perteneciente a Hale.

–¿Había tarjeta en el móvil? –preguntó cuando Assad entró con su pedazo de papel, apartando el humo con un leve gesto desaprobador.

–Sí –respondió, pasando el papel a Carl–. Estaba a nombre de una chica de secundaria de la escuela Tjørnelys de Greve. Informó que se lo habían robado del abrigo, que colgaba fuera de la clase, el lunes 18 de febrero de 2002. No denunció el robo hasta pasados unos días, y nadie sabe quién lo hizo.

Carl asintió en silencio: o sea que sabían quién era el abonado, pero no quién había robado el móvil y lo había usado. Tenía su lógica. Estaba seguro ya de que todo encajaba. La desaparición de Merete Lynggaard no había sido una sucesión de casualidades. Un hombre se le había acercado con intenciones turbias, como se decía, provocando una serie de acontecimientos cuyo resultado fue que desde entonces nadie había vuelto a ver a la guapa parlamentaria. Entretanto habían transcurrido más de cinco años. Naturalmente, Carl se temía lo peor.

—Lis pregunta, entonces, si tiene que seguir con el caso —añadió Assad.

—¿Cómo?

—Si tiene que intentar establecer una conexión entre las conversaciones hechas desde el teléfono fijo del despacho de Merete Lynggaard y este número —aclaró Assad, señalando el papel donde estaban escritos los datos de la chica con bastante buena letra: «25772060, Sanne Jønsson, Tværager 90, Greve Strand». Así que Assad era capaz de escribir de manera legible.

Carl sacudió la cabeza para sí. ¿Sería posible que hubiera olvidado pedir que se comparasen las listas de llamadas? Tendría que empezar a usar un cuaderno antes de que el Alzheimer lo atacara en serio.

—Desde luego —respondió con firme naturalidad. Tal vez así se descubriera una cronología que permitiera establecer una pauta en el desarrollo y término de la relación entre Merete Lynggaard y el falso Daniel Hale.

—Pero necesitará un par de días, Carl. Lis no tiene tiempo ahora, y dice que va a ser bastante difícil cuando ha pasado tanto tiempo, o sea. Puede que no saquemos nada en limpio —dijo con expresión triste.

—Venga, Assad, dime quién ha sido capaz de hacer un trabajo tan impresionante —insistió Carl mientras sopesaba la agenda de Merete en la mano.

Pero Assad no quería.

Carl iba a explicarle que andar con secretos no iba a hacer ningún bien a sus probabilidades de mantener el puesto, pero entonces sonó el teléfono.

Era el responsable de Egely, y su aversión por Carl rezumaba del receptor.

—Sepa usted que Uffe Lynggaard abandonó la residencia el viernes poco después de que usted lo sometiera a terribles ultrajes. No sabemos dónde está. La policía de Frederikssund está sobre aviso, pero si le ha ocurrido algo grave, Carl Mørck, ya me encargaré de arruinar su carrera.

Después colgó bruscamente, dejando a Carl ante un silencio resonante.

A los dos minutos llamó el jefe de Homicidios y le pidió que apareciera por su despacho. No hacían falta más explicaciones, Carl conocía el tono.

Tenía que subir al segundo piso, y además enseguida.

33

2007

La pesadilla empezó ya en el quiosco de la estación de Allerød. El número especial de *Gossip* para Semana Santa llegaba un día antes de lo normal, y todos los que tenían un mínimo contacto con Carl sabían que había precisamente una foto de él, el subcomisario Carl Mørck, en una esquina de la primera plana, justo debajo de la noticia estrella acerca de la inminente boda entre el príncipe y su novia francesa.

Un par de vecinos, incómodos, hicieron como que no lo veían mientras compraban bocadillos y fruta. «Agente de la policía amenaza a periodista», atronaba el titular, y debajo, en letra pequeña, ponía: «La verdad sobre el tiroteo de Amager».

El hombre del quiosco pareció decepcionado cuando Carl no quiso invertir personalmente en la noticia, pero ya le valía a Pelle Hyttested, y no iba a contribuir a que se sacara los garbanzos a su costa.

En el tren le dirigieron muchas miradas, y Carl volvió a sentir la presión del pecho.

En Jefatura no mejoraron las cosas. Había terminado el día anterior teniendo que dar explicaciones en el despacho del jefe a causa de la huida de Uffe Lynggaard, y ahora volvían a reclamarlo de arriba.

—¿Qué miráis, papanatas? —gruñó a un par de agentes que no parecían estar precisamente tristes por él.

—Verás, Carl, la cuestión es qué voy a hacer contigo —comenzó Marcus Jacobsen—. Me temo que la semana que viene los titulares van a decir que has sometido a maltrato psicológico a una persona retardada. Te das cuenta de lo que puede inventar la prensa si Uffe Lynggaard muere, ¿verdad?

Señaló el interior de la revista. Había un artículo con una foto de Carl enfadado que un fotógrafo le había hecho unos años antes. Carl recordaba perfectamente cómo expulsó a patadas a la prensa de la zona acordonada en torno al lugar del crimen, y lo furiosos que se pusieron los periodistas.

—Te lo pregunto de nuevo: ¿qué hacemos contigo, Carl?

Carl cogió la revista y ojeó cabreado el contenido del texto inserto entre los colorines de la página. Aquellos periodistas chismosos eran unos descastados, especialistas en arrastrar a un hombre por el fango.

—No he hecho ninguna declaración acerca de ese caso a nadie de *Gossip* —aseguró—. Lo único que dije fue que habría dado mi vida por Hardy y Anker, nada más. No les hagas caso, Marcus, o pon a trabajar a uno de los abogados.

Alejó la revista de un empujón y se levantó. Lo que había dicho no era más que la pura verdad. ¿Qué carajo pensaba hacer Marcus ante aquello? ¿Despedirlo, tal vez? Conseguiría sin duda unos buenos titulares.

Su jefe lo miró resignado.

—Han llamado del magacín policíaco *Comisaría 2* de la segunda cadena, querían hablar contigo. Les he dicho que ya podían ir olvidándolo.

—Vale —dijo Carl. Seguramente al jefe no le quedó otra opción.

—Me han preguntado si había algo de cierto en el artículo de *Gossip* acerca de ti y el tiroteo de Amager.

—Vaya. Me gustaría saber qué les has respondido.

—Les he dicho que todo eso eran chorradas sin fundamento.

—Bien, de acuerdo —aprobó Carl, asintiendo enérgicamente con la cabeza—. ¿Tú también lo crees?

—Carl, escucha. Llevas mucho tiempo en el cuerpo. ¿Cuántas veces han acorralado a un compañero tuyo? Piensa en la primera vez que andabas de patrulla nocturna en Randers o dondequiera que fuese y de repente te topaste con una cuadrilla de palurdos borrachos a los que no les gustaba tu uniforme. ¿Recuerdas la sensación? Y con los años se producen de vez en cuando situaciones mil veces peores que ésa. Me ha pasado a mí, les ha pasado a Lars Bjørn y a Bak, y a un montón de viejos compañeros que hoy en día se dedican a otras cosas. Peligro para sus vidas. Con hachas y martillos, barras metálicas, cuchillos, botellas de cerveza rotas, escopetas de caza y otras armas de fuego. ¿Y quién sabe hasta cuándo se puede aguantar y cuándo no se puede más? Es imposible saberlo, ¿no? Todos nosotros las hemos pasado putas alguna vez. Si no, no eres un policía como es debido, ¿verdad? A veces tenemos que ir hasta donde cubre, es nuestro trabajo.

Carl asintió en silencio y notó que sentía la presión del pecho de otra manera.

—¿Cuál es la conclusión de todo eso, jefe? —preguntó, señalando el semanario—. ¿Cuál es tu opinión? ¿Qué piensas de eso?

El jefe de Homicidios miró a Carl con sosiego, y sin decir ni una palabra abrió la ventana que daba al Tívoli, se inclinó hacia delante, cogió la revista e hizo como que se limpiaba el culo con ella, se volvió hacia la ventana y la arrojó a la calle.

Imposible decirlo más claramente.

Carl sonrió para sí. Un transeúnte iba a conseguir un programa de la tele gratis.

Asintió con la cabeza a su jefe. Había sido de lo más conmovedor.

—Estoy a punto de aportar más información sobre el caso Lynggaard —declaró en justa correspondencia, y se quedó esperando a que le dijeran que podía irse.

El jefe de Homicidios movió la cabeza arriba y abajo en reconocimiento. Era en esa clase de situaciones cuando se veía por qué era tan apreciado y por qué había podido conservar a su encantadora mujer durante más de treinta años.

—Y Carl, recuerda que sigues sin haberte apuntado al cursillo de promoción —añadió—. Quiero que lo hagas antes de pasado mañana, ¿entendido?

Carl asintió con la cabeza, pero aquello no significaba nada. Si el jefe insistía en la formación complementaria, tendría que darse una vuelta por el sindicato.

Los cuatro minutos que duró el trayecto desde el despacho del jefe de Homicidios hasta el sótano fueron un tormento de miradas burlonas y actitudes de reprobación. Eres una vergüenza para nosotros, decían algunas de las miradas; que os den, pensó él. Mejor harían dándole su apoyo. Si lo hicieran, no se sentiría como si un buey bien cebado estuviera dándole cornadas en el pecho.

Incluso Assad había leído el artículo en el sótano, pero al menos él le dio una palmada en la espalda. Pensaba que la foto de la portada estaba bien hecha, pero que la revista era muy cara. Era estimulante conocer otros puntos de vista.

A las diez en punto llamaron de recepción.

—Hay un hombre que dice que está citado contigo —informó el policía de guardia con frialdad—. ¿Esperas a un tal John Rasmussen?

—Sí, enviadlo al sótano.

Cinco minutos más tarde oyeron pasos vacilantes en el pasillo, seguidos de una voz cautelosa.

—¡Hola! ¿Hay alguien?

Carl atravesó con desgana el vano de la puerta y vio frente a sí a un anacronismo vestido con jersey islandés, pantalones de pana y demás parafernalia del sesenta y ocho.

—Soy John Rasmussen, el que era pedagogo en Godhavn. Tenemos una cita —se presentó, extendiendo la mano con una singular mirada acechante—. Oiga, ¿no es usted el que aparece hoy en la portada de una revista?

Era para volverse loco. La gente vestida como él debería abstenerse de mirar esas cosas.

De entrada, quedó claro que John Rasmussen recordaba a Átomos, y por eso acordaron repasar el caso antes de la visita guiada. Aquello daba a Carl la oportunidad de quitárselo de encima con una mini visita a la planta baja y después una ojeada rápida a los patios interiores.

El hombre parecía simpático, aunque minucioso. En opinión de Carl, no era en absoluto el tipo de persona adecuada para entretener a golfos inadaptados. Pero seguramente había muchas cosas que Carl no sabía acerca de los golfos inadaptados.

—Le enviaré por fax lo que tenemos en el orfanato, ya lo he consultado con la secretaría y podemos hacerlo. Aunque he de decirle que no es gran cosa. El expediente de Átomos desapareció hace unos años, y cuando lo encontramos detrás de una estantería faltaban al menos la mitad de los informes —dijo sacudiendo la cabeza, y al hacerlo la piel floja de su cuello bailó de un lado a otro.

—¿Por qué lo llevaron a su orfanato?

El hombre se encogió de hombros.

—Ya sabe, problemas en casa, y después alojarlo en una familia adoptiva quizá no fuera la mejor opción. Después llega la reacción, y a veces se pasa de rosca. Por lo visto era un buen chico, pero tenía poco que hacer y demasiado coco. Una mala combinación. Se ve constantemente en los guetos de trabajadores inmigrantes. Esos jóvenes tienen que desfogar la energía contenida.

—¿Era delincuente?

—En cierto modo, sí, supongo, pero eran cosas sin importancia, creo. Sí, bueno, era capaz de cabrearse mucho, pero no recuerdo que estuviera en Godhavn por violento.

No, no recuerdo nada así; claro que han pasado ya más de veinte años, ¿verdad?

Carl sacó el cuaderno.

—Voy a hacerle unas preguntas rápidas, y le agradecería que respondiera de manera breve. Si no puede responder, pasamos a la siguiente. Siempre puede volver a la pregunta si encuentra después la respuesta. ¿De acuerdo?

El hombre saludó amablemente con la cabeza a Assad, que le ofreció uno de sus ardientes y pegajosos brebajes en una tacita pintada con flores amarillas. El hombre la aceptó sonriendo. Ya se arrepentiría, ya.

Después miró a Carl.

—Sí —asintió—, de acuerdo.

—¿Nombre del chico?

—Parece que se llamaba Lars Erik o Lars Henrik, algo así. El apellido era corriente, creo que Petersen, pero ya lo escribiré en el fax.

—¿Por qué lo llamaban Átomos?

—Tenía que ver con el trabajo de su padre. Por alguna razón, tenía a su padre en un pedestal. Lo había perdido unos años antes, pero creo que su padre había sido ingeniero y había hecho algo para la estación de pruebas atómicas de Risø, o algo así. Pero podrá investigar eso cuando tenga el nombre y el número de registro civil del chico.

—¿Siguen teniendo el número de registro civil?

—Sí, había desaparecido con otras cosas de la carpeta, pero teníamos un sistema de contabilidad relativo a las subvenciones de los municipios y del estado, y ahora se ha incorporado al expediente.

—¿Cuánto tiempo estuvo el chico en la institución?

—Creo que unos tres o cuatro años.

—Eso es bastante tiempo, teniendo en cuenta su edad, ¿no?

—Sí y no. Sucede a veces. No podía seguir en el sistema. No quería ir a otra familia adoptiva, y su propia familia no estuvo en condiciones de albergarlo hasta entonces.

—¿Han tenido noticias suyas? ¿Sabe qué ha sido de él?

312

—Lo vi casualmente varios años después, y parecía que le iban bien las cosas. Fue en Helsingør, creo. Debía de trabajar de camarero o de primer oficial, algo así. Al menos iba vestido de uniforme.

—¿Quiere decir que era marino?

—Sí, creo que sí. Algo así.

Tengo que pedir la lista de la tripulación del transbordador de Schleswig-Holstein a Scandlines, pensó Carl. A saber si se la pidieron los de la Brigada Móvil. Carl volvió a ver frente a sí el rostro contrito de Bak en el despacho del jefe, el jueves anterior.

—Un momento —interrumpió al hombre, y gritó a Assad que subiera al despacho de Bak y le preguntara si habían pedido la lista de la tripulación del transbordador en el que desapareció Merete Lynggaard y, en caso afirmativo, a ver dónde estaba.

—¿Merete Lynggaard? ¿Esto tiene que ver con ella? —preguntó el hombre con mirada embelesada antes de dar un enorme sorbo de té espeso.

Carl le dirigió una sonrisa que irradiaba lo contento que le ponía que se lo hubiera preguntado. Y después siguió sin más con el turno de preguntas, sin responder.

—¿El chico tenía rasgos de psicópata? ¿Recuerda si era capaz de mostrar empatía?

El pedagogo miró sediento su taza vacía. Por lo visto era de los que pusieron a prueba las papilas gustativas en los macrobióticos años sesenta. Después arqueó sus cejas grises.

—Muchos de los chicos que nos vienen tienen trastornos emocionales. Naturalmente, a algunos de ellos se les hace un diagnóstico, pero no recuerdo si fue el caso con Átomos. Creo que sí era capaz de mostrar empatía. Al menos solía estar preocupado por su madre.

—¿Tenía alguna razón para ello? ¿Era drogadicta o algo así?

—No, qué va. Creo recordar que estaba bastante enferma. Por eso tuvo que esperar tanto tiempo para volver con su familia.

La visita guiada posterior fue breve. John Rasmussen resultó ser un observador incansable que comentaba cuanto veía. Si hubiera dependido de él, habrían pasado revista a cada metro cuadrado del edificio de Jefatura. Ningún detalle era nimio para el hombre, de modo que Carl hizo como si tuviera un busca en el bolsillo que había empezado a pitar.

—Lo siento. Es la señal de que ha habido un asesinato —declaró con cara seria, que contagió enseguida al pedagogo—. Me temo que debemos dejarlo. Muchas gracias, John Rasmussen. Entonces, espero que me envíe un fax antes de un par de horas, ¿de acuerdo?

En el despacho de Carl el silencio era prácticamente total. Ante él había una nota donde ponía que Bak no sabía nada de ninguna lista de tripulación. ¿Qué coño había esperado?

Desde el cuchitril de Assad llegaban rezos apagados de la alfombra para orar, pero por lo demás reinaba el silencio. Carl había tenido mucho ajetreo y estaba agotado. El teléfono estuvo sonando durante una hora debido al puñetero artículo de la revista del corazón. Desde la directora de la policía, que quería darle unos consejos, hasta las radios locales, redactores de páginas web, escritores de revistas y todo tipo de bichos que pululaban en los márgenes del mundo mediático. Por lo visto, a la señora Sørensen del segundo piso le divertía pasarle absolutamente todas las llamadas, de modo que Carl puso el teléfono en modo silencio y activó la función de identificación de llamadas. El problema era que nunca había tenido buena memoria para los números, pero así se quitaba el muerto de encima.

El fax del pedagogo de Godhavn, Rasmussen, fue lo primero que lo sacó del sopor en el que se había sumido voluntariamente.

Tal como esperaba, John Rasmussen era un hombre educado que le agradeció la visita y lo alabó por haberse tomado la molestia de enseñarle las instalaciones. Las páginas siguientes eran los documentos prometidos y, pese a su brevedad, aquella información valía su peso en oro.

El chico a quien llamaban Átomos se llamaba realmente Lars Henrik Jensen, número de registro civil 020172-0619, había nacido en 1972 y actualmente tendría treinta y cinco años. O sea, que Merete Lynggaard y él tenían más o menos la misma edad.

Un nombre de lo más corriente, Lars Henrik Jensen, pensó, cansado. ¿Por qué diablos no habían estado ni Bak ni ninguno de los de la Brigada Móvil lo suficientemente despiertos para pedir la lista de los tripulantes del transbordador de Schleswig-Holstein? A saber si habría alguna posibilidad de conseguir la lista del personal de guardia de aquella fecha.

Puso los labios en punta. Desde luego, sería un paso de gigante si resultara que en aquella época el tipo trabajaba en el transbordador de Schleswig-Holstein, pero eso era algo que esperaba poder aclarar haciendo una consulta en Scandlines. Se quedó un rato revisando de nuevo los faxes, y a continuación agarró el receptor para telefonear a la oficina principal de la compañía.

Oyó una voz antes de llegar a teclear el número. Por un instante pensó que sería Lis, del segundo piso, pero entonces resonó la voz aterciopelada de Mona Ibsen, haciendo que contuviera el aliento.

—¿Qué ha pasado? —preguntó—. Ni siquiera ha dado el tono.

Sí, también a él le gustaría saberlo. Debían de haberle pasado la llamada en el momento en que levantó el receptor.

—He visto el *Gossip* de hoy —dijo Mona Ibsen.

Carl maldijo en voz queda. Ella también. Si aquella revista de mierda supiera cuántos nuevos lectores había tenido aquella semana gracias a él, colocarían su retrato de manera permanente bajo el logotipo de la portada.

—Es una situación bastante especial, Carl. ¿Qué ha significado para ti?

—Por supuesto, no ha sido lo mejor que me ha ocurrido, no tengo problema en reconocerlo —admitió.

—Tendremos que hablar pronto —declaró ella.

Por algún motivo la oferta no sonaba tan atractiva como la vez anterior. Sin duda se debería al anillo de casada, que, colocado estratégicamente en sus antenas, provocaba interferencias.

—Me da la impresión de que Hardy y tú no vais a liberaros psicológicamente hasta que cojan a los asesinos. ¿Estás de acuerdo conmigo, Carl?

Carl sintió que la distancia entre ellos aumentaba.

—En absoluto —repuso—. No tiene nada que ver con esos imbéciles. La gente como nosotros tiene que vivir con el peligro encima todo el tiempo.

Trató con gran esfuerzo de recordar la parrafada que le había echado antes el jefe de Homicidios, pero la respiración del ser erótico al otro lado de la línea no estimulaba su memoria.

—No olvides que hay un montón de situaciones en mi pasado profesional en las que las cosas no han salido mal. Es inevitable que alguna vez te toque tener mala suerte.

—Está bien que lo digas —convino ella. O sea que Hardy había dicho algo parecido—. Pero ¿sabes qué, Carl? ¡Eso son pijadas! Espero que nos veamos regularmente para ver si podemos arreglar eso. La semana que viene ya no hablarán de ti en las revistas y tendremos tranquilidad.

En Scandlines fueron muy solícitos; como en otros casos parecidos de desapariciones de personas, tenían una carpeta sobre Merete Lynggaard y ésta estaba tan a mano que pudieron decirle inmediatamente que la lista de la tripulación de aquel día aciago la habían impreso hacía mucho, y que en su momento se envió una copia a la gente de la Brigada Móvil. Toda la tripulación, tanto de cubierta como de la sala de máquinas, fue interrogada, y por desgracia nadie pudo aportar nada que ofreciera una imagen más o menos clara de lo que le había sucedido a Merete Lynggaard durante la travesía.

El cabreo de Carl iba en aumento. ¿Qué coño habían hecho mientras tanto con aquella lista? ¿Usarla como filtro de café? Bak & Cía. y la gente de su calaña podían irse al infierno.

—Tengo un número de registro civil —dijo—. ¿Puede servirle para hacer una búsqueda?

—Hoy no, lo siento. Los del departamento de contabilidad están de cursillo.

—Vale. ¿La lista está ordenada alfabéticamente? —preguntó Carl, y no, no lo estaba. El capitán y sus colaboradores más próximos tenían que estar los primeros, como siempre. A bordo de un barco todos sabían qué lugar ocupaban en la jerarquía.

—¿Puede mirar si figura en la lista un tal Lars Erik Jensen?

Su interlocutor rio algo cansado al otro lado. Aquella lista debía de ser bastante larga.

Transcurrido tanto tiempo como el que necesitó Assad para levantarse tras otra oración, lavarse la cara con el agua de un pequeño cuenco que había en un rincón, sonarse la nariz con un estruendo elocuente y después volver a poner el agua almibarada a calentar en la cocinilla, el oficinista de Scandlines terminó su búsqueda.

—No, no había ningún Lars Henrik Jensen —declaró, y se despidió.

Aquello era desalentador de cojones.

—¿Qué haces tan cabizbajo, Carl? —se interesó Assad, sonriendo—. No pienses más en la estúpida foto de esa estúpida revista. Piensa que si te hubieras roto los brazos y las piernas habría sido peor, o sea.

317

El que no se consuela es porque no quiere.

—He conseguido el nombre de ese Átomos, Assad —le informó—. Tenía la sospecha de que podría haber trabajado en el barco en que desapareció Merete Lynggaard, pero no aparece en la lista. Por eso estoy deprimido.

Carl recibió una prudente palmada en la espalda.

—Pero aun así has encontrado la lista de la tripulación, o sea. Bien, Carl —dijo con el mismo tono de elogio con que se habla al niño que acaba de hacer de vientre en el orinal.

—Sí, no me ha servido de mucho, pero saldremos adelante. En el fax de Godhavn constaba también el número de registro civil de Lars Henrik Jensen, así que vamos a encontrar al tipo. Por suerte, tenemos todos los registros que nos hacen falta.

Tecleó el número en el ordenador, con Assad detrás y sintiéndose como un niño que va a abrir un regalo de Navidad. El momento en que la identidad de un sospechoso se desvelaba era el mejor momento para un agente de la Policía Criminal.

Y llegó la decepción.

—¿Qué significa eso, Carl? —preguntó Assad señalando la pantalla.

Carl soltó el ratón y miró al techo.

—Significa que no se ha encontrado ese número de registro civil. Sencillamente, que no hay ninguna persona en todo el reino de Dinamarca que tenga ese número de registro.

—¿No lo has escrito mal, entonces? ¿Estaba claro en el fax?

Los comparó. Era el mismo número.

—¿Será que no es el número correcto?

Buena idea.

—A lo mejor lo han corregido —sugirió Assad, cogiendo el fax de la mano de Carl y mirando el número con el ceño fruncido—. Escucha, Carl. Creo que pueden haber corregido una cifra o dos. ¿Qué dices? ¿No parece como si hubieran raspado el papel aquí y aquí?

Señaló dos de los dígitos de las últimas cuatro cifras. Era difícil de apreciar, pero en la copia del fax aparecía al menos una débil sombra sobre los dos números escritos a máquina.

—Sólo con que hayan corregido dos números hay cientos de combinaciones, Assad.

—Bueno, ¿y qué? La señora Sørensen puede teclear los números de registro civil en media hora rápida si le enviamos unas flores.

Era increíble cómo había engatusado a la tía.

—Puede haber muchas más posibilidades, Assad. Si se pueden corregir dos cifras, pueden corregirse diez. Tenemos que hacer que nos envíen el original de Godhavn y mirarlo más de cerca antes de ponernos a hacer combinaciones.

Llamó por teléfono al orfanato y les pidió que enviasen por mensajero el documento original a Jefatura, pero se negaron. No querían dejar que los documentos originales salieran del sistema.

Entonces Carl les dijo por qué era tan importante.

—Es posible que hayan guardado durante años una falsificación.

La aclaración no sirvió de nada.

—No, no lo creo. Nos habríamos dado cuenta al pasar la información a las autoridades para pedir el reembolso —aseguró una voz segura de sí misma.

—Comprendo. Pero ¿y si la falsificación se hubiera dado mucho después de que el cliente abandonara el orfanato? ¿Quién diablos iba a darse cuenta? No olviden que el nuevo número de registro civil no aparece en sus registros hasta por lo menos quince años después de que Átomos se marchara.

—De todas formas, me temo que no podemos entregar el documento.

—Bien, entonces habrá que recurrir a los tribunales. No me parece amable por su parte que no quiera ayudarnos.

No olvide que es posible que estemos investigando un asesinato.

Ni la última frase ni la amenaza de una decisión judicial inclinaron la balanza, Carl ya lo sabía de antemano. No, apelar a la autoestima de la gente era mucho más eficaz. Porque ¿a quién le gustaba que le colgaran etiquetas mezquinas? A la gente que trabaja en la Administración, desde luego, no. La expresión «no me parece amable por su parte» estaba tan minimizada que parecía enorme. Era «la tiranía de la expresión sosegada», como le gustaba decir a uno de sus profesores de la Academia de Policía.

—Envíenos primero un *mail* pidiendo ver el original —claudicó el funcionario.

Lo había conseguido.

—¿Cómo se llamaba realmente ese Átomos, Carl? ¿Sabemos por qué le pusieron ese apodo, o sea? —preguntó Assad después, con el pie sobre un cajón abierto.

—Lars Henrik Jensen, por lo que dicen.

—Lars Henrik, es un nombre extraño. No puede haber muchos que se llamen así.

No, probablemente no en el país de Assad, pensó Carl, tentado por el sarcasmo, cuando vio que Assad se quedaba pensativo, con una expresión extraña en el semblante. Por un instante su expresión fue completamente diferente a la habitual. En cierto modo, más cercana a lo normal. Más adecuada, de alguna forma.

—¿En qué piensas, Assad? —quiso saber.

Era como si una capa de aceite cubriera sus ojos, que mostraban facetas de color cambiante. Arrugó el entrecejo y echó mano de la carpeta de Lynggaard. Pasado un rato encontró lo que buscaba.

—Eso ¿puede ser una casualidad? —preguntó, señalando una de las líneas de la parte superior del documento.

Carl miró el nombre, y fue entonces cuando vio con qué informe estaba Assad.

Por un momento Carl trató de imaginárselo todo, y entonces ocurrió. En algún lugar de su interior donde causa y efecto no se diferencian y donde la lógica y las explicaciones nunca desafían a la conciencia, donde las ideas pueden vivir en libertad sin enfrentarse, justo allí los datos encajaron y comprendió la relación.

34

2007

Mirar a los ojos a Daniel, el hombre hacia quien se había sentido tan atraída, no fue la mayor conmoción para ella. Tampoco que Daniel y Lasse fueran la misma persona, aunque hizo que las piernas le flaqueasen. No, saber quién era él en realidad fue lo peor que le pudo suceder. Aquello sencillamente la dejó agotada. Sólo le quedaba la pesada culpa que la había abrumado durante toda su vida adulta.

No fueron exactamente sus ojos los que reconoció Merete, sino más bien el dolor que encerraban. El dolor, la desesperación y el odio que en una fracción de segundo se adueñaron de la vida de aquel hombre. O, mejor dicho, de aquel chico, ahora ya lo sabía.

Porque Lasse apenas tenía catorce años cuando un límpido y helado día de invierno vio desde la ventanilla del coche de sus padres a una niña ansiosa por vivir e irreflexiva en otro automóvil haciendo rabiar a su hermano pequeño en el asiento trasero con tal ahínco que desvió la atención de su padre. Le robó los milisegundos necesarios para que su padre mantuviera el control, y las manos al volante. Los valiosos milisegundos de atención que podrían haber salvado la vida de cinco personas y evitado que otras tres quedasen impedidas. Sólo el chico —Lasse— y Merete salieron del accidente sanos y salvos, y precisamente por eso eran ellos dos quienes debían liquidar las cuentas.

Merete lo comprendió. Y se entregó a su destino.

Durante los meses siguientes, el hombre por quien se sintió atraída bajo el nombre de Daniel y a quien ahora detestaba como Lasse entraba todos los días a la antesala y se quedaba mirándola por los ojos de buey. Algunas veces se quedaba mirándola sin más, como si fuera una amazona enjaulada que pronto iba a librar una desigual lucha a muerte contra un grupo de cobras hambrientas, y otros días le hablaba. Raras veces preguntaba algo, no le hacía falta. Era como si supiera lo que iba a contestar.

—Cuando me miraste a los ojos desde vuestro coche en el momento en que tu padre estaba adelantándonos, pensé que eras la chica más guapa que había visto en toda mi vida —le confesó un día—. Y cuando al segundo siguiente me sonreíste sin prestar atención al jaleo que estabas montando, supe ya que te odiaba. Eso sucedió en el segundo anterior a que rodáramos y mi hermana pequeña, sentada junto a mí, se desnucara contra mi hombro. Oí crujir los huesos, ¿te das cuenta?

La miró detenidamente para hacer que bajara la vista, pero Merete no quiso. Sentía vergüenza, pero nada más. El odio era correspondido.

Después Lasse le contó su historia sobre los instantes que lo cambiaron todo. Sobre cómo su madre trató de dar a luz a los mellizos entre los restos del coche, y cómo su padre, a quien quería y veneraba, lo miró con cariño mientras moría con la boca abierta. Sobre las llamas que lamieron la pierna de su madre, atrapada bajo el asiento. Sobre su querida hermana pequeña, tan dulce y divertida, que yacía aplastada bajo él, y sobre el segundo de los mellizos en nacer, que yacía desvalido con el cordón umbilical alrededor del cuello, y el otro, en la ventanilla, gritando mientras las llamas se le acercaban.

Era algo espantoso de oír. Merete recordó con total claridad el grito desesperado, y el relato que hizo Lasse no hizo sino abrumarla de culpa.

—Mi madre no puede andar, está impedida desde el accidente. Mi hermano nunca fue a la escuela, nunca aprendió como los demás niños. Aquel día todos perdimos la vida por tu culpa. ¿Qué crees que se siente cuando tienes un día padre, una encantadora hermana pequeña y la perspectiva de tener dos hermanitos, y de pronto te quedas sin nada? Mi madre tenía una mente muy delicada, pero aun así a veces era capaz de reír despreocupada antes de que tú entraras en nuestra vida, y lo perdió todo. ¡Todo!

La mujer había entrado en la estancia y parecía visiblemente afectada por el relato. Puede que llorase, Merete no podía decirlo con seguridad.

−¿Cómo crees que me sentí los primeros meses, totalmente solo en una familia adoptiva donde me pegaban a todas horas? A mí, que nunca había recibido otra cosa que amor y seguridad. No había momento en que no deseara con toda mi alma devolver los golpes a aquel cerdo que quería que lo llamase papá, y todas las veces te veía ante mí, Merete. Tú y tus bonitos ojos irresponsables, que borraron todo lo que yo amaba.

Hizo un descanso que fue tan largo que las palabras que siguieron sonaron terriblemente claras.

−Oooh, Merete, me prometí a mí mismo vengarme de ti y de todos los demás. Costara lo que costase. ¿Y sabes qué? Hoy estoy contento. Mi venganza os ha llegado a todos los cerdos que nos robasteis la vida. Has de saber que también estuve pensando en matar a tu hermano. Pero un día, mientras os vigilaba, vi cómo absorbía toda tu atención. Cuánta culpa había en tu mirada cuando estabas con él. Cómo te cortó las alas. ¿Iba a quitarte ese peso de encima matándolo también a él? Además, ¿no era acaso otra de tus víctimas? Así que lo dejé vivir. Pero a mi padre adoptivo no, y a ti tampoco, Merete, a ti tampoco.

Ingresó en el orfanato la primera vez que intentó matar a su padre adoptivo. La familia no contó a las autoridades lo que había hecho, ni que la profunda herida de la frente del padre adoptivo era consecuencia del golpe que le había asestado con una pala. Dijeron que el chico estaba mal de la cabeza y que no podían responsabilizarse de él. Así podrían conseguir otro chico al que explotar.

Pero la bestia oculta en Lasse había despertado. En adelante nadie más iba a controlarlo ni a dirigir su vida.

Después pasaron cinco años, dos meses y trece días hasta que se resolvió el caso de indemnización y su madre se sintió con fuerzas para dejar que un Lasse casi adulto regresara a casa con ella y el hermano ligeramente disminuido. Sí, uno de los mellizos estaba tan achicharrado que no pudo salvarse, pero el otro sobrevivió, pese al cordón umbilical enroscado al cuello.

Mientras la madre estaba en el hospital y en la casa de reposo, el pequeño mellizo fue acogido en otra familia, pero lo recuperó antes de que cumpliera tres años. Tenía cicatrices en el rostro y en el pecho debido a las llamas, y le resultaba difícil moverse debido a la falta de oxígeno, pero al cabo de un par de años se había convertido en el consuelo de su madre, que hacía acopio de fuerzas para que también Lasse pudiera volver a casa. Les dieron millón y medio de coronas de indemnización por sus vidas destrozadas. Millón y medio por la pérdida de su padre, por la pérdida de su floreciente negocio, que nadie pudo continuar, por la pérdida de una hermana pequeña y el pequeño mellizo, y a eso había que añadir la invalidez de su madre y la pérdida de bienestar de toda la familia. Un esmirriado millón y medio. Cuando Merete no ocupara ya su atención diaria, la venganza se extendería también a la gente de la compañía de seguros y a los abogados que los desposeyeron de la indemnización a la que tenían derecho. Lasse se lo prometió a su madre.

Merete tenía mucho por lo que pagar.

El tiempo estaba a punto de agotarse, Merete lo sabía, y el miedo y el alivio crecían a la par en su interior. Casi cinco años en un cautiverio tan repulsivo eran algo agotador, había que acabar con aquello. Claro que sí.

Cuando llegó la Nochevieja de 2006 la celda llevaba mucho tiempo a seis atmósferas de presión, y todos excepto uno de los tubos fluorescentes parpadeaban sin cesar. Acompañado de su madre y su hermano, Lasse, vestido de fiesta, entró en la estancia al otro lado de los cristales de espejo a desearle un feliz Año Nuevo, y añadió que iba a ser el último Año Nuevo que iba a conocer.

—Pensándolo bien, sabemos bien el día de tu muerte, ¿verdad, Merete? Es muy lógico. Si sumas los años, meses y días que me obligaron a estar separado de mi familia a la fecha en que te atrapé como la bestia que eres, entonces sabrás cuándo vas a morir. Tienes que sufrir en soledad exactamente el mismo tiempo que tuve que sufrir yo, pero no más. Calcúlalo, Merete. Cuando llegue la hora abriremos la compuerta. Te va a doler, pero seguro que todo pasa muy rápido. El nitrógeno se ha acumulado en tu tejido adiposo, Merete. Estás muy delgada, sin duda, pero no olvides que tienes bolsas de aire por todo el cuerpo. Cuando tus huesos se ensanchen y asomen destrozándolo todo a su paso, cuando la presión bajo tus empastes haga que te exploten en la boca, cuando sientas cómo los dolores atraviesan chirriantes las articulaciones de tus hombros y caderas, entonces sabrás que ha llegado tu hora. Calcúlalo. Cinco años, dos meses y trece días a partir del 2 de marzo de 2002, y sabrás la inscripción de tu lápida. Puedes esperar que los trombos de los pulmones y del cerebro te paralicen, o que te revienten los pulmones y te dejen inconsciente o muerta lo antes posible, pero no cuentes con ello. Además, ¿quién dice que vaya a dejarte morir tan rápido?

De modo que iba a morir el 15 de mayo de 2007. Faltaban aún noventa y un días, porque calculaba que sería el 13 de febrero, exactamente cuarenta y cuatro días después de

Año Nuevo. Desde aquella Nochevieja vivió todos los días con la conciencia de que sería ella quien pusiera fin a aquello antes de que se le adelantaran. Pero hasta entonces intentaba en la medida de lo posible mantener a distancia las ideas tristes y concentrarse en sus mejores recuerdos.

Así se preparaba mentalmente para decir adiós al mundo, y muchas veces ponía las tenazas a la altura de los ojos y miraba sus afiladas mordazas, o cogía la varilla de plástico más larga y pensaba partirla en dos pedazos para después afilarlos contra el piso de hormigón. Una de aquellas herramientas haría el trabajo. Se tumbaría en el rincón, bajo los cristales de espejo, y se pincharía las venas. Menos mal que se distinguían bien, de lo flacos que tenía los brazos.

Con esa idea se había sosegado hasta justo aquel día. Después de recibir la comida por la compuerta, volvió a oír las voces de Lasse y de su madre al otro lado. Ambos parecían irritados, la disputa cobraba vida propia.

El cabrón y la bruja no son siempre uña y carne, pensó, animada.

—¿Tampoco tú puedes gobernar a tu mamá, pequeño Lasse? —gritó. Por supuesto que sabía que esa clase de temeridad acarrearía represalias, conocía bien a la bruja del otro lado.

Pero, aunque conocía a la bruja, no la conocía lo suficiente, como iba a verse. Había entrado en sus cálculos estar sin comer un par de días, pero de ninguna manera que fueran a despojarla del derecho a quitarse la vida.

—Cuidado, Lasse —masculló la madre entre dientes—. Va a dividirnos, si puede. Y te engañará, dalo por sentado. Cuidado con ella. Tiene unas tenazas ahí dentro, y podría usarlas contra sí misma si fuera necesario. ¿Quieres que sea ella quien ría la última? ¿Es eso lo que quieres, Lasse?

Hubo una pausa de un par de segundos, y después cayó sobre ella la espada de Damocles.

—Ya has oído lo que ha dicho mi madre, ¿verdad, Merete? —sonó la fría voz por los altavoces.

¿Para qué responder?

—En adelante te apartarás de los cristales. Tengo que poder verte todo el tiempo, ¿entiendes? Lleva el cubo-retrete hasta la pared del fondo. ¡Ya! Si tratas de alguna manera de matarte de hambre o esconderte o mutilarte, cuenta con que voy a descomprimir la cámara sin darte tiempo a reaccionar. Si te pinchas en alguna parte, la sangre va a salir de tus venas a toda presión. Sentirás que tus entrañas revientan antes de flotar inconsciente, eso te lo prometo. Voy a instalar cámaras, y a partir de hoy vamos a vigilarte las veinticuatro horas del día. Dirigiremos un par de focos hacia los cristales y los pondremos a máxima potencia. Puedo descomprimir la cámara con un mando a distancia, te lo digo para que lo sepas. Así que puedes aceptar la guillotina ahora o puedes aceptarla más tarde. Pero ¿quién sabe, Merete? Puede que nos muramos todos mañana. Puede que nos envenenemos con el delicioso salmón de esta noche. Nunca se sabe. O sea que aguanta. Puede que un buen día aparezca un príncipe a lomos de un caballo blanco y te lleve consigo. Mientras hay vida hay esperanza, ¿verdad que sí? De modo que aguanta, Merete. Pero atente a las reglas.

Merete alzó la mirada hacia una de las ventanas. Tras el cristal divisó vagamente la silueta de Lasse. Un ángel de la muerte gris, eso es lo que era. Flotando en la vida, allí fuera, cavilando en la oscuridad de su mente enferma, que ojalá lo torturara eternamente.

—¿Cómo mataste a tu padre adoptivo? ¿Con la misma bestialidad? —gritó, esperando que riera, pero no que arrastrara a los otros dos a reír. O sea que estaban los tres.

—Esperé diez años, Merete. Después volví con veinte kilos más de músculo y tan poco respeto hacia él que creo que sólo con eso podía matarlo.

—Pues tampoco puede decirse que tú hayas impuesto tanto respeto —replicó Merete, riéndose de él.

Todo lo que pudiera aguarle la fiesta era digno de mención.

—Lo maté a golpes, ¿no crees que impuse respeto? No es muy refinado, que se diga, pero así estaban las cosas. Lo pulvericé poco a poco. Lo único que podía satisfacerme era emplear su propio método.

Algo se revolvió en ella. Aquel hombre estaba loco de remate.

—Eres igual que él, un animal enfermo y ridículo —susurró—. Es una pena que no te cogieran aquella vez.

—¿Cogerme? ¿Has dicho cogerme? —repitió Lasse, y volvió a reír—. ¿Cómo iban a cogerme? Era época de cosechar y su vieja cosechadora esperaba en el campo. No fue difícil meterlo entre la maquinaria, una vez puesta en marcha. Como aquel idiota tenía muchas ideas raras, nadie se extrañó de que saliera a cosechar de noche y muriera. Y nadie lo echó de menos, créeme.

—Desde luego, eres un gran hombre, Lasse. ¿A quién más has matado? ¿Tienes más muertes en tu conciencia?

No creía que ella fuera la única, pero aun así le produjo una profunda conmoción su relato de cómo se aprovechó de la profesión de Daniel Hale para acercarse a ella, y de cómo lo suplantó y después lo asesinó. Daniel Hale no le había hecho ningún daño, pero tenía que desaparecer para que Lasse no fuera descubierto por alguna casualidad. Y lo mismo se aplicaba al ayudante de Lasse, Dennis Knudsen: también él debía morir. Sin testigos, frío como el hielo.

—Dios mío, Merete, ¿a cuántos has traído la desgracia sin querer? —susurró para sí. Después gritó hacia el cristal—. ¿Por qué no te limitaste a matarme, cerdo? Tuviste la oportunidad. Dices que nos vigilabas a Uffe y a mí. ¿Por qué no me mataste con un cuchillo cuando salía al jardín? Porque estarías también allí, ¿verdad?

Hubo una breve pausa. Después Lasse habló con lentitud, para que ella comprendiera la profundidad de su cinismo.

—Para empezar, era demasiado fácil. Tus sufrimientos debían ser visibles para nosotros durante tanto tiempo como nuestros propios sufrimientos. Además, querida Merete, quería estar cerca de ti. Quería ver tu vulnerabilidad. Quería que tu vida sufriera una conmoción. Tenías que aprender a amar a Daniel Hale, y después tenías también que aprender a temerlo. Tenías que hacer el último viaje con Uffe con la convicción de que algo sin esclarecer te aguardaba cuando volvieras a casa. Has de saber que aquello me daba una enorme satisfacción.

—¡Estás enfermo de la cabeza!

—¿Que estoy enfermo? Escucha, eso no es nada comparado con el día en que supe que mi madre había solicitado ayuda a la Fundación Lynggaard para poder volver a su casa cuando le dieron de alta en el hospital. Cuando rechazaron la petición basándose en que los estatutos establecían que sólo se podía atender a descendientes directos de Lotte y Alexander Lynggaard. Pidió a vuestra fundación millonaria unos míseros cientos de miles de coronas, y dijeron que no, a pesar de que sabían de quién se trataba y qué le había ocurrido. Entonces mi madre tuvo que seguir varios años de institución en institución. ¿Entiendes ahora por qué también ella te odia tanto, puta niña mimada? —el psicópata lloró al decirlo—. Unos mierdosos cientos de miles de coronas. ¿Qué era eso para ti y para tu hermano? ¡Nada!

Merete habría podido decir que ella no supo nada, pero que la deuda estaba saldada. Saldada hacía mucho tiempo.

Aquella noche Lasse y su hermano colocaron las cámaras y encendieron los focos. Dos objetos deslumbrantes que convertían la noche en día y exhibían su celda en su enorme fealdad, cuyo alcance no había captado hasta entonces. Detalles sórdidos. Era tan espantoso enfrentarse a su propia degradación que decidió cerrar los ojos las primeras veinticuatro horas. El lugar de la ejecución estaba a la vista, pero la condenada eligió la oscuridad.

Después echaron cables sobre ambos cristales reflectantes hasta un par de fulminantes que, en caso de supuesta emergencia, podían hacer saltar los cristales, y finalmente colocaron al lado varias bombonas de oxígeno y nitrógeno, y otros «líquidos inflamables», como dijeron.

Lasse le hizo saber que todo estaba preparado. Cuando Merete muriera reventada por dentro, la pasarían por la trituradora de compost, y después harían saltar toda la instalación por los aires. El estruendo se oiría en kilómetros a la redonda. Esta vez la aseguradora pagaría. Ese tipo de accidentes fortuitos había que prepararlos debidamente, y borrar las huellas para siempre.

—No os saldréis con la vuestra —dijo Merete en voz baja mientras rumiaba su venganza.

Pasados unos días se sentó de espaldas a los cristales y empezó a arañar el hormigón del suelo con la mordaza de las tenazas. Un par de días después habría terminado, y seguramente las tenazas estarían desgastadas. Entonces tendría que usar su mondadientes para agujerearse las venas, pero daba igual. El caso es que existiera la posibilidad.

El raspado le llevó más de un par de días, más bien una semana, pero los surcos eran lo bastante profundos para sobrevivir a casi todo. Los cubrió con polvo y porquería de los rincones de la celda. Letra a letra. Cuando los peritos de la aseguradora acudieran en su momento al lugar del incendio para esclarecer las circunstancias, estaba segura de que podrían descubrir al menos un par de palabras, y después seguramente todo el mensaje, que decía:

Lasse, que es el dueño de este edificio, asesinó a su padre adoptivo, a Daniel Hale y a uno de sus amigos, y después me mató a mí.

Cuiden de mi hermano Uffe, y díganle que su hermana ha pensado en él cada día durante más de cinco años.

Merete Lynggaard, 13/2/2007, secuestrada y encerrada en este lugar olvidado de Dios desde el 2 de marzo de 2002.

35

2007

Lo que Assad encontró por casualidad estaba escrito en el atestado de Tráfico sobre el accidente mortal del día de Nochebuena de 1986 en el que fallecieron los padres de Merete Lynggaard. En él se hablaba también de que murieron tres personas en el otro coche. Se trataba de un niño recién nacido, una niña de sólo ocho años y el conductor del coche, Henrik Jensen, el cual era ingeniero y fundador de una empresa, llamada Jensen Industries, pero en el informe no estaban seguros sobre ese punto, como indicaba una línea de signos de interrogación escritos en el margen. Según una nota escrita a mano, debía de tratarse de «una empresa floreciente que fabricaba contenedores herméticos de acero para gas». Después había una frase corta bajo la nota: «El orgullo de la industria danesa», probablemente citada por algún testigo.

Sí, Assad había recordado bien. El chófer del otro coche que resultó muerto se llamaba Henrik Jensen. Desde luego, aquel nombre se parecía muchísimo a Lars Henrik Jensen. No podía decirse que Assad fuera tonto.

–Saca otra vez las revistas, Assad –ordenó Carl–. Puede que hicieran públicos los nombres de los supervivientes. No me extrañaría que el chico del otro coche se llamara Lars Henrik, como su padre. ¿Ves su nombre por alguna parte?

Se arrepintió de la distribución de roles y extendió la mano.

–Dame un par de revistas. Sí, y un par de esos –dijo, señalando los recortes de periódicos.

Eran unas imágenes repulsivas, colocadas junto a las de gente despreocupada con sed de fama. El mar de llamas que rodeaba al Ford Sierra lo había devorado todo, cosa que documentaban los restos negros calcinados. Fue un auténtico milagro que un par de trabajadores de asistencia en carretera pasara por allí y liberase a los siniestrados antes de que todo ardiera. Según el atestado de Tráfico, los bomberos no llegaron tan rápido como de costumbre debido al peligro que suponía la calzada resbaladiza.

—Aquí dice, o sea, que la madre se llamaba Ulla Jensen, y que se rompió ambas piernas —intervino Assad—. No sé cómo se llamaba el chico, no lo dicen, lo llaman simplemente «el hijo mayor del matrimonio». Pero tenía catorce años, eso sí que lo dicen.

—Encaja con el año en que nació Lars Henrik Jensen, si es que podemos fiarnos de ese número de registro civil manipulado que nos dieron en Godhavn —afirmó Carl mientras examinaba unos recortes de la prensa amarilla.

En el primero no había nada. El reportaje estaba colocado junto a enredos políticos triviales y pequeños escándalos. Era un diario especializado en seguir recetas concretas en las noticias que vendía, independientemente de lo que fuera, y ese brebaje era en apariencia inagotable. Si cambiara aquel diario de cinco años antes por uno de ayer, tendría que fijarse con detenimiento para saber cuál era el más reciente.

Soltó unos juramentos sobre los medios de comunicación mientras hojeaba el siguiente periódico, y llegó a la página en que aparecía el nombre. Allí estaba, negro sobre blanco. Exactamente como lo había esperado.

—¡Aquí está, Assad! —gritó mientras sus ojos se clavaban en la noticia. En aquel momento se sentía como el halcón que divisaba a su presa mientras se deslizaba por encima de los árboles y después atacaba. Una pieza fantástica. La presión sobre el pecho cedió, y una forma especial de alivio recorrió el organismo de Carl—. Escucha lo que pone,

Assad: «Los supervivientes del coche que torpedeó el automóvil del mayorista Alexander Lynggaard fueron la esposa de Henrik Jensen, Ulla Jensen, de cuarenta años, uno de los mellizos recién nacidos y su hijo mayor, Lars Henrik Jensen, de catorce años».

Assad dejó caer el recorte que tenía en las manos. Sus ojos castaño oscuro se achicaron entre las patas de gallo.

—Pásame el atestado de Tráfico, Assad —pidió Carl.

Lo cogió. Tal vez aparecieran los números de registro civil de todos los implicados. Deslizó el dedo índice por encima del relato del accidente y sólo encontró los números de los dos chóferes: los padres de Merete y de Lars Henrik.

—Si tienes el número del padre del chico, ¿no puedes saber enseguida el del hijo, Carl? Así podríamos compararlo con el que nos dieron en el orfanato.

Carl asintió en silencio. No parecía difícil.

—Veré qué puedo encontrar sobre la biografía de Henrik Jensen —añadió—. Tú mientras tanto puedes pedirle a Lis que compruebe los números. Dile que buscamos la dirección de Lars Henrik Jensen. Si no tiene domicilio en Dinamarca, pídele que mire el de la madre. Y si Lis encuentra su número de registro civil, que saque copias también de los domicilios que ha tenido desde el accidente. Llévate el expediente. Vamos, Assad, date prisa.

Buscó «Jensen Industries» en Internet, pero no obtuvo resultado. Después buscó «contenedores herméticos de acero para reactores atómicos», lo que dio como resultado diversas empresas de Francia y Alemania, entre otros países. Después añadió a la búsqueda las palabras «revestimientos para sistemas de contención», que según tenía entendido abarcaba más o menos lo mismo que «contenedores herméticos de acero para reactores atómicos». Tampoco obtuvo resultado.

Cuando iba a darse por vencido encontró un documento PDF que mencionaba una empresa de Køge, y allí aparecía la frase «el orgullo de la industria danesa», exactamente la misma formulación empleada en el atestado de Tráfico. O sea, que era muy posible que la cita proviniese de allí. Dio las gracias mentalmente al agente de Tráfico que había investigado el caso algo más profundamente de lo normal. Seguro que había terminado en la Policía Criminal, Carl se jugaría el cuello.

No avanzó más con Jensen Industries. El nombre debía de estar mal. Una llamada al registro mercantil le proporcionó la información de que no había ninguna empresa registrada a nombre de ningún Henrik Jensen con ese número de identificación. Carl dijo que era imposible, y le dieron tres explicaciones posibles. La empresa podía estar en manos extranjeras, podía estar registrada en otro grupo de propietarios o podía ser parte de una sociedad de cartera y estar registrada a nombre de esa sociedad.

Carl cogió el bolígrafo y tachó del cuaderno el nombre de la empresa. En aquel momento Jensen Industries no era más que una mancha blanca en el paisaje de la alta tecnología.

Encendió un cigarrillo y observó cómo se quedaba el humo allí arriba, bajo el sistema de tuberías. Un buen día las alarmas de humo del pasillo iban a olerlo y obligarían a todo el personal del edificio a salir a la calle armando un tumulto infernal. Sonrió, dio una calada bien profunda y expulsó una densa humareda hacia la puerta. Aquello pondría fin a su pequeño pasatiempo ilegal, pero imaginarse a Bak, Bjørn y Marcus Jacobsen en la calle mirando temerosos y cabreados hacia sus despachos con cientos de metros de estanterías con archivos llenos de monstruosidades casi haría que valiera la pena.

Entonces recordó lo que le había dicho John Rasmussen, el de Godhavn. Le dijo que el padre de Átomos, alias Lars Henrik Jensen, posiblemente había tenido que ver con la estación de pruebas atómicas de Risø.

Carl marcó el número. Tal vez fuera un callejón sin salida, pero si alguien sabía algo sobre contenedores herméticos de acero para reactores atómicos, tenía que ser la gente de Risø.

La persona que respondió la llamada fue muy amable y lo puso en contacto con un ingeniero llamado Mathiasen, quien lo pasó a alguien que se llamaba Stein, quien a su vez lo puso con alguien que se llamaba Jonassen. Cuanto más avanzaba, más viejos parecían. El ingeniero Jonassen se presentó simplemente como Mikkel y dijo que estaba ocupado. Sí, claro que tenía cinco minutos para atender a la policía, ¿de qué se trataba?

Pareció bastante satisfecho cuando oyó la pregunta.

—¿Que si conozco una empresa que fabricaba revestimientos para sistemas de contención en Dinamarca a mediados de los ochenta? —preguntó—. Pues claro. HJ Industries debía de ser una de las líderes mundiales.

El hombre dijo «HJ Industries». Carl se habría dado contra una pared. HJ, pues claro, Henrik Jensen. HJ I-n-d-u-s-t-r-i-e-s, ¡por supuesto! Era así de sencillo. Joder, en el registro mercantil ya podrían haberlo orientado hacia esa posibilidad.

—Sí, la empresa de Henrik Jensen se llamaba en realidad Trabeka Holding, no me pregunte por qué, pero el nombre HJI es conocido hoy en día en todo el mundo. Sus estándares nunca fueron superados. Fue una triste historia lo de la muerte repentina de Henrik Jensen y la rápida quiebra posterior, pero sin su liderazgo sobre sus veinticinco colaboradores y sin sus enormes exigencias de calidad la empresa no podía seguir existiendo. Además, la compañía acababa de efectuar grandes cambios, una mudanza y una ampliación, y por eso ocurrió en un momento muy desafortunado. Se perdieron grandes valores y mucha experiencia. Si quiere saber mi opinión, la firma podría haberse salvado si hubiéramos intervenido desde Risø, pero no había disposición política para ello en la dirección de aquella época.

—¿Puede decirme dónde estaba HJI?

—Sí, la fábrica estuvo mucho tiempo en Køge, estuve allí varias veces, pero después se mudaron al sur de Copenhague, justo antes del accidente. No sé seguro adónde. Puedo mirar en mi vieja lista de teléfonos, que está por aquí. ¿Le importa esperar un poco?

Pasarían unos cinco minutos mientras Carl oía al hombre por detrás husmeando por todas partes y empleando su probablemente enorme intelecto en profundizar en los rincones más vulgares de la lengua danesa. Parecía estar cabreadísimo consigo mismo. Carl pocas veces había oído algo parecido.

—No, lo siento —se disculpó cuando dejó de maldecir—. No consigo encontrarla. Y eso que nunca tiro nada. Siempre estamos igual. Pero intente hablar con Ulla Jensen, su viuda, creo que aún vive, después de todo no es tan mayor. Ella podrá decirle lo que quiere saber. Una mujer increíblemente valiente. Tuvo que ser un duro golpe para ella.

Carl estuvo de acuerdo.

—Sí, una pena —convino, con la última pregunta preparada.

Pero el ingeniero se había animado.

—Desde luego, lo que hicieron en HJI fue genial. Tan sólo los métodos de soldado, que apenas eran visibles aunque examinaras las soldaduras con los mejores aparatos. Pero también tenían toda clase de métodos para descubrir fugas. Disponían, por ejemplo, de una cámara de descompresión que podía generar hasta sesenta atmósferas para probar la resistencia de sus productos. Puede que sea la mayor cámara de descompresión que haya visto en mi vida. Con un sistema de control increíblemente avanzado. Si los contenedores podían aguantarlo, podíamos estar seguros de que las centrales nucleares recibían unos equipos de primera clase. Así era HJI. Siempre en primera línea.

Casi parecía que hubiera tenido acciones en la empresa, de lo animado que estaba.

—No sabrá dónde vive Ulla Jensen hoy en día, ¿verdad? —se apresuró a intercalar Carl.

—No, pero eso puede averiguarse por el registro civil. Aunque según creo vive donde estuvo la última fábrica. Por lo que sé, no pudieron echarla de allí.

—Me ha dicho que en algún lugar al sur de Copenhague, ¿verdad?

—Exactamente.

¿Cómo diablos podía decirse «exactamente» sobre algo tan poco preciso como «al sur de Copenhague»?

—Si tiene un interés especial en ese tipo de cosas, lo invitaré con mucho gusto a que nos visite, si quiere —propuso el hombre.

Carl se lo agradeció, pero se disculpó mencionando una extraordinaria falta de tiempo. Tratándose de una invitación a desplazarse por una empresa como Risø —que, dicho sea de paso, en el fondo siempre había querido aplastar con una apisonadora de mil toneladas y después vender a una aldea de Siberia para revestimiento de carreteras—, sería una pena emplear el, según sus propias informaciones, escaso tiempo de que disponía el hombre.

Cuando Carl colgó, Assad llevaba ya dos minutos en el hueco de la puerta.

—¿Qué hay, Assad? —lo saludó—. ¿Hemos conseguido lo que queríamos? ¿Han comprobado los números?

Assad sacudió la cabeza.

—Creo que tendrás que subir tú a hablar con ellos, Carl. Hoy están... —hizo girar el dedo índice contra la sien— están todos mal de la cabeza.

En las oficinas Carl se acercó a Lis con sigilo, pegado a la pared como un gato en celo. Era cierto, la mujer parecía inaccesible aquel día. El pelo corto que solía llevar audazmente despeinado estaba como pegado, en un corte que parecía un casco de moto. La señora Sørensen, tras ella, lo miró con ojos centelleantes, y en los despachos empezaron a gritarse unos a otros. Era lastimoso.

—¿Qué ocurre? —le preguntó a Lis cuando logró contacto visual.

—No lo sé. Si queremos entrar en los archivos estatales, se nos niega la entrada. Es como si hubieran cambiado todos los códigos de acceso.

—Pues Internet funciona bien.

—Intenta entrar en el registro civil o en Hacienda, y verás.

—Tendrás que esperar como los demás —profirió con tono arrogante y voz apagada la señora Sørensen.

Carl estuvo un rato tratando de encontrar alguna solución, pero se rindió al ver que la pantalla de Lis recibía mensaje tras mensaje de error.

Se alzó de hombros. Qué diablos, tampoco corría tanta prisa. Un hombre como él sabía cómo hacer que un inconveniente redundara en beneficio propio. Si la electrónica había decidido fallar, debía de ser señal de que tendría que bajar al sótano a dialogar en profundidad con las tazas de café mientras ponía las piernas encima de la mesa durante una hora o dos.

—Hola, Carl —oyó una voz por detrás. Era el jefe de Homicidios con una camisa blanca como la nieve y la corbata planchada—. Menos mal que estás arriba. ¿Puedes venir un momento al comedor?

Carl observó que aquello no era una pregunta.

—Bak ha organizado una reunión informativa que creo que va a interesarte.

Habría al menos quince hombres en el comedor: Carl estaba al fondo, el jefe de Homicidios a un lado y un par de agentes de Estupefacientes, junto con el subjefe Lars Bjørn y Børge Bak y su ayudante más cercano, en medio de la sala, de espaldas a las ventanas. Los colaboradores cercanos de Bak parecían especialmente satisfechos.

Lars Bjørn dio la palabra a Bak, y todos supieron qué iba a decir.

—Esta mañana hemos llevado a cabo una detención en el caso del ciclista asesinado. En estos momentos el acusado está deliberando con su abogado, y estamos convencidos de que habrá una confesión escrita antes de terminar el día.

Sonrió y se acarició cuidadosamente el mechón de pelo que cubría su calva. Era su día.

—La principal testigo, Annelise Kvist, ha prestado una declaración completa tras asegurarse de que el sospechoso estaba detenido, y sostiene nuestra impresión al cien por cien. Se trata de un médico especialista de Valby, bastante estimado y profesionalmente activo que, además de haber apuñalado al camello en el parque, también ha contribuido al aparente intento de suicidio de Annelise Kvist y ha proferido amenazas contra la vida de sus hijas —continuó Bak y señaló a su ayudante, que tomó la palabra.

—En el registro del domicilio del principal sospechoso hemos encontrado más de trescientos kilos de sustancias estupefacientes que en estos momentos están siendo analizadas por nuestros peritos.

Esperó un momento a que la reacción se calmara.

—No cabe duda de que el médico ha tejido una amplia red de colegas que obtenían unos ingresos notables mediante la venta de todo tipo de medicinas para las que hacía falta receta, desde metadona hasta Stesolid, Valium, Fenemal y morfina, y la importación de sustancias como anfetaminas, Zopiclón, THC o Acetofanazín. Además de grandes partidas de neurolépticos, somníferos y sustancias alucinógenas. Para el sospechoso nada era demasiado grande ni demasiado pequeño. Parece ser que había clientes para todo.

»El asesinado en el parque era el distribuidor principal de las sustancias, sobre todo entre los clientes de discotecas. Suponemos que la víctima intentaría presionar al médico y que éste actuó inmediatamente, pero que el suceso no estaba planeado. El asesinato fue presenciado por Annelise Kvist, que conocía al médico. Esa circunstancia hizo que el médico pudiera encontrarla con facilidad y obligarla a callar.

Se interrumpió, y Bak volvió a tomar la palabra.

—Ahora sabemos que el médico, justo después del asesinato, fue a buscar a Annelise Kvist a su casa. Un médico especialista en vías respiratorias que tenía como pacientes a las hijas asmáticas de Annelise Kvist, ambas muy dependientes de sus medicamentos. Aquella noche el comportamiento del médico fue bastante violento y la obligó a dar a sus hijas pastillas si quería que siguieran vivas. Las pastillas causaron que los alvéolos pulmonares de las chicas se contrajeran peligrosamente, y entonces él les puso una inyección que lo contrarrestaba. Debió de ser muy traumático para la madre ver que sus hijas se ponían azules y no podían comunicarse con ella.

Su mirada vagó por la estancia, donde la gente movía la cabeza arriba y abajo.

—Después —prosiguió— el médico alegó que las chicas tenían que pasar por su consulta regularmente para que les administrara el antídoto, si no quería que se produjera una recaída que podría ser fatal. Y así consiguió el silencio de la madre.

»Pero que pese a todo pudiéramos encontrar a nuestro testigo estrella se lo debemos a la madre de Annelise Kvist. Ella desconocía el incidente que había tenido lugar por la noche, pero sabía que su hija había presenciado el asesinato. Se lo sonsacó al día siguiente, cuando vio el estado de conmoción en que se encontraba su hija. Pero la madre no consiguió saber quién lo había hecho, Annelise no quiso decírselo. Por eso, cuando trajimos a Annelise para interrogarla a petición de su madre, era una mujer en profunda crisis.

»Hoy sabemos también que el médico va en busca de Annelise Kvist un par de días después. La advierte de que si se va de la lengua matará a sus hijas. Emplea la expresión «desollarlas vivas» y la pone en tal estado que puede presionarla para que tome una mezcla mortal de pastillas.

»El resto de la historia ya lo conocéis, la mujer es hospitalizada y salvada, y se calla como un muerto. Pero lo que no sabéis es que en el transcurso de nuestra investigación hemos recibido una gran ayuda de nuestro nuevo Departamento Q, al frente del cual está Carl Mørck.

Bak se volvió hacia Carl.

—Carl, no has tomado parte en la investigación, pero has introducido unas ideas interesantes durante el proceso. Mi grupo y yo queremos agradecértelo. Y gracias también a tu ayudante, que has empleado como correo entre nosotros, y a Hardy Henningsen, que también ha metido baza. Sabed que le hemos enviado unas flores.

Carl estaba estupefacto. Un par de sus antiguos compañeros se volvieron hacia él y trataron de arrancar una especie de sonrisa de sus rostros pétreos, pero el resto no se movió ni un milímetro.

—Sí —añadió el subinspector Bjørn—. Ha habido mucha gente involucrada. Nuestro agradecimiento a vosotros también, chicos.

Después señaló a dos agentes de la Brigada de Estupefacientes.

—Ahora tenéis que deshacer esa red de médicos sin conciencia. Es un caso enorme, ya lo sabemos. Por otra parte, aquí, en Homicidios, podremos dedicarnos a otros casos, y nos alegramos. Porque en el segundo piso no nos falta trabajo.

Carl esperó hasta que la mayoría salió de la sala. Sabía perfectamente lo que le había costado a Bak hacerle aquel regalo. Por eso se dirigió a él con la mano tendida.

—No lo merecía, pero aun así, gracias, Bak.

Børge Bak miró un momento la mano tendida y después recogió sus papeles.

—No me des las gracias. Nunca lo habría hecho si Marcus Jacobsen no me hubiera obligado.

Carl asintió en silencio. Volvían a saber cuáles eran sus respectivas posiciones.

En el pasillo estaba a punto de cundir el pánico. Todas las oficinistas estaban junto a la puerta del jefe y todas tenían algo de que quejarse.

—No sabemos todavía qué ha pasado —declaró el jefe de Homicidios—. Pero, por lo que me ha informado la directora de la policía, en este momento no se puede acceder a ningún registro público. El servidor central ha sufrido un ataque de algún *hacker* que ha cambiado todos los códigos de acceso. Aún no sabemos quién lo ha hecho. No hay tantos que puedan hacerlo, así que están trabajando a destajo para descubrir quién ha sido.

—No me lo puedo creer —dijo alguien—. ¿Cómo es posible?

Marcus Jacobsen se encogió de hombros. Trató de parecer indiferente, pero no lo estaba.

Carl comunicó a Assad que la jornada laboral había terminado, de todas formas no podían seguir adelante. Sin la información del registro civil no podían localizar los movimientos de Lars Henrik Jensen; habría que dar tiempo al tiempo.

Mientras conducía en dirección a la Clínica para Lesiones de Médula de Hornbæk, oyó por la radio que habían enviado cartas a la prensa de las que se desprendía que era un ciudadano cabreado el que había metido el virus en los registros públicos. Se suponía que sería un funcionario bien colocado que estaba pasando apuros con la reforma de los municipios, pero todavía no se había esclarecido nada. Los informáticos intentaban explicar cómo era posible poner al descubierto datos tan bien protegidos, y el primer ministro calificó a los culpables de «bandidos de la peor calaña». Los técnicos de seguridad en la transmisión de datos estaban en ello. El primer ministro dijo que todo volvería a funcionar pronto. Y que al culpable le esperaba una larga condena. Estuvo a punto de compararlo con los atentados contra las Torres Gemelas, pero se contuvo.

La primera cosa inteligente que hacía en mucho tiempo.

Efectivamente, había flores en la mesilla de Hardy, pero era un ramo de los que podían encontrarse más lucidos en cualquier gasolinera de la periferia. A Hardy no le importaba, al fin y al cabo no veía el ramo porque aquel día lo habían colocado mirando a la ventana.

—Saludos de parte de Bak —dijo Carl.

Hardy lo miró con ese tipo de mirada que suele calificarse de arisca, pero que en realidad nadie sabe cómo llamar.

—¿Qué tengo que ver yo con ese tiparraco de mala muerte?

—Assad le pasó tu sugerencia y han detenido a un sospechoso seguro.

—Yo no he hecho ninguna puta sugerencia a nadie.

—Sí, hombre, dijiste que Bak debería mirar en el círculo de médicos de la testigo principal, Annelise Kvist.

—¿De qué caso estás hablando?

—Del asesinato del ciclista, Hardy.

Éste frunció el entrecejo.

—No tengo ni idea de qué estás hablando, Carl. Me has pasado el caso absurdo de Merete Lynggaard, y esa tía psicóloga no deja de hablarme del tiroteo de Amager. Con eso tengo más que suficiente. No tengo ni idea de qué es el asesinato del ciclista.

Hardy no era el único que tenía fruncido el entrecejo.

344

—¿Estás seguro de que Assad no te ha hablado del asesinato del ciclista? ¿Tienes problemas de memoria, Hardy? No pasa nada, puedes decírmelo.

—Déjame en paz, Carl. Paso de oír esas gilipolleces. La memoria es mi peor enemigo, ¿no lo entiendes? —espetó, con baba en las comisuras y una mirada cristalina.

Carl levantó la mano, a la defensiva.

—Perdona, Hardy. Me habrá informado mal Assad. Puede suceder.

Pero en su fuero interno no lo pensaba en absoluto.

Algo así no podía ocurrir, no debía ocurrir.

36

2007

Bajó a desayunar con el tubo digestivo ardiendo por la acidez y el sueño pesándole sobre los hombros. Ni Jesper ni Morten le dijeron ni una palabra, cosa normal en su hijo postizo, pero decididamente una señal funesta en el caso de Morten.

El periódico estaba bien doblado en una esquina de la mesa, con la historia de la retirada voluntaria de Tage Baggesen del grupo parlamentario debido a problemas de salud en primera plana, y Morten hundió la cabeza en silencio sobre su plato y continuó comiendo, hasta que Carl llegó a la página seis y se quedó con la boca abierta, mirando una foto suya de mucho grano.

Era la misma foto que había usado *Gossip* la víspera, pero esta vez al lado de una foto de exteriores de Uffe ligeramente ajada. El texto no era nada elogioso.

«El jefe del Departamento Q, encargado de la investigación de "casos archivados de interés especial" señalados por el Partido Danés, lleva dos días saliendo en la prensa de manera lamentable», ponía.

No daban tanta importancia a la historia de *Gossip*, pero por otra parte habían hecho entrevistas, en las que todo tipo de empleados de Egely lo acusaban de aplicar métodos brutales y de ser la causa de la desaparición de Uffe Lynggaard. La enfermera jefe estaba especialmente enfadada. Empleaba términos como abuso de confianza, violación mental y manipulación. El artículo terminaba con las palabras: «Al cierre de esta edición no había sido posible recabar ningún comentario de la Dirección de la Policía».

Había que buscar mucho para encontrar un espaguetiwéstern con peores canallas que Carl Mørck. Algo exagerado, teniendo en cuenta lo que ocurrió en realidad.

—Hoy tengo una evaluación —lo despertó Jesper.

—¿De qué? —preguntó Carl por encima del periódico.

—De matemáticas.

Aquello parecía serio.

—¿Estás preparado?

El muchacho se alzó de hombros y se levantó, como de costumbre, sin prestar atención a la abundante vajilla que había ensuciado con mantequilla y mermelada ni a los demás restos que cubrían la mesa.

—¡Un momento, Jesper! —gritó tras él Carl—. ¿Qué significa eso?

Su hijo postizo se volvió hacia él.

—Significa que si no lo hago bien no es seguro que pueda pasar a bachillerato. ¡Qué pena!

Carl vio ante sí la cara de reproche de Vigga y dejó caer el periódico. La sensación de acidez pronto empezaría a ser dolorosa.

Ya en el aparcamiento la gente hacía comentarios jocosos sobre el fallo de la víspera en los registros públicos. Había dos que no tenían ni idea de qué iban a hacer en el despacho. Estaban empleados respectivamente en la concesión de permisos de construcción y de subvenciones a medicamentos, y trabajaban exclusivamente mirando la pantalla.

En la radio del coche varios alcaldes hablaban en términos críticos de la reforma de los municipios, que era la que de manera indirecta había causado tanta desgracia, y otros tantos se quejaban de que la lamentable situación de exceso de carga de trabajo en que se encontraban los trabajadores municipales, permanente ya, parecía ir a peor. Si al sinvergüenza que se había cargado los registros se le ocurriera aparecer en uno de los muchos ayuntamientos afectados, en el servicio de urgencias más próximo no iban a dar abasto.

No obstante, en Jefatura estaban esperanzados. Ya habían detenido a quien lo había hecho. Cuando lograran que la acusada, una mujer mayor, programadora en el Ministerio de Interior, explicara cómo remediar el daño, harían pública la noticia. Podía ser cuestión de unas horas; después todo volvería a la normalidad. La jerarquía piramidal, de la que muchos estaban cansados ya, se restableció.

Pobre señora.

Aunque parezca extraño, Carl consiguió llegar al sótano sin cruzarse con ningún compañero en el camino, menos mal. La noticia de los diarios de la mañana acerca del enfrentamiento de Carl con un disminuido psíquico en una institución de Selandia del norte seguro que se había extendido ya hasta los despachos más remotos del enorme edificio.

Esperaba al menos que la reunión de los miércoles de Marcus Jacobsen con el inspector jefe y los demás jefes no fuera a tratar exclusivamente sobre aquello.

Encontró a Assad en su sitio y fue directo a por él.

A los pocos segundos Assad parecía aturdido. El campechano asistente nunca había visto aquella faceta de Carl, que se desplegaba ante él en toda su amplitud.

—¡Sí, me has mentido, Assad! —repitió Carl, mirándolo fijamente—. Nunca has hablado del asesinato del ciclista con Hardy. Eres tú quien ha hecho el trabajo de deducción, y por supuesto que lo has hecho muy bien, pero a mí me contaste otra cosa. No me lo puedo permitir, ¿entiendes? Esto va a traer consecuencias.

Vio que en la ancha frente de Assad se removía algo. ¿Qué sería? ¿Tenía mala conciencia, o qué?

Decidió entrarle a fondo.

—¡Ahórrate las explicaciones, Assad! ¡Déjate de chorradas! ¿Quién eres realmente? Me gustaría saberlo. ¿Y qué hacías mientras no estabas visitando a Hardy? —le preguntó, rechazando una protesta incipiente—. Sí, ya sé que ibas, pero te quedabas poco tiempo. Suéltalo, Assad. ¿Qué está ocurriendo?

El silencio de Assad no podía ocultar su inquietud. Tras la mirada sosegada se veía fugazmente el animal perseguido. Si hubieran sido enemigos, con toda probabilidad habría saltado hacia él e intentado estrangularlo.

—Un momento —añadió Carl. Volvió la cabeza hacia el ordenador y buscó en Google—. Tengo un par de preguntas que hacerte, ¿vale?

No hubo respuesta.

—¿Me oyes?

El susurro de Assad, más débil que el que emitía el ordenador, probablemente sería afirmativo.

—En tu expediente pone que tú, tu mujer y tus dos hijas vinisteis a Dinamarca en 1998. Estuvisteis en el campo de refugiados de Sandholm en el período 1998-2000, y después conseguisteis asilo político.

Assad asintió en silencio.

—Qué rápido.

—Eran otros tiempos, Carl. Ahora todo es diferente, o sea.

—Eres de Siria. ¿De qué ciudad? No lo pone en tu expediente.

Se volvió hacia Assad y vio que su rostro estaba más oscuro que nunca.

—¿Me estás interrogando, Carl?

—Sí, digamos que sí. ¿Alguna objeción?

—Hay muchas cosas que no quiero decirte, Carl. Debes respetarlo, entonces. He tenido una vida de maldad. Es mi vida, no la tuya.

—Te comprendo. Pero ¿en qué ciudad vivías? ¿Es difícil responder a eso?

—Vivía en un suburbio de Sab Abar.

Carl tecleó el nombre.

—Eso está en medio de la nada, Assad.

—¿Acaso he dicho lo contrario?

—¿Cuánto dirías que hay de Damasco a Sab Abar?

—Un día de viaje. Más de doscientos kilómetros.

—¿Un día de viaje?

—Allí las cosas llevan su tiempo. Primero hay que atravesar la ciudad, y después están las montañas.

Sí, era lo que aparecía en Google Earth. Había que buscar mucho para encontrar un lugar más desértico.

—Te llamas Hafez el-Assad. Al menos es lo que pone en la documentación de la Dirección de Extranjería —continuó, tecleando el nombre en Google y encontrándolo enseguida—. ¿No es un nombre engorroso para llevar a cuestas?

Assad se encogió de hombros.

—¡El nombre de un dictador que gobernó en Siria durante veintinueve años! ¿Tus padres eran miembros del partido Baath?

—Sí.

—¿Por eso te pusieron su nombre?

—En mi familia hay varios con mi nombre, para que lo sepas.

Carl miró a los oscuros ojos de Assad. Estaba en un estado distinto al habitual.

—¿Quién fue el sucesor de Hafez el-Assad? —preguntó de pronto Carl.

Assad no pestañeó.

—Su hijo Bashar. ¿Por qué no dejamos esto, entonces? No es bueno para nosotros.

—No, puede que no. ¿Y cómo se llamaba su segundo hijo, el que murió en accidente de coche en 1994?

—En este momento no me acuerdo.

—¿No te acuerdas? Es extraño. Aquí dice que era el favorito de su padre, y designado para sucederlo. Se llamaba

Basil. Supongo que todos los sirios de tu edad sabrían decirlo sin vacilar.

—Sí, es verdad, se llamaba Basil —admitió Assad, asintiendo con la cabeza—. Pero hay muchas cosas que he olvidado, Carl. No quiero recordarlas. Lo he...

Estaba buscando la palabra.

—¿Lo has reprimido?

—Sí, eso suena bien.

Bueno, en ese caso no voy a llegar a ninguna parte por ese camino, pensó Carl. Iba a tener que cambiar de estrategia.

—¿Sabes qué creo, Assad? Creo que estás mintiendo. No te llamas en absoluto Hafez el-Assad, sencillamente es el primer nombre que te vino a la cabeza cuando buscaste asilo, ¿verdad? Me imagino que el que te hizo los papeles falsos se echaría unas risas, ¿no? Podría incluso tratarse de la misma persona que nos ayudó con la lista de teléfonos de Merete Lynggaard; ¿lo era?

—Creo que es mejor que lo dejemos, Carl.

—¿De dónde eres en realidad, Assad? Bueno, ya me he acostumbrado al nombre, así que lo seguiré usando, aunque en realidad es tu apellido, ¿verdad, Hafez?

—Soy sirio, de Sab Abar.

—De un suburbio de Sab Abar, ¿no?

—Sí, al nordeste del centro.

Todo sonaba muy verosímil, pero a Carl le costaba aceptarlo sin más. Diez años y cientos de interrogatorios antes puede que sí. Pero ya no. El instinto chirriaba. Assad no reaccionaba con normalidad.

—En realidad eres iraquí, ¿verdad, Assad? Y tienes cadáveres a tus espaldas que harían que te expulsaran de aquí al país de donde vienes, ¿no es verdad?

El rostro de Assad volvió a cambiar. Las arrugas de su frente se borraron. Tal vez había divisado una salida, tal vez decía simplemente la verdad.

–¿Iraquí? En absoluto, estás diciendo tonterías, Carl –se defendió, herido–. Ven a casa a ver mis cosas. La maleta la traje de allí. Puedes hablar con mi mujer, entiende algo de inglés. O con mis hijas. Así sabrás que lo que digo es verdad. Soy un refugiado político, y he tenido experiencias espantosas. No tengo ganas de hablar de ello, Carl, ¿no puedes dejarme en paz? Es verdad que no he estado mucho con Hardy, como ya he dicho, pero es que Hornbæk está muy lejos. Estoy intentando traer a Dinamarca a mi hermano, y eso lleva su tiempo también, Carl. Lo siento. En adelante diré las cosas como son, o sea.

Carl se recostó en la silla. Casi le entraron ganas de empapar su cerebro escéptico en el agua almibarada de Assad.

–No entiendo cómo te has familiarizado tan rápido con el trabajo policial. Estoy muy contento por tu ayuda. Eres un tipo estrafalario, pero tienes talento. ¿De dónde te viene?

–¿Estrafalario? ¿Qué es eso? ¿Tiene que ver con espíritus, o algo así? –dijo, dirigiendo a Carl una mirada candorosa. Sí, tenía talento. Puede que no fuera más que talento natural. Puede que lo que decía fuera verdad. Tal vez fuera él quien se había convertido en un quisquilloso gruñón.

–En tus papeles no pone gran cosa sobre tus estudios. ¿Qué estudios tienes? –preguntó.

Assad se encogió de hombros.

–Poca cosa, Carl. Mi padre tenía una pequeña empresa de conservas. Lo sé todo acerca de cuánto tiempo puede aguantar una lata de tomates pelados a una temperatura de cincuenta grados.

Carl trató de sonreír.

–Y no podías evitar meterte en política, y terminaste teniendo un nombre equivocado, ¿no es así?

–Sí, algo parecido.

–¿Y te torturaron?

–Sí, pero no quiero hablar de ello. No has visto, o sea, cómo me puedo poner cuando estoy triste. No puedo hablar de ello, ¿vale?

—De acuerdo —convino Carl, asintiendo con la cabeza—. Pero en lo sucesivo me dirás siempre qué haces en tus horas de trabajo, ¿comprendido?

Assad levantó el dedo pulgar.

Carl apartó su mirada de Assad.

Después levantó en el aire la mano con los dedos extendidos y Assad la palmeó con la suya.

Habían hecho las paces.

—Bien, Assad, sigamos adelante. Tenemos cosas que hacer. Hay que encontrar a ese Lars Henrik Jensen. Espero que dentro de poco podamos meternos en el registro civil, pero hasta entonces tenemos que intentar encontrar a su madre, se llama Ulla Jensen. Una persona de Risø... —vio que Assad iba a preguntar qué era eso, pero tendría que esperar—. Una persona me ha informado de que vive al sur de Copenhague.

—Ulla Jensen ¿es un nombre poco frecuente?

Carl sacudió la cabeza.

—Sabemos cómo se llamaba la empresa del marido, o sea que podemos atacar por varios ángulos. Primero voy a telefonear al registro mercantil. Esperemos que esté disponible. Mientras tanto, tú busca a Ulla Jensen en las páginas blancas. Prueba en Brøndby y ve hacia el sur. Valensbæk, tal vez Glostrup, Tåstrup, Greve-Kildebrønde. No bajes hasta Køge, que es donde estaba la fábrica del marido antes. Está al norte de ahí.

Assad pareció aliviado. Cuando iba a salir por la puerta se volvió y dio un abrazo a Carl. Su barba crecida parecían punzones, y la loción de afeitado una marca barata, pero el sentimiento era auténtico.

Cuando Assad pasó a su cuarto Carl se quedó un rato sentado, dejando que el sentimiento se asentara. Era casi como haber recuperado su antiguo grupo de trabajo.

La respuesta llegó de ambos sitios a la vez. El registro mercantil estuvo funcionando de forma irreprochable durante el corte, y HJ Industries estaba sólo a cinco segundos de tecleo de ser identificada. Su dueño era Trabeka Holding, una empresa alemana sobre la que podían buscar más información si estaba interesado. No podían ver el grupo de propietarios, pero podía obtenerse si hablaban con sus compañeros alemanes. Cuando le informaron de la dirección, gritó a Assad que podía dejarlo, pero Assad le respondió también a gritos que había encontrado un par de direcciones posibles.

Compararon sus resultados. Tenía que ser así. Ulla Jensen vivía en el complejo de lo que había sido HJI, en Strøhusvej, Greve.

Miró en el mapa. Estaba a sólo unos cientos de metros del lugar donde el coche de Daniel Hale se quemó en la carretera de Kappelev. Recordó la vez que estuvo allí. Strøhusvej era la carretera que había visto más allá cuando miraron el paisaje. La carretera del molino.

Notó la lenta aceleración de la bomba de adrenalina. Ahora tenían una dirección. Y podían llegar allí en veinte minutos.

—Será mejor que llamemos antes, ¿no? —sugirió Assad, pasándole el Post-it con el número de teléfono.

Dirigió a Assad una mirada inexpresiva. Así que no todo lo que salía por su boca eran ideas brillantes.

—Es una buena idea si lo que queremos es llegar a una casa vacía, Assad.

Originalmente habría sido una granja normal, con un cuerpo central, una porqueriza y un edificio para el grano en torno al patio adoquinado. Se podían ver las habitaciones desde la carretera, de lo cerca que estaba. Tras los edificios encalados había otros tres o cuatro edificios grandes. Al parecer, un par de ellos no se habían utilizado nunca; ése era el caso, al menos, de un edificio de diez o doce metros de altura que se alzaba horadado de agujeros vacíos donde deberían haberse instalado las ventanas. Era incomprensible que las autoridades hubieran permitido aquel engendro. Echaba completamente a perder las vistas de los campos, donde las alfombras amarillas de la colza tapizaban prados tan verdes que el color era imposible de reproducir por medios artificiales.

Carl oteó el paisaje y no percibió signos de vida, tampoco en ninguno de los edificios. El patio de entrada parecía descuidado, igual que el resto. El encalado de la vivienda estaba desconchado. Hacia la carretera, algo más al este, había montones de trastos y escombros. Aparte de los dientes de león y los frutales en flor que se erguían por encima del techo de uralita, el aspecto era desolador.

—No hay ningún coche en el patio de la granja, Carl —confirmó Assad—. Puede que no viva nadie desde hace mucho tiempo.

Carl apretó los dientes e intentó mantener la decepción a distancia. No, todo parecía indicar que Lars Henrik Jensen no estaba allí. Mierda, mierda puta.

—Entremos a mirar, Assad —dijo, aparcando el coche en el borde de la carretera cincuenta metros más allá.

Procedieron con sigilo. Atravesaron el seto, llegaron a la parte trasera de la casa y entraron en un jardín en el que los arbustos de bayas y la hierba de San Gerardo peleaban por el sitio. Las ventanas arqueadas de la vivienda estaban grises por la vejez y la suciedad, y todo parecía muerto.

—Mira —susurró Assad, con la nariz apretada contra uno de los cristales.

Carl siguió su invitación. El interior de la vivienda también parecía estar abandonado. Aparte del estandarte y el zarzal, era casi como el palacio de la Bella Durmiente. Polvo sobre las mesas, sobre los libros, periódicos y todo tipo de papeles. En un rincón, cajas de cartón sin abrir. Alfombras sin desenrollar.

Era una familia realmente rota en una época feliz.

—Creo que iban a mudarse aquí cuando sucedió el accidente, Assad. Es también lo que dijo el hombre de Risø.

—Pero mira en la parte de atrás, o sea.

Señaló más allá de la sala hacia una puerta entreabierta por la que salía luz, y el suelo brillaba detrás.

—Tienes razón. Tiene otro aspecto.

Pasaron por un huerto donde los abejorros zumbaban en torno a los cebollinos en flor, y llegaron al otro lado de la casa, en una de las esquinas del patio empedrado.

Carl caminaba pegado a las ventanas de la vivienda. Todas estaban cerradas. Tras los cristales de la primera ventana se divisaba una habitación de paredes desnudas con un par de sillas junto a la pared. Apoyó la frente en el cristal y el espacio se amplió. No había duda de que el cuarto se usaba. Había un par de camisas en el suelo, el edredón estaba echado a un lado, y encima había un pijama, estaba seguro de haber visto recientemente uno igual en el catálogo de unos grandes almacenes.

Respiraba de manera controlada, e instintivamente se llevó la mano al cinturón, donde había estado su arma reglamentaria durante años. Hacía cuatro meses que no la llevaba.

—Alguien ha dormido recientemente en esa cama —dijo en voz baja en dirección a Assad, que estaba un par de ventanas más allá.

—Aquí también ha habido alguien hace poco —declaró Assad. Carl se colocó a su lado y miró por la ventana. Era verdad. La cocina estaba bien limpia. Por una puerta en medio de la pared se divisaba la sala polvorienta que habían visto del otro lado. Era como una cámara mortuoria. Como un santuario que nadie debía hollar.

Pero la cocina la habían utilizado hacía poco.

—Arcones congeladores, café en la mesa, hervidor eléctrico. Hay también un par de botellas de refresco llenas en ese rincón —añadió Carl.

Después se volvió hacia la porqueriza y los edificios de detrás. Podían seguir adelante y llevar a cabo un registro sin orden de registro previa y después cargar con las consecuencias si se demostraba infundado, porque no podía decirse que la ocasión fuera a desaprovecharse en caso de llevar a cabo el registro en otro momento. De hecho podrían hacerlo mañana, sí, puede que fuera incluso mejor mañana. Quizá hubiera entonces alguien en la casa.

Movió la cabeza arriba y abajo. Sí, sería mejor esperar y canalizar la petición por el camino trillado del derecho. Respiró profundamente. En realidad no aguantaba ni una cosa ni la otra.

Mientras pensaba, de pronto Assad echó a correr. Para tener un cuerpo tan compacto y pesado era sorprendentemente ágil, y en un par de zancadas atravesó el patio antes de salir a la carretera y hacer señas a un campesino que había sacado a pasear su tractor.

Carl fue hacia ellos.

—Sí —oyó decir al campesino mientras se aproximaba y el tractor resoplaba en punto muerto—. La madre y el hijo siguen viviendo ahí. Es algo extraño, pero creo que ella se ha instalado en ese edificio.

Señaló al más lejano de los edificios adyacentes.

—Deberían estar en casa. Por lo menos a ella la he visto por la mañana.

Carl le enseñó la placa, lo que hizo que el campesino girase la llave de encendido.

—Ese hijo ¿es Lars Henrik Jensen? —preguntó Carl.

El campesino se frotó los ojos mientras pensaba.

—No, no creo que se llame así. Es un tipo raro, larguirucho. ¿Cómo diablos se llama?

—O sea, que Lars Henrik, no.

—No, no es Lars Henrik.

Aquello era como un vaivén. Arriba y abajo, de cerca y de lejos. A Carl ya le había pasado antes. Un sinfín de veces. Era de eso, entre otras cosas, de lo que estaba cansado.

—Dice que en ese edificio de ahí —insistió, señalando con el dedo.

El campesino asintió en silencio mientras soltaba un escupitajo que aterrizó en el capó de su reluciente juguete Ferguson, recién comprado.

—¿De qué viven? —preguntó Carl, abarcando con un gesto el paisaje.

—No lo sé. Me arriendan un poco de su tierra. A Kristoffersen, el otro vecino, también le arriendan algo. Después tienen algo en barbecho subvencionado, y probablemente ella tendrá también algo de pensión. Un par de veces por semana llega un coche de alguna parte con unos cachivaches de plástico, que por lo visto tienen que limpiar, y aprovechan la ocasión para traerles algo de comida para ellos. Creo que la señora y su hijo se las arreglan —declaró, riendo—. Aquí estamos en el campo. No nos falta de nada.

—¿Un coche del ayuntamiento?

—No, qué va. No, es un coche de una naviera, o algo así. Lleva un distintivo que se ve a veces en barcos por la tele. No sé de dónde vienen. Todo eso del mar y el océano nunca me ha interesado.

Cuando el campesino siguió traqueteando camino del molino, observaron los edificios tras la porqueriza. Era extraño que no hubieran reparado en ellos desde la carretera, porque eran bastante grandes. Sería porque el seto era muy tupido y aquel año habían brotado antes las hojas gracias al calor.

Además de la granja en forma de U y la gran nave sin terminar había tres edificios planos escalonados sobre una zona de gravilla que probablemente pensaron asfaltar más adelante. La cizaña y las semillas llevadas por el viento crecían por doquier en torno a los edificios y, aparte de un sendero bastante ancho que unía todas las casas, todo lo demás estaba cubierto por la vegetación.

Assad señaló las huellas de ruedas delgadas que había en el sendero. También Carl las había visto. Delgadas como ruedas de bici, paralelas. Seguramente de una silla de ruedas.

En el momento en que se acercaron a la casa más retirada, la que les había indicado el campesino, el móvil de Carl sonó con estridencia. Vio la mirada de Assad mientras maldecía por no haberlo puesto en modo silencio.

Era Vigga quien llamaba. Era especialista en llamar por teléfono en momentos inadecuados. Alguna vez había estado rodeado de líquido de cadáveres putrefactos mientras ella le pedía que comprase nata para el café. O lo había pillado mientras el móvil estaba en una chaqueta debajo de un bolso en el coche patrulla mientras perseguía a toda velocidad a unos sospechosos. Vigga era capaz de todo eso y más.

Colgó y puso el aparato en modo silencio.

Fue entonces cuando levantó la cabeza y se encontró frente a un hombre alto y flaco de veintipocos años. La cabeza era extrañamente alargada, casi deforme, y un lado de su cara estaba marcado por cráteres y piel contraída, síntomas típicos de las cicatrices de quemaduras.

—No pueden estar aquí —dijo con una voz que no era de adulto, pero tampoco de un niño.

Carl le enseñó la placa, pero el joven no pareció entender su significado.

—Soy policía —dijo Carl con amabilidad—. Nos gustaría hablar con tu madre. Sabemos que vive aquí. ¿Podrías preguntarle si podemos entrar un rato? Te lo agradecería mucho.

El joven no pareció impresionado ni por la placa ni por los dos hombres. Así que no era tan inocente como parecía a primera vista.

—¿Cuánto tengo que esperar? —preguntó Carl con brusquedad. El chico se sobresaltó. Después desapareció en el interior de la casa.

Transcurrieron un par de minutos en los que Carl notó que aumentaba la presión de su pecho y se maldijo por no haber sacado su arma reglamentaria del depósito de armas de Jefatura ni una sola vez desde que le dieron el alta.

—Ponte detrás, Assad —le ordenó. Ya estaba viendo los titulares de los periódicos: «Agente de la Brigada de Homicidios sacrifica a su asistente en un dramático tiroteo. Por tercer día consecutivo, el subcomisario Carl Mørck, del Departamento Q de Jefatura, es motivo de escándalo».

Dio un empujón a Assad para recalcar la gravedad del asunto y se colocó pegado al marco de la puerta. Si salían con una escopeta de cartuchos o algo así, su cabeza no iba a ser lo primero a lo que apuntara el cañón del arma.

Entonces salió el joven y les pidió que entrasen.

La madre estaba en medio de la habitación, en silla de ruedas y fumando un cigarrillo. Era difícil calcular su edad por lo gris, arrugada y gastada que estaba, pero a juzgar por la edad de su hijo no podía tener más de sesenta y pocos. Sentada como estaba en su silla de ruedas, parecía encorvada. Sus pantorrillas estaban extrañamente torcidas, como ramas rotas que hubieran tenido que encontrar un modo de fundirse de nuevo. No cabía duda de que el accidente de coche había dejado sus huellas, ver aquello inspiraba lástima y tristeza.

Carl miró en derredor. Era una estancia grande, unos doscientos cincuenta metros cuadrados o más, pero a pesar de la altura de cuatro metros apestaba a tabaco. Siguió con la mirada las volutas de humo de su cigarrillo hasta las ventanas del techo. La única fuente de luz eran diez ventanas Velux, de modo que la estancia tenía un aspecto sombrío.

Todo estaba en aquella estancia. La cocina junto a la puerta de entrada, la puerta del cuarto de baño a un lado. La sala estaba llena de muebles de Ikea y alfombras baratas que cubrían el suelo de hormigón, que se extendía quince o veinte metros hasta la sección donde aparentemente dormía ella.

Aparte del aire sofocante, reinaba un orden perfecto. Allí veía la televisión, leía revistas y probablemente pasaba la mayor parte de su vida. Su marido había muerto y ahora se las arreglaba lo mejor que podía. Menos mal que tenía a su hijo para ayudarla.

Carl vio que la mirada de Assad atravesaba con lentitud la estancia. Había algo de diabólico en su mirada, que se deslizaba sobre todos los objetos y de vez en cuando se detenía para fijarse en algún detalle. Estaba profundamente concentrado, con los brazos colgando pesadamente a los lados y las piernas sólidamente plantadas en el suelo.

La mujer los recibió con relativa amabilidad, pero sólo dio la mano a Carl. Éste hizo las presentaciones y le pidió que no se inquietase. Le dijo que estaban buscando a su hijo mayor, a Lars Henrik. Querían hacerle unas preguntas, nada especial, algo rutinario. Y le preguntó si podía decirles dónde podían encontrarlo.

—Lasse trabaja en la mar —dijo ella, sonriendo. O sea que ella lo llamaba Lasse—. En este momento no está en casa, pero dentro de un mes volverá a desembarcar. Entonces se lo diré. ¿Tiene alguna tarjeta de visita para que se la dé?

—No, lo siento —repuso Carl, forzando una sonrisa inocente, pero la madre no picó el anzuelo—. Le enviaré mi tarjeta cuando vuelva al despacho. Por supuesto.

Trató nuevamente de sonreír. Esta vez en un momento más oportuno. Era la regla de oro: decir algo positivo y sonreír después, así parece uno más sincero. Hecho al revés puede significar cualquier cosa. Insinuación, flirteo. Es decir, puro egoísmo. La mujer ya había aprendido eso de la vida.

Hizo ademán de retirarse y agarró a Assad de la manga.

—Entonces quedamos en eso, señora Jensen. Por cierto, ¿en qué naviera trabaja su hijo?

Ella ya conocía el orden de afirmación y sonrisa.

—Huy, ya me gustaría recordarlo. Pero es que navega con tantas...

Entonces llegó su sonrisa. Carl había visto antes dientes amarillos, pero nunca tan amarillos como aquellos.

—Es primer oficial, ¿verdad?

—No, es camarero jefe. Lasse tiene buena mano para la comida, desde siempre.

Carl trató de imaginarse al chico que agarraba del hombro a Dennis Knudsen. Al chico a quien llamaban Átomos porque su difunto padre fabricaba algo para las centrales nucleares. ¿Dónde había desarrollado sus conocimientos gastronómicos? ¿En la familia adoptiva, donde le pegaban? ¿En el orfanato? ¿Cuando era un chaval en casa de su madre? También Carl había pasado por muchas cosas en la vida, pero no era capaz de freír un huevo. Si no fuera por Morten Holland, no sabía cómo se las habría arreglado.

—Es magnífico cuando les va bien a los hijos. ¿No te alegras de volver a ver a tu hermano? —añadió, volviéndose al muchacho desfigurado que los miraba con desconfianza, como si hubieran llegado para robarles.

Su mirada vagó hacia donde estaba su madre, pero ésta no se inmutó. De la boca del chico no iba a salir nada, eso era seguro.

—¿Dónde navega su hijo esta vez?

La madre lo miró, mientras sus dientes amarillos desaparecían lentamente tras los labios resecos.

—Lasse navega mucho por el Báltico, pero creo que ahora está en el mar del Norte. A veces zarpa con un barco y vuelve con otro.

—Debe de ser una naviera grande, ¿no recuerda cuál es? ¿Puede describir el logotipo de la naviera?

—No, lo siento. No soy buena para ese tipo de cosas.

Carl volvió a mirar al joven. Aquel chaval lo sabía todo, era evidente. Seguro que sabría dibujar el maldito distintivo si lo dejaran hacerlo.

—Pero está pintado en el coche que trae provisiones un par de veces por semana —intervino Assad. No era el momento adecuado. La mirada del joven se llenó de inquietud y la mujer aspiró el humo hasta el fondo de los pulmones. La expresión de su rostro quedó oculta en una densa nube de humo que expulsó de una vez.

—Bueno, no sabemos gran cosa de eso —terció Carl—. Es porque un vecino nos ha dicho que lo había visto, pero puede haberse equivocado.

Tiró de Assad.

—Ha sido usted muy amable —dijo después a la madre—. Pídale a su hijo Lasse que me telefonee en cuanto vuelva. Le haré ese par de preguntas y listo.

Se encaminaron a la puerta, seguidos por la mujer en su silla de ruedas.

—Hans, sácame fuera —le pidió a su hijo—. Necesito algo de aire fresco.

Carl sabía que la mujer no los quería perder de vista hasta que se fueran. Si hubiera habido un coche en el patio o allí, en la parte trasera, habría pensado que la madre quería salir para ocultar que Lars Henrik Jensen se encontraba en uno de los edificios. Pero a Carl la intuición le decía otra cosa. El hijo mayor no estaba en casa, ella sólo quería que se marcharan.

—Vaya conjunto de edificios más impresionante —exclamó—. ¿Qué era antes? ¿Una fábrica?

La madre venía detrás. Dando caladas a otro cigarrillo mientras la silla de ruedas traqueteaba por el sendero. Su hijo empujaba con las manos aferradas a los puños de la silla de ruedas. Tras su rostro destrozado parecía muy cabreado.

—Mi marido tenía una fábrica que fabricaba contenedores para centrales nucleares. Acabábamos de mudarnos de Køge cuando murió.

—Sí, recuerdo el suceso. Lo siento muchísimo —dijo Carl, y señaló los dos primeros edificios bajos—. Y la producción ¿iba a llevarse a cabo ahí?

—Sí, ahí y en la nave grande —confirmó la mujer, señalando con el dedo—. El taller de soldadura ahí, la cámara para pruebas de presión ahí, y el montaje en la nave. Donde vivo yo debería haber estado el almacén de sistemas de contención fabricados.

—¿Por qué no vive en la casa? Tiene aspecto de ser una buena casa —preguntó, y reparó en una serie de cubos gris oscuro delante de uno de los edificios que desentonaban con el paisaje. Tal vez estuvieran allí desde los tiempos del anterior propietario. En lugares como aquél el tiempo pasaba a veces con infinita lentitud.

—Bueno, ya sabe, aquí hay muchas cosas que no pertenecen a esta época. Además, los umbrales de las puertas me exigen un gran esfuerzo —añadió, golpeando uno de los reposabrazos de la silla de ruedas.

Notó que Assad lo llevaba a un lado.

—Nuestro coche está ahí, Assad —protestó, apuntando con la cabeza en la otra dirección.

—Es que prefiero atravesar el seto ahí y después subir a la carretera —repuso Assad, pero Carl vio que toda su atención estaba concentrada en los montones de chatarra desperdigados por un suelo de hormigón gastado.

—Sí, esa basura ya estaba cuando vinimos —informó la mujer en tono de disculpa, como si medio contenedor de chatarra pudiera empeorar la impresión general de la propiedad, ya de por sí bastante pobre.

Era basura inclasificable. En la parte superior del montón había más cubos gris oscuro. No llevaban ningún distintivo, pero parecían haber sido empleados para guardar aceite, o tal vez alimentos en grandes cantidades.

Le habría parado los pies a Assad si hubiera sabido lo que tenía pensado, pero su asistente había saltado ya por encima de las barras metálicas, el cordaje enmarañado y los tubos de plástico para cuando Carl quiso reaccionar.

—Perdone, es que mi compañero es un coleccionista incorregible. ¿Has encontrado algo, Assad? —gritó.

Pero Assad no era ya su compañero de juego. Iba a la caza: dio una patada a la chatarra, removió algo y finalmente metió la mano y sacó una delgada placa de metal, que tras manipularla resultó tener medio metro de alto y por lo menos cuatro de largo. Le dio la vuelta. Ponía Interlab, S. A.

Assad miró a Carl y éste le dirigió una mirada aprobatoria. Eso sí que era tener buena vista. Interlab, S. A. El gran laboratorio de Daniel Hale, que se había mudado a Slangerup. De manera que había una relación directa entre la familia y Daniel Hale.

–La empresa de su marido no se llamaba Interlab, S. A., ¿verdad, señora Jensen? –preguntó Carl, sonriendo a los apretados labios de la mujer.

–No, ésa es la empresa que nos vendió el terreno y un par de edificios.

–Mi hermano trabaja en una farmacéutica. Creo recordar que alguna vez ha mencionado esa empresa –añadió Carl, disculpándose mentalmente ante su hermano mayor, que en aquel momento debía de estar cebando visones en Frederikshavn–. En Interlab ¿no fabricaban enzimas, o algo así?

–Era un laboratorio de pruebas.

–Se llamaba... ¿Hale? Daniel Hale, ¿verdad?

–Sí, el que le vendió esto a mi marido se llamaba Hale. Pero no era Daniel Hale, que por aquel entonces no era más que un chaval. La familia trasladó Interlab al norte, y tras morir el padre volvieron a trasladarla. Pero fue aquí donde empezaron –explicó, adelantando la mano hacia el montón de chatarra. Si aquello fue el comienzo, Interlab había avanzado muchísimo.

Carl la miró con atención mientras la mujer hablaba. Todo en ella irradiaba reserva, y en aquel momento las palabras fluían de su boca. No parecía febril, muy al contrario: parecía tener un control absoluto. Todas sus terminaciones nerviosas estaban contraídas. La mujer trataba de parecer normal. Eso era lo que era tan anormal.

—¿No fue el que mataron cerca de aquí? —terció Assad.

Carl le habría dado a gusto una patada en la espinilla. Cuando volvieran al despacho tendrían que mantener una conversación acerca de la locuacidad excesiva.

Volvió la vista hacia los edificios. Contaban más que la historia de una familia en bancarrota. Dentro del gris había también tonos intermedios. Era como si los edificios le enviaran señales. La sensación de acidez aumentó cuando miró hacia ellos.

—¿Mataron a Hale? No recuerdo nada de eso —replicó, dirigiendo a Assad una mirada centelleante y volviéndose hacia la mujer—. Ya me gustaría saber cómo empezó Interlab. Sería divertido contárselo a mi hermano. Ha hablado muchas veces de montar su propia empresa. ¿Podríamos ver los otros edificios? A título personal.

Ella le sonrió. Con excesiva amabilidad. Después expresó lo contrario. No lo quería en su casa. Tenía que marcharse.

—Oh, ya me gustaría. Pero mi hijo ha cerrado todo con llave, por lo que no podemos entrar. Pero cuando hable con él, aproveche la ocasión para preguntárselo. Así podrá traer a su hermano de visita.

Assad estaba callado cuando pasaron junto a la casa de paredes arañadas en la que Daniel Hale perdió la vida.

—En esa granja pasa algo muy raro —dijo Carl—. Tenemos que volver con una orden de registro.

Pero Assad no lo escuchaba. Miraba fijamente ante sí mientras llegaban a Ishøj y empezaban a aparecer los bloques de viviendas de hormigón. No reaccionó ni cuando sonó el móvil de Carl y éste anduvo revolviendo en busca de los auriculares para responder.

—¿Sí...? —contestó Carl, esperando los incisivos comentarios de Vigga. Ya sabía por qué llamaba. Otra vez había problemas. La recepción se había trasladado a hoy. Puta recepción. Desde luego, no le apetecían nada unos puñados de patatas fritas grasientas y un vaso del vino más barato del súper, por no hablar del monstruo con el que Vigga había decidido juntarse.

–Soy yo –dijo la voz–. Helle Andersen, de Stevns.

Carl redujo la marcha del coche y elevó su nivel de atención.

–Uffe está conmigo. Estoy en casa de los anticuarios, y acaba de llegar un taxista de Klippinge con él. Ya había llevado antes a Merete y a Uffe, así que lo ha reconocido al verlo vagando por el arcén de la autopista en la salida de Lellinge. Está completamente agotado, lo tengo en la cocina bebiendo un vaso de agua tras otro. ¿Qué hago?

Carl miró el cruce. Una corriente de inquietud lo atravesó. Era tentador hacer un giro de ciento ochenta grados y sencillamente apretar el pedal hasta el fondo.

–¿Está bien? –preguntó.

Ella parecía algo preocupada, el tono era menos campechano de lo habitual.

–La verdad es que no lo sé. Es que está bastante sucio, parece que ha salido de una alcantarilla, pero lo veo raro.

–¿A qué se refiere?

–Está como meditabundo. Mira a un lado y otro de la cocina como si no la reconociera.

–No la reconocerá –repuso Carl. Se imaginaba las paredes de la cocina, ocupadas hasta el techo por las sartenes de cobre de los anticuarios. Cuencos de cristal alineados, papel pintado de tono pastel con frutas exóticas. Por supuesto que no reconocía nada.

–No, no me refiero a la decoración. No puedo explicarlo. Parece tener miedo de estar aquí, pero tampoco quiere venir conmigo en el coche.

–¿Adónde quiere llevarlo?

–A la comisaría. Que no vuelva a escaparse, demontre. Pero no quiere. Tampoco cuando el anticuario se lo ha pedido amablemente.

–¿Ha dicho algo? ¿Algún sonido, o algo así?

En aquel momento la asistenta estaba al otro lado de la línea sacudiendo la cabeza, la estaba viendo.

–No, sonidos no. Pero es como si temblara. Así se solía poner nuestro hijo mayor cuando no conseguía lo que quería. Recuerdo una vez en el supermercado...

–Helle, tiene que llamar a Egely. Uffe lleva cuatro días huido, tienen que saber que está bien.

Buscó el número en la lista de teléfonos. Sería lo mejor. Si se mezclaba él, las cosas iban a torcerse. Los periódicos iban a frotarse sus manos manchadas de tinta.

Fueron apareciendo las casitas bajas de la carretera de Gammel Køge. Un anticuado puesto de venta de helados. Una tienda de aparatos eléctricos abandonada en la que ahora vivían un par de chicas pechugonas con las que la Brigada Antivicio había tenido bastantes problemas.

Miró a Assad y estuvo pensando en dar un silbido agudo para comprobar si estaba vivo. Se oía hablar de gente que se había muerto con los ojos abiertos en medio de una frase.

–¿Estás ahí, Assad? –preguntó sin esperar respuesta.

Se inclinó hacia él, abrió la guantera y encontró un paquete de Lucky Strike medio aplastado.

–Carl, ¿no puedes dejar de fumar? El coche apesta –llegó la voz sorprendentemente alerta de Assad.

Si un poco de humo le causaba problemas, no tenía más que irse andando a casa.

–Para aquí –continuó Assad. A lo mejor había tenido la misma idea.

Carl cerró la guantera y encontró un espacio para aparcar frente a una de las pistas que llevaban a la playa.

–Ahí pasa algo, Carl –continuó Assad, dirigiéndole una mirada sombría–. He estado pensando en lo que hemos visto. Todo aquello era muy extraño en todo.

Carl movió la cabeza lentamente arriba y abajo. A aquel tío no se le escapaba una.

–En la sala de la señora mayor había cuatro televisores.

—Vaya, yo sólo he visto uno.

—Había tres, uno al lado del otro, no muy grandes, a los pies de su cama. Estaban como tapados, pero he visto que estaban encendidos.

Debía de tener una visión medio de águila medio de búho.

—Tres televisores encendidos bajo una manta. ¿Los has visto a esa distancia? Si estaba oscuro como boca del lobo.

—Estaban allí, junto a la cama, contra la pared. No eran grandes, casi como una especie de... —anduvo buscando la palabra— una especie de...

—¿Monitores?

Assad asintió brevemente con la cabeza.

—¿Y sabes qué, Carl? Cada vez lo veo con mayor claridad en mi mente. Había tres o cuatro monitores. Se veía una luz gris o verduzca que atravesaba la manta. ¿Qué hacían allí? ¿Por qué estaban encendidos? ¿Y por qué estaban cubiertos, como para que no los viéramos?

Carl miró a la carretera, donde los camiones se abrían camino hacia la ciudad. Efectivamente, ¿por qué?

—Y otra cosa, o sea, Carl.

Ahora era Carl el que no quería oír. Tamborileaba en el volante con los pulgares. Si iban hasta Jefatura y seguían el proceso reglamentario, pasarían por lo menos dos horas hasta poder volver allí.

Entonces volvió a sonar el móvil. Si era Vigga, iba a colgar. ¿Cómo podía pensar aquella mujer que podía disponer de él día y noche?

Pero era Lis.

—Marcus Jacobsen quiere verte en su despacho. ¿Dónde estás?

—Pues que espere, voy a hacer un registro. ¿Es por el artículo del periódico?

—No lo sé con seguridad, pero podría ser. Ya sabes cómo es. Se calla como un muerto cuando alguien escribe algo malo de nosotros.

—Pues dile que han encontrado a Uffe Lynggaard en buen estado. Y dile que estamos en ello.

—¿En qué?

—Conseguir que los putos periódicos escriban algo positivo sobre mí y el departamento.

Después hizo un giro de ciento ochenta grados y pensó en poner la luz azul en el techo.

—¿Qué era lo que me estabas diciendo, Assad?

—Lo de los cigarrillos.

—¿A qué te refieres?

—¿Cuánto tiempo llevas fumando la misma marca?

Carl arrugó la nariz. ¿Cuánto tiempo llevaba existiendo Lucky Strike?

—No se cambia de marca sin más, ¿verdad? Y la señora tenía diez paquetes de Prince con filtro sobre la mesa. Paquetes sin abrir. Y tenía los dedos amarillos de fumar, pero su hijo no.

—¿Adónde quieres ir a parar?

—Ella fumaba Prince con filtro y el hijo no fumaba, estoy seguro de eso, o sea.

—Ya. ¿Y...?

—Entonces, ¿por qué no tenían filtro los cigarrillos que rebosaban del cenicero?

Fue entonces cuando Carl puso la luz azul intemitente.

37

El mismo día

El trabajo le llevó tiempo, porque el suelo estaba liso y los que estaban al otro lado controlándola por los monitores no debían sospechar del movimiento constante de la parte superior de su cuerpo.

Había pasado la mayor parte de la noche sentada en medio de la celda, de espaldas a las cámaras, afilando el trozo largo de la varilla de plástico que la víspera había partido en dos a base de retorcerla. Por irónico que pareciera, aquella varilla de plástico de la capucha de su plumífero iba a convertirse en su instrumento para abandonar este mundo.

Dejó los dos palillos en el regazo y pasó los dedos por encima. Uno era casi como un punzón, y al otro le había dado la forma de una lima de uñas afilada. Seguramente utilizaría aquél cuando estuviera preparado. Se temía que el palillo afilado como un punzón no iba a poder hacer un agujero lo bastante grande en su vena, y si no lo hacía lo bastante rápido la sangre en el suelo la descubriría. No tenía la menor duda de que disminuirían la presión tan pronto como se dieran cuenta. De manera que su suicidio tenía que ocurrir de manera efectiva y rápida.

No quería morir de la otra manera.

Cuando oyó por los altavoces que hablaban en alguna parte del otro lado, se metió las varillas en el bolsillo e inclinó el tronco hacia delante, como si se hubiera dormido en esa postura. Cuando se ponía así, Lasse le solía gritar sin que ella reaccionara, de modo que no había en ello nada fuera de lo común.

Estaba sentada pesadamente con las piernas cruzadas, mirando con fijeza la larga sombra que creaban los focos con su cuerpo. Allí, en lo alto de la pared, estaba su auténtico yo. Una silueta nítidamente dibujada de una persona en decadencia. El pelo revuelto cubriéndole los hombros, un plumífero gastado sin contenido. Un resto del pasado, que desaparecería cuando apagaran la luz, pronto. Era 4 de abril de 2007. Le quedaban cuarenta y un días de vida, pero iba a suicidarse cinco días antes, el 10 de mayo. Ese día Uffe cumpliría treinta y cuatro años, y mientras ella se pinchaba pensaría en él, y le enviaría un mensaje de amor y cariño, y le contaría lo bella que podía ser la vida. Su rostro iluminado sería lo último que vería. Su querido hermano Uffe.

—Hay que darse prisa —oyó gritar a la madre por los altavoces al otro lado de la pared de cristal—. Lasse llegará dentro de diez minutos, o sea que hay que tenerlo todo preparado. Venga, chaval, muévete.

Su voz sonaba febril. Tras los cristales de espejo se oía ruido de cacharros y Merete miró a la compuerta. Pero no entraron los cubos. Su reloj interno también le decía que era demasiado temprano.

—Pero mamá —respondió a gritos el joven flaco—, necesitamos otro acumulador aquí dentro. No hay corriente en esta batería. No podemos provocar la explosión si no la cambiamos. Me lo dijo Lasse hace un par de días.

¿Explosión? Una sensación gélida recorrió el cuerpo de Merete. ¿Iba a ser ahora?

Se hincó de rodillas en el suelo y trató de pensar en Uffe mientras frotaba la varilla con forma de cuchillo contra el suelo de hormigón pulido. Tal vez le quedaran sólo diez minutos. Si se hacía un corte lo bastante profundo, tal vez se quedara inconsciente al cabo de cinco minutos. De eso se trataba.

Mientras la pieza de plástico cambiaba de forma con excesiva lentitud, ella respiraba pesadamente entre sollozos.

Seguía demasiado roma. Miró de reojo hacia las tenazas, cuyas mordazas habían perdido el filo al rascar su mensaje en el suelo de hormigón.

—Aaah —susurró; un día más y lo habría terminado. Después se secó el sudor de la frente y se llevó la muñeca hacia la boca. Tal vez pudiera abrirse las venas con los dientes si agarraba bien. Mordió un poco la carne, pero no hizo presa. Después giró la muñeca y lo intentó con los colmillos, pero estaba demasiado delgada y agotada. Sus huesos se interponían y sus dientes no estaban lo bastante afilados.

—¿Qué está haciendo? —chilló la bruja, con la cara pegada al cristal. Tenía los ojos desmesuradamente abiertos, sólo se le veían los ojos, mientras el resto de su cuerpo permanecía en la sombra, con los focos cegadores al fondo.

—Abre la compuerta del todo. Hazlo YA —le ordenó a su hijo.

Merete miró hacia la linterna, que estaba preparada junto al agujero que había abierto bajo el cierre de la compuerta. Dejó caer la pieza de plástico y avanzó a cuatro patas hacia la compuerta, mientras al otro lado la mujer le hablaba irritada y todo su ser lloraba y suplicaba.

Oyó por el sistema de altavoces que el hombre manipulaba la compuerta; entonces asió la linterna y la hundió en el agujero del suelo.

Se oyó un clic y el mecanismo de apertura se puso en marcha, mientras ella fijaba la vista en la compuerta con el corazón martilleándola. Si la linterna y el cierre no aguantaban, estaba perdida. Imaginó que la presión encerrada en su cuerpo se liberaría como una granada.

—Oh, Dios mío, haz que no ocurra —rogó llorando, volviendo a gatas hacia la varilla de plástico, mientras el cierre chocaba con la linterna. Se volvió y advirtió que la linterna se movía un poco. Después oyó un sonido que nunca había oído. Como cuando se activa el *zoom* de una cámara. El zumbido de un dispositivo mecánico al desconectarse, seguido de un golpe sordo contra la compuerta.

La compuerta exterior estaba abierta, y toda la presión se almacenaba en la compuerta interior. O sea que sólo estaba la linterna entre ella y la muerte más terrible que podía imaginar. Pero la linterna no volvió a moverse. Quizá se había abierto la compuerta unas centésimas de milímetro, porque el sonido sibilante del aire al salir de la cámara aumentó en intensidad hasta convertirse en un pitido ululante.

Lo sintió en el cuerpo a los pocos segundos. De pronto notó palpitaciones en los oídos, registró una débil presión en el seno frontal, como si estuviera cogiendo un resfriado.

—¡Mamá, ha atascado la puerta! —gritó el joven.

—Pues apaga y vuelve a encender, cabeza de chorlito —respondió la madre entre dientes.

Por un momento el pitido disminuyó en intensidad. Después oyó que el mecanismo volvía a ponerse en marcha, y el pitido volvió a hacerse más estridente.

Intentaron varias veces, en vano, que la compuerta interior se desplazase, mientras Merete afilaba su pieza de plástico.

—Tenemos que matarla ahora y hacerla desaparecer, ¡¿está claro?! —gritó la diablesa al otro lado—. Corre a por la porra, está detrás de la casa.

Merete miró fijamente el cristal. Había sido a la vez los barrotes de su celda y protección contra aquellos monstruos durante los dos últimos años. Si el cristal se rompía, moriría de inmediato. La descompresión se produciría en un instante. Puede que no llegara ni a notarlo antes de desaparecer de este mundo.

Puso las manos en el regazo y llevó el cuchillo de plástico hasta la muñeca izquierda. Había observado aquella vena mil veces. Era allí donde tenía que pinchar. Allí estaba, oscura y fina, visible en medio de la delicada piel blanca.

Entonces cerró el puño y apretó, mientras cerraba los ojos. La presión sobre la vena no parecía la adecuada. Dolía, pero la piel no cedía. Contempló la marca que había dejado la pieza de plástico. Era ancha y larga, y parecía profunda, pero no lo era. Ni siquiera sangraba. El cuchillo de plástico no estaba lo bastante afilado.

Entonces se arrojó a un lado y buscó el palillo afilado como un punzón, que estaba en el suelo. Abrió bien los ojos y estuvo pensando dónde tendría más delgada la piel. Luego apretó. No le dolió tanto como había temido, y la sangre enseguida manchó de rojo la punta, dándole una sensación de completa seguridad. Con ese sosiego en el alma, observó cómo brotaba la sangre.

—¡Te has pinchado, zorra! —gritó la mujer, golpeando uno de los ojos de buey, y los golpes retumbaron en la estancia. Pero Merete no le prestó atención, estaba insensible. Se tumbó en silencio sobre el suelo, recogió su pelo largo tras la nuca y se quedó mirando al último tubo fluorescente que todavía funcionaba.

—Lo siento, Uffe —susurró—. No he podido esperar.

Sonrió a la imagen de su hermano que flotaba en la celda, y él le devolvió la sonrisa.

El estruendo del primer porrazo pulverizó la visión onírica. Miró hacia el cristal de espejo, que vibraba cada vez que recibía un golpe. Quedó prácticamente opaco, pero no sucedió nada más. Tras cada golpe que asestaba el joven contra el cristal se oía un gemido de agotamiento. Entonces probó a golpear el otro ojo de buey, pero aquél tampoco cedió. Sus brazos delgados no estaban acostumbrados a trajinar con tanto peso, era evidente. Los intervalos entre golpe y golpe fueron espaciándose cada vez más.

Merete sonrió y se observó el cuerpo, relajado, tumbado en el suelo. Ése era el aspecto que tenía Merete Lynggaard al morir. Dentro de poco su cuerpo sería destrozado y convertido en picadillo, pero no le importaba pensar en ello. Para entonces su alma se habría liberado. La esperarían nuevos tiempos. Había conocido el infierno en la tierra, y había padecido la mayor parte de su vida. Mucha gente había sufrido a causa de ella. No podía irle peor en la otra vida, si es que la había. Y si no había nada, ¿qué tenía que temer?

Su mirada se deslizó a su lado y se dio cuenta de que la mancha del suelo era de color rojo oscuro, pero no mucho mayor que la palma de la mano. Después giró la muñeca para mirar el pinchazo. Casi había dejado de manar sangre. Un último par de gotas brotaron, se fundieron como manos de mellizos buscándose y se coagularon igual de lentamente.

Mientras tanto, los golpes del otro lado habían cesado y lo único que oía era el aire filtrándose por la rendija de la compuerta y las palpitaciones de los oídos. Se oían con más intensidad que antes. Ahora que se fijaba, le estaba entrando dolor de cabeza, a la vez que le dolían el cuerpo y las articulaciones, como si fuera la antesala de una gripe.

Entonces asió la pieza de plástico y volvió a apretarla con fuerza contra la herida, que se había cerrado. Arañó a los lados y arriba y abajo para agrandar el agujero.

—¡Ya he llegado, mamá! —gritó una voz. Era Lasse.

La voz de su hermano sonó temerosa por el sistema de altavoces.

—Yo quería cambiar la batería, pero mamá me ha dicho que vaya a por la porra, Lasse. No he podido romper el cristal, he hecho lo que he podido.

—No puede romperse así —respondió Lasse—. No es suficiente. No habrás chafado los detonadores, ¿verdad?

—No, he mirado bien dónde golpeaba —respondió su hermano—. De verdad, Lasse.

Merete sacó la pieza de plástico y alzó la vista hacia el cristal machacado, que irradiaba en todas direcciones. Ahora la herida de la muñeca sangraba más, pero no mucho. Santo Dios, ¿por qué no? ¿Habría pinchado una vena, en vez de una arteria?

Entonces se pinchó la otra muñeca. Fuerte y profundo desde el principio. Sangraba más, oh, gracias a Dios.

—No hemos podido evitar que la policía entrase en la finca —dijo de pronto la bruja al otro lado.

Merete contuvo el aliento. Vio que la sangre se abría paso finalmente y empezaba a manar a más velocidad. ¿La policía había estado allí?

Se mordió los labios. Sintió que su dolor de cabeza iba a más y que su ritmo cardíaco disminuía con la misma rapidez.

—Saben que el terreno era de Hale —continuó la mujer—. Uno de ellos ha dicho que no sabía que Daniel Hale se hubiera matado cerca de aquí, pero mentía, Lasse, me he dado cuenta.

Merete empezó a notar presión en los oídos. Como cuando un avión se prepara para aterrizar, sólo que más rápido y con mayor intensidad. Trató de bostezar, pero no pudo.

—¿Qué querían de mí? ¿Tiene que ver con el tipo del que han escrito los periódicos? ¿El del nuevo departamento? —interrogó Lasse.

Los tapones de los oídos hacían que las voces sonaran más lejanas, pero Merete se resistía. Quería oírlo todo.

—No lo sé, Lasse —dijo la mujer varias veces, casi gimoteando.

—¿Por qué crees que van a volver? —continuó Lasse—. Les has dicho que estaba navegando, ¿no?

—Pero Lasse, ya saben en qué naviera trabajas. Han oído hablar del coche que viene de la naviera, se le ha escapado al negro, y el policía danés se ha cabreado, era evidente. Seguro que ya saben que llevas varios meses en tierra. Que estás en el departamento de *catering*. Se van a enterar, Lasse, lo sé. También que envías aquí varias veces por semana la comida que sobra en coches de la naviera, basta hacer una llamada, Lasse, no puedes evitarlo. Y entonces volverán. Creo que han ido a por una orden de registro. Han preguntado si podían echar un vistazo por la casa.

Merete contuvo el aliento. ¿La policía iba a volver? ¿Con una orden de registro? ¿Eso creían? Miró la muñeca ensangrentada y apretó con fuerza un dedo sobre la herida.

Bajo el pulgar la sangre seguía manando, se concentraba en los pliegues bajo la muñeca y desde allí goteaba lentamente sobre su regazo. Sólo soltaría la presa si estaba convencida de que la batalla estaba perdida. Seguramente la vencerían, pero en aquel momento estaban en apuros. Qué sensación tan maravillosa.

—¿Para qué querían ver la finca? —preguntó Lasse.

La presión de los oídos de Merete aumentó. Apenas podía compensar la diferencia de presión. Trató de bostezar y se puso a escuchar con atención. Empezó a notar una presión en la cadera. En la cadera y en las muelas.

—El policía danés ha dicho que tenía un hermano que trabaja en una farmacéutica y que le gustaría visitar el lugar donde empezó una gran empresa como Interlab.

—Vaya estupidez.

—Por eso te he llamado.

—¿Cuánto hace que han estado?

—No hará ni veinte minutos.

—Entonces puede que no nos quede ni una hora. También debemos recoger el cadáver y deshacernos de él, no va a darnos tiempo. Necesitamos tiempo para limpiar y baldear. No, esperaremos hasta después. Ahora se trata de que no encuentren nada y nos dejen en paz.

Merete trató de alejar de sí la palabra «recoger». ¿Era realmente ella de quien hablaba Lasse? ¿Cómo podía haber gente tan cínica y repugnante?

—¡Ojalá os agarren antes de que escapéis! —gritó—. ¡Ojalá os pudráis en la cárcel como unos cerdos, que es lo que sois! Os odio, ¿lo entendéis? ¡Os odio a todos!

Se levantó poco a poco, mientras las sombras del otro lado se desplazaban tras la superficie de vidrio destrozado.

—¡Entonces puede que finalmente sepas lo que es el odio! ¿Lo entiendes ahora? —gritó Lasse con voz helada.

—Lasse, no habrás pensado hacer saltar la casa por los aires, ¿verdad?

Merete escuchaba, concentrada.

Hubo una pausa. Lasse debía de estar pensando. Pensando en matarla. En cómo matarla con el mínimo riesgo. Ya no se trataba de ella, la daban por muerta. Se trataba de ellos.

—No, no podemos hacerlo en estas condiciones, hay que esperar. No tienen que sospechar nada. Si hacemos saltar todo por los aires ahora, nuestro plan se va al garete. El seguro no nos pagará, mamá. Nos veremos obligados a desaparecer. Para siempre.

—No podría soportarlo, Lasse —se lamentó la mujer.

Pues entonces muere conmigo, bruja, pensó Merete.

—Ya lo sé, mamá. Ya lo sé —respondió Lasse. Merete no lo había oído hablar con tal dulzura desde que lo miró a los ojos el día de su cita en el Bankeråt. Por un momento su voz sonó humana, pero después llegó la pregunta que hizo que ella apretara con más fuerza la herida—. ¿Dices que ha atascado la compuerta?

—Sí. ¿No lo oyes? La descompresión va demasiado despacio.

—Pues pondré en marcha el temporizador.

—¿El temporizador? Pero las toberas tardan veinte minutos en abrirse. ¿No hay otra solución? Se ha pinchado la vena, Lasse. ¿No podemos parar la renovación de aire?

¿Temporizador? ¿No le habían dicho que podían disminuir la presión cuando quisieran? ¿Que no tendría tiempo de hacerse daño antes de que abrieran las compuertas? ¿Era mentira?

La histeria iba apoderándose de ella. Cuidado, Merete, sintió una voz que la atravesaba. Reacciona. No te encierres en ti misma.

—¿De qué nos va a valer parar la renovación de aire? —sonó la voz claramente irritada de Lasse—. Cambiamos el aire ayer. Tarda por lo menos ocho días en gastarse. No, pondré el temporizador en marcha.

—¿Tenéis problemas? —gritó Merete—. ¿No funciona vuestro cachivache, Lasse?

Éste intentó hacer que funcionara, como si se riera de ella, pero no la engañó. Era evidente que estaba cabreadísimo por su tono burlón.

—Por eso no te preocupes —dijo Lasse con voz controlada—. Mi padre lo construyó. Era la cámara para pruebas de presión más avanzada del mundo. Aquí se fabricaban los mejores sistemas de contención, los más comprobados del mundo. Normalmente se bombea agua al contenedor y se hacen pruebas de presión interna, pero en la fábrica de mi padre los contenedores se exponían también a presión externa. Se hacía todo con el mayor cuidado. El temporizador controlaba la temperatura y la humedad de la cámara, ajustaba todos los factores para que la descompresión no fuera demasiado rápida. De lo contrario aparecerían grietas en los contenedores durante el control de calidad. ¡Por eso se necesita tiempo, Merete! ¡Por eso!

Estaban todos locos.

—¡Tenéis problemas de verdad! —chilló—. Porque estáis locos. Estáis completamente perdidos, igual que yo.

—¿Problemas? ¡Ya te voy a dar yo problemas! —gritó Lasse con voz exaltada.

Merete oyó alboroto al otro lado y ruido de pasos rápidos en el pasillo. Después apareció una sombra a un lado del cristal, y los altavoces reprodujeron dos estruendos ensordecedores. Después vio que uno de los cristales volvía a cambiar de color: ahora era completamente blanco y opaco.

—A menos que pulvericéis la casa completamente, he dejado aquí dentro tantas tarjetas de visita que no podréis borrarlas. No vais a escapar, Lasse —los amenazó, riendo—. No vais a escapar. Me he ocupado de que sea imposible.

En el minuto que siguió oyó otras seis detonaciones. Eran disparos, tres disparos dobles. Pero ambos cristales aguantaron.

Al poco sintió una presión en la articulación del hombro. No mucha, pero era desagradable. También sentía presión en los senos frontales y laterales y en la articulación de la mandíbula. La piel le tiraba. Si eso era consecuencia de la descompresión mínima provocada por el silbido y el resquicio al otro lado, lo que le esperaba cuando hicieran una descompresión total sería completamente insoportable.

—¡Llega la policía! —gritó—. ¡Lo presiento!

Hundió la cabeza y miró su brazo ensangrentado. La policía no iba a llegar a tiempo, ya lo sabía. Pronto se vería obligada a levantar el pulgar de la herida. Dentro de veinte minutos iban a abrirse las toberas.

Sintió una corriente cálida recorrer el otro brazo. La primera herida había vuelto a abrirse traicioneramente. Las profecías de Lasse iban a cumplirse. Cuando la presión interna de su cuerpo aumentara, la sangre iba a brotar a mares.

Retorció un poco el cuerpo para poder apretar la herida abierta contra su rodilla, y por un segundo rio. Parecía un juego de niños de tiempos pasados.

—Voy a activar el temporizador, Merete —la informó Lasse al otro lado—. Dentro de veinte minutos se abrirán las toberas y vaciarán la presión de la cámara. Al cabo de otra media hora la cámara estará a una atmósfera. Es cierto que puedes quitarte la vida antes de eso, no lo dudo. Pero ya no podré verlo, ¿comprendes, Merete? No podré verlo, porque los cristales están totalmente opacos ahora. Y si yo no puedo ver, tampoco pueden ver otros. Vamos a sellar la cámara de descompresión, Merete, tenemos montones de placas de pladur. Y tú vas a morir, de una manera u otra.

Merete oyó que la mujer reía.

—Ven, hermano, ven a ayudar —oyó decir a Lasse. Ahora sonaba diferente. Recuperado.

Se oyeron ruidos al otro lado, y la cámara fue oscureciéndose poco a poco. Entonces apagaron los focos y colocaron todavía más placas de pladur contra los cristales, hasta que finalmente todo quedó a oscuras.

—Buenas noches, Merete —se despidió Lasse con voz tranquila—. Ojalá te consumas en las llamas eternas del infierno.

Después desconectó los altavoces y todo quedó en silencio.

38

El mismo día

La cola de la autopista E-20 era mucho más larga de lo habitual. Aunque la sirena estaba volviendo loco a Carl dentro del coche, la gente de los demás coches no la oía. Estaban a sus cosas, con la radio del coche a tope, deseando estar muy lejos de allí.

Assad golpeó el salpicadero, cabreado, y los últimos kilómetros hasta la siguiente salida circularon en su mayor parte por el arcén, mientras los coches que los precedían tenían que retirarse para dejarlos pasar.

Cuando finalmente se detuvieron ante la granja, Assad señaló al otro lado de la carretera.

—Ese coche ¿estaba ahí antes? —preguntó.

Carl divisó el coche tras haber recorrido el sendero de gravilla con la mirada hasta llegar a tierra de nadie. Estaba oculto tras unos arbustos unos cien metros más allá. Probablemente la parte delantera del capó de un 4×4 gris metálico.

—No estoy seguro —respondió Carl, tratando en vano de no hacer caso al móvil del bolsillo interior. Lo sacó de un tirón y miró el número. Era de Jefatura.

—Mørck al aparato —dijo, mirando hacia la granja. Todo estaba como antes. No había señales de pánico o fuga.

Era Lis y parecía satisfecha de sí misma.

—Ya funciona, Carl. Todos los registros han vuelto a funcionar. La señora del Ministerio del Interior ha encontrado el modo de contrarrestar el desbarajuste que ha provocado, y la señora Sørensen ya ha probado con todas las combinaciones posibles del número de registro civil de Lars Henrik Jensen, tal como le pidió Assad. Ha sido un trabajo duro, creo que le debéis un gran ramo de flores, pero ha encontrado al hombre. Efectivamente, tal como suponía Assad, habían cambiado dos de las cifras de su número. Está registrado en Strøhusvej, en Greve –dijo, y le dio el número.

Carl miró las cifras forjadas a mano de la fachada de la granja. En efecto, era el mismo número.

–Muchas gracias, Lis –repuso, tratando de parecer entusiasmado–. Da las gracias a la señora Sørensen. Ha hecho un buen trabajo.

–Pero hay más, Carl.

Carl aspiró profundamente y vio que la mirada sombría de Assad examinaba con detalle la zona que tenían enfrente. Carl lo notaba también. Había algo realmente extraño en la forma en que se había instalado aquella gente. No era nada normal.

–Lars Henrik Jensen no tiene antecedentes penales y es camarero jefe de profesión –siguió parloteando Lis en segundo plano–. Trabaja para la naviera Merconi y navega sobre todo por el Báltico. Acabo de hablar con su empresa, y Lars Henrik Jensen es el responsable del servicio de *catering* de la mayoría de sus barcos. Dicen que es un buen profesional. Por cierto, todos lo llaman Lasse.

Carl desvió la mirada del patio de la granja que tenía enfrente.

–¿Tienes el número de su móvil?

–Sólo el de un fijo –contestó Lis. Le dio el número, pero Carl no lo escribió. ¿Para qué iba a servirles? ¿Para llamar y decir que iban a entrar dentro de dos minutos?

–¿No tiene móvil?

–En esa dirección sólo aparece un tal Hans Jensen.

Vale. Así se llamaba el joven flaco. Escribió su número y volvió a darle las gracias.

–¿Qué era? –preguntó Assad.

Carl se encogió de hombros y sacó de la guantera el permiso de circulación del coche.

–Nada que no supiéramos ya. ¿Qué...? ¿Nos ponemos en marcha?

El joven flaco abrió la puerta en cuanto llamaron. No dijo nada, sino que los dejó pasar sin más, casi como si los esperasen.

Por lo visto pretendían aparecer como si él y la mujer hubieran estado comiendo con la mayor calma en una mesa con mantel floreado, diez metros más allá. Con toda probabilidad unos raviolis de lata que acababan de abrir. Si los tocaba, seguro que estarían fríos. A él no lo engañaban con gestos para la galería.

–Traemos una orden de registro –comenzó, sacando el permiso de circulación del coche y extendiéndolo ante ellos un breve instante.

El joven se estremeció al verlo.

–¿Podemos mirar un poco? –preguntó Carl, señalando a Assad los monitores con un gesto de la mano.

–Esa pregunta está de sobra –replicó la mujer. Tenía un vaso de agua en la mano y parecía exhausta. La rebeldía de su mirada se había esfumado, pero no parecía tener miedo alguno; sencillamente, se había resignado.

–Esos monitores ¿para qué los utilizan? –interrogó Carl después de que Assad hubiera registrado el cuarto de baño. Señaló la luz verde que brillaba tras la tela.

–Ah, eso es algo que ha puesto Hans –contestó la mujer–. Vivimos en el campo y se oyen muchas cosas. Decidimos instalar unas cámaras para poder vigilar la zona que rodea la casa.

Carl vio que Assad retiraba la tela y meneaba la cabeza.

–Ninguna tiene imagen, Carl –hizo saber.

–Hans, ¿puedo preguntarte por qué están encendidos los monitores si no están conectados a ninguna parte?

El chico miró a su madre.

—Están siempre encendidos —respondió ella, como si la aclaración fuera necesaria—. La corriente viene de la caja de la acometida.

—De la caja de la acometida, ¡vaya! ¿Y dónde está?

—No lo sé. Eso lo sabe Lasse —repuso la mujer, dirigiéndole una mirada triunfal. El callejón sin salida ya estaba dispuesto. Carl estaba en medio de él, mirando las altas paredes. Eso creía ella.

—En la naviera nos han dicho que en este momento Lasse no está navegando. ¿Dónde está?

La madre sonrió ligeramente.

—Cuando Lasse no está navegando suele tener líos de faldas. No es algo de lo que le hable a su madre, y así tiene que ser.

Su sonrisa se amplió. Los dientes amarillos estaban preparados para morderlo.

—Vamos, Assad —lo llamó Carl—. Aquí no hay nada más que hacer. Vamos a ver los otros edificios.

Su mirada se cruzó brevemente con la de ella al salir por la puerta. La mujer había extendido ya la mano hacia el paquete de cigarrillos que había en la mesa. La sonrisa había desaparecido. Señal de que iban por buen camino.

—Ahora vamos a fijarnos bien en lo que ocurre a nuestro alrededor, Assad. Empezaremos por este edificio —dijo, señalando el que sobresalía por encima de los demás.

—Quédate aquí y vigila por si ocurre algo en los demás edificios, ¿vale?

Assad asintió en silencio.

Cuando Carl se volvió, detrás de él sonó un clic suave pero característico. Se giró hacia Assad y vio que sostenía en la mano una brillante navaja de muelles con una hoja de diez centímetros. Bien utilizada, ponía al contrario en un serio aprieto, y mal utilizada ponía a todos en un aprieto.

—¿Qué coño haces, Assad? ¿De dónde has sacado eso?

Assad se encogió de hombros.

—Ha sido por arte de magia, Carl. Lo haré desaparecer igual, o sea, te lo prometo.

—No vas a hacer nada.

La sensación de Carl de no haber conocido nada parecido a Assad se estaba afianzando de manera permanente, por lo visto. ¿Un arma completamente ilegal? ¿Cómo diablos se le había ocurrido algo tan demencial?

—Estamos aquí de servicio, Assad, ¿me sigues? Esa navaja no encaja, dámela.

El gesto experimentado con que Assad cerró la navaja en un santiamén era realmente preocupante.

Carl la sopesó en la mano antes de meterla en el bolsillo de la chaqueta bajo la mirada desaprobadora de Assad. Hasta su viejo machete de *boy scout* pesaba menos.

La espaciosa nave estaba construida sobre un piso de hormigón en el que las heladas y el agua habían abierto grietas. Los agujeros donde debería haber habido ventanas estaban ennegrecidos y los marcos podridos, y las vigas que sujetaban el techo estaban también marcadas por la intemperie. Era un espacio enorme y, aparte de algunos trastos y quince o veinte cubos iguales que los que había visto fuera, estaba totalmente vacío.

Dio una patada a uno de los cubos, que giró como un trompo y difundió hacia él un hedor de podredumbre. Cuando se detuvo, había dibujado alrededor un círculo de fango. Observó el fango. ¿Eran restos de papel higiénico? Sacudió la cabeza. Los cubos habían estado expuestos a la intemperie y a la lluvia. Cualquier cosa tendría ese aspecto y olor si pasaba el tiempo suficiente.

Miró el fondo del cubo e identificó el distintivo de la naviera Merconi estampado en el plástico. Seguramente serían los utilizados para llevar la comida sobrante de los barcos a casa.

Agarró una sólida placa de hierro del montón de trastos, salió y se dirigió con Assad al más lejano de los edificios escalonados.

—Quédate aquí —ordenó, y examinó el candado cuya única llave tenía Lasse, por lo que decían—. Ven a buscarme si observas algo raro.

A continuación metió el hierro plano bajo el herraje del candado. En el viejo coche patrulla solían tener una caja de herramientas con las que podían abrir un candado así de un voleo. Pero ahora tendría que aguantarse y trabajar duro.

Trajinó durante medio minuto, hasta que Assad se volvió hacia él y le quitó discretamente el hierro de la mano.

Dejemos al chaval, pensó Carl.

Pasado un segundo el candado cayó a la gravilla a sus pies.

Un par de instantes después entró en el edificio con tanta atención como sensación interna de derrota.

La estancia era parecida a la vivienda de la madre, pero en lugar de muebles había en medio de la nave una serie de bombonas de soldadura de diversos colores, y también unos cien metros de estanterías metálicas vacías. En el rincón más alejado había apiladas un montón de placas de metal inoxidable junto a una puerta. No había gran cosa más. Observó más detenidamente la puerta. Era imposible que diera al exterior, se habría dado cuenta.

Avanzó y asió la manilla de latón brillante; la puerta estaba cerrada con llave. Miró la cerradura; también allí se veían marcas brillantes debidas al uso reciente.

—¡Assad, ven aquí! ¡Trae el hierro! —gritó.

—¿No has dicho, entonces, que tenía que quedarme fuera? —preguntó Assad cuando se presentó ante él.

Carl señaló la puerta.

—Veamos lo que sabes hacer.

Se encontraron con una habitación con fuerte olor a perfume. Cama, mesa, ordenador, espejo de cuerpo entero, moqueta roja, un armario abierto con trajes y dos o tres uniformes, un lavabo con repisa de cristal y numerosas lociones para el afeitado. La cama estaba hecha, los papeles estaban bien ordenados en un montón, nada apuntaba a una persona desequilibrada.

—¿Por qué crees que tenía la puerta cerrada con llave, Carl? —preguntó Assad mientras levantaba la carpeta de la mesa y miraba debajo. Después se arrodilló y miró bajo la cama.

Carl inspeccionó el resto. Assad tenía razón. Aparentemente no había nada que ocultar. Entonces, ¿por qué cerrar con llave?

—Aquí pasa algo, Carl. Si no, o sea, no habría una cerradura.

Carl asintió con la cabeza y se sumergió en el armario ropero. Volvió a sentir el intenso perfume. Estaba como pegado a la ropa. Golpeó la pared trasera, pero no descubrió nada especial. Mientras tanto Assad había levantado la alfombra y comprobado que no ocultaba ninguna trampilla.

Escudriñaron techo y paredes, y ambos repararon a la vez en el espejo. Estaba tan solitario. La pared en que se apoyaba era blanca y mate.

Carl golpeó la pared con los nudillos. Parecía maciza.

A lo mejor se desengancha, pensó, y asió el espejo, pero estaba bien sujeto. Assad puso la mejilla junto a la pared y miró tras el espejo.

—Creo que cuelga de un gancho al otro lado. Aquí hay una especie de cerradura.

Metió el dedo tras el espejo y corrió con sumo cuidado el pestillo de la cerradura. Después agarró el borde y tiró de él. Toda la estancia pasó como en una panorámica por el espejo cuando éste se deslizó a un lado para desvelar un agujero de la altura de un hombre, profundo y oscuro, abierto en la pared.

La próxima vez que estemos en el frente iré preparado, pensó Carl, y su mirada interior vio la linterna sobre los montones de papel tras el cajón de su escritorio. Metió la mano y buscó a tientas un interruptor y pensó con añoranza en su pistola. Por un momento notó presión en el pecho.

Aspiró profundamente y escuchó. No, joder, no podía haber alguien allí. ¿Cómo iba a poder encerrarse con llave teniendo un candado en la puerta exterior? ¿Podría imaginarse que el hermano o la madre de Lasse Jensen se encargara de encerrarlo en su escondite en caso de que la policía volviera a husmear?

Encontró el interruptor algo más allá y lo accionó, dispuesto a saltar a un lado si hubiera alguien esperándolos. Durante un segundo el escenario que tenían ante sí parpadeó mientras se encendían los tubos fluorescentes.

Todo quedó claro.

Habían dado con la persona adecuada. No cabía la menor duda.

Carl notó que Assad se deslizaba en la habitación tras él, y se acercó a los tablones de anuncios y las gastadas mesas metálicas que había junto a la pared. Se quedó observando varias fotografías de Merete Lynggaard de todas clases. Desde su primera intervención en el atril de oradores hasta su idilio doméstico sobre el césped moteado de hojas de su casa. Momentos de despreocupación captados por alguien que la quería mal.

Dejó caer la mirada sobre una de las mesas de acero y finalmente comprendió de qué forma tan sistemática había avanzado aquel Lasse, alias Lars Henrik Jensen, hacia su objetivo.

En el primer montón estaban todos los papeles de Godhavn. Levantó un papel del montón y vio los expedientes originales de Lars Henrik Jensen. Los que habían desaparecido unos años antes. En algunos de los folios había hecho unos torpes intentos de corregir los números de registro civil. Después había cogido maña y en el folio superior le salió perfecto. Efectivamente, Lasse había manipulado el resto de los papeles de Godhavn, y con eso había ganado tiempo.

Assad señaló el siguiente montón. Era correspondencia entre Lasse y Daniel Hale. Al parecer, Interlab no había recibido aún la totalidad del precio de los edificios que el padre de Lasse había comprado muchos años antes. A principios de 2002 Daniel Hale envió un fax en el que notificaba que iba a interponer una demanda judicial. La suma exigida eran dos millones de coronas. Daniel Hale se arrastró a sí mismo hasta el abismo, pero ¿cómo iba a conocer la fuerza de voluntad de su adversario? Tal vez fuera aquella exigencia la que provocó toda la reacción en cadena en aquel preciso momento.

Carl tomó el papel de encima. Era la copia de un fax que Lasse Jensen había enviado el mismo día en que Hale fue asesinado. Era una notificación y un contrato sin firmar.

«Ya tengo el dinero. Podemos firmar y cerrar el trato en mi casa hoy. Mi abogado traerá los papeles necesarios. Envío adjunto el borrador de contrato. Añade tus comentarios o correcciones y trae los papeles contigo», ponía. Sí, todo estaba pensado. Si los papeles no ardían en el incendio, ya se encargaría Lasse de que desaparecieran antes de que llegara la policía y los equipos de salvamento. Carl apuntó la fecha y la hora de la cita. Todo coincidía a la perfección. Hale fue atraído hacia lo que sería su muerte. Dennis Knudsen lo esperaba en la carretera de Kappelev con el pie en el acelerador.

. —Y mira, Carl —le mostró Assad, tomando el primer folio del siguiente montón. Era un recorte del diario regional de Frederiksborg, que informaba de la muerte de Dennis Knudsen en la parte inferior de una página. «Muerto de una sobredosis», decía escuetamente.

Otro más para las estadísticas.

Carl examinó las siguientes hojas del montón. No cabía duda de que Lars Henrik Jensen había ofrecido mucho dinero a Dennis Knudsen por provocar el accidente. Tampoco había duda de que fue el hermano de Lasse, Hans, quien salió a la carretera delante del coche de Daniel Hale y lo obligó a invadir la calzada contraria. Todo como estaba convenido, excepto que Lasse nunca pagó a Dennis lo que le había prometido, y Dennis se enfadó.

Una carta de Dennis Knudsen, sorprendentemente bien escrita, daba a Lasse el ultimátum: o pagaba las trescientas mil coronas o Dennis lo machacaría en alguna carretera un día que Lasse nunca sabría cuándo llegaría.

Carl pensó en la hermana de Dennis. Desde luego, el hermanito pequeño por quien guardaba duelo se las traía.

Miró los tablones de anuncios y tuvo una visión general de los estragos causados por el tiempo en la vida de Lasse Jensen. El accidente de coche, el rechazo de la compañía de seguros. Un rechazo a la solicitud de ayuda que enviaron a la Fundación Lynggaard. Los motivos iban juntándose y se veían con más claridad que antes.

—¿Crees que se ha vuelto loco de la cabeza por todo eso? —preguntó Assad, extendiéndole un objeto.

Carl frunció las cejas.

—No quiero ni pensarlo, Assad.

Examinó el objeto que le había pasado Assad. Era un pequeño móvil Nokia compacto. Rojo, nuevo y deslumbrante. Detrás estaba escrito «Sanne Jønsson» con pequeñas mayúsculas torcidas y un corazoncito encima. ¿Qué diría la chica cuando supiera que aún existía?

—Tenemos todo aquí —le dijo a Assad, señalando con la cabeza las fotos de la madre de Lasse en la cama del hospital, llorando. Fotografías de los edificios de Godhavn y de un hombre, bajo el cual estaba escrito con trazo grueso «Padre adoptivo Satanás». Viejísimos recortes de periódico que elogiaban HJ Industries y también al padre de Lasse Jensen por el extraordinario trabajo pionero llevado a cabo en la industria danesa de precisión. Había por lo menos diez fotos detalladas del transbordador de Schleswig-Holstein, con horarios, mediciones de distancias y el número de escalones hasta la cubierta de coches. Había también un esquema horario a dos columnas. Una para Lasse, una para su hermano. Así que habían sido dos los autores.

—¿Qué significa eso? —quiso saber Assad, señalando los números.

Carl no estaba seguro.

—Podría significar que la secuestraron y la mataron en otro lugar. Me temo que podría ser la explicación de todo.

—Y eso, ¿qué significa, entonces? —continuó Assad, señalando la última mesa metálica, donde había varios cuadernos de anillas y una serie de planos técnicos en sección.

Carl tomó el primer cuaderno de anillas. Estaba dividido con separadores de plástico de colores, y en la primera sección ponía «Manual de submarinismo. Escuela de Armas de la Marina de Guerra, agosto de 1985». Hojeó el cuaderno y leyó los titulares: fisiología del buceador, esquemas de válvulas, tablas de descompresión superficial, tablas de tratamiento de oxígeno, Ley de Boyle, Ley de Dalton.

Un auténtico galimatías.

—Un camarero jefe ¿tiene que saber de submarinismo, Carl? —preguntó Assad.

Carl sacudió la cabeza.

—Puede que no sea más que un *hobby*.

Hojeó en el montón de papeles y encontró un borrador de manual escrito pulcramente con letra cursiva.

«Instrucciones para pruebas de presión de contenedores, por Henrik Jensen, HJ Industries, 10/11/1986».

—¿Puedes leer esto, Carl? —se sorprendió Assad con los ojos pegados al texto. Estaba claro que él no era capaz.

En la primera página había varios diagramas y esquemas de la disposición de las tuberías. Al parecer, se trataba de instrucciones para efectuar cambios en unas instalaciones existentes, probablemente lo que HJ Industries recibió de Interlab al comprar los edificios.

Repasó lo mejor que pudo la hoja escrita a mano, y se fijó en las palabras «cámara de descompresión» y «encerrar». Levantó la cabeza y vio un primer plano de Merete Lynggaard, fijado en el tablón de anuncios encima del montón de papeles. Las palabras «cámara de descompresión» volvieron a resonar en su cabeza.

Sintió un escalofrío al pensarlo. ¿Sería posible? La idea era demasiado espantosa y le provocó un sudor repentino.

—¿Qué ocurre, Carl? —quiso saber Assad.

—Sal fuera a vigilar el patio. Ahora mismo, Assad.

Su compañero iba a repetir la pregunta cuando Carl se volvió una vez más hacia la última pila de papeles.

—Venga, Assad, y anda con cuidado. Llévate esto —dijo, dándole el hierro con el que habían roto el candado.

Hojeó los papeles rápidamente. Había muchos cálculos matemáticos, la mayoría escritos con letra de Henrik Jensen, aunque también con otras. Pero no había nada que se pareciese a lo que buscaba.

Una vez más observó la foto muy bien enfocada de Merete Lynggaard. Probablemente estaba hecha desde muy cerca, pero no debía de haberse dado cuenta, porque tenía la mirada desviada hacia un lado. Sus ojos tenían una expresión singular. Algo pizpireto y vivaracho que de alguna forma se transmitía al observador. Carl estaba seguro de que Lasse Jensen no la había colgado por eso. Más bien al contrario. Había muchos agujeros en el borde de la foto. Seguramente la habían quitado y puesto muchas veces.

Retiró uno a uno los cuatro alfileres que la sujetaban al tablón, tomó la fotografía en sus manos y le dio la vuelta.

Lo que estaba escrito en el reverso era obra de un loco. Lo leyó varias veces.

«Esos ojos repugnantes saldrán de sus órbitas. Tu ridícula sonrisa se ahogará en sangre. Tu pelo se ajará y tu cerebro se desintegrará. Tus dientes se pudrirán. Nadie te recordará más que por lo que eres: una furcia, una zorra, una cabrona, una puta asesina. Como tal has de morir, Merete Lynggaard».

Y debajo, añadido en mayúsculas:

6/7/2002: 2 ATMÓSFERAS
6/7/2003: 3 ATMÓSFERAS
6/7/2004: 4 ATMÓSFERAS
6/7/2005: 5 ATMÓSFERAS
6/7/2006: 6 ATMÓSFERAS
15/5/2007: 1 ATMÓSFERA

Carl miró por encima del hombro. Era como si las paredes se contrajeran a su alrededor. Se llevó la mano a la frente y se quedó pensando muy concentrado. La tenían ellos, de eso estaba seguro. Ella estaba cerca. Allí ponía que iban a matarla dentro de cinco semanas, el 15 de mayo, pero era probable que la hubieran matado ya. Le dio la impresión de que él y Assad lo habían provocado. Y había ocurrido allí cerca. Con toda seguridad.

¿Qué hago? ¿Quién sabe algo?, pensó, rebuscando en su memoria.

Cogió su móvil y tecleó el número de Kurt Hansen, su viejo compañero que había terminado en el Parlamento con el Partido de la Derecha.

Removió inquieto los pies mientras sonaban los tonos. El tiempo estaba riéndose de ellos, lo percibió con total claridad.

Un segundo antes de apagar el teléfono, la voz característica de Kurt Hansen se anunció con un carraspeo.

Carl le pidió que estuviera callado, simplemente que escuchara y pensara con rapidez. Nada de preguntas, sólo respuestas.

—¿Que qué pasa si se somete a una persona a una presión de seis atmósferas durante cinco años y después se baja a una de repente? —preguntó Kurt—. Vaya pregunta más extraña. Una situación así es muy poco probable, ¿no?

—Tú responde. Eres el único que conozco que sabe algo de esas cosas. No conozco a nadie más que tenga un certificado de buceador profesional. Dime qué ocurre en ese caso.

—Pues que te mueres.

—Ya, pero ¿en cuánto tiempo?

—No tengo ni idea, pero desde luego no es nada agradable.

—¿Por qué?

—Porque revientas por dentro. Los alvéolos hacen reventar los pulmones. El nitrógeno de los huesos desgarra el tejido, los órganos, todo el cuerpo se dilata, porque hay aire por todo el cuerpo. Trombosis, hemorragia cerebral, hemorragias generalizadas, incluso...

Carl lo interrumpió.

—¿Quién puede ayudar en esa situación?

Kurt Hansen volvió a carraspear. Tal vez no lo supiera.

—¿Es una situación real, Carl? —añadió después.

—Me temo que sí.

—Entonces llama a Holmen. Tienen una cámara de descompresión móvil. Una Duocom de Dräger —dijo. Le dio el número de teléfono y Carl le dio las gracias.

Fue cuestión de un momento poner en antecedentes de la situación a la gente de la Marina de Guerra.

—Daos prisa, es muy importante —suplicó Carl—. Tenéis que traer taladros y cosas así. No sé qué obstáculos vais a encontrar. Y avisad a Jefatura. Necesito refuerzos.

—Creo que me hago cargo de la situación —lo tranquiló la voz.

39

Se acercaron con sumo cuidado al último de los edificios. Exploraron con atención la tierra, para ver si se había enterrado algo recientemente. Miraron con detenimiento a los pringosos cubos de plástico alineados junto a la pared, como si pudieran contener una bomba.

También aquella puerta estaba cerrada con un candado que Assad rompió con el hierro plano. A ese paso iba a convertirse en parte de su currículum.

Había un olor dulzón en la entrada. Como una mezcla del agua de colonia del dormitorio de Lasse Jensen y de carne pasada. O quizá más bien como el olor de las jaulas de animales salvajes del zoo un cálido y floreado día de primavera.

En el suelo había un montón de relucientes contenedores de acero inoxidable de diversas longitudes. En la mayoría estaban sin terminar de montar los instrumentos de medida, pero algunos estaban acabados. Las interminables estanterías de una de las paredes sugerían que se había esperado que la producción fuera grande. Pero no lo fue.

Carl indicó a Assad con un gesto que lo siguiera a la próxima puerta y se llevó el índice a los labios. Assad asintió en silencio y agarró el hierro hasta que los nudillos se le pusieron blancos. Caminaba algo agachado, como si quisiera ofrecer un blanco menor. Casi parecía un reflejo.

Carl abrió la siguiente puerta.

Había luz en la estancia. Las lámparas de cristal reforzado iluminaban una zona de pasillos en la que a un lado había puertas que llevaban a una serie de oficinas sin ventanas, y al otro una puerta que llevaba a otro pasillo más. Carl hizo un gesto con la mano para que Assad registrara las oficinas, y se adentró en el pasillo largo y estrecho.

Era algo repugnante. Como si durante años hubieran arrojado mierda o suciedad a las paredes y al suelo. Algo incompatible con el espíritu con el que Henrik Jensen, fundador de la fábrica, había deseado crear aquel entorno. A Carl le costaba imaginar a ingenieros con bata blanca en aquel ambiente. Le costaba muchísimo.

Al final del pasillo había una puerta, que Carl abrió con cuidado mientras apretaba la navaja que llevaba en el bolsillo de la chaqueta.

Encendió la luz y vio que se encontraba en un espacio que hacía las veces de almacén, con un par de mesas sobre ruedas y montones de placas de pladur y diversas bombonas de hidrógeno y oxígeno. Dilató de manera instintiva las ventanas de la nariz. Olía a pólvora. Como si hubieran disparado un arma recientemente.

—No había nada en ninguna oficina —oyó que le decía Assad por detrás en voz baja.

Asintió en silencio. Al parecer, tampoco allí había nada. Aparte de la misma impresión de sordidez que acababa de percibir antes en el pasillo.

Assad entró en la estancia y miró alrededor.

—Ese Lasse tampoco está aquí.

—Ahora no lo buscamos a él.

—¿A quién buscamos, entonces? —preguntó Assad arrugando el entrecejo.

—Shhh —susurró Carl—. ¿No lo oyes?

—¿Qué?

—Escucha con atención. Se oye un silbido muy débil.

—¿Un silbido?

Carl levantó la mano para hacer que callara, y cerró los ojos. Podría ser un ventilador lejano. Podría ser el agua corriendo por las cañerías.

—Es ruido de aire, Carl. Como si algo estuviera pinchado.

—Ya, pero ¿de dónde viene?

Carl giró poco a poco sobre sí mismo. Era sencillamente imposible de localizar. La estancia tendría a lo sumo tres metros y medio de ancho por cinco o seis de largo, y aun así parecía que el sonido procedía de todas partes y de ninguna parte.

Hizo una fotografía mental de la estancia. A su izquierda había cuatro montones de unas cinco placas de pladur apoyadas en la pared. En el extremo de la pared del fondo había una placa de pladur torcida. La pared de la derecha estaba desnuda.

Miró al techo y vio cuatro paneles con pequeños agujeros, y entre ellos manojos de cables y tubos de cobre que iban desde el pasillo y pasaban al otro lado de las placas de pladur.

Assad también lo vio.

—Debe de haber algo, o sea, al otro lado de las placas, Carl.

Éste asintió con la cabeza. Tal vez la pared exterior, tal vez otra cosa.

Con cada placa que retiraban y colocaban en la pared opuesta era como si el sonido se hiciera más audible.

Finalmente se encontraron frente a una pared en cuya parte superior había una gran caja negra y también diversos interruptores basculantes, instrumentos de medida y botones. A un lado de aquel panel de control había incrustada una puerta arqueada de dos secciones, forrada con placas metálicas, y al otro dos enormes ojos de buey con cristal blindado y completamente blanco donde habían pegado con cinta adhesiva unos cables entre un par de barras que supuso podrían ser detonadores. Debajo de cada ojo de buey había una cámara de vigilancia sobre un soporte. No era difícil de imaginar para qué se habían utilizado y cuál podía ser el objetivo de los detonadores.

Debajo de las cámaras había unas pequeñas bolas negras. Las recogió y comprobó que eran perdigones. Palpó la estructura del cristal y retrocedió un paso. No había duda de que habían disparado contra los cristales. De modo que los habitantes de la granja no controlaban quizá por completo la situación.

Pegó la oreja a la pared. El sonido sibilante procedía de allí dentro. No de la puerta ni de los cristales, sino de dentro. Debía de ser un sonido sumamente penetrante para poder atravesar el recinto macizo.

—Indica más de cuatro bares, Carl.

Éste alzó la vista hacia el manómetro al que Assad daba golpecitos. Era verdad. Y cuatro bares era el equivalente de cinco atmósferas. O sea, que la presión de la cámara había descendido una atmósfera.

—Assad, creo que Merete Lynggaard está ahí dentro.

Su compañero se quedó quieto mirando la puerta metálica arqueada.

—¿Tú crees?

Carl asintió en silencio.

—La presión está bajando, Carl.

Era cierto. El movimiento de la aguja era visible.

Carl miró los numerosos cables. Los finos que había entre los detonadores terminaban con los cabos aislados en el suelo. Seguramente habían pensado conectarlos a una batería o algún otro componente explosivo. ¿Sería eso lo que querían hacer el 15 de mayo, cuando bajaran la presión a una atmósfera, tal como ponía en la parte trasera de la foto de Merete Lynggaard?

Miró en derredor tratando de encontrar una lógica a aquello. Los tubos de cobre entraban directamente en la cámara. Habría unos diez en total, pero ¿cómo saber cuál servía para disminuir la presión y cuál para aumentarla? Si cortaban uno de ellos, había un gran riesgo de que empeorase la situación de quien estaba en la cámara de descompresión. Lo mismo ocurriría si metían mano en los cables eléctricos.

Avanzó hacia la compuerta y examinó las cajas de relés que había al lado. Allí no había ninguna duda, estaba claramente escrito en los seis interruptores: abrir puerta superior, cerrar puerta superior. Compuerta exterior abierta, compuerta exterior cerrada. Compuerta interior abierta, compuerta interior cerrada.

Y las dos compuertas estaban cerradas. Así tenían que seguir.

—¿Para qué crees que es esto? —preguntó Assad, que estuvo a punto de girar un pequeño potenciómetro de OFF a ON.

Habría estado bien tener a Hardy al lado. Si había algo que Hardy supiera hacer mejor que los demás, era todo lo relacionado con botones.

—Ese interruptor está puesto después de todo lo demás —dijo Assad—. Los otros ¿por qué están hechos de ese material marrón?

Señaló una caja cuadrada de baquelita.

—¿Y ése de ahí, ¿por qué es el único que es de plástico?

Era verdad. Había muchos años de diferencia entre los dos tipos de interruptor.

Assad movió la cabeza arriba y abajo.

—Creo que ese botón de rosca detiene el proceso, o si no, no significa nada en absoluto —concluyó con maravillosa falta de concreción.

Carl aspiró profundamente. Hacía casi diez minutos que había hablado con la gente de Holmen, y aún pasaría tiempo. Si Merete Lynggaard estaba allí dentro, iban a tener que tomar alguna medida drástica.

—Hazlo girar —ordenó, temiendo lo peor.

En el mismo instante oyeron el silbido atravesar la estancia a todo volumen. A Carl se le puso el corazón en un puño. Por un momento estuvo convencido de que habían aumentado la presión.

Después alzó la vista y se dio cuenta de que los cuatro paneles agujereados del techo eran altavoces. Los silbidos procedentes de la cámara, que eran penetrantes y enervantes, se oían por ellos.

—¿Qué ocurre ahora? —bramó Assad, tapándose los oídos con las manos. Era difícil responderle en aquellas circunstancias.

—¡Creo que has puesto en marcha un interfono! —respondió Carl a gritos.

Miró hacia los paneles del techo.

—¿Estás ahí dentro, Merete? —gritó tres o cuatro veces, y se quedó escuchando con atención.

Oía con claridad que era el sonido del aire al pasar por algo estrecho. Como el sonido que se genera entre los dientes antes de que llegue el auténtico silbido. Y el sonido era constante.

Miró con preocupación al manómetro. La presión había disminuido a cuatro coma cinco atmósferas. Aquello iba rápido.

Volvió a gritar, esta vez con todas sus fuerzas, y Assad se quitó las manos de los oídos y gritó también. Su grito conjunto era como para despertar a un muerto, pensó Carl, aunque esperaba que no hubiera llegado a tanto.

Después se oyó un golpe sordo procedente de la caja negra de lo alto de la pared, y por un momento la estancia quedó en silencio.

Esa caja de arriba debe de ser la que controla la descompresión, pensó, y dudó si debería correr al otro cuarto a por algo a lo que subirse para poder abrir la caja.

Fue entonces cuando oyeron gemidos por los altavoces. Como el sonido emitido por animales acorralados o personas en profunda crisis o doloridas. Un sonido quejumbroso, largo y monótono.

—Merete, ¿eres tú? —gritó.

Estuvieron un rato esperando, y entonces oyeron un sonido que interpretaron como un sí.

A Carl le abrasaba la garganta. Merete Lynggaard estaba allí dentro. Encerrada durante más de cinco años en aquel entorno desagradable y desolado. Y tal vez estuviera moribunda, y Carl no tenía ni idea de qué hacer.

—¿Qué podemos hacer, Merete? —vociferó, y oyó de inmediato un enorme estampido procedente de la placa de pladur que había en la pared del fondo.

Observó enseguida que habían disparado con una escopeta de cartuchos y que el pladur había diseminado los perdigones por la estancia. Notó en varios lugares que su carne palpitaba y la sangre manaba lentamente. Durante una décima de segundo que se le hizo eterna se quedó paralizado, y después se arrojó hacia atrás, hacia Assad, que sangraba por el brazo y cuyo rostro expresaba lo apurado de la situación.

Mientras estaban en el suelo la placa de pladur había caído, dejando al descubierto al autor del disparo. No era difícil de reconocer. Aparte de los pliegues del rostro, que su vida penosa y su alma atormentada habían cincelado durante los últimos años, Lasse Jensen se parecía muchísimo al de las fotos de juventud que habían visto.

Lasse salió de su escondite con la escopeta humeante en la mano y examinó los destrozos provocados por su disparo con la misma expresión de frialdad que si hubiera habido una inundación en el sótano.

—¿Cómo me habéis encontrado? —preguntó, mientras doblaba la escopeta y metía más cartuchos. Avanzó hasta donde estaban. No cabía duda de que apretaría el gatillo cuando quisiera.

—Todavía estás a tiempo, Lasse —dijo Carl, incorporándose un poco del suelo para que Assad pudiera liberarse de su cuerpo—. Si te entregas ahora pasarás sólo unos años en la cárcel. De lo contrario es la perpetua, por asesinato.

El tipo sonrió. No era difícil de entender que las mujeres se enamorasen de él. Era un diablo disfrazado.

—Entonces hay muchas cosas que no sabéis —repuso, apuntando directamente a la sien de Assad.

Eso es lo que tú crees, pensó Carl, mientras notaba la mano de Assad abriéndose camino en el bolsillo de su chaqueta.

—He pedido refuerzos. Mis compañeros llegarán pronto. Dame esa escopeta, Lasse, y terminemos con esto.

Lasse sacudió la cabeza. No se lo creía.

—Mataré a tu compañero si no respondes. ¿Cómo me habéis encontrado?

Teniendo en cuenta la presión que debía de sufrir, su autocontrol era excesivo. Probablemente estaba loco de atar.

—Fue Uffe —respondió Carl.

—¿Uffe? —se sorprendió el hombre, y la expresión de su rostro cambió. Aquella información no encajaba en el mundo que estaba decidido a gobernar—. ¡Chorradas! Uffe Lynggaard no sabe nada, y no habla. He leído la prensa de los últimos días. No ha dicho nada, estás mintiendo.

Carl notó que Assad había agarrado la navaja de muelles.

A tomar por culo las regulaciones de la ley de armas. Sólo esperaba que Assad tuviera tiempo de emplearla.

Se oyó un ruido en los altavoces de la pared. Como si la mujer de la cámara intentara decir algo.

—Uffe Lynggaard te reconoció en una foto —continuó Carl—. Una foto en la que aparecéis tú y Dennis Knudsen de jóvenes. ¿Recuerdas la foto, Átomos?

El nombre le escoció como una bofetada. Era evidente que el sufrimiento padecido por Lasse Jensen durante años estaba aflorando a la superficie.

Torció el gesto y asintió en silencio.

—Vaya, ¡también sabes eso! Así que supongo que lo sabéis todo. Entonces comprenderéis que tenéis que acompañar a Merete.

—No te queda tiempo, la ayuda está en camino —añadió Carl inclinándose un poco hacia delante para que Assad pudiera abrir la navaja y asestar una cuchillada. La cuestión era si el psicópata tendría tiempo de apretar el gatillo antes.

Si apretaba ambos gatillos a la vez de cerca, tanto Assad como él podían darse por perdidos.

Lasse volvió a sonreír. Se había recuperado ya. La marca de clase del psicópata. Nada lo afectaba.

—Lo conseguiré, estate seguro.

El tirón del bolsillo de la chaqueta de Carl y el consiguiente clic de la navaja al abrirse coincidieron con el sonido de la carne al pincharla. Nervios cortados, músculos que se desgarraban. Carl vio la sangre de la pierna de Lasse a la vez que Assad daba un golpe hacia arriba al cañón de la escopeta con su brazo izquierdo ensangrentado. El estruendo junto a su oído cuando Lasse apretó el gatillo por puro reflejo lo dejó completamente sordo, y vio que Lasse caía hacia atrás en silencio y Assad se abalanzaba sobre él con la navaja en alto para apuñalarlo.

—¡No! —chilló Carl, y apenas oyó lo que gritaba. Intentó levantarse, pero se dio cuenta del alcance del disparo que había recibido. Miró al suelo, donde la sangre se había corrido en forma de rayas. Luego se llevó la mano al muslo y apretó mientras se levantaba.

Assad, sangrando, estaba sentado sobre el pecho de Lasse, y tenía la navaja contra su cuello. Carl no lo oyó, pero vio que Assad gritaba al hombre que tenía debajo, y que Lasse escupía a Assad después de cada palabra.

Entonces poco a poco fue recuperando la audición en un oído. Ahora el relé del techo había vuelto a empezar a aspirar aire de la cámara. Esta vez el silbido estaba un tono más alto que antes. ¿O era quizá el sentido del oído que le jugaba una mala pasada?

—¿Cómo se para este puto trasto? ¿Cómo se cierran las válvulas? ¡Suéltalo! —gritó Assad sabe Dios cuántas veces, seguido cada vez por los escupitajos de Lasse. Entonces Carl se dio cuenta de que por cada escupitajo que recibía, Assad apretaba un poco más con la navaja la garganta de Lasse.

—¡He rebanado el pescuezo a mejores personas que tú! —gritó Assad, arañándolo y haciendo que brotara la sangre.

Carl no sabía qué pensar.

—Aunque lo supiera, no lo diría —masculló Lasse entre dientes. Carl miró la pierna de Lasse, donde Assad lo había apuñalado. La hemorragia no parecía grave. No era como cuando se corta la arteria femoral, pero no dejaba de ser peligroso.

Miró al manómetro, donde la presión disminuía lenta pero continuamente. ¿Dónde coño se habían metido los refuerzos? Los de Holmen ¿no habían dado la voz de alarma a sus compañeros, como les pidió? Carl se apoyó en la pared, sacó el móvil y marcó el teléfono del servicio de guardia. Iba a llegar ayuda dentro de pocos minutos. Sus compañeros y las ambulancias iban a tener de qué ocuparse.

No sintió el golpe contra su brazo, sólo observó que el móvil golpeaba el suelo y su brazo caía al costado. Se volvió de pronto y vio que el ser flaco que estaba detrás asía la placa de hierro que habían empleado para romper el candado y golpeaba a Assad en la sien.

Assad cayó a un lado sin decir palabra.

Después el hermano de Lasse avanzó un paso y pisoteó el móvil hasta descuartizarlo.

—Dios mío, ¿es grave, mi niño? —se oyó detrás. La mujer avanzó en su silla de ruedas con el disgusto pintado en su rostro. No prestó atención al hombre desvanecido en el suelo. No veía más que la sangre que brotaba de los pantalones de su hijo.

Lasse se levantó con dificultad y miró cabreado a Carl.

—No es nada, mamá —la tranquilizó, sacando un pañuelo del bolsillo del pantalón, quitándose el cinto de un tirón y apretándolo bien en torno al muslo, ayudado por su hermano.

La mujer pasó junto a ellos y miró al manómetro.

—¿Cómo te va, puta zorra? —gritó hacia el cristal.

Carl miró a Assad, que respiraba débilmente tumbado en el suelo. Tal vez sobreviviera. Carl deslizó la mirada por el suelo, esperando divisar la navaja. Tal vez estuviera debajo de Assad, tal vez quedara a la vista cuando el tipo flaco se moviera un poco.

Fue como si el flaco lo hubiese notado. Se volvió hacia Carl con una expresión infantil en el rostro. Como si Carl fuera a robarle algo o quizá incluso a pegarlo. La mirada que dirigió a Carl estaba modelada por la soledad de la infancia. Por otros niños que no entendían lo vulnerable que podía ser un individuo cándido. Levantó la placa de hierro y apuntó a la garganta de Carl.

—¿Quieres que lo mate, Lasse? Puedo hacerlo.

—No hagas nada —gruñó la mujer, acercándose.

—Siéntate, poli de mierda —ordenó Lasse mientras se levantaba completamente—. Ve a buscar la batería, Hans. Vamos a volar la casa. Es lo único que podemos hacer. Date prisa. Dentro de diez minutos estaremos lejos de aquí.

Cargó la escopeta de cartuchos y siguió con la mirada a Carl, quien resbaló por la pared hasta quedar sentado con la compuerta a la espalda.

Entonces Lasse arrancó la cinta adhesiva de los cristales y tiró de las cargas explosivas hacia sí. Con un rápido movimiento de la mano enroscó la mezcla mortal de cables y detonadores en torno al cuello de Carl como si fuera una bufanda.

—No vas a sentir nada, así que no tengas miedo. Pero para ésa va a ser diferente. Así tiene que ser —dijo Lasse con frialdad, y arrastró las bombonas de gas hacia la pared de la cámara de descompresión, detrás de Carl.

En ese momento entró su hermano con una batería y un rollo de cable.

—No, vamos a hacerlo de otra forma, Hans. Vamos a volver a sacar la batería. Sólo tienes que hacer la conexión —declaró Lasse, enseñándole cómo había que conectar las cargas explosivas del cuello de Carl al alargador y después a la batería—. Deja mucho cable. Tiene que llegar hasta el patio.

Rio, mirando a los ojos a Carl.

—Sí, llevaremos la corriente hasta allí, así la explosión se llevará la cabeza del capullo a la vez que revientan las bombonas de gas.

—Pero hasta entonces ¿qué? ¿Qué hacemos con ése? —preguntó su hermano, señalando a Carl—. Puede romper los cables.

—¿Ése? —Lasse sonrió y arrastró la batería para alejarla de Carl—. Sí, tienes razón. Dentro de un momento podrás darle una hostia y dejarlo sin sentido.

Después cambió de tono y se volvió hacia Carl con la seriedad pintada en el rostro.

—¿Cómo has llegado hasta mí? Dices que por Dennis Knudsen y Uffe. No lo entiendo. ¿Cómo los relacionaste conmigo?

—Cometiste mil errores, payaso. ¡Por eso!

Lasse retrocedió un poco con algo muy cercano a la locura profundamente anclado en las cuencas de sus ojos. Con toda seguridad le pegaría un tiro enseguida. Apuntaría tranquilamente y dispararía. Adiós, Carl. No iba a dejarle que impidiera la voladura de todo aquello. Como si no lo supiera.

Con el alma sosegada, Carl levantó la mirada hacia el hermano de Lasse. Estaba manipulando con torpeza los cables, pero éstos se negaban a obedecer. En cuanto los desenrollaba volvían a enrollarse.

En el mismo instante notó que el brazo herido de Assad temblaba contra su pantorrilla. Tal vez no estuviera tan gravemente herido. Triste consuelo en aquella situación. Dentro de poco iban a matarlos, de todas formas.

Carl cerró los ojos y trató de recordar un par de momentos importantes de su vida. Tras unos segundos con la mente en blanco volvió a abrirlos. No le quedaba ni ese consuelo.

Su vida ¿le había dado realmente tan pocos momentos álgidos?

—Ahora tienes que salir, mamá —oyó decir a Lasse—. Sal al patio y aléjate de los muros. Nosotros saldremos enseguida. Y luego desapareceremos.

La madre asintió en silencio. Dirigió la mirada por última vez hacia uno de los ojos de buey y escupió al cristal.

Cuando pasó junto a sus hijos dirigió una mirada burlona a Carl y al hombre que yacía junto a él. Si hubiera podido patearlos, lo habría hecho. Le habían robado la vida, igual que lo habían hecho otros antes. Se encontraba en un estado de amargura y odio permanentes. Ningún elemento extraño debía entrar en su burbuja de cristal.

No hay sitio para que pases, bruja, pensó Carl, y vio lo torcida que estaba una pierna de Assad, estirada hacia un lado.

Cuando la mujer avanzó hacia la pierna de Assad, éste soltó un rugido mientras se levantaba de pronto y se colocaba de un salto entre la mujer y la puerta. Los dos hombres junto a los ojos de buey se volvieron y Lasse alzó la escopeta cuando Assad, con la sangre manándole de la sien, se inclinó tras la silla de ruedas, asió las rodillas huesudas de la mujer y cargó contra los hombres con la silla de ruedas como ariete. Se montó un estrépito infernal: el rugir de Assad, los chillidos de la mujer, el pitido de la cámara de descompresión y los gritos de advertencia, provocados por el tumulto que había causado la silla de ruedas al derribar a los dos hombres.

La mujer se quedó con las piernas al aire cuando Assad se abalanzó sobre ella y se arrojó contra la escopeta que Lasse trataba de apuntar hacia él. El joven, que estaba atrás, se puso a chillar cuando Assad agarró el cañón con una mano y empezó a golpear la laringe de Lasse con la otra. A los pocos segundos todo había terminado.

Assad retrocedió con la escopeta en la mano, empujó a un lado la silla de ruedas, obligó a Lasse, que tosía sin parar, a ponerse en pie y estuvo mirándolo un momento.

—Venga, ¡di cómo se para ese puto trasto! —gritó, mientras Carl se levantaba.

Carl vio la navaja de muelles algo más allá, junto a la pared. Se quitó de encima los cables y detonadores y la recogió, mientras el joven flaco trataba de poner a su madre en pie.

—Vamos, dilo. ¡Ya! —le ordenó Carl, apretando la navaja contra la mejilla de Lasse.

Los dos lo leyeron en la mirada de Lasse. No los creía. En su cerebro había una sola idea: que Merete Lynggaard muriese dentro de la cámara que tenían a sus espaldas. En soledad, lenta y dolorosamente; ése era el objetivo de Lasse. Después ya recibiría su castigo. ¿Qué más le daba?

—Vamos a hacerlo saltar por los aires con su familia, Carl —dijo Assad entornando los ojos—. De todas formas Merete Lynggaard está casi muerta. No podemos hacer nada más por ella.

Señaló el manómetro, que indicaba ahora bastante menos de cuatro atmósferas.

—Vamos a hacer con ellos lo que querían hacer con nosotros. Le haremos un favor a Merete.

Carl lo miró a los ojos. En la mirada cálida de su ayudante había un germen de profundo odio que no necesitaba de gran cosa para aflorar.

Carl sacudió la cabeza.

—No podemos hacer eso, Assad.

—Sí, Carl, claro que podemos —respondió Assad. Extendió hacia Carl su mano libre y tiró con cuidado de los cables y detonadores de la mano de Carl y después los enrolló en torno al cuello de Lasse.

Mientras la mirada de Lasse buscaba la protección de su madre y de su hermano, que temblaba tras la silla de ruedas, Assad dirigió a Carl una mirada que no dejaba lugar a dudas. Tenían que llevar las cosas a aquel terreno para que Lasse los creyera. Porque Lasse no lucharía por salvar su piel, pero sí que lucharía por salvar a su madre y a su hermano. Assad lo había visto. Era verdad.

Después Carl levantó los brazos de Lasse y unió los extremos pelados al alargador, como había descrito Lasse.

—Poneos en el rincón —ordenó Carl a la mujer y a su hijo pequeño—. Hans, sienta a tu madre en tu regazo.

El hijo pequeño le dirigió una mirada de temor, levantó a su madre en brazos como si fuera una pelusa y se sentó de espaldas a la pared del fondo.

—Vamos a volaros a los tres y a Merete Lynggaard, a menos que nos digas cómo se para esa máquina infernal —declaró Carl, mientras unía uno de los cables a un polo de la batería.

Lasse dejó de mirar a su madre y volvió la cabeza hacia Carl, con los ojos ardiendo de odio.

—No sé cómo se para —repuso sosegadamente—. Podría saberlo mirando los manuales. Pero no hay tiempo para eso.

—¡Mientes, estás intentando ganar tiempo! —gritó Carl. Vio por el rabillo del ojo que Assad sopesaba darle un culatazo.

—Como quieras —dijo Lasse, volviendo el rostro sonriente hacia Assad.

Carl asintió en silencio. No mentía. Hablaba con frialdad, pero no mentía, se lo decían sus muchos años de experiencia. Lasse no sabía cómo parar la instalación sin consultar el manual. Por desgracia era así.

Se volvió hacia Assad.

—¿Estás bien? —preguntó, y puso la mano en el cañón de la escopeta. Lasse se había librado por los pelos de que Assad le rompiera la cara a culatazos.

Assad asintió en silencio con la mirada furiosa. Los perdigones del brazo no habían causado daños dignos de mención, tampoco el golpe en la sien. Estaba hecho de material sólido.

Carl le quitó con cuidado la escopeta de las manos.

—No puedo ir andando hasta allí. Dame la escopeta y ve tú a buscar el manual. Lo has visto antes. El manual escrito a mano del cuarto interior. Está en el montón de atrás. Encima, creo. Corre, Assad. ¡Tráelo!

Lasse sonrió en el momento en que Assad desapareció, y Carl le colocó bajo el mentón la culata de la escopeta. Como un gladiador, Lasse había sopesado la fuerza de sus adversarios a fin de elegir el que más le conviniera. Estaba claro que pensaba que Carl era un adversario más a su medida que Assad. Y para Carl estaba igual de claro que se equivocaba.

Lasse retrocedió hacia la puerta.

—No te atreves a dispararme, el otro sí. Voy a marcharme y no vas a poder evitarlo.

—¡Eso es lo que crees! —bramó Carl, avanzando y apretándole el cuello con la culata. La próxima vez que se moviera iba a darle un culatazo.

Entonces se oyeron a lo lejos las sirenas de la policía.

—¡Corre! —chilló el hermano de Lasse por detrás, mientras se levantaba de pronto con su madre en brazos y de una patada empujaba la silla de ruedas contra Carl.

Lasse salió en el mismo segundo. Carl quiso correr tras él, pero no podía. Por lo visto estaba más maltrecho que Lasse. La pierna no le obedecía.

Apuntó con la escopeta a la madre y al hijo, dejando que la silla de ruedas pasara a su lado y se estrellara contra la pared.

—¡Mira! —gritó el flaco mientras señalaba el cable largo del que tiraba Lasse.

Todos los del cuarto vieron cómo resbalaba el cable por el suelo mientras Lasse probablemente trataba de quitarse del cuello las cargas explosivas al atravesar el pasillo. Vieron que el cable se hacía más y más corto mientras Lasse se afanaba por salir del edificio, y por último vieron que los cables no eran lo bastante largos, cómo volcaban la batería y la arrastraban hacia la puerta. Cuando la batería llegó a la esquina y golpeó el umbral de la puerta, el cable suelto se metió debajo de la batería y tocó el otro polo.

Notaron el estruendo como una sacudida débil y un ruido apagado a lo lejos.

Merete estaba tumbada de espaldas en la oscuridad, escuchando el pitido mientras trataba de ajustar la postura de los brazos para poder apretar con fuerza en ambas muñecas a la vez.

Al poco empezó a picarle la piel, pero no pasó nada más. Por un momento sintió como si todo tipo de milagros fueran a alumbrarla, y gritó hacia las toberas del techo que no podían hacerle daño.

Sabía que no se produciría el milagro en cuanto el empaste de la primera muela empezó a ceder. Durante los minutos siguientes estuvo pensando en aflojar la presión sobre las muñecas, porque el dolor de cabeza, el dolor de sus articulaciones y la presión de todos sus órganos internos aumentaba y se expandía. Cuando iba a soltarse las muñecas no pudo ni sentir sus propias manos.

Tengo que darme la vuelta, pensó, y dio órdenes a su cuerpo para deslizarse hacia un lado, pero a los músculos no les quedaba ya fuerza. Notó la confusión a la vez que las ganas de vomitar la hicieron regurgitar y casi la asfixian.

Se quedó quieta y notó que los calambres aumentaban. Primero en los glúteos, después en el diafragma y finalmente en el pecho.

¡Va demasiado lento!, le gritaba su fuero interno, mientras volvía a intentar aflojar la presa que bloqueaba sus venas.

Pasado otro par de minutos Merete cayó en un sueño nebuloso. Los pensamientos sobre Uffe eran imposibles de retener. Veía flashes de colores, destellos de luz y formas que giraban, nada más.

Cuando saltaron los primeros empastes empezó a emitir un quejido largo y monótono. Las fuerzas que le quedaban se agotaron en aquel quejido. Pero ella no se oía, el volumen del pitido de las toberas sobre su cabeza se lo impedía.

Entonces se detuvo de golpe la emisión de aire y el sonido desapareció. Por un momento Merete imaginó que había llegado su salvación. Oyó voces fuera. La estaban llamando, y su quejido remitió. Después la voz preguntó si era Merete. Todo su ser decía «Sí, estoy aquí». Puede que también lo dijera en voz alta. Después hablaron de Uffe, como si fuera un chico normal. Ella pronunció el nombre de su hermano, pero sonó muy raro. Después se oyó un estruendo, y la voz de Lasse volvió para truncar la esperanza. Merete respiraba lentamente, y notó que la tosca presa de sus dedos sobre las muñecas iba cediendo. No sabía si seguía sangrando. No sentía dolor ni alivio.

Entonces volvió a oírse el silbido del techo.

Cuando la tierra bajo sus pies se estremeció, todo se enfrió y calentó a la vez. Por un instante recordó a Dios e invocó mentalmente su nombre. Después un destello atravesó su cabeza.

Un destello de luz seguido de un estruendo enorme y más luz inundándolo todo.

Entonces se dejó llevar.

Epílogo

2007

La cobertura mediática fue enorme. A pesar del triste desenlace, la investigación y el esclarecimiento del caso Lynggaard fueron un auténtico éxito. Piv Vestergård, del Partido Danés, estaba sumamente satisfecha y se regodeó por todo lo alto como la persona que había exigido que se creara el departamento, y aprovechó la ocasión para arremeter contra todos los que no compartían sus puntos de vista sobre la sociedad.

Sólo era una de las razones por las que Carl se vino abajo.

Tres visitas al hospital, los perdigones extraídos de la pierna, una sesión con la psicóloga Mona Ibsen que él mismo canceló. No había dado para más.

Estaban de vuelta al trabajo en el sótano. Había dos bolsitas de plástico colgadas del tablón de anuncios, ambas llenas de perdigones. Veinticinco en la de Carl y doce en la de Assad. En el cajón del escritorio había una navaja de muelles con una hoja de diez centímetros. Con el paso del tiempo todos aquellos cachivaches irían a la basura.

Carl y Assad cuidaban uno del otro. Carl lo dejaba ir y venir como quisiera, y Assad aportaba al despacho del sótano una atmósfera agradable y distendida. Después de tres semanas de inactividad, cigarrillos, el café de Assad y la cencerrada de música de fondo, finalmente Carl alargó la mano hacia el montón de expedientes que había en una esquina y se puso a hojearlos.

Allí había para dar, vender y regalar.

—Entonces ¿vas a ir a Fælledparken esta tarde, Carl? —preguntó Assad desde la puerta.

Carl levantó la mirada, apático.

—Ya sabes, es primero de mayo. Mucha gente por la calle, o sea, fiesta y colorido. Se dice así, ¿no?

Carl asintió en silencio.

—A lo mejor más tarde, Assad, pero puedes irte ya si quieres —dijo, mirando el reloj. Eran las doce. En los viejos tiempos dejar el trabajo a las doce era en casi todas partes un derecho adquirido.

Pero Assad sacudió la cabeza.

—No me va, Carl. Demasiada gente con la que no quiero encontrarme.

Carl asintió con la cabeza. Allá él.

—Mañana empezamos a mirar en este montón —declaró, posando la mano encima—. ¿Te parece bien, Assad?

Las patas de gallo en torno a los ojos de Assad se juntaron, y casi se le despega la tirita de la sien.

—¡De puta madre, Carl! —exclamó.

Entonces sonó el teléfono. Era Lis, con la cantinela de siempre. El jefe de Homicidios quería verlo en su despacho.

Carl abrió el cajón inferior del escritorio y sacó una delgada carpeta de plástico. Esta vez le daba la sensación de que iba a necesitarla.

—¿Cómo va eso, Carl?

Era la tercera vez en una semana que Marcus Jacobsen había tenido oportunidad de oír la respuesta a aquella pregunta.

Carl se encogió de hombros.

—¿Con qué caso andas ahora?

Volvió a responder alzándose de hombros.

El jefe de Homicidios se quitó las gafas y las depositó sobre el montón de papel que tenía delante.

—El fiscal ha llegado a un acuerdo con Ulla Jensen y los abogados de su hijo.

—Vaya.

—Ocho años para la madre y tres para el hijo.

Carl asintió en silencio. Era lo que se esperaba.

—Ulla Jensen terminará probablemente recluida en un psiquiátrico.

Carl volvió a asentir con la cabeza. Con toda seguridad su hijo la seguiría pronto. Aquel pobre individuo ¿cómo iba a poder salir entero tras su estancia en la cárcel? El jefe de Homicidios inclinó la cabeza.

—¿Hay algo nuevo en torno a Merete Lynggaard?

Carl meneó la cabeza.

—Siguen manteniéndola en coma, pero no se espera nada. Se supone que el cerebro ha sufrido lesiones irreversibles debido a los numerosos trombos.

Marcus Jacobsen asintió con la cabeza.

—Tú y los expertos en buceo de la Marina de Guerra hicisteis lo que pudisteis, Carl.

Lanzó una revista en dirección a Carl. «Buzeo», ponía en primera plana. ¿No sabían escribir, o qué?

—Es una revista de buceo noruega. Mira en la cuarta página.

Abrió la revista y observó un rato las imágenes. Una vieja foto de Merete Lynggaard. Una imagen del depósito de presión que los buceadores empalmaron con la compuerta para que el socorrista pudiera sacar a la mujer de su cárcel y meterla en la cámara de descompresión móvil. Debajo seguía un texto breve acerca de la función del socorrista y la preparación del depósito móvil, el empalme y el sistema de la cámara de descompresión, que explicaba también cómo había que subir un poco la presión de la cámara para, entre otras cosas, detener la hemorragia de las muñecas de la mujer. Habían ilustrado el artículo con un plano de la planta del edificio y un corte transversal del Dräger Duocom con el socorrista dentro dando oxígeno y ofreciendo los primeros auxilios a Merete. Había también fotografías de varios médicos del Hospital Central frente a la enorme cámara de descompresión, y del sargento primero Mikael Overgaard, el especialista que ayudó a la paciente mortalmente aquejada del síndrome del buceador dentro de la cámara de descompresión. Y por último había una fotografía con grano de Carl y Assad camino de las ambulancias.

«Extraordinaria colaboración entre los expertos buceadores de la Marina de Guerra y un departamento de la policía recién creado pone fin al caso de desaparición más controvertido de la década en Dinamarca», ponía en noruego con caracteres gruesos.

—Pues sí —declaró el jefe de Homicidios exhibiendo su encantadora sonrisa—. Con ese motivo la Dirección de Policía de Oslo se ha puesto en contacto con nosotros. Quieren saber más sobre cómo trabajas, Carl. En otoño van a enviar una delegación, así que te ruego que los recibas bien.

Carl notó que las comisuras de sus labios descendían.

—No tengo tiempo para eso —protestó. No tenía ni putas ganas de tener a varios noruegos revolviendo en el sótano—. Recuerda que sólo estamos dos hombres en el departamento. ¿Cómo era lo de nuestro presupuesto, jefe?

Marcus Jacobsen se evadió con destreza.

—Ahora que estás en forma y de vuelta al trabajo, ya es hora de que firmes esto, Carl —dijo, poniéndole delante la misma absurda instancia para los llamados «cursos de capacitación».

Carl no la tocó.

—No quiero, jefe.

—Pero tienes que hacerlo, Carl. ¿Por qué no quieres?

En este momento estamos pensando los dos en fumar, pensó Carl.

—Hay muchas razones —repuso—. Piensa en la reforma de la Seguridad Social. Dentro de nada van a subir la edad de jubilación a los setenta años, según dónde estemos en el escalafón. Pero no tengo ni putas ganas de ser un policía chocho, y tampoco quiero terminar como una virguería de funcionario. No quiero muchos empleados. No quiero aprender las lecciones, no quiero ir a exámenes, soy demasiado viejo para eso. No quiero hacer nuevas tarjetas de visita, no quiero que me asciendan una vez más. Por todo eso, jefe.

El jefe de Homicidios parecía cansado.

—Has mencionado muchas cosas que no van a ocurrir. Eso no son más que conjeturas, Carl. Si quieres ser jefe del Departamento Q, tienes que hacer esos cursos.

Carl sacudió la cabeza.

—No, Marcus. No quiero estudiar, no lo aguanto. Como si no tuviera suficiente con tomar la lección de matemáticas a mi hijo postizo. De todas formas, suspende. Te digo que el Departamento Q tiene al frente, y lo seguirá teniendo, a un subcomisario, y sí, sigo usando el antiguo nombre; y se acabó.

Carl levantó la mano y agitó en el aire la carpeta de plástico.

—¿Ves esto, Marcus? —continuó, sacando un papel de su funda de plástico—. Esto es el presupuesto para el funcionamiento del Departamento Q, tal como fue aprobado en el Parlamento.

Se oyó un profundo suspiro al otro lado de la mesa.

Carl señaló la línea inferior. Cinco millones de coronas al año, ponía.

—Por lo que veo, hay una diferencia de más de cuatro millones entre esa cifra y lo que puedo calcular que vaya a costar mi departamento. Mi cálculo es correcto, ¿verdad?

El jefe de Homicidios se frotó la frente.

—¿Qué es lo que quieres, Carl? —preguntó, visiblemente irritado.

—Tú quieres que yo olvide este papel, y yo quiero que tú olvides esa instancia para los cursos.

La evidente transformación que se produjo en la tez del jefe de Homicidios vino acompañada de una voz exageradamente controlada.

—Eso es presionar, Carl. En esta casa no hacemos esas cosas.

—Exacto, jefe —convino Carl, sacando el mechero del bolsillo y prendiendo fuego a la hoja de los presupuestos. Las llamas devoraron los números uno a uno, y después Carl echó las cenizas sobre un catálogo de sillas de oficina y tendió el mechero a Marcus Jacobsen.

Cuando bajó, Assad estaba arrodillado sobre su alfombra de orar y parecía estar muy lejos, de modo que Carl escribió una nota y la colocó en el suelo ante la puerta de Assad. «Hasta mañana», ponía.

Camino de Hornbæk estuvo pensando en qué decirle a Hardy sobre el caso de Amager. La cuestión era si debía mencionarlo en absoluto. Las últimas semanas Hardy no estaba nada bien. La secreción salivar había disminuido y le costaba hablar. No era nada permanente, decían, pero el tedio vital de Hardy sí que se había convertido en permanente.

Por ese motivo lo habían trasladado a una habitación mejor, en la que estaba tumbado de lado y probablemente alcanzaría justo a divisar las columnas de barcos atravesando el Sund.

Hacía un año que habían estado juntos en el parque de atracciones de Bakken poniéndose las botas comiendo panceta asada con salsa de perejil y patatas mientras Carl echaba pestes de Vigga. Ahora estaba sentado en el borde de la cama y no podía permitirse quejarse de nada en absoluto.

—Los compañeros de Sorø han tenido que dejar marchar al hombre de la camisa, Hardy —dijo después directamente.

—¿Quién? —preguntó Hardy con voz ronca y sin mover la cabeza ni un milímetro.

—Tiene una coartada. Pero los de la comisaría de allí están convencidos de que es él. El que nos disparó a ti, a Anker y a mí y llevó a cabo los asesinatos de Sorø. Y aun así han tenido que soltarlo. Siento tener que decirlo, Hardy.

—Me importa un huevo.

Hardy tosió un rato y después se aclaró la garganta, mientras Carl iba al otro lado de la cama y humedecía un pañuelo de papel bajo el grifo.

—¿Qué bien me hace a mí que lo detengan? —dijo Hardy con algo de flema en las comisuras.

—Vamos a cogerlo a él y a los que estaban con él, Hardy —insistió Carl mientras le limpiaba los labios y la barbilla—. Estoy viendo que voy a tener que hacer algo. Esos cabrones no van a salir de rositas, por mis huevos.

—Que lo pases bien —replicó Hardy, y tragó saliva, como si tuviera que hacer un gran esfuerzo para decir algo. Después lo soltó—. La viuda de Anker estuvo ayer. No fue agradable, Carl.

Carl recordó la cara amargada de Elisabeth Høyer. No había hablado con ella desde la muerte de Anker. Ella ni siquiera le dirigió la palabra en el funeral. Desde el segundo en que le notificaron la muerte de su marido, todos sus reproches estuvieron dirigidos contra Carl.

—¿Dijo algo sobre mí?

Hardy no respondió. Se quedó un largo rato parpadeando lentamente. Como si los barcos del Sund lo llevaran en una larga travesía.

—¿Sigues sin querer ayudarme a morir, Carl? —preguntó por último.

Carl le acarició la mejilla.

—Ojalá pudiera, Hardy. Pero no puedo.

—Entonces tienes que ayudarme a volver a casa, ¿me lo prometes? No quiero pasar más tiempo aquí.

—¿Qué dice tu mujer, Hardy?

—No lo sabe, Carl. Acabo de decidirlo.

Carl se imaginó a Minna Henningsen. Hardy y ella se conocieron de muy jóvenes. Ahora su hijo se había ido de casa y ella seguía pareciendo joven. Tal como estaban las cosas, seguro que bastante trabajo tenía con cuidar de sí misma.

—Ve a casa y habla con ella hoy mismo, Carl, me harías un favor increíble.

Carl miró a los barcos.

Las realidades de la vida ya se encargarían de hacer que Hardy se arrepintiera de su ruego.

A los pocos segundos Carl ya se había dado cuenta de que tenía razón.

Minna Henningsen abrió la puerta y lo condujo a un grupo alegre y carcajeante que difícilmente podía casar con las expectativas de Hardy. Seis mujeres con vistosos vestidos, sombreros atrevidos y ganas de marcha para el resto del día.

—Es el primero de mayo, Carl. Es lo que solemos hacer las chicas del club. ¿No te acuerdas?

Saludó con la cabeza a un par de ellas cuando Minna lo arrastró a la cocina.

No tardó mucho en ponerla al corriente de la situación, y a los diez minutos estaba otra vez en la calle. Ella lo había tomado de la mano mientras le contaba la difícil situación que atravesaba y cuánto echaba de menos su vida anterior. Después apoyó su rostro en el hombro de él y lloró un poco mientras trataba de explicar por qué no tenía fuerzas para cuidar de Hardy.

Después de secarse los ojos le preguntó con una recatada sonrisa torcida si querría venir a cenar con ella alguna noche. Dijo que necesitaba a alguien con quien hablar, pero el sentido de sus palabras no podía haber sido más indisimulado y directo.

Desde Strandboulevarden absorbió el ruido procedente de Fælledparken. La fiesta estaba en su apogeo. Puede que la gente estuviera volviendo a despertar.

Se le pasó por la cabeza ir un rato allí a tomar una cerveza por los viejos tiempos, pero al final entró en el coche.

Si no hubiera estado chiflado por Mona Ibsen, esa puñetera psicóloga, y si Minna no estuviera casada con mi amigo paralizado Hardy, habría aceptado su invitación, pensó, y entonces sonó el móvil.

Era Assad y parecía excitado.

—A ver, Assad, habla más lento. ¿Sigues trabajando? Otra vez, ¿qué has dicho?

—Que han llamado del Hospital Central para informar al jefe de Homicidios. Lis me lo ha hecho saber enseguida. Han despertado del coma a Merete Lynggaard.

La mirada de Carl se desenfocó.

—¿Cuándo ha sido?

—Esta mañana. He pensado, o sea, que querrías saberlo.

Carl le dio las gracias, colgó y se quedó mirando fijamente los árboles, que se erguían vigorosos con sus ramas trémulas de color verde claro. Debería estar contento a más no poder, pero no lo estaba. Tal vez Merete se quedara como un vegetal el resto de su vida. Nada era sencillo en este mundo. Ni siquiera la primavera duraba, eso era lo más doloroso de todo. Sí, dentro de poco empezará a oscurecer más temprano, pensó, y se odió por su pesimismo.

Volvió a dirigir la mirada hacia Fælledparken y el reconfortante coloso gris del Hospital Central, que se elevaba detrás.

Colocó por segunda vez el tique de aparcamiento tras el parabrisas y puso rumbo hacia el parque y el hospital. «Relancemos Dinamarca», rezaba el eslogan de la fiesta del primero de mayo, y la gente estaba sentada en la hierba bebiendo cerveza mientras una pantalla gigante proyectaba el discurso de despedida de Jytte Andersen, que llegaba hasta el edificio de la Logia Masónica.

Como si fuera a servir de algo.

Cuando él y sus amigos eran jóvenes vestían camisetas de manga corta y estaban como palillos. Hoy la grasa acumulada se había multiplicado por veinte. Ahora todos los que salían a la calle a protestar estaban exageradamente contentos de sí mismos. El Gobierno les había dado su opio: tabaco barato, alcohol barato y lo que hiciera falta. Si la gente desparramada por la hierba no estaba de acuerdo con el Gobierno, el problema sólo era transitorio. La esperanza de vida estaba disminuyendo. A ese paso ni se cabrearían por el exagerado culto al deporte que propagaban la radio-televisión danesa.

Sí, la situación estaba controlada.

El grupo de periodistas estaba ya preparado en el pasillo.

Cuando vieron a Carl saliendo del ascensor se abalanzaron unos delante de otros para ser los primeros en preguntar.

—¡Carl Mørck! —gritó uno de los que estaban más cerca—. ¿Qué gravedad tienen las lesiones cerebrales de Merete Lynggaard? ¿Lo sabe?

—¿Ha visitado antes a Merete Lynggaard, subcomisario? —preguntó otro.

—¡Eh, Mørck! ¿Qué te ha parecido cómo has llevado el caso? ¿Estás orgulloso? —se oyó desde un lado.

Carl se volvió hacia la voz y vio frente a sí los ojos de cerdo enrojecidos de Pelle Hyttested, mientras los demás miraban con desdén al periodista, como si fuera indigno de su profesión.

Y lo era.

Carl respondió a un par de preguntas y después dirigió la mirada a su interior mientras la presión del pecho arreciaba. Nadie le había preguntado por qué estaba allí. Ni él mismo lo sabía.

Tal vez había esperado una mayor presencia de visitantes en los pasillos de la planta, pero aparte de la enfermera jefe de Egely, que estaba sentada en una silla junto a Uffe, no reconocía a nadie. Merete Lynggaard era buen material para la prensa, pero como persona sólo era una paciente más. Tratamiento de choque durante dos semanas con médicos especialistas en la cámara de descompresión. Después una semana en tratamiento postraumático. Después a la UVI de Neurocirugía, y ahora estaba en la planta de Neurología.

La decisión de despertarla del coma era un experimento, le dijo la enfermera de la sección cuando Carl se lo preguntó. Reconoció que sabía quién era Carl. Era el que había encontrado a Merete Lynggaard. Si hubiera sido otro, no lo habría dejado entrar.

Carl se dirigió lentamente hacia donde las dos figuras sentadas bebían agua de sendos vasos de plástico. Uffe con ambas manos.

Carl saludó con la cabeza a la enfermera jefe de Egely sin esperar que ella correspondiera, pero la enfermera se levantó y le dio la mano. Parecía conmovida, pero no le dijo nada. Volvió a sentarse y se quedó mirando fijamente la puerta de la habitación con la mano en el antebrazo de Uffe.

Era evidente que había una gran actividad en la habitación. Varios médicos los saludaron con la cabeza al pasar, y al cabo de una hora una enfermera les preguntó si querían un café.

Carl no tenía prisa. Al fin y al cabo, las barbacoas de Morten Holland eran todas parecidas.

Tomó un sorbo de café y observó el perfil de Uffe, que estaba sentado en silencio, mirando la puerta. Cuando las enfermeras pasaban por delante, él seguía con la mirada clavada en la puerta. No la perdía de vista ni un instante.

Carl captó la mirada de la enfermera jefe y, señalando a Uffe, preguntó por gestos qué tal estaba. Ella sonrió y meneó la cabeza. Aquello solía significar que ni muy mal ni muy bien.

Pasaron un par de minutos hasta que el café empezó a hacer efecto, y cuando volvió del servicio las sillas del pasillo estaban vacías.

Entonces avanzó hacia la puerta y la entreabrió.

En la estancia reinaba un silencio absoluto. Uffe estaba a los pies de la cama, con la mano de su acompañante sobre el hombro, mientras una enfermera anotaba las cifras digitales que leía en los instrumentos de medida.

Apenas se veía a Merete Lynggaard, con la sábana hasta la barbilla y la cabeza cubierta de vendajes.

Tenía un aspecto apacible, con los labios entreabiertos y un leve temblor en los párpados. Los cardenales de su rostro parecían estar desapareciendo, pero la situación general seguía siendo preocupante. Si en otra época parecía sana y llena de vida, en la misma medida parecía ahora frágil y amenazada. Blanca como la nieve, piel finísima y ojos como cuévanos.

—Podéis acercaros —dijo la enfermera, metiendo el bolígrafo en el bolsillo superior—. Voy a volver a despertarla. No es seguro que vaya a reaccionar. No es sólo por los daños cerebrales y el período en coma, hay muchas otras razones. Sigue viendo muy mal con ambos ojos, y sigue teniendo parálisis debido a los trombos, y sin duda también lesiones cerebrales generalizadas. Pero por lo que vemos tiene probabilidades de salir adelante. Creemos que algún día podrá caminar, pero la cuestión es en qué medida va a ser capaz de comunicarse. Ya no hay más trombos, pero sigue en silencio. La afasia debe de haberse llevado para siempre su don del habla, creo que debemos estar preparados para eso.

Después asintió en silencio para sí misma.

—No sabemos qué piensa ella, pero no hay que perder la esperanza.

Luego avanzó hacia su paciente y ajustó alguno de los numerosos goteros que colgaban sobre la cama.

—¡Bueno! Creo que dentro de poco estará con nosotros. Apretad ese interruptor si os hace falta algo —añadió, y se marchó con chacoloteo de zuecos y un montón de trabajo por delante.

Los tres observaron a Merete en silencio. Uffe completamente inexpresivo, y su acompañante con una mueca triste en la boca. Tal vez hubiera sido mejor que Carl nunca se hubiera mezclado en aquel caso.

Al cabo de un minuto Merete abrió los ojos poco a poco, visiblemente molesta por la luz del exterior. El blanco de sus ojos era una red marrón-rojiza, y aun así verla despierta dejó a Carl sin aliento. La paciente parpadeó varias veces, como si tratara de enfocar la mirada, pero en apariencia no lo consiguió. Después volvió a cerrar los ojos.

—Ven, Uffe —dijo la enfermera jefe de Egely—. Siéntate un poco junto a tu hermana.

Uffe pareció entenderlo, porque avanzó hacia la silla y se sentó junto a la cama con el rostro tan cerca del de su hermana que la respiración de aquélla hacía vibrar su flequillo rubio.

Después de estar observándola un rato, levantó una punta de la sábana y dejó al descubierto uno de los brazos de su hermana. Después la tomó de la mano y se quedó así, con la mirada vagando lentamente por su rostro.

Carl avanzó un par de pasos y se colocó junto a la enfermera jefe a los pies de la cama.

La imagen del taciturno Uffe con la mano de su hermana en la suya y su rostro apoyado en la mejilla de ella era de lo más conmovedora. En aquel momento Uffe parecía un cachorro de perro extraviado que tras buscar sin descanso acaba de encontrar el camino de vuelta al calor y la seguridad de la guarida.

Entonces Uffe se retiró un poco, volvió a observarla con atención, posó los labios en su mejilla y la besó.

Carl vio que el cuerpo de Merete se estremecía ligeramente bajo la sábana y que el ritmo cardíaco subía un poco en la pantalla del electrocardiograma. Dirigió la mirada hacia el siguiente monitor. Sí, el pulso también había subido algo. Después Merete emitió un profundo suspiro y abrió los ojos. Esta vez la cabeza de Uffe le daba sombra, y lo primero con que topó su mirada fue la sonrisa de su hermano.

Carl se dio cuenta de que hasta él abría los ojos desmesuradamente mientras la mirada de Merete se hacía cada vez más consciente. Sus labios se separaron. Después se estremecieron. Pero entre los dos hermanos había un campo de tensión que no permitía el contacto. Se notaba directamente en Uffe, cuyo rostro iba oscureciéndose, como si contuviera la respiración. Después empezó a balancearse un poco atrás y adelante mientras de su garganta salían quejidos. Abrió la boca y pareció presionado y confuso. Entornó los ojos y soltó la mano de su hermana mientras se llevaba las manos a la garganta. Los sonidos no querían salir, pero los pensaba, era algo evidente.

Entonces soltó todo el aire del sistema y pareció que tampoco esa vez iba a conseguirlo. Pero entonces volvió a oírse el ruido gutural, y esta vez más arriba en la garganta.

—Mmmmmmmm —dijo, respirando con dificultad por el agotamiento—. Mmmmmmmee.

Merete miraba con intensidad a su hermano ahora. No había la menor duda de que sabía a quién tenía enfrente. Sus ojos estaban húmedos.

Carl jadeó en busca de aire. La enfermera jefe se llevó las manos a la boca.

—Mmmmmmeerete —soltó Uffe por fin, tras un enorme esfuerzo.

Uffe se asustó por el flujo de sonidos. Jadeaba y por un momento dejó caer la mandíbula, mientras junto a Carl la mujer rompía a sollozar y su mano buscaba el hombro de Carl.

Entonces el brazo de Uffe volvió a levantarse y topó con la mano de Merete.

La apretó y la besó, temblando de cintura para arriba, como si lo acabaran de sacar de un agujero en el hielo.

Entonces de repente Merete echó la cabeza hacia atrás con los ojos como platos y el cuerpo en tensión, con los dedos de la mano libre contraídos en la palma de la mano como si tuviera un calambre. Hasta Uffe percibió algo funesto en el cambio, y finalmente la enfermera jefe dio un paso y apretó el interruptor.

Entonces Merete emitió un sonido profundo, oscuro, y todo su cuerpo se relajó. Seguía teniendo los ojos abiertos y captó la mirada de su hermano. Después emitió otro sonido sordo, como cuando se echa aliento sobre un cristal frío. Ahora sonreía. Parecía que el sonido de su interior la estimulaba.

Se abrió la puerta, y una enfermera seguida de un médico joven con mirada inquisitiva se precipitaron dentro. Se detuvieron frente a la cama y vieron a una Merete Lynggaard relajada, agarrada a la mano de su hermano.

Escrutaron con detenimiento los diversos aparatos y no pareció que encontraran nada alarmante, tras lo cual dirigieron la mirada hacia Carl y la acompañante de Uffe. Estaban a punto de preguntar algo cuando volvió a oírse el sonido de la boca de Merete Lynggaard.

Uffe pegó el oído a los labios de su hermana, pero todos los presentes pudieron oírlo.

—Gracias, Uffe —dijo Merete, dirigiendo la mirada hacia Carl.

Y Carl sintió que la presión del pecho remitía gradualmente.

Muchísimas gracias a Hanne Adler-Olsen, Henning Kure, Elsebeth Wæhrens, Søren Schou, Freddy Milton, Eddie Kiran, Hanne Petersen, Micha Schmalstieg y Karsten D. D. por sus indispensables y minuciosos comentarios. Gracias a Gitte & Peter Q. Rannes y al Centro para Escritores y Traductores de Hald por el necesario ambiente de sosiego que me ofrecieron en momentos decisivos de la redacción. Gracias a Peter Madsen por las ilustraciones de la edición especial y a Peter H. Olesen y Jørn Pedersen por la inspiración. Gracias a Jørgen N. Larsen por su trabajo de investigación, a Michael Needergaard por su conocimiento de los efectos de una cámara de descompresión, y gracias a K. Olsen y al comisario de policía Leif Christensen por sus correcciones relacionadas con la policía. Y, finalmente, muchas gracias también a mi editora Anne Christine Andersen por su especial colaboración.

JUSSI ADLER-OLSEN

Los chicos que cayeron en la trampa

Te presentamos las primeras páginas del segundo caso del **Departamento Q,** *Los chicos que cayeron en la trampa*

Los chicos que cayeron en la trampa

Prólogo

Por encima de las copas de los árboles resonó otro disparo más.

Los gritos de los ojeadores se oían cada vez con mayor claridad. Su propio pulso le oprimía los tímpanos, al tiempo que el aire húmedo le entraba en los pulmones con tal violencia e intensidad que llegaba a hacerle daño.

Corre, corre, sin caerte. Si me caigo no volveré a levantarme. Joder, ¿por qué no consigo soltarme las manos? Ah, corre, corre... chist. Que no me oigan. ¿Me habrán oído? ¿Habrá llegado el momento? ¿De verdad que voy a acabar así mis días?

Las ramas le azotaban el rostro y trazaban en él líneas de sangre, una sangre entremezclada con sudor.

Los gritos ya se oían por todas partes. Entonces le invadió un terror mortal.

Sonaron varios disparos más. El silbido de los proyectiles al hendir aquel aire cortante le pasó tan cerca que el sudor no tardó en formar una película por debajo de su ropa.

Un minuto o dos y los tendría allí mismo. ¿Por qué no le obedecían las manos? ¿Cómo podía ser tan fuerte la cinta que se las sujetaba a la espalda?

Los pájaros, asustados, alzaron el vuelo por encima de las copas de los árboles con un aleteo. Por detrás del tupido muro de abetos la danza de sombras se hizo más evidente.

Debían de encontrarse a unos cien metros. Todo se tornó más claro. Las voces. La sed de sangre de los cazadores.

¿Cómo pensarían hacerlo? ¿Un disparo, una flecha solitaria y se acabó? ¿Eso era todo?

No, claro. ¿Por qué conformarse con tan poca cosa? No eran tan clementes esos cabrones, no. Llevaban sus rifles, sus cuchillos enlodados y ya habían comprobado la eficacia de sus ballestas.

¿Dónde esconderme? ¿Habrá algún sitio? ¿Podré volver? ¿Podré?

Su mirada recorrió el suelo del bosque, aunque la cinta que le cubría los ojos casi por completo dificultaba la tarea, y sus piernas continuaron corriendo a trompicones.

Ahora me toca sentir en carne propia lo que es estar a su merced. No harán excepciones conmigo, así es como satisfacen sus instintos. Es la única posibilidad.

El corazón le latía con tal fuerza que llegaba a hacerle daño.

1

Para ella, aventurarse a bajar por Strøget era casi como andar por el filo de un cuchillo. Con el rostro semioculto tras un pañuelo de un color verde oscuro, pasaba frente a los escaparates iluminados de la calle peatonal sin dejar de analizarla con la mirada alerta ni un segundo. Se trataba de reconocer a la gente y de que no la reconocieran a ella, de poder vivir en paz con sus demonios; el resto corría de cuenta de todos esos que pasaban con tanta prisa, de los hijos de perra que querían hacerle daño y de los que se apartaban a su paso con la mirada vacía.

Kimmie levantó la vista hacia las farolas que dejaban caer su gélida luz sobre Vesterbrogade. Dilató las aletas de la nariz. Las noches no tardarían en refrescar, había que ir preparándose para la hibernación.

Estaba en medio de un grupito de visitantes del Tívoli semicongelados en el paso de peatones de la estación central cuando reparó en una mujer con un abrigo de *tweed* que aguardaba a su lado. Unos ojos entornados la inspeccionaron, la nariz se arrugó un poco y la mujer se apartó ligeramente. Apenas unos centímetros, pero más que suficiente.

Bueno, Kimmie, una señal de advertencia parpadeó en su cabeza al tiempo que la furia se apoderaba de ella.

Su mirada recorrió el cuerpo de la desconocida hasta llegar a la altura de las pantorrillas. Un leve brillo en las medias, los tobillos prolongados por unos zapatos de tacón.

Kimmie sintió que los labios se le crispaban en una sonrisa traicionera. Podía partirle los tacones de una buena patada y tirarla al suelo. Así descubriría que en una acera mojada se manchan hasta los trajes de Christian Lacroix. Así aprendería a ocuparse de sus propios asuntos.

La miró a la cara. La raya bien delineada, la nariz empolvada, los rizos muy bien recortados. La mirada dura y fría. Sí, conocía a las de su clase mejor que la mayoría de los mortales. Ella misma había pertenecido a ese mundo, al pijerío arrogante, tan vacío por dentro que retumbaba. Así eran las que entonces llamaba sus amigas. Así era su madrastra.

Las detestaba.

Bueno, haz algo, susurraron las voces de su cabeza. *No lo consientas. Demuéstrale quién eres. ¡Vamos!*

Kimmie observó a unos críos de piel oscura que había al otro lado de la calle. De no haber sido por sus ojos erráticos, habría empujado a aquella mujer al paso del 47. Ya lo estaba viendo: la enorme mancha de sangre que el autobús dejaría tras de sí; la oleada de conmoción que el cuerpo aplastado de aquella arrogante propagaría entre la multitud; la deliciosa sensación de justicia que le proporcionaría.

Pero no la empujó. Siempre había un ojo alerta entre la muchedumbre y, además, eso que llevaba dentro la refrenaba. El terrible eco de unos días lejanos, muy lejanos.

Se llevó la manga al rostro y aspiró con fuerza. La mujer que había a su lado no se había equivocado, apestaba.

Cuando el semáforo cambió a verde, echó a andar por el paso de cebra con la maleta a rastras traqueteando sobre sus ruedas torcidas. Sería su último viaje, ya era hora de jubilar aquel trasto.

Había llegado el momento de cambiarlo.

En mitad del vestíbulo de la estación, delante de la tienda 24-horas, había un letrero con las primeras páginas de los periódicos del día, un auténtico fastidio para quienes iban con prisa y para los ciegos. Ya había visto los titulares varias veces de camino hacia allí; daban asco.

—Cabrón —murmuró al pasar junto a los carteles con la vista al frente.

A pesar de todo, no pudo evitar volverse y entrever el rostro que aparecía entre los titulares del *B. T.*

La sola visión de aquel hombre la hizo echarse a temblar.

El pie de foto decía: «Ditlev Pram posee clínicas privadas en Polonia por valor de 12.000 millones». Escupió en el suelo y se detuvo un instante a esperar a que la reacción de su cuerpo se suavizara. Odiaba a Ditlev Pram; a él, a Torsten y a Ulrik. Pero un día sabrían lo que era bueno. Algún día acabaría con ellos. Seguro.

Sus carcajadas despertaron la sonrisa de un viandante, otro cándido imbécil que creía saber qué pasaba por la mente de los demás.

De pronto se detuvo.

Tine la Rata estaba un poco más adelante, en su sitio habitual, incapaz de mantener la vertical y cabeceando ligeramente, con las manos sucias, los párpados pesados y el brazo extendido con la descerebrada esperanza de que alguien en medio de aquel hervidero le diera una moneda. Solo una drogadicta podía mantener esa postura hora tras hora. Pobre infeliz.

Kimmie se escabulló por detrás de ella y se dirigió hacia las escaleras que conducían a la salida de Reventlowsgade, pero Tine la vio.

—¡Eh! Joder. Hola, Kimmie —oyó que decía una voz a su espalda; pero no se volvió.

Tine la Rata no era buena compañía en los espacios abiertos, el cerebro solo le llegaba a funcionar pasablemente cuando estaban en su banco de la calle.

Pero era la única persona que Kimmie soportaba.

El viento barría las calles con un soplido inexplicablemente frío y todos se apresuraban a regresar a sus casas; por eso, junto a las escaleras de la estación que desembocaban frente a Istedgade, cinco Mercedes negros aguardaban en la parada de taxis con el motor encendido. Pensó que así quedaría alguno cuando lo necesitara. Eso era todo cuan-to quería saber.

Arrastró la maleta hasta la tienda tailandesa que había en el sótano del otro lado de la calle y la colocó junto al escaparate. Solo una vez le habían birlado una maleta después de dejarla ahí, algo que con toda seguridad no se repetiría con semejante tiempo; hasta los ladrones se quedaban bajo techo. Además, le traía sin cuidado, no contenía nada de valor.

Tras poco más de diez tristes minutos en la plazoleta de la estación, el pez picó. De un taxi bajó una mujer espectacular con un abrigo de visón, una maleta con sólidas ruedas de goma y un cuerpo ágil que no debía de pasar de una 38. Antaño a Kimmie solo le interesaban las de la talla 40, pero ya había llovido mucho y vivir en la calle no engordaba, precisamente.

Mientras la recién llegada trataba de orientarse junto a uno de los expendedores automáticos del vestíbulo, le robó la maleta. Después salió por la puerta de atrás con toda la calma del mundo y llegó a la parada de taxis de Rewntlowsgade en un abrir y cerrar de ojos.

Nada como tener práctica.

Una vez allí, cargó el botín en el maletero del primer coche y le pidió al taxista que la llevara a dar una vuelta por ahí.

Sacó un buen puñado de billetes de cien coronas del bolsillo del abrigo.

—Te daré un par de estos de propina si haces lo que te digo —añadió, haciendo caso omiso de su mirada suspicaz así como del temblor que le sacudía las aletas de la nariz.

Al cabo de más o menos una hora regresaría a recoger la maleta vieja vestida con ropa nueva y con el olor de una desconocida impregnado en el cuerpo.

Para entonces las narices del taxista temblarían de un modo muy, pero que muy distinto.

2

Ditlev Pram era un hombre atractivo y lo sabía. Cuando volaba en *business* siempre había un amplio surtido de féminas que no protestaban si les hablaba de su Lamborghini y de lo rápido que lo conducía hasta su humilde morada de Rungsted.

En esta ocasión, el objeto de sus deseos era una mujer con una melena de suaves cabellos y unas gafas de montura negra y poderosa que la hacían parecer inaccesible. Le excitaba.

La había abordado sin éxito, le había ofrecido *The Economist* con una central nuclear a contraluz en la portada sin obtener otra cosa que un gesto de rechazo con la mano y había hecho que le sirvieran una copa que ella no se bebió. Para cuando el vuelo de Stettin aterrizó en el aeropuerto de Kastrup a la hora prevista, había desperdiciado noventa preciosos minutos.

Ese era el tipo de cosas que lo volvían agresivo.

Echó a andar por los pasillos acristalados de la terminal 3 y, al llegar a la banda transportadora, divisó a su víctima. Era un hombre con dificultades para caminar que se dirigía hacia la cinta mecánica.

Ditlev apretó el paso y lo alcanzó en el preciso instante en que el desconocido ponía un pie en la banda. Lo veía como si ya hubiese sucedido: una zancadilla disimulada y aquel saco de huesos se estrellaría contra la pared de plexiglás; su rostro resbalaría por ella con las gafas retorcidas mientras el viejo intentaba frenéticamente ponerse en pie.

Estaba deseando hacer realidad sus fantasías, así era él. Eso era lo que habían mamado él y el resto de la banda. No era nada especialmente meritorio ni tampoco algo de lo que avergonzarse. Si se decidiera a hacerlo, en cierta forma la culpa sería de esa guarra. Podía haberlo acompañado a casa y no habrían tardado ni una hora en estar metidos en la cama.

Ella lo había querido.

Nada más dejar atrás la antigua posada en el retrovisor y antes de que el mar volviese a aparecer y lo cegara, sonó su móvil.

—¿Sí? —contestó mirando la pantalla.

Era Ulrik.

—Alguien que conozco la vio hace unos días —dijo—. En el paso de cebra de Bernstorffsgade, frente a la estación.

Ditlev apagó el mp3.

—Bien. ¿Cuándo exactamente?

—El lunes. El 10 de septiembre. Hacia las nueve de la noche.

—¿Y qué has hecho al respecto?

—Fui a dar una vuelta por allí con Torsten, pero no la encontramos.

—¿Con Torsten?

—Sí. Ya lo conoces, no me ayudó gran cosa.

—¿Quién se está ocupando del tema?

—Aalbæk.

—Vale. ¿Qué aspecto tenía?

—Me dijeron que iba muy bien vestida y que está más delgada. Pero apestaba.

—¿Qué?

—Sí, a sudor y a meados.

Eso era lo malo de Kimmie. No solo era capaz de desaparecer del mapa durante meses, incluso años; también resultaba imposible identificarla. Invisible y de pronto inquietantemente visible. Ella era lo más peligroso, lo único que podía suponer una auténtica amenaza para ellos.

—Esta vez tenemos que atraparla, Ulrik. ¿Estamos?

—¿Para qué coño crees que te he llamado?

3

Solo una vez llegó al sótano de la Jefatura de Policía, a las puertas de las oficinas a oscuras del Departamento Q, Carl Mørck comprendió que el verano y las vacaciones habían terminado definitivamente. Encendió la luz y, al recorrer con la mirada su escritorio, atestado de montones caóticos de abultados expedientes, sintió la imperiosa necesidad de cerrar de un portazo y salir pitando. No le fue de gran ayuda que Assad hubiera colocado allí en medio un manojo de gladiolos que podría haber bloqueado por sí solo una calle grandecita.

—¡Bienvenido, *boss!* —lo saludó una voz a su espalda.

Se volvió y miró directamente a los esquivos y lustrosos ojos marrones de Assad. Sus ralos cabellos oscuros despuntaban, disparados, en todas direcciones. Totalmente a punto para otro asalto en el *ring*.

—¡Huy! —exclamó al reparar en la opaca mirada de su jefe—. Nadie diría que acabas de venir de las vacaciones, Carl.

El subcomisario hizo un gesto contrariado.

—¿Ah, no?

En la segunda planta volvían a estar de traslado, otra vez la reforma policial de los cojones. Dentro de poco necesitaría un GPS para localizar el despacho del jefe de Homicidios. Solo había estado fuera tres semanas peladas y ya había por lo menos cinco caras nuevas que lo miraban como si fuese un selenita.

¿Y ellos quiénes coño eran?

—Tengo que darte una buena noticia, Carl —le anunció Marcus Jacobsen, el jefe del Departamento de Homicidios, mientras él paseaba su mirada errática por las paredes del nuevo despacho de su superior, unas superficies de color verde claro a medio camino entre un quirófano y la sala de gestión de crisis de un *thriller* de Len Deighton. Cadáveres de ojos lívidos le lanzaban sus miradas extraviadas desde todos los rincones. Mapas, diagramas y parrillas de personal en un abigarrado desorden. Todo de una efectividad de lo más deprimente.

—Una buena noticia, dices; eso suena fatal —replicó, dejándose caer a plomo en la silla que había frente a su jefe.

—En fin, vas a tener visita de Noruega.

El subcomisario lo observó con los párpados caídos.

—Por lo que sé, se trata de una delegación de cinco miembros de las altas esferas de la policía de Oslo que vienen a ver el Departamento Q. El viernes a las diez de la mañana, ¿te acordarás?

Marcus, sonriente, le hizo un guiño.

—Me encargaron que te dijera que están deseando venir.

Pues el deseo no era mutuo, joder.

—Aprovechando la ocasión te he conseguido refuerzos para tu equipo. Se llama Rose.

Llegados a ese punto, Carl se incorporó un poco en la silla.

Continúa en tu librería

Entrevista con

Jussi
ADLER-OLSEN

–En las historias del Departamento Q, en lugar de litros de sangre lo que encontramos son toneladas de suspense psicológico.

–En todos los departamentos policiales existen secciones malditas, destinos que los policías evitan porque trabajar en ellos es como moverse de noche en un pantano donde acabas hundiéndote irremisiblemente en el lodo. Así es el Departamento Q, el pozo oscuro de los casos no resueltos y de los asuntos turbios que han quedado abiertos o se han cerrado en falso y duermen un sueño eterno en archivadores polvorientos. Allí es donde habita en solitario el inspector Carl Mørck, con el único apoyo de su sarcasmo y de un singular ayudante (inmigrante ilegal, por más señas) llamado Assad.

Su presentación en sociedad se produjo con *La mujer que arañaba las paredes*. Mørck, de por sí taciturno, se vio en medio de un terrible incidente al enfrentarse a un criminal en el que murió un compañero y otro quedó tetrapléjico. Hubo quien le achacó no haber intervenido de la manera correcta, aunque nadie se lo reprochó tanto como él mismo. Sus jefes decidieron apartarlo a un lugar subterráneo: el departamento Q. Así que Mørck estaba más desencantado que nunca en ese destierro policial, rodeado de viejos asuntos archivados, momificados o directamente putrefactos. Pero cayó en sus manos un caso cerrado años atrás por falta de indicios: una prometedora política danesa desapareció mientras viajaba a bordo de un *ferry*. Esta novela fue una tarjeta de visita irresistible para miles de lectores, la chispa de un fenómeno que prendió en Dinamarca, se propagó a Alemania y, después, acabó estallando en el resto de Europa.

—Sorprende que unos casos tan perturbadores salgan de su mente, después de haber sido coordinador del Movimiento por la Paz en su Dinamarca natal. Aunque, como sucede en un caso del Departamento Q, las cosas se explican cuando se añaden las piezas que faltan al rompecabezas. Su padre fue un prestigioso psicólogo y usted pasó su infancia deambulando entre instituciones psiquiátricas.

—Estuve con pacientes muy diversos. Personajes que están bajo una tremenda presión, llenos de contrastes psicológicos. Eso me enseñó cuánto de bueno y cuánto de demoníaco puede convivir dentro de cada persona.

—Y le hizo valorar la importancia del factor psicológico, en la vida y en el *thriller*.

—El problema es que a las personas no se las trata individualmente ni en la sanidad, en particular, ni en la sociedad en general, y eso las convierte en un misil ambulante que las pone en riesgo a sí mismas y a los demás. Aprendí muchísimo durante las estancias en hospitales psiquiátricos durante mi infancia, pero ante todo aprendí a valorar con respeto la individualidad de la persona, sin importar cuán extraña o peculiar pudiera ser.

–Tal vez por eso el inspector Mørck es un personaje tan singularmente abierto de miras, que nunca prejuzga nada. Uno puede creer que sacó las ideas para sus casos de pacientes que pudo conocer en su pasado...

–Había un par de médicos que me asustaban más que los pacientes. Mi padre decía que trataban a los internos con innecesaria dureza. Uno de ellos comía huevos crudos y recuerdo que aquello me horrorizaba. Las experiencias traumáticas pueden acabar con el discurrir de una vida apacible, pero también es posible que nos hagan más capaces a la hora de entender mucho mejor el mundo que nos rodea.

Su inspector Mørck no deja de demostrarlo caso tras caso.

SABRINA FRIELDJUDSSËN, *Qué Leer*

Descubre los casos del Departamento Q
del gran maestro de la novela negra

Departamento Q
La mujer que arañaba las paredes
El primer caso de Carl Mørck, jefe del Departamento Q, que investiga casos no resueltos.

Los chicos que cayeron en la trampa
Un asesinato brutal, un grupo de estudiantes elitistas, una investigación irregular.

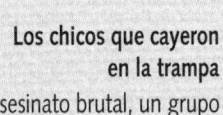

El mensaje que llegó en una botella
Dos jóvenes desaparecen sin dejar rastro. Pero nadie denuncia su desaparición.

Expediente 64
Carl Mørck y sus ayudantes se enfrentan a un misterio relacionado con un oscuro episodio de la historia danesa.

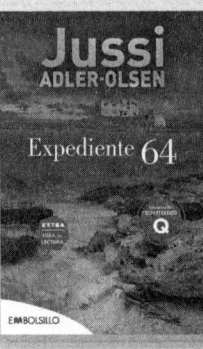

El efecto Marcus
Un adolescente oculta la clave de una peligrosa trama internacional, cuyos tentáculos llegan hasta la selva africana.

Sin límites

Una trepidante investigación lleva
al Departamento Q hasta la isla sueca de Öland
y el controvertido líder de un grupo esotérico.

Selfies

Un auténtico rompecabezas para Carl Mørck y su
asistente Assad, que persiguen a un asesino en serie.

La víctima 2117

¿Y si ser solo un número fuera más que eso?
Jussi Adler-Olsen pone el foco en el contador
de la vergüenza con un caso que sitúa Barcelona
en el centro de un rompecabezas criminal.

Cloruro de sodio

Un psicópata astuto y despiadado mata desde hace
tres décadas. Nadie puede detenerlo. El caso más
complejo y terrible del Departamento Q en plena
pandemia del covid-19.

Siete metros cuadrados

Después de quince años, un caso nunca resuelto
del pasado alcanza de lleno a Carl Mørck, que está
encarcelado acusado de asesinato. Además, un
desconocido ofrece una recompensa de un millón
de dólares por su cabeza.